肖晓阳 著

诗心磨杵集

磨杵斋自署

图书在版编目（CIP）数据

诗心磨杵集 / 肖晓阳著．－福州：福建教育出版社，2025.9．－ISBN 978-7-5758-0396-0

Ⅰ.I227；I207.22

中国国家版本馆 CIP 数据核字第 20255LE949 号

Shixin Mochu Ji

诗心磨杵集

肖晓阳 著

出版发行	福建教育出版社
	（福州市梦山路 27 号　邮编：350025　网址：www.fep.com.cn）
	编辑部电话：0591-83786915　83779650
	发行部电话：0591-83721876　87115073　010-62024258）
出 版 人	江金辉
印　　刷	福建新华联合印务集团有限公司
	（福州市晋安区福兴大道 42 号　邮编：350014）
开　　本	890 毫米×1240 毫米　1/32
印　　张	13.625
字　　数	318 千字
插　　页	4
版　　次	2025 年 9 月第 1 版　2025 年 9 月第 1 次印刷
书　　号	ISBN 978-7-5758-0396-0
定　　价	66.00 元

如发现本书印装质量问题，请向本社出版科（电话：0591-83726019）调换。

　　肖晓阳，号磨杵斋主，学者、杂家，尤擅诗联辞赋，原福建教育学院综合实践活动教研室主任，教育部"国培计划"专家库成员，福建省特级教师，福建省社科规划重点课题"诗钟创作与鉴赏研究"项目负责人，福建诗词学会《诗钟通则》研制发起人，《诗钟通则解读》主笔，第九届"华夏诗词奖"论文二等奖获得者，第七季中国诗词大会福建赛区评委，福建省楹联学会诗词与诗钟专委会副主任，闽海诗钟社顾问，霞浦诗词学会会长。著书《诗钟津梁》《树木盆景》《赏石玩根谈艺录》《折纸艺术》《折纸创新法》《手工技艺与综合实践活动案例设计》，主编《诗钟通则与文献选粹》《霞浦古今诗钟集萃》。

诗乡长慰老　心府未惭贫

龄逾花甲，曾有心于翰墨，乃备闲章三枚，曰"耽于无用、君子不器、半为闲鹤半为牛"，恰为平生写照。

友问："君乃理科生，何以广涉文武，博而能专？"答曰："好玩而已。"子曰："富贵如可求，虽执鞭之士，吾亦为之，如不可求，从吾所好。"余自知富贵无门，乃耽于无用之学。又知"君子不器"，故广涉诗钟、诗联、辞赋、书法、绘画、盆景、根艺、奇石、散打、二胡、制谜、创新折纸诸艺，每潜心体悟，探赜发新，其乐何极！

世界大千，万物并美，若目不能识，耳不能闻，心不能悟，大美与我何干？又安知"万物皆备于我""乐莫大焉"？然人随时变，心共境迁。儿孙如绳约，老身似轻舟，叹长物不能随身，百技不能并全。诸艺虽娱，诗韵独长，盖诗无物碍，意可常新，与皮囊偕老者，惟诗心而已。

诗，何用之有？郑名彦"富、强"一唱云："强君行色囊中剑，富我情怀客里诗。"是知诗能富情怀而养灵性也，此即无用之用，文艺之属莫不如是焉。

余于诗之兴趣，源自少年。昔外祖偕吟侪唱和，甚为有趣,便求教诗。外祖虽能诗,却非良师,只以方言教唱七律平仄谱,不谈作诗之法。数乞对课,浅尝辄止,故未入门。复问:"何为好诗?"则示以通州诗乞之七律。彼时年少,然读此诗亦能感动于衷,至今犹能背诵,何哉?感其用情之深切,慕其诗才之高华,悯其命运之乖蹇,叹天公待才之不公,此诚"富我情怀"之肇始,亦诗心之滥觞。流光虽逝,其情愈浓,每念及此,怅然难消。

至若作诗,起自1983年。然多研习折枝,少作大诗。2017年接任长溪社长,怀提振诗社之心,创作点评必带头垂范。又设"诗学沙龙",躬身示教,诱掖后进,由是诗文累增。退休之际,有《退休戏作》尾联自况:"谁道从今轻似燕,半为闲鹤半为牛。"杖履之吟,孺牛之心,岂非写照?

集名嵌"磨杵"斋名,含磨愚钝、求精微之义。附一百八十首精选折枝评注,美馔共飨,亦裨诗艺。所选折枝兼顾实用,亦可供书法联句抉择。前辈有诗云:"百了何须身后集,双全不及手中杯。"("双、百"一唱)余未能如此洒脱,乃自问:此集何益?思曰:感同怀,益后学。献芹之心,何惭之有哉!

肖晓阳序于甲辰大雪之际

目 录

诗 选 辑

【自咏诗笺】

题伊人小像 /3

四十自咏 /3

下乡感赋 /3

退休戏作两首 /4

自嘲 /4

染疾寄慨两首 /4

霞浦六中五旬校庆述怀 /5

悉教"无用之学"感吟 /5

老身如舟 /5

炎夏吟 /6

与诗偕老 /6

青年节有感两首 /6

【杖履留痕】

龙湫瀑吟 /8

谒中普陀寺 /8

梁野山瀑吟 /8

福州西湖漫兴 /8

再咏留云独怅然 /9

古县村怀古 /11

癸卯暮春旅吟 /11

应邀访漈源 /14

晋北旅吟 /14

旅琼吟 /23

三峡游咏 /25

春屐游痕 /28

观哈尔滨侵华日军七三一部队罪证陈列馆 /31

过沈阳八一公园 /32

四行仓库谒抗战遗址三首 /32

【新世放歌】

嫦娥观世四咏 /33

闻东风导弹试射南海靶标两首 /33

北京冬奥吟两首 /34

闻廿大中医新政 /34

题咏C919大飞机首飞 /35

神舟十七号飞船发射成功寄怀 /35

甲辰龙年畅想 /35

吃定龙年有大瓜 /35

【俚语逸章】

民歌风七绝十二首 /39

【风物萦怀】

霞浦风光摄影诗草 /42

三沙光影饶诗意 /45

题咏寿山石参评国石 /46

咏雪 /47

玉带桥远景题照 /47

建善寺古银杏 /47

咏柳 /47

咏春 /48

得灵璧石山仔 /48

潇湘夜雨 /48

茉莉吟 /48

霞浦福宁大道惊艳紫玉兰 /49

闻宁德大数据产业园落户周宁 /49

涵江荔枝（诗谜）/49

"摩羯"台风过境海口 /50

"摩羯"过后中秋吟 /50

【题咏寄情】

题龚任界水墨芭蕉图两首 /51

刘祖英瓷绘山水配诗 /51

【缅怀素章】

拜马江海战烈士冢 /57

悼袁隆平院士两首 /57

戍边英烈祭两首 /57

挽李克强总理 /58

悼王伟烈士两首 /58

游寿逝世三十周年祭两首 /59

痛悼长溪诗社苏伟庭吟丈 /59

【人事感吟】
盼回归组诗 /60
题赠汤养宗 /62
1992年高中同学会即吟 /62
卅年再聚 /62
1994年为王翔辉高中毕业题签 /62
2017年高中同学会感怀 /63
《诗钟津梁·跋》尾诗 /63
速建火神山医院兴怀 /63
步韵毛主席《送瘟神》/63
庚子春吟 /64
印军衅边 /64
西方染疫感赋四首 /64
福建诗词学会《诗钟通则（试行）》发布 /65
贺长溪诗社乔迁 /65
西园玫瑰 /65
愁吟少子化 /66
遁月难 /66
癸卯中元节 /66
2023年闻霞浦获评中国诗歌之乡 /66
小外孙撒尿 /67
丑书之忧两首 /67
题咏霞浦九小诗词进校园 /67

联 选 辑

【地名集对】
宁德地区地名集对 /71

【胜迹联章】
1999年题霞浦建善寺观音阁正门联 /73

1999年题霞浦法华寺山门联 /73

2000年题霞浦一贝瀑布 /73

2001年题霞浦大京玄武庙 /73

2002年题霞浦云崖寺（马仙娘寺）两副 /73

2004年题霞浦文昌阁 /74

2007年霞浦风物题联选 /74

2010年题塔岗寺山门联 /76

2012年题霞浦八堡村戏台联 /76

2020年题仙桥寺药师佛殿前廊联 /77

中普陀寺题联 /77

2020年题霞浦洪江村报恩亭 /78

2021年题福州张真君庙联两副 /78

2022年题霞浦赤岸地藏寺山门联 /78

2023年题古县联两副 /79

2023年题霞浦古龙寺拟建山门 /79

2024年题仙桥寺山门联两副 /79

2024年题南太姥山摩崖石刻联两副 /79

2024年题霞浦崇儒桥 /80

【幽怀寄挽】

1990 年代撰县文联悼黄寿祺挽联 /81

1990 年悼黄寿祺教授挽联 /81

2002 年代撰福鼎黄敏玲老师悼夫联 /81

2004 年代撰李成波挽姑母（福安净芳法师）联 /81

2004 年挽福安三宝寺住持、省佛协原副会长净慧法师联 /81

2005 年代撰董兰金悼妻联 /82

2005 年题外祖墓联两副 /82

2006 年悼伯岳父王成贤挽联两副 /82

2008 年挽家父联两副 /82

2016 年题家父墓联 /83

2021 年悼阮大维词宗挽联 /83

2023 年清明寄怀联 /83

2024 年清明悼温涛烈士联 /83

2024 年游寿逝世三十周年祭 /83

【题赠酬情】

1997 年为某小官画像（音韵联）/84

1999 年庆澳门回归联 /84

2000 年赠康仲平老师春联 /84

2000 年题同窗陈桂盛、李珊英伉俪新居嵌名联 /84

2001 年题三峡移民霞浦新居联 /84

2005 年赠霞浦县消防队联 /85

2006 年题霞浦晓华闲园联 /85

2007 年撰连芬、国华、婧懿嵌名联 /85

2007 年题小山水美食坊联 /85

2007 年赠岳父八秩寿联 /85

2008年题财富今典酒店嵌字联 /86

2012年赠"正富、金爱"嵌名联 /86

2017年赠李德玉、廖玉清结婚嵌名联 /86

2021年题云芽沐心茶室嵌字联 /86

2021年题指茗茶室嵌字联 /86

2023年赠黄成、邱岚卿嵌名婚联两副 /86

2024年题霞浦八中培德书苑联 /87

2024年赠徐卫灼新居联 /87

2024年赠新加坡书协主席陈声桂嵌名联 /87

【迎春题柱】

1994狗年春联 /88

1996鼠年春联 /88

1997牛年春联 /88

1999兔年春联 /88

2002马年春联 /88

2003羊年春联 /88

2004猴年春联 /89

2005鸡年春联 /89

2006犬年春联 /89

2006年工商银行新楼春联 /89

2007年代撰霞浦县委县府贺岁联 /89

2010年鑫磊混凝土有限公司春联 /89

2011兔年春联 /90

2011年美发店春联 /90

2011年小学春联 /90

2012龙年春联 /90

2013 蛇年春联 /90

2014 马年春联 /90

2015 羊年春联 /91

2016 猴年春联 /91

2017 鸡年春联 /91

2018 犬年春联 /91

2019 猪年春联 /91

2021 牛年春联 /91

2022 虎年春联 /92

2023 兔年春联两副 /92

2024 龙年春联 /92

2025 蛇年春联 /92

【联墨映场】

1993 年"海峡两岸象棋高手赛"会场联 /93

2005 年为霞浦宣传部代撰霞浦招商节联 /93

2006 年霞浦六中青年教工"同心杯"射击赛联 /93

2009 年代题闽东特委霞鼎办事处门联 /93

2009 年代题中共霞浦县委旧址门联 /93

2012 年春节霞浦六中教学楼联 /94

2021 年贺中国共产党百年诞辰 /94

2025 年盐田中学门联 /94

2025 年霞浦三小春联 /94

【应征偶拾】

1996 年霞浦"秘书杯"应征获奖联 /95

2004 年老祖书屋海内外征联大赛应征嵌字获奖联 /95

2006年题太姥山功德堂获奖联 /95

2008年"中国宁德茶业招商会"应征获奖联 /96

2008年广东电白"馨泽苑·两亭一轩"应征获奖联 /96

2009新春霞浦"乡村祝福"应征获奖联 /96

诗钟选辑

折枝诗一唱 /99

折枝诗二唱 /99

折枝诗三唱 /100

折枝诗四唱 /100

折枝诗五唱 /101

折枝诗六唱 /101

折枝诗七唱 /102

魁斗格 /102

蝉联格 /103

双钩格 /103

"笔、伞"分咏格 /103

"香港国安法、北斗系统"分咏格 /103

"霞、浦"分咏格 /104

"松、城"分咏格 /104

"糖塔、曳石"分咏格 /104

"抹布、茶杯"分咏格 /104

"立冬、渔排"分咏格 /104

骈文选辑

师德赋 /107

《兰陵流韵》序 /110

霞浦古县赋 /112

诗论选辑

好诗"六要"论 /117

诗歌尚"虚"论 /135

明·崔嵸《游辟支岩》评注 /143

论诗钟的意象经营 /146

情景与意境维度下的诗钟鉴赏 /159

分咏诗钟创作法探微 /173

玉尺裁量　工巧为尚 /185

诗钟"当句对"与"四字推" /192

"有人无人"之辨 /195

眼字指瑕 /198

诗钟评改例说 /203

诗钟,究竟遵何传统? /207

关于诗钟的若干问题辨析 /215

诗钟,安从往圣继绝学? /224

联事钩沉四十年 /239

姓名谜拾趣 /242

精选折枝诗评注(一百八十首)

一唱折枝评注 /256
二唱折枝评注 /276
三唱折枝评注 /296
四唱折枝评注 /307
五唱折枝评注 /318
六唱折枝评注 /327
七唱折枝评注 /365

附录一　福建诗词学会《诗钟通则》解读　肖晓阳 /375
附录二　福建诗词学会《诗钟通则》/403
附录三　**作者联墨** /419

诗选辑

【自咏诗笺】

题伊人小像

婷婷豆蔻正开时,方寸情迷绰约姿。
秋水溶溶人似玉,春心脉脉意如丝。
灵台矢中如魔着,红叶诗题为尔痴。
难得寸心朝夕共,不辞憔悴复相思。

（作于1983年8月）

四十自咏

卌载蹉跎已半凋,借戈安得鲁阳邀?
职排老九原尊孔,书著有三无辱萧。
树石钟情朋以待,诗联养性玉常雕。
平生耽玩宁容束?端合园丁汗洒苗。

（作于1999年11月）

注:"借戈"用鲁戈回日之典。"老九"指教师职业。"书著有三"指《折纸艺术》《诗钟津梁》《树木盆景》。"无辱萧",因远祖萧何图书继世,故言。

下乡感赋

少逢动乱学多荒,一别师门即下乡。
磨破茧花山垦畈,晒成鳅色海围塘。
担争负重脚何软,活不拈轻气乃强。

稼穑亲躬何所获？情收朴素体收康。

（作于 1999 年）

退休戏作两首

其 一

色衰终得一书休，却喜妾身归自由。
谁道从今轻似燕，半为闲鹤半为牛。

其 二

欢笑未阑头已苍，光驹欲挽奈无缰。
平生得失缘耽玩，岂再荒芜砚一方。

注："半为闲鹤半为牛"，因欲帮小女带外孙而言。此诗作于 2019 年 11 月 20 日，小女读后，即寄赠砚台一方，底刻"愿为闲鹤不为牛"。

自 嘲

曾多心鹜只耽玩，老境原当恋翰香。
自恨凡胎难免俗，砚台闲静灶台忙。

（作于 2021 年正月）

染疾寄慨两首

其 一

似罩金钟挫锐铓，天恩三载敢相忘？

幺魔不掌勾魂笔,任此皮囊一过阳。

其 二

戴得新冠意未惶,此身无计避红羊。
六根才得鼻根净,便识世间无臭香。

注:2022年平安夜开始发烧,而后嗅觉失灵,乃作。

霞浦六中五旬校庆述怀

毕竟深耕廿八年,雪鸿历历岂如烟。
榕垣坛坫耕三寸,松邑黉宫奠一砖。
幸育李桃齐洒汗,欣扛梁栋共承肩。
根生梓里桑榆暖,慰有春园锦绣妍。

(2022年5月)

注:榕垣指福州;霞浦号松城,故言松邑。

悉教"无用之学"感吟

授诸无用但修心,腹笥愿倾惟寸忱。
或恐读多行事少,常忧己浅误人深。
诗联翰墨兼研武,树石根瘤复弄琴。
学必乐之何异玩,圣人义理亦金针。

(2022年5月)

老身如舟

身非长物可羁留,少壮繁思老渐休。

唯有亲情似绳约,儿孙锚铁我轻舟。

（作于 2023 年）

炎夏吟

祝融御暑日蒸酣,我却乘风向海南。
能敌天炎是心热,孺牛自受苦犹甘。

（作于 2023 年初夏）

与诗偕老

盆景石根俱撂荒,与身偕老仅奚囊。
苦心唯有春蚕识,锦绮何辞竭寸肠。

（作于 2024 年）

青年节有感两首

其 一

强摘曾惊花果凋,榴开五月羡红袍。
老夫空有生儿梦,岁月阉人似钝刀。

其 二

犁瀛铁甲压狂涛,效国青春酬志高。
我亦长城砖一块,岂因年老缩分毫。

（作于 2024 年青年节）

郑毅点评：

结语妙！余生平见人作诗，若见人写"某某节日有感"，即不愿读也。何哉？滥觞无奇，人云亦云。至"晓阳诗叔"写《青年节有感两首》，有二奇，以老年人写青年节，此一奇也；前两句平平无奇，后两句奇思妙喻陡起，此二奇也。第一首以五月之花果凋，而榴花独放，想到石榴结子，以石榴结子想到计生政策放开，再联系到自己，空有生儿之梦，奈何岁月如刀，再从刀这个喻体提炼出"阉"字来。第二首，以长城千年之砖自喻，砖未缩分毫，志亦未缩分毫，年愈老而志弥高。两首皆以青春契合青年节，所不同的是，第一首是榴花结子之青春，第二首是报效祖国之青春。皆为比喻，而第一首诙谐，第二首庄重。应节之诗素不好写，唯出奇可胜之，此概鲁迅先生所谓翻出如来手心之齐天大圣也。（郑毅先生为福安秋园诗社副社长）

又评：萧兄乃当代大儒，然无半点厌朽之气。举笔命意，老气犹健，旅途游历，随意成章，如吐芙蓉，如嚼青榄，诙谐有之，正襟亦有之，仰观俯察，各得情性，不啻一部诗词版的文化苦旅，我辈不如也。

【杖履留痕】

龙湫瀑吟

独疑仙子拥云眠,罗带飘然落九天。
风弄千姿晖逗彩,难将奇妙入宣笺。

注:1983 年夏游雁荡山。

谒中普陀寺

地呈莲朵捧明珠,中造普陀风物殊。
溪似玉龙盘圣境,山犹翠凤翥仙都。
福歧久证菩提果,海徼遥瞻自在躯。
堂构辉煌钦匠意,谁知弘法有僧儒。
　　　(作于 2018 年)

梁野山瀑吟

谁掷琉璃天际落,顿飞玉屑化长帘。
气清不肯离山去,洗后尘心恐复沾。
　　　(作于 2019 年 4 月)

福州西湖漫兴

曾经阆苑只归仙,诗境徜徉意万千。

杨柳夹堤抛媚眼,桃花临道灼浓胭。

穿桥舟滑琉璃水,入径衣润翡翠烟。

欲乞清音医俗耳,古园深处听林泉。

（作于2022年5月）

再咏留云独怅然

昔游留云洞,小憩幻尘庵,海天骋目,树石钟情,兴发作留云咏景诗十五首（附后十首）。卅五载重游,面目全非,石皆雕镂,天物暴殄；庙宇壅塞,幽趣荡然,能不怅惋！诗云：

补天遗处本清幽,磊落石山笼碧油。

尘滚庵门犹是幻,云过洞府不堪留。

天雕尽殄人雕盛,青眼重来白眼休。

谁悯石琴声掩咽,风涛长与共鸣愁。

（作于2022年）

附：《留云咏景》十首

1987年,应霞浦留云洞幻尘庵住持之邀,为留云洞景观配诗十五首,并作钢笔写生数幅,后诗画底稿俱失,仅忆得七绝十首。

石 笋

化育尤须掬赤诚,人心经纬破顽冥。

都言山石无灵性,几度春风破土萌。

洞 天 门

盘古开天设此门,分明欲试后来人。

青霄有路终须达,敢向崎岖奋此身。

无弦琴

一搁千年谁得听,渊明去后念伶俜。
无弦岂是知音绝,时有风涛与共鸣。

石 船

轻舟化石洞门关,自入桃津久未还。
他日渔郎归故地,却惊桑海换人间。

试剑石

石破天惊慑鬼神,龙泉奋起力千钧。
一从剑客离山去,更有谁人敢问津。

金钱堆山

金钱着意垒成山,看纵分明欲得难。
道破天机勤是本,黄粱梦好只空欢。

犀牛逐虎

兽王底事怕犀牛,昔日威风此日休。
寄语虎伥毋肆虐,枭雄一世也低头。

一线天

斧凿云崖一线开,天公造化费疑猜。
临渊岂效穷途哭,浩渺烟波入眼来。

玉 兔

纵居天界也艰难,玉杵声声力已残。
但愿人间无疾苦,偷携灵药降人间。

碧 玉 洞

争传美玉洞中藏,夕照今犹焕碧光。
天地精华收瑞彩,珍奇何必出昆冈。

古县村怀古

惯看葛岭幻烟霞,古堞销磨啮老牙。
屯废尚悬吴季月,垣颓犹绽晋朝花。
门联灰剥稽时誉,府第苔侵掩世华。
一瞬苍桑人迹渺,心波直共海瀛赊。

(作于2023年2月)

注:古县村位于霞浦县城南面葛洪山北麓,古称温麻,三国东吴时期在此设立船屯,晋太康三年(282年),在此设温麻县,为闽东政治、经济、军事和文化的发源地。2023年2月20日,应邀带领长溪诗社采风团赴古县采风,爰有诗作,并有《霞浦古县赋》骈文一篇。

癸卯暮春旅吟

2023年暮春,携妻女、外孙游浙赣,历十七日,依次作十二吟。

乌镇雨读桥

吸睛三字最堪骄,驻足谁怜雨读桥。

闻道笃情垂懿范,难医当下世风浇。

注:爱"雨读桥"三字书法,因有此诗。雨读桥是爱情桥,讲的是妻子全力支持丈夫考取功名,于桥上守望三年,盼得丈夫衣锦还乡的故事。浇,浮薄、浅薄。

南浔古镇访张宅

中西璧合肇堂皇,院落纵横逾百房。
深夜舞庭弦管细,不知十里有洋场。

雨中舟游杭州西湖

屏林曲岸发轻舟,水墨氤氲烟雨稠。
早识夏圭湖柳媚,拜迎一路尽夭柔。

注:夏圭,南宋四家之一,擅画烟雨湖柳。

净慈寺闻钟

蒲牢惊吼岂非嗔,烟雨看来亦世尘。
自愧鲸音无觉悟,谁非梦里执迷人。

注:蒲牢,龙之四子,性好吼,铸为洪钟之钮,因遇鲸即惊吼,故钟杵多作鲸形,以助钟鸣,钟声亦称鲸音。

重访飞来峰弥勒造像

卅年重访独神伤,尔尚童颜我鬓苍。
过眼沧桑归一笑,知君原是石心肠。

注:1983年游飞来峰,曾与弥勒像合影。

寻访呼猿洞石窟

窟前阒寂路长荒,不似飞峰过客忙。

佛筏渡人无厚薄，世间咫尺有炎凉。

注：呼猿洞石窟在飞来峰石窟群附近，已荒废。

胡雪岩故园湖石

不意园中遇石兄，皱云拔地起峥嵘。
知君不是凡间物，飞处仙山在海瀛。

沈　园

壁间双阕最伤神，况是花残值暮春。
沈苑碧池浑储泪，半由唐陆半游人。

绍兴景点读联感叹

难寻联墨并称精，大煞雅观鹅趷行。
尽有虚名侵圣地，辱多青眼是双楹。

注：绍兴名胜楹联，许多于律未合，而书写者多是书法名家，大煞雅观。

安昌古镇访师爷馆

莫嗤铜臭嗜如香，一路寻来踏孔方。
颈上同为六斤四，此何活络彼何僵？

注：安昌古镇有绍兴师爷纪念馆，沿街石板路多刻铜钱纹样，铜钱戏称"孔方兄"。"六斤四"指脑袋。

谒朱耷墓

亡明已不执牛耳，却闻宗师八大名。
哭笑写来都是泪，可怜抔土掩才情。

注："执牛耳"指盟主。朱耷二字可拆为"牛、八、大、耳",因亡明已失牛耳,故余"八大"。朱耷写"八大",或似"哭之",或似"笑之"。

景德镇月云堂赏闻香杯青花山水

端凭笔墨读精醇,山水掌中犹畅神。
独爱青花如拱璧,才情汗水并堪珍。

应邀访漈源

青山抱里屋参差,村僻若无尘网羁。
鸟哢屏林环翡翠,鱼翻带水漾琉璃。
曾留朱子崇书院,因仰翱公谒谢祠。
美酒邀吾何所报,秀才故里酿新诗。

（作于 2023 年 6 月）

注：漈源位于霞浦柏洋乡,现名柘头,为谢翱先祖居地,有"秀才村"之誉。

晋北旅吟

癸卯中秋前后,携妻女、外孙游大同、浑源、太原,取道咸阳而归,依次作二十八咏。

咏大同华严寺大雄宝殿

大殿宏开九五尊,四朝精粹聚同门。
劫灰遍地十年乱,却喜此间无斫痕。

注：华严寺原为辽国皇室宗庙,辽金木构建筑。大雄宝殿面阔九

间，进深五间，是全国面积最大的大雄宝殿，故云"九五尊"。大殿集辽代地基、金代建筑、明代彩塑、清代壁画于一身。"文革"时曾作为抄家物品存放仓库，幸得保存。

瞻"调御丈夫"马林题匾

小憩禅门心系边，何期调御息硝烟。
将军殉国从兹别，瞻仰榜书犹肃然。

注：马林，"雅好文学，能诗，工书，交游多名士"，累官大同参将。万历四十七年（1619年）与金兵交战，马林及二子马燃、马熠皆战死。"调御丈夫"匾为马林题写于战死前不久。"调御丈夫"为佛号之一。调御，指调教和驾驭。

瞻薄伽教藏殿合掌露齿菩萨

入殿吾身已在辽，尤欣菩萨柳条腰。
莫轻北狄儒风薄，跣足瓠犀亦窈窕。

注："薄伽"是梵文佛的译音。"教藏"指佛教的经藏。薄伽教藏殿是存放佛经的殿堂，为"八大辽构"之一。殿内供三世佛，存有31尊辽代塑像，描绘佛祖讲经说法的场景。其中一尊胁侍菩萨以契丹少女为原型，发髻高耸，花冠巍峨，面如满月，皓齿朱唇，光脚立于莲台之上，打破女子笑不露齿、衣不露体的封建礼教。郑振铎誉之为"东方维纳斯"。"北狄"是华夏人对北方外族的称呼；"跣足"即光脚；"瓠犀"为瓠瓜之子，喻美人牙齿整齐洁白。

观大同九龙壁

云海腾骧熠熠辉，更期溥澍显灵威。
天公何夺张生笔，不使点睛离壁飞。

注：大同九龙壁为国内三大九龙壁中最大的一面，原为朱元璋第十

三子朱桂代王府前的单面五彩琉璃照壁。"溥澍"指普遍降落的及时雨。"张生"指梁朝画家张僧繇,"画龙点睛"之人。

谒善化寺天王殿

最仰金刚宝剑挥,未祈宏愿我何归。
南洲犹是霸权甚,乞助中华霹雳威。

注:四大天王俗称"四大金刚",各护一方天下,即东胜神洲、南瞻部洲、西牛贺洲、北俱芦洲。四神像通常分列于佛寺第一重殿(天王殿)两侧。"南洲"即南瞻部洲,为世人所在之洲,归持剑的南方增长天王管辖。

咏大同善化寺

古建如书何处寻,最宜善化读辽金。
殿群轮奂皆标本,好悟前贤运匠心。

注:善化寺是中国现存规模最大、最为完整的辽金建筑,其中山门、三圣殿、普贤阁皆为金代遗构,大雄宝殿为辽代遗构。一座寺庙,保存了四座辽金古建筑,这在全国绝无仅有。

云冈石窟双佛同龛

双佛同龛事动听,却多影射在朝庭。
底因弥勒无欢相,铲像凄凄带血腥。

注:鲜卑族拓跋氏创立北魏时,通过佛教来统御汉人思想,宣扬"拜佛如同礼皇帝"。云冈石窟频现二佛并坐的造像形式,多达385龛,这在其他佛教寺庙和石窟中极少见。同龛双佛为释迦牟和多宝佛,源于《法华经·见宝塔品》"尔时多宝佛于宝塔中分半座于释迦牟尼佛,而作是言:'释迦牟尼佛,可就此座。'""却多影射在朝庭"指双佛隐射冯太后和孝文帝。"弥勒无欢相",布袋弥勒出现于五代之后,北魏的弥勒

形象与布袋弥勒迥异,并无欢相。"铲像凄凄带血腥",冯太后为了打击报复献文帝,残酷杀戮献文帝附臣,并铲除异己供养人的雕像,被铲雕像的残余至今可见。

云冈音乐窟

箜篌羯鼓复胡笳,一圃何妨绽百花。
丝路重开生玉帛,八荒协奏和中华。

注:云冈石窟是中国第一个皇家授权开凿的石窟。与我国诸多石窟比较,云冈石窟最具西来样式,既有印度、中西亚艺术元素,也有希腊与罗马建筑造型、装饰纹样、像貌特征,反映出与世界各大文明之间的渊源关系,这在中华艺术宝库中绝无仅有。音乐窟中出现各族乐器同台演奏的动人场景。

闻云冈交脚菩萨像被盗两首

其 一

残窟痕遗满目疮,西夷无道出强梁。
伤情欲裂心头肉,谁悯东方有哭墙。

其 二

交脚或为弥勒身,竟遭劫难落凡尘。
佛门六道无宽宥,菩萨终难渡恶人。

注:交脚坐姿是早期印度和中亚国家帝王及贵族的一种坐姿,是尊贵身份的象征。交脚弥勒菩萨于魏晋时期开始遍布于中土的佛教石窟,尤其是皇家石窟,但交脚观音菩萨像较少见。

过大同土林

纷传幻境属狐仙,风雨镌雕历万年。

残柱颓垣非臆造,乾坤大冶任钩玄。

注:大同土林是华北地区唯一已知的土林景点,是中国摄影家协会和中国旅游摄影网的创作基地。

携外孙登顶恒山

三岁儿童六四翁,携来蹭蹬上恒峰。
卅年后续凌云志,我已登天尔勿慵。

登顶恒山有感

占巅眼界豁然宽,再上青云已万难。
却笑凌霄生傲气,不知绝顶只高寒。

谒浑源栗氏佳城

白玉群雕格自高,功彰济世伏黄涛。
万民竟以河神祭,今少高官殉积劳。

注:栗氏佳城是清朝正二品官员栗毓美的陵墓。栗毓美(1778—1840年),山西浑源人,累官山东河道总督,主持河南、山东两省河务,勤政廉明,治河功著,因积劳成疾,在巡视河情时猝死。道光帝大为痛心,在其家乡敕建陵园,以彰其功德。栗氏佳城为汉白玉建筑群,规格很高,是全国重点文保单位。

圆觉寺砖塔

浑源金塔指禅天,靡靡铃音九百年。
雕像不知悲劫难,依然乐伎舞翩跹。

注:圆觉寺释迦舍利砖塔,位于浑源县城内圆觉寺中,是大同地区现存唯一的密檐塔,建于金正隆三年(1158年),距今八百多年。塔高九层,密檐飞拱,通体砖砌,呈八角形,仿木结构。整塔分为基座、塔

身、塔顶三部分。座基四周雕满浮雕，其中舞乐人像四十个，有长袖舞，有长绳舞，有的手抱琵琶，有的撑羯鼓，有的吹羌笛，有的拍击板，姿态各异，逼真动人。雕刻的花、鸟、禽、兽也各具形态，楚楚动人。圆觉寺毁于日寇，仅存此塔。

月夕餐浑源蔡家酒楼

浑源旅次值中秋，殊有闲心觅馔馐。
闻道高汤羊肉美，朵颐意快蔡家楼。

注：浑源县也是美食之城。城内蔡家酒楼创建于1904年，其炖羊肉名不虚传。

癸卯月夕游永安寺传法正宗之殿

畅游月夕意殊浓，壁画观闻飨宴丰。
谁识国琛传法殿，他年只恐碧纱笼。

注：浑源永安寺始建于金代。现存传法正宗殿为元朝三次重建、扩建而成。元初大书法家雪庵和尚为正殿所题的"传法正宗之殿"匾额，极为珍稀。大殿内壁的巨幅工笔彩画总计达170平方米，是明代壁画中不可多得的精品。882个人物形象，将儒、释、道三教融会一起，画面内容丰富，画技高超。尤其是正面的佛教密宗十大明王彩绘最为考究，形象巨大诡怪，笔力飞动。应笔者乞求，于中秋夜入大殿聆听讲解员介绍壁画。据说，为保护壁画，将来或不再对外开放。"碧纱笼"原指古人视壁上题诗珍贵，用碧纱笼罩保护。

咏应县木塔

气塞两间凌太空，浮图尽拜此间雄。
六檐翼举飞华盖，万斗花张逗碧穹。
殊显堂皇晖色里，倍添雍穆燕歌中。

老眸一瞥犹称幸，或恐来迟杳雪鸿。

注："应县木塔（佛宫寺释迦塔），始建于辽清宁二年（1056年），是世界上现存最高大、最古老、纯木构的楼阁式建筑，与意大利比萨斜塔、巴黎埃菲尔铁塔并称'世界三大奇塔'。塔高67.31米，总重7400多吨，木料用量上万立方米。整个建筑由塔基、塔身、塔刹三部分组成。塔身呈八角形，外观五层六檐，内为九层。该塔不用钉铆，斗拱繁多，有'中国古建筑斗拱博物馆'之誉。"（资料源自中国科普网《鬼斧神工的应县木塔》）"两间"指天地之间；"浮图"即塔；"华盖"指帝王或贵官车上的伞盖；"碧穹"即蓝天；"燕歌"指麻燕的飞鸣声。木塔周围麻燕纷飞，亦是一景；"雪鸿"即雪泥鸿爪，喻往事留痕。

游净土寺

木塔相邻冷热殊，谁知小寺隐明珠。
天宫藻井骄金殿，竭尽精工斗佛图。

注：净土寺毗邻应县木塔而少人问津。该寺创建于金大定二十四年（1184年），明、清均有修葺，但基本上保持原貌。殿内九眼藻井及天宫楼阁精美绝伦，梁思成赞其"构思精巧，妙微入神，玲珑细致，超类绝伦，是国宝一绝"。"佛图"，这里指应县木塔。

题晋词水镜台匾

锣鼓喧天好戏开，人生百态各登台。
休言粉墨非真相，水镜分明照实来。

注：晋祠戏台集亭、台、楼、阁于一身，戏台横匾"水镜台"是晋祠三大名匾之一。

难老泉怀古

一山悬瓮肇源清，波漾龙鳞莎草轻。

枝叶繁昌唐晋地，风云叠起帝王城。

泉名难老何衰老，萍号长生竟往生。

智伯渠枯舟不再，安闻箫鼓昔时声？

注：难老泉为晋祠三绝之一。泉水出自悬瓮山断岩层，清澈见底，长流不息，水温恒定17℃。"难老泉"取名《诗经·鲁颂》"永锡难老"，是晋水源头。其特有的"长生萍"，四季常青，翠如碧玉。李白曾在《忆旧游寄谯郡元参军》中写道："时时出向城西曲，晋祠流水如碧玉。浮舟弄水箫鼓鸣，微波龙鳞莎草绿。"由于挖煤等人为原因，难老泉曾断流多年，后虽实施复流工程，但仍达不到先前的水位，智伯渠不复流水，再也见不到李白诗中景象。"帝王城"指晋阳古城，历史上出现过二十多位帝王。"往生"是佛教用语，俗称死亡。"智伯渠"是晋国世卿智伯为了攻取赵襄子的采地，引汾、晋二水灌晋阳而开凿的渠。后人在旧渠的基础上加以修浚，成为灌溉田地的水渠。

咏晋祠周柏

莫嘲此老态龙钟，试问江山谁主公？

人世沧桑何足叹，三千岁月一盹中。

太原永祚寺双塔

为有崇文笔耸天，弹痕昔日忆硝烟。

何妨也作金鞭看，文武双兼祚永延。

注：太原永祚寺双塔，均为砖石结构，构建技巧精湛，誉"文笔双峰"。原名宣文塔，因宣文皇太后资建得名，建成于明万历四十年（1612年），距今380多年。两塔均为13层，全高都在54.7米以上，在中国所有双塔中居首位。

谒宝贤堂

珠玉侵眸任揣摩，碑林涵泳溯长河。

入堂便与古贤晤，欲告书坛丑字多。

注：现存太原永祚寺宝贤堂的《宝贤堂集古法帖》，是全国唯一保留原石的明代法帖，是中国帖学史上占有重要地位的王室巨制，是极为全面的书法资源，震撼了整整一个时代，带动明中期书法走向浪漫主义风潮，使士大夫、文人、书家意识到"取法高古，变古出新"，文徵明、董其昌是受此思潮影响的代表人物。"丑字多"指当今书坛充斥丑书法的现象。

晋商博物院观感

汇票融通逾百家，端凭信字走天涯。
时人莫认西夷好，盗性未泯焉比华。

太原杏花堂飨乔府醋鱼

酸甜爽口复酥松，跃鲤形摹意味浓。
莫笑焦鱼无复活，一经烧尾蜕成龙。

注："烧尾"指鲤鱼跃过龙门之时，天雷击去鱼尾，鱼乃化身成龙。

登凤凰台两首

其 一

仙祖飞升迹不留，凤台云过每凝眸。
萧家本是神仙裔，霞馆于吾不必求。

其 二

跨凤分明一瞬前，人间天上本殊年。
高台神思冲宵汉，爽籁依稀到耳边。

注：凤凰台是陕西省重点文保单位，关中四大名台之一，被誉为

"咸阳古城明珠"。相传，秦迁都于咸阳，秦穆公之女弄玉吹箫，引凤于此。《列仙传》载："萧史者，秦穆公时人也，善吹箫，能致孔雀、白鹤于庭。秦穆公有女字弄玉，好之，公遂以女妻焉。日教弄玉吹箫作凤鸣。居数年，吹似凤声，凤凰来止其屋。公为作凤台，夫妇止其上，不下数年。一旦，皆乘凤凰飞去。""萧家"，肖姓原是萧姓，笔者戏言自己是萧史后裔。"霞馆"指仙人居所。"爽籁"指参差不齐的箫管声。

旅琼吟

海甸河灯幕夜景

或为霞阙或龙宫，不识身居第几重。
谁撷繁星作珠绣，秦淮灯火竟平庸。

（作于 2023 年 8 月）

浮粟泉

已无珠泡吐清池，地气衰微谁复知。
藻思都随飞粟绝，不愁荒馑但愁诗。

（作于 2023 年 8 月）

注：浮粟泉位于海口五公祠内，是苏东坡指导乡民挖掘的井，因冒密聚小气泡如浮粟而得名，而今浮粟已绝。

万宁仙女潭即景

净沚幽潭翠幕笼，最宜境僻坐清风。
碧泉凝作琉璃镜，犹演浮云过眼空。

（作于 2023 年 8 月）

日月湾冲浪观感

一曲风涛海韵殊,看人浪板跃音符。

却虞倭鬼倾污甚,他日空滩涌泪珠。

(作于 2023 年 8 月)

椰城行道树

排排光杆顶三毛,不肯遮阴多半毫。

何奈祝融长御晷,满城天火几难逃。

(作于 2024 年 1 月)

紫檀行道树

不随椰树弄高枝,铁骨偏如柔柳姿。

一路躬迎情至笃,荫人翠幄织千丝。

(作于 2024 年 1 月)

注:大叶紫檀为海南常见行道树之一。

海口西海岸沙滩即景

金榻碧衾幽梦多,龙宫艳色隐洪波。

天风空有窥春意,难卷花边揭绮罗。

(作于 2024 年 1 月)

过骑楼美食街

昔时热闹此时凉,触目空楼忽感伤。

莫拟风轻讥败象,人生俱是冷收场。

(作于 2024 年 1 月)

海南凤凰木

殊有风姿况盛装,明花灼灼灿如燃,
休轻南国原边鄙,浴火终能晋涅槃。

(作于 2024 年 1 月)

乙巳除夕宴游骑楼老街

骑楼街老盛人烟,风衍南洋逾百年。
岂止美馐年味漫,花灯一路客摩肩。

(作于 2025 年 1 月)

三峡游咏

口占代题三峡行舟图

2024 年 4 月 8 日晚,登"长江三号"游轮,尚未入住,遇八旬老人作峡江行舟之图。余驻足旁观,闲聊得知画家乃美籍华人,四十多年前曾游三峡,此次归国重游,应"君临旗袍"店主之邀,欣然命笔画峡江之景。画毕,空白处尚缺题辞。荆妻怂恿余作诗补缀,乃口占七绝一首,即兴吟唱,复乘兴题画。画家(莫少江)续署名画印,遂成合璧。诗云:

卅载曾游感慨稠,毫端泼墨共江流。
而今再续烟霞梦,只把诗心托小舟。

访三峡工程博物馆有感

百万搬迁事可歌,齐心只为绘山河。
尧天共戴家原大,却忆戚然离泪多。

观三峡大坝

浑如巨剑斩蛟龙,大坝巍峨排碧空。
喝令洪魔收野性,平湖千里畅艨艟。

泊秭归

秭归不是姊来归,故井沉江事已非。
纵使招魂何处托,遥怜屈子与明妃。

过西陵峡

道辟江边留客踪,西陵得是旧时容?
千岩削玉冲银汉,一水烧蓝匝翠峰。
霞共人烟天半袅,溪萦龙气谷间封。
画廊毕竟非凡作,造化濡毫春色浓。

注:烧蓝,将蓝色矿物颗粒烧结在胎体上的一种工艺。

峡谷遥瞻神女峰

久慕芳名今始逢,依然高冷立遥峰。
轻纱未揭犹飘渺,不向鲰生展玉容。

天路看巫山

巫山雄气冲天庭,朝暮烟霞幻翠屏。
峻岭下萦罗带水,才怜傲兀复娉婷。

隔江遥望神女峰

曾慕高唐荐楚君,为看神女厌氤氲。

鲛绡褪却玉容现,却少元君笔下云。

注:元稹有"除却巫山不是云"句,巫山云与神女峰不能同时得见。

游轮电影《巴山夜雨》观感

压顶乌云重若磐,不惟神女泪潸潸。

夔门一入诗情涨,同是骚人境两般。

注:电影讲述"文革"期间,押解著名诗人秋石,于三峡客轮上发生的故事。伤痕文学,催人泪下。

过 夔 门

难觅夔门旧日容,情随新涨逐蒙冲。

既添碧水十分秀,不计稍消一点雄。

注:蒙冲,又作艨冲、艨艟,古代指进攻性快艇。三峡工程完工后,奉节段水位上涨145米,一定程度上削弱了夔门的雄气。

诗城遣怀

滟滪回澜鬼见愁,何多风物葬江流。

瞿塘原是催诗地,恃有瑶章万首留。

注:奉节誉诗城,此处有白帝城、夔门等名胜。

白 帝 城

白帝托孤遗恨吞,川流怀古咽夔门。

无情最是山前水,抹去风流无片痕。

注:白帝城及唯一与陆地连接的地带现已被水淹没,成为江中孤岛。

逛丰都鬼城

一如探路到黄泉,试问谁窥来世缘?
过此如云冠冕客,再逢地下各空拳。

鬼城联想

心肠存善气终平,唯物唯心理莫争。
信鬼或无临死惧,此生失意有来生。

游鬼城恰值阎王婚庆日

三月初三恰吉辰,阎王婚庆喜人神。
阴曹蹭酒虽无分,却有良箴促自新。

罗刹女鬼

惑人罗刹亦娇娘,猎色终将悔胯裆。
闻道石榴裙下鬼,闯关难过转轮王。

注:鬼城门口山径两侧摆列各种鬼的雕像,罗刹女鬼为其中之一。

游武隆地缝

斧劈青山坼地门,俯身窥缝骇幽昏。
谷深凛若人如蚁,洞广森然客惧蚖。
水激深潭雷震耳,雪崩高壁瀑惊魂。
随流出峡忽天敞,觉似还阳沐暖暾。

春屐游痕

1981 年至 1987 年,笔者先后教授霞浦三中、霞浦六中体师班(共三届)、宁德师范霞浦分班部分学生散打。卅载睽违，颇念门生，乃邀约甲辰春游，爰有诗作。

初春游鸳鸯草场

平原抟捏作峦丘，造化运钧殊胜留。
未醒山容悭笑意，遍枯青草惹闲愁。
十分春色犹能待，百载人生无倒流。
寄语东风勤点染，翠微如浪好嬉舟。

注：2024年3月7日，应柘荣学生黄文明之邀，游柘荣鸳鸯草场，惜草未转绿。

登白云山顶

拾级悠然上碧空，万山拜伏笑才庸。
位高藉是白云奠，岂诩凌巅我作峰。

注：3月20日，应福安门生之邀，登白云山顶。

师徒汇聚白云巅

当年飒爽虎生风，踢打摔拿俱进功。
卅载追询学何益，长才临用幸无空。

戏题晓阳镇奈何桥

忽讶前桥即奈何，止行或恐见阎罗。
人间罕觅忘情水，便拟痴心学孟婆。

穆阳溪桂林桥上即景

瑟瑟溪边抹绿黄，田园煦润换春装。

桥如闩锁诗难閟,心共炊烟萦远方。

穆阳溪古码头

古木连阴压碧溪,桃花隔岸映琉璨。
泊舟已杳诗何继,一鹭划波便破题。

注:穆阳溪古渡头对面为桃花岛。

咏穆阳虎头村桃花三首

其 一

人同蜂蝶并痴迷,明艳真如女及笄。
莫向此间夸寿果,花娇何忍想春泥。

其 二

俱道春膏育好花,谁知绣腑属田家。
为裁仙境千张盖,扯得天边一片霞。

其 三

移自瑶台殊有姿,凡胎莫与斗胭脂。
无端绯艳遭訾议,色赋风流独此枝。

春访溪塔葡萄沟

来迟惜已卸华妆,惟听清溪漱玉忙。
待到绿云笼玛瑙,还来坐石共飞觞。

重游福安廉村

明溪古木意冲恬,苜蓿餐贫但养廉。

芳誉不随流水去，一川清泚作针砭。

访福安新一中

旧梦五旬犹觉香，廪山树洞戏迷藏。

今依蝠岫开新境，雄府楼如鹏翼张。

注：福安一中为笔者母校，旧址在廪山。新址在溪北洋，依蝠山而建。3月21日，门生李振堂邀约探访新校，但见楼宇气派非凡，兴至而作。

咏福安流米岩

莫怨来迟绝米流，九原稻穗复何求。

袁公恩渥真堪祭，不必孜孜拜石头。

注：4月20日游福安流米寺、狮峰寺。"袁公"指袁隆平。

题狮峰寺聪明泉

尚愚尚智究何求，儒道从来不共流。

闻讯聪明多折寿，持瓢欲饮复踌躇。

附：樽前咽泣

暌违重聚侑觞壶，问讯诸生境各殊。

涕泪难禁惊四座，因悲璧碎失门徒。

注：甲辰正月十一，门生陈进宝设宴，席间谈及往事，顿生悲戚。

观哈尔滨侵华日军七三一部队罪证陈列馆

郁气如磐久压胸，不堪读史血腥浓。

门前络绎人如涌,看是长城亦似龙。

(作于 2024 年 7 月)

过沈阳八一公园

满园武备爱东风,器旧更彰今日雄。
马放南山原是梦,置身犹惕在林丛。

(作于 2024 年 8 月)

四行仓库谒抗战遗址三首

其一

库楼当日亦雄关,为有孤军气若山。
诀别遗书昭死节,男儿八百去无还。

其二

苏州河畔感腥风,隔岸笙歌渐销雄。
忽见墙根花几束,如碑残壁傲苍穹。

其三

来谒人流春复冬,鲜花溅泪此心同。
孤军扼腕凄凉境,弹洞今犹吼朔风

注:2025 年 4 月 26 日谒上海四行仓库抗战遗址。

【新世放歌】

嫦娥观世四咏

种　岛

一觉醒来惊世殊，玉盘倏忽现明珠。
才疑海市生迷梦，复喜南滨起大都。

高　铁

一道白光侵月宫，九原驰骋疾如风。
孔丘御术复何售？昔驭马车今驭龙。

蛟　龙

天上人间已尽看，欲游洋底万般难。
一从窃药身轻燕，怎似蛟龙探海欢！

神　舟

广寒寂寞不知年，意冷慵看海变田。
忽报神舟将欲访，难禁喜泪舞蹁跹。

注：作于 2018 年，改革开放四十年之际。

闻东风导弹试射南海靶标两首

2020 年 8 月 26 日，中国青海、浙江分别发射东风-26、东风-21D 弹道导弹，击中南海靶标。

其 一

百忍非唯菩萨肠，本尊面目亦金刚。
只今示现降魔杵，鬼胆虽粗料不张。

其 二

莫矜雕猛任猖狂，不过鸢飘纸一张。
壁垒金汤安可犯，东风鸣镝慑天狼。

北京冬奥吟两首

其 一

已驱烟瘴已医疮，地母焕然披素装。
谁识春风似来诏，徂徕八极凤麟翔。

其 二

本是一村须共襄，恼人长舌鼓风凉。
东家喜事嘉宾满，却笑西家鸡肚肠。

（作于 2022 年 2 月）

闻廿大中医新政

杏林何忍逼严霜，鼓吹西风不肖狂。
几绝瓠壶赓华扁，更忧柳叶宰岐黄。
五行运岁难穷赜，三指回春自有方。

橘井从今无涸滞，青枝甘露九垓扬。

（作于 2022 年 10 月）

题咏 C919 大飞机首飞

素志由来不伍蜩，鲲鹏豪气在凌霄。
只今仰仗东风劲，双翼能将日月挑。

（作于 2023 年 6 月）

神舟十七号飞船发射成功寄怀

浮槎几度建霞宫，却笑西人妒眼红。
门对德邻终不闭，不惟天下号为公。

（作于 2023 年 10 月）

甲辰龙年畅想

壶口黄流忽转清，岂非吉象兆昌明。
青龙再起海天阔，从此雷霆虎咒惊。

（作于甲辰新春）

吃定龙年有大瓜

2024 年是百年未有之大变局的转折之年，入夏更是风云激变，"大瓜"不断，兆示"来年不在旧乾坤"，因有所感，乃作杂吟十五首（选十三首）。

龙年看大戏

好戏频催锣鼓挞,尤钦新剧笔生花。

坐看环宇舞台小,吃定龙年有大瓜。

注:"吃瓜"为网络词,意指消遣新闻。

仁爱礁执法

隐忍长年鹊让鸠,蒲鞭莫认是优柔。

五洋捉鳖遂宏志,钓饵原来用马猴。

中阿高级军官研讨班在华举办

久憎雕鹫蔽天昏,遂起蜇龙招虎贲。

今夏风云惊迅变,来年不在旧乾坤。

注:6月18日至7月2日,中国—阿拉伯国家高级军官研讨班在京举办。

我电子战舰完胜美军环太军演舰队

已掉獠牙笑式微,只余嘴炮满天飞。

应知病虎如猫弱,寄语群狐莫假威。

湛卢吟

由来宝剑出吾乡,自有神威压众强。

知否湛卢曾出鞘,寒光慑魄却天狼。

注:湛卢(谐音"战颅")为古代五大名剑之首。"战颅"为中国军用智能指挥系统,曾在2022年南海对峙中,自动指挥052D舰载激光炮"亮瞎"美澳P-8A飞机。

艾森豪威尔航母红海挨揍

铁棺巡弋自寻挨,笞挞方能使学乖。
红海虽深难洗耻,老胡打脸用拖鞋。

注:艾森豪威尔航母在红海护航期间,遭也门胡赛武装(戏称拖鞋军)四轮导弹袭击。

清场中东与非洲

正欣路带展蓝图,却恼蝇随几处污。
举纛连横驱腐恶,弟兄四海义非孤。

中国派兵入白俄

不容炸馆血空流,未遂犁庭誓不休。
扫黑焉能辞道远,迅持铁帚入东欧。

中美博弈有感

海陆欣看一局棋,我操胜券彼忧疑。
小儿毕竟弈龄短,欲敌雄谋等自欺。

痛忆银河号事件

孱弱曾嗟唾面干,银河忍泪不轻弹。
而今天海归鹏翼,几个幺魔敢阻拦?

闻日本装备中程导弹

只恨当年未洗仇,犹遗倭孽复邪谋。
何妨祭出钟馗剑,且待东瀛鬼探头。

诗选辑 | 37

《非攻》读感

墨家兼爱倡非攻,何奈丛林虎豹凶。
但使枕衾香梦暖,疆场犹要血濡锋。

东风洲际导弹再次试射成功

泼天富贵降神州,股势噌噌气若牛。
鞭策金资趋上国,竟因一发窜天猴。

【俚语逸章】

民歌风七绝十二首

　　1980年代，霞浦长溪诗社曾举办一期不限主题的"七绝体民歌"（即竹枝词）征赛。所得作品多通俗易懂，乡土气息浓厚，且寓教于乐，诙谐有趣。故宣唱之日，会场气氛活跃，令人难忘。可惜没留下文字资料，仅记的张景骞先生所作："土地公公土地婆，缘何满面泪痕多。儿孙不肖将吾卖，多盖楼房少插禾。"此诗应"珍土保耕"政策而作。2022年，长溪诗社再次发起民歌风七绝创作，旨在拓展创作新路，倡导运用俗语、俚语，化俗为雅，寓庄于谐，体现通俗易懂、生动风趣的诗风。应社友要求，率先作十二首以示。

一

　　鸭翻跟斗弄鹅惊，搅得西边不太平。
　　我自居中无置喙，爱听鸽哨厌鹰争。

　　注："鸭母翻跟斗弄鹅惊"为霞浦俗语。此诗以俄乌争战为背景而作。

二

　　购房为墓岂荒唐，阳宅价无阴宅昂。
　　他日拜求身后事，应从土地转城隍。

三

　　雌雄不辨玉同糠，人似青蛙尽绿装。

十载荒唐如梦过,年年春晚舞霓裳。

四

一碗田螺九碗汤,厝中穷到响叮当。
若非春暖扶贫后,哪有黄连变蜜糖。

五

好德月娘来洒银,却叹梦美不医贫。
应知赌局浑无懈,鸭母蛋生还主人。

注:"鸭母生蛋还主人"为霞浦俗语。

六

欲得胃舒先戒馋,公仓富足莫贪婪。
察奸众眼如明镜,老鼠难逃挨扁担。

七

咸水潮潮洗面青,横行蟹众竟忘形。
长戈坚甲安能恃,除黑铁锤如迅霆。

注:霞浦人用"咸水洗面""青面"指暴戾、易翻脸。

八

天网毒枭谁更强?刀尖跳舞最心慌。
哪天一粒花生米,万贯难通十殿王。

注:"花生米"比喻子弹。"十殿王"即十殿阎王。

九

当尽家财剩裤头,形骸枯槁涕横流。

烟枪能屈英雄汉,老虎无牙逊马猴。

十

留云洞外娲遗石,却悯雕镌尽剐痕。
他日玉皇来问责,土神无泪诉蒙冤。

十一

一部手机行四方,钱囊不必伴皮囊。
时髦美女衣多洞,不怕贼盯唯怕狼。

十二

往昔餐餐番薯钱,腹多怨气窍生烟。
今非忆苦思甜日,薯叶堂皇上美筵。

(以上作于 2022 年 10 月)

【风物萦怀】

霞浦风光摄影诗草

2017年5月,应霞浦七中校长之邀,为其校园内墙面作文化设计,确定以霞浦风景名胜摄影绘画配传统诗歌的方案,作七绝十八首。

咏杨家溪

素娥罗带落山间,化作柔波映翠鬟。
谁道无情唯逝水,溪流挽客七回湾。

杨家溪枫林

擎来千炬欲烧天,点就红霞似斗妍。
底事人同枫共醉,一溪醇酒任流连。

烟雨杨溪

满目氤氲水气蒸,诗心托与小舟乘。
淋漓墨是天公泼,俗笔人间信不能。

下浒沙滩

潮平一鉴海天连,潮退黄沙万丈毡。
卧享熏风轻浪抚,等依慈母百般怜。

大京沙滩

瑟瑟波推玉满滩,镶边翡翠拥金盘。

天遗画卷成佳境,古堡横潮并壮观。

大京城堡

福地屏藩六百年,海门今已熄烽烟。
倭心未死终须惕,九域成城壁垒坚。

大京城堡眺望笔架山

谁人五彩绘宏笺,笔架遗来不计年。
他日相逢邀巨擘,再沾海砚写长天。

虎 镇 塔

曾闻五虎下西洋,便造浮屠镇兽王。
为有大雄驱众恶,人间正道岂容伥。

建 善 寺

闽东首寺逾千年,沩仰宗开五派先。
筛月榕林禅意在,对门碧海映诸天。

注:游寿题建善寺山门联云:"月灿榕林围一谷,波摇松岛应诸天。"

留 云 洞

唯有相思满岫林,雯华一去再难寻。
君看海上云来往,仙驾宁闲济世心?

注:留云洞周遭遍布台湾相思树。

杨家溪榕林

榕阴一路翠云凉,蔽日连连巨盖张。

谁道无情唯草木，北迁不肯过霞乡。

注：据闻榕树分布最北到霞浦为止。

罗汉溪

石臼奇观一谷藏，枕流漱石远名缰。
喧嚣却是漂流客，山水亲昵乐未央。

北礵观海

天海无垠豁我眸，四礵都在画中游。
云绵拭出无尘境，汗漫琉璃更滑舟。

七佛城

唐时不第七书生，共聚玉山修炼诚。
开悟一朝升佛国，笑看尘世苦纷争。

海上仙都

半隐云烟半露峰，仙人驱驾雾重重。
何当借得琴高鲤，也向三山觅秀容。

注：琴高为骑鲤仙人。

海月窥舟

半轮窥海似含羞，云月微明夜更幽。
一枕微波恬美梦，顿抛辛苦与忧愁。

夕照渔归

耕海劬劳沐雨风，不教潮汐去来空。

夕辉镀处渔归晚，踏水金声慰苦功。

空海纪念堂

避险曾从此入唐，长溪水远接扶桑。
只今时有来朝客，文脉徂源仰我乡。

三沙光影饶诗意

  2019年，应霞浦三中校长之邀，为其校园景观改造和文化墙设计作总体规划。因校长欲仿七中诗画墙形式，便甄选三沙"光影小镇"之图九幅供彩绘，配七绝九首。

海曙奇观

长夜幽幽似孕胎，海天一缝漏红来。
恨无妙笔描神韵，微曙看同混沌开。

花竹观海

海峤登临迓曙光，水云来看幻霓裳。
沉浮都在眼前识，山岛微明波浩茫。

烽火岛

海徼烽台久熄烟，后昆尽享太平年。
倭奴贼性何曾泯？志士尤当枕剑眠。

三沙渔港

曾谋方略建三沙，形势峥嵘壮我霞。
难割闽台衣带水，风樯林立肇繁华。

注：孙中山《建国方略》中曾将三沙纳入港口建设规划。

桃城遗址

当年鏖战已如烟，萧飒残垣不复前。
唯有山花犹血色，启人怀古念桃仙。

东壁夕辉

迤逦青山向远方，摛文水阔动天光。
八方来客同潮涌，赶趁残阳摄影忙。

霞海晨烟

玉人窈窕扮晨时，妙曼轻纱隐约姿。
莫道雾开神色改，妆容浓淡总相宜。

东壁人家

云水空蒙入画佳，惯看舟楫向天涯。
斯人应是能容物，海气熏陶有旷怀。

晴晨赶海

银浪金滩富庶乡，弄潮筶箵趁晨光。
白云似羡渔人乐，也拟长丝织网忙。

题咏寿山石参评国石

一如选美斗千姿，国石欲争青眼垂。
佳丽九州谁得宠？寿山村里出西施。

注：此诗在 2006 年首届寿山石诗会征赛中获奖，入编专辑。

咏 雪

小世纷纭失本真,恒沙一粒演红尘。
只今洗得乾坤净,白雪人心共素淳。

（作于 2019 年）

玉带桥远景题照

舒展蛾眉一抹青,嵌空犹有玉珰明。
休将短棹探深浅,漾后秋波总复平。

（作于 2019 年）

建善寺古银杏

艳羡周身琥珀装,倏然翠羽换鹅黄。
凋零我不嗟秋扇,满地琉璃证佛乡。

注：作于 2019 年 12 月，刚退休，见银杏落叶，略有秋扇见捐之想。佛乡以琉璃为地，金绳为界。

咏 柳

水开奁镜照梳妆,如裳轻烟舞羽裳。
却恼依依垂万缕,骊歌动处总牵肠。

（作于 2020 年 3 月）

咏 春

山明如笑听啁啾,猎艳飨吾花满眸。
撩动春心风解意,水生媚魘亦含羞。

（作于 2020 年 4 月）

得灵璧石山仔

买山岂是学支公,峻岭袖珍犹气雄。
泉石膏肓今可解,畅神都在卧游中。

（作于 2020 年 5 月）

注：支公，东晋高僧支遁，字道林，欲买山隐居。

潇湘夜雨

庚子夏南方广涝,时逢兰陵诗社以"潇湘夜雨"征诗,乃作。
夜雨穿肠箭万千,诗心淹后重如铅。
民犹刍狗潇湘泣,责罢龙王思补天。

（作于 2020 年 7 月）

茉 莉 吟

一如清水孕神胎,点点枝头冰雪皑。
谁道素心情必淡,香囊偏向烈阳开。

（作于 2022 年）

注：神胎指珍珠。

霞浦福宁大道惊艳紫玉兰

千枝演示笔生花，欲与诗人斗丽华。
鞭策文心无造次，肯教藻思媲飞霞。

（作于 2024 年 3 月）

闻宁德大数据产业园落户周宁

其 一

园植碧梧饶凤纹，徂徕百羽日纷纷。
应知各路神仙法，端赖家山一片云。

其 二

昔恨山高僻路难，今欣万汇纳云端。
物联一网惊殊胜，妙运神机非算盘。

（作于 2024 年）

涵江荔枝（诗谜）

毕竟吾霞美女乡，青山簇拥绛衣娘。
红袍一脱冰肌露，为报垂怜献玉郎。

（作于 2024 年啖荔时节）

注：霞浦号"美女之乡"，涵江更有美人镜景观。

"摩羯"台风过境海口

无端摩羯自兹过,天意伤仁究若何。
密雨横飞惊万箭,飓风怒吼骇群魔。
满途折木春容瘦,遍地碎玻秋泪多。
劫后不堪城尽裸,何当老眼看婆娑。

注:2024年9月6日"摩羯"过境海口。

"摩羯"过后中秋吟

去年此夜檀林月,镜照风枝秀发梳。
今次狂飚薅万木,可怜园秃月如初。

(作于2024年中秋)

【题咏寄情】

题龚任界水墨芭蕉图两首

其 一

胸中风雨此渊含，浓淡湿干挥墨酣。
气韵逼人知笔健，楮君不色复何惭。

其 二

毫端如听雨风吟，迸溢才情水墨淋。
涨绿芭蕉浑欲滴，近前犹恐染衣襟。

（作于 2020 年 10 月）

刘祖英瓷绘山水配诗

2021 年，艺术学博士生导师谢钟梁先生请求笔者为江西省陶瓷艺术大师刘祖英的六十幅瓷瓶山水画和一幅大型瓷板青花山水起名，并配七绝或七律，拟入编《刘祖英陶瓷艺术作品集》。选录部分诗作于下。

树荫钓舟

飘然一棹共鸥闲，载酒垂纶没雨烟。
放浪形骸于瓮盎，逍遥衾簟以江天。
羁无宠辱渔竿下，过尽沉浮野艇前。
谁道无情唯草木，垂阴老树亦相怜。

双瀑鸣弦

钟俞遥忆已如仙,水冷牙台不再弦。

流水高山何处听,弄琴双瀑协村烟。

注:钟俞,钟子期和俞伯牙。牙台,俞伯牙琴台。流水高山,古琴曲《高山》和《流水》。

待造熙春

荣枯嬗替岂伤时,干老无忘促嫩枝。

翠盖微张迎百鸟,玉柯渐长竞双螭。

恩情最仰温暾沐,膏泽长叨惠澍滋。

莫笑弱条浑乏力,大材凌汉待天期。

注:翠盖,饰以翠羽的车盖,此喻树冠。螭,古代传说中没有角的龙。古代建筑、工艺品常饰以螭。天期,上天规定的时期。

山水清音

清音一谷曲何高,地僻禅心愈自牢。

水未出山犹玉洁,好将清瀑洗尘嚣。

注:水未出山,杜甫诗句云:"在山泉水清,出山泉水浊。"

翠云覆峡

峡谷分明神斧开,满天翡翠压山来。

人家几处云中缀,如瓮溪声梦里回。

云山妙境

云山妙造境何殊,勾我心猿却阻舆。

案上卧游神畅达，但疑烟霭湿琴书。

龙凤天姿

嶙峋骨骼老尤奇，爪舞翼张龙凤姿。
不惹攀髯生妄念，为人庇荫未偏私。

注：攀髯，典出《史记·封禅书》。传说黄帝铸鼎于荆山下，鼎成，有龙下迎，黄帝乘之升天，群臣后宫从上者七十余人。余小臣不得上龙身，乃持龙髯，而龙髯拔落，并堕黄帝之弓。百姓遂抱其弓与龙髯而号哭。后"攀髯"用为追随皇帝或哀悼皇帝去世的典故。

群峰笏起

群峰如笏向天朝，报与人间尽舜尧。
为有东风膏泽广，僻村春色也妖娆。

一亭翠雾

江干人去草亭空，雾里看山意万重。
不识晨昏浑隔世，只缘仙气漫诸峰。

瀑音鸟语

带水何时高挂峰，草亭终日听吟龙。
山家户牖无帘幕，雾作轻纱罩几重。

树屏峰障

林拥孤村笼岫烟，岩如枕席倩谁眠。
何当携酒高台上，对酌青山学谪仙。

守望草堂

身似罗锅不自哀，从来刀斧向梁材。

逢迎作揖君休笑,为报主人辛苦栽。

注:以画中树为吟咏对象。

吊楼拥翠

树石峥嵘此境幽,晨晖侵梦听啁啾。
一窗山气蒙青缥,四境风光入吊楼。

弄姿崖顶

崖顶拏云有铁枝,何曾风雪屈英姿。
居高终不忘卑下,俯探深渊冷暖知。

对瀑清谈

论道岩台人有三,悬河高瀑共清谈。
僻居世外无干涉,心镜澄明似静潭。

峰举高亭

峰举亭高向九天,会当凌顶小山川。
一从眼界宏开后,虚幻人间看似烟。

雾隐桃源

林屏山口雾霏霏,难抑诗心入翠微。
欲效渔人探胜境,一蹊深处看桃绯。

烟树人家

岩似围城树似屏,人烟一撮上螺青。
忽闻幽坞鸡声起,便引珠喉曲动听。

山原雪霁

一夜山原着素装,天公不喜世尘扬。
时人活络寒无忌,却喜琼琚暗孕香。

注:琼琚,精美的玉佩,喻雪。

一天鸟语

山头雾漫色朦胧,山脚参天树郁葱。
翡翠堆中楼阁秀,一天鸟语入闱中。

深山僻隐

僻隐常同树石亲,云岚拭处境无尘。
山中岁月长孤寂,只把青峰当友人。

江山览胜

嶙岣山势似高骞,为饱风光欲占巅。
云水微茫无限意,白帆引目到天边。

尘嚣如隔

岩树悠然村坞安,山容不见雾何瞒?
淳风不让浇漓染,一隔尘嚣只栅栏。

阅尽沉浮

高嶂围中小筑安,风过窗下起微澜。
一亭俯处江千古,淘尽风流水尚湍。

云亭琴意

嘉木多姿伴踽行，琴心寄处境何清。
风亭不阻浮岚过，好抚流云听水声。

虎峰雄踞

桃源民性本温良，鸡犬相闻隔梓桑。
莫道岁华长静好，虎峰雄峙拒天狼。

山亭观象

流云飞瀑各争先，岩石纷纭若举拳。
小驻燕亭观气象，我心清静众山喧。

林泉清逸

支遁买山思绝埃，此生何处觅蓬莱。
身心安顿林泉里，笔底烟霞任剪裁。

题刘祖英《山水大观》大型青花瓷板画

一从丘壑写胸襟，便引神游入梦深。
霞幻蓬瀛辉晓夕，烟迷泰华变晴阴。
溪声侵枕恬琴韵，鸟语萦窗悦笛音。
咫尺大观饶气象，暂凭坐忘摒尘心。

【缅怀素章】

拜马江海战烈士冢

七百忠魂恨未休,携妻拜冢泪横流。
千夫指骂前朝腐,尽把马江难洗羞。

注:2017 年 3 月 26 日谒马尾忠烈祠。

悼袁隆平院士两首

其 一

上苍底事夺高贤?天国何曾有稻田?
人世饿殍犹未绝,从今宵壤各心牵。

其 二

十亿无饥恩胜天,问吾所报涌何泉?
酬君唯有两行泪,流向潇湘听泣鹃。

(作于 2021 年 5 月)

戍边英烈祭两首

其 一

谁道苍天不动容,万山缟素起悲风。

今春祭扫君毋忘,遥向西南酹一盅。

其 二

虎贲何处见军魂,碧血催春花满园。
耽湎韶光长静好,应知边境有昆仑。

（作于 2022 年 2 月）

挽李克强总理

永别凄凄泪湿裳,秋心最不耐霜凉。
来年欲报瓯重整,天上人间共庆觞。

（作于 2023 年 11 月）

悼王伟烈士两首

其 一

日近清明眼泪多,英雄四一葬洪波。
料知万水归南海,家祭真堪三酹河。

其 二

英雄葬海起悲氛,器弱终教恨自吞。
忍泪廿年磨利剑,锋雄今可慰英魂。

（作于 2024 年 4 月 1 日）

游寿逝世三十周年祭两首

其 一

北游名重匹南萧,古籀游龙一代骄。
巾帼偏存丈夫气,诗中耿骨未曾销。

其 二

文曲光披女亦奇,倾情麝墨压胭脂。
题签气韵浑金石,瀟瀨家山有介眉。

（作于 2024 年 4 月 2 日）

注：游寿字介眉，霞浦人，学者、书法家，与萧娴并誉"北游南萧"。

痛悼长溪诗社苏伟庭吟丈

弃友何堪迳向西,君登极乐我孤凄。
痴心招鹤悲难返,愁绪闻鹃欲共啼。
谊结忘年犹测海,泪酬知己已枯溪。
从今唱和浑无意,只恨天渊长阻暌。

（作于 2025 年 1 月）

【人事感吟】

盼回归组诗

丁卯中秋遣怀

1987年中秋,有感于两岸关系趋于缓和,寄望国共两党再次合作,实现国家统一。

卅八年来别绪稠,伤神最是值中秋。
举头又见重圆镜,扼腕长嗟未整瓯。
合作股肱曾有谊,相煎萁豆再无由。
何当联席歌良夜,共享清辉满九州。

嗤"刺猬战术"

2020年10月20日,闻台湾倚美谋独,推行"刺猬战术"。

欲攀洋腿枉摧眉,虎已年衰岂假威。
本是弹丸何恃武,巨轮碾处猬锋悲。

辛丑中秋

2021年中秋,有感和平统一艰难,遂作。

金瓯未整岁蹉跎,月夕尤添感慨多。
七十年来穿望眼,忍销玉帛备干戈。

读平潭岛于光中《乡愁》诗碑

2022年7月8日,诗友游平潭猴研岛,发来余光中诗碑照片，有感而作。

骨肉分离七十秋，来兹何忍读乡愁。
驭龙穿峡期来日，不再银河隔女牛。

迎廿大有感

不堪骨肉隔鸿沟，岁岁望归熬白头。
廿大新猷应有待，寸眸留看整金瓯。

（作于2022年7月）

佩洛西窜台有寄两首

2022年8月3日清晨，闻美国众议院议长佩洛西窜台成功，颇为失望、愤懑，乃作其一。当日，复闻解放军围台军演，精神为之振刷，续作其二。

其 一

举世惊看窜马猴，几家欢乐几家愁。
只今未现如来掌，泰岳何时压愣头？

其 二

莫怨蒲鞭不打妖，兵锋六面起狂飙。
伐谋自古骄华夏，终究强龙势压雕。

收台随想

2024年，随着中国国力和军力的迅速增长，国人已少为台湾回归而焦虑。

手段高时胆气粗，应知后发有雄图。
澎台已是囊中物，先制鲸鲵再取珠。

题赠汤养宗

探骊总爱闯东瀛,每觉毫端带海腥。
灵府归真诗有色,骚坛蔚起海王星。

注:20世纪90年代,长溪诗社发起霞浦人物咏,汤养宗以写海洋主题诗而闻名,因有此作。

1992年高中同学会即吟

重逢故垒感何稠,劳燕分飞十五秋。
安得鲁戈长在握,一朝回日五千周。

卅年再聚

2011年,宁德师专78级化学1班同学毕业31年后,相聚于古田翠屏湖畔。

千杯欲尽翠屏水,更续狂歌动玉楼。
开酒宰猪酬学友,只将口技答珠喉。

注:开酒、宰猪为笔者口技拟声。

1994年为王翔辉高中毕业题签

身为开怀胖,春因笑脸留。
修来弥勒福,医去世间愁。

2017年高中同学会感怀

一闪白驹惊卌秋，风华不复少年头。
人心世道看桑海，不遣纯真逐水流。

《诗钟津梁·跋》尾诗

他人磨剑吾磨杵，颖钝原非强作针。
纵使时宜随世转，薄文犹有献芹心。

注：作于2018年《诗钟津梁》杀青之时。

速建火神山医院兴怀

火神继踵是雷神，仗剑降魔十亿人。
为有中枢操圣手，洪钧转处兆回春。

（作于2020年2月）

注：武汉九天建成火神山医院，雷神山医院亦将继踵完工。

步韵毛主席《送瘟神》

汉水横流载恨多，罪吾族类意如何？
请缨一线凝雄气，击鼓全城发浩歌。
砥柱由来如泰岳，天枢犹自转星河。
王师利剑降魔日，黄鹤依然照碧波。

（作于2020年3月）

庚子春吟

炎黄何代不英雄,战疫捐躯为大公。
莫怨今朝春寂寞,来年当惜杜鹃红。

(作于 2020 年 3 月)

印军衅边

未长功夫空壮怀,三哥疤愈复寻挨。
屡因仁让滋骄气,棰楚方教二楞乖。

(作于 2020 年 6 月)

西方染疫感赋四首

自由之殇

自由老祖本杨朱,却笑西夷尽信徒。
冠毒如洪沙坝溃,爱情生命可抛乎?

注:杨朱,战国思想家,主张"贵己""重生""人人不损一毫"。末句借匈牙利诗人裴多菲·山陀尔诗典言事。《自由与爱情》诗云:"生命诚可贵,爱情价更高。若为自由故,二者皆可抛!"然本诗之"自由"与裴诗之"自由"内涵有别。

童话破灭

空气香甜羡异邦,西方缥缈在天堂。
一从魔着全军溃,银样原来是蜡枪。

天道轮回

里殡原当不巷歌,只今断腕撒盐何?
东方报捷西方陷,却悯草菅肆毒魔。

群体免疫

英瑞从今眼泪多,开门屈膝揖瘟魔。
民皆草芥人权贱,悲剧凭谁唱挽歌?

(作于 2020 年 6 月)

福建诗词学会《诗钟通则(试行)》发布

真经未取念终空,佛法焉能与道同。
衣钵今欣传左海,不教僧众乱敲钟。

(作于 2020 年 11 月)

贺长溪诗社乔迁

秀木映门联纸新,乔迁不意与莺邻。
谁知啭啼嘤鸣处,人鸟无猜唱和频。

注:作于 2022 年 9 月 1 日诗社乔迁之时。

西园玫瑰

昔日玫瑰灿若霞,也曾色诱种花家。
谁知一夜西风乱,棘刺满园余秃疤。

注：2022年春拟此，供长溪诗社吟友练习评诗之用。诗中多隐喻，特注明"朦胧诗"。"种花家"为网络语，谐音"中华家"。

愁吟少子化

东风无力勃孙枝，愁煞吾曹籽实稀。
廿大应期天泽沛，霖匀九域复生机。

（作于2022年10月）

遁 月 难

地价如山遁月难，谋生谋死两辛酸。
况闻倭孽倾污肆，海葬来年亦不安。

（作于2023年）

癸卯中元节

中元倭鬼最狰狞，毒液公然向海倾。
自认大刀犹未钝，安能斩水断东瀛。

（作于2023年8月）

2023年闻霞浦获评中国诗歌之乡

幸蒙文曲照吾乡，揽得金牌气宇昂。
百载诗材同酝酿，新瓶奚比旧瓶香？

小外孙撒尿

贾女屙诗只换讥,何如三岁有灵机。
挺腰撒下一丝尿,笑谓庐山瀑布飞。

(作于 2024 年 1 月)

丑书之忧两首

其 一

妄言书圣只同窗,满纸枯柴杂怪腔。
叛道门归波洛克,但忧渭水染泾江。

其 二

头衔纵大等坚瓠,高吼犹难掩技粗。
妄诞自娱浑不忌,何堪误我圣人徒。

(作于 2024 年 3 月)

注:波洛克为美国现代艺术鼻祖。坚瓠,指实心葫芦,大而无用。

题咏霞浦九小诗词进校园

富此情怀端赖诗,心源未许遣浑漪。
休轻弱藻浑无色,黼黻江山肇一枝。

(作于 2024 年 12 月)

联选辑

【地名集对】

宁德地区地名集对

（1987年宁德地区地名办征对）

火烧赤壁壮将军胆；
水漫金山淹和尚头。

心耕田地春不老；
画展河山色长新。

稻堆金谷江南美；
棉垒玉山水北佳。

上书言中直，意在资国；
下砚笔长新，功归崇文。

江边白鹭上秋岭，青山增色；
村里金鸡催朝阳，赤岸映辉。

彩虹架长桥连陆地海岛；
青江为华镜照桃源洞天。

海滨涌水潮，灵龟不老归禅地；
烟台升烽火，铁将领先闯军营。

民泰康，国和安，世皆极乐；

人中直，子孝悌，家必长兴。

钱塘江边观水潮卷白玉；
华山路上望云气绕琼堂。

岭头植梧桐，引来山前飞鸾凤；
水上腾云气，疑是溪底化蛟龙。

松竹为师，鱼鸟为友；
河山寓性，海洋寓怀。

注：下划线者为地名。

【胜迹联章】

1999年题霞浦建善寺观音阁正门联

西临东土,善因能入须弥境界;
男化女身,妙相好窥菩萨心肠。

1999年题霞浦法华寺山门联

何须香火虔诚,种德皆收菩萨果;
但愿心肠美善,行仁自得观音身。

2000年题霞浦一贝瀑布

听瀑疑奔千匹马;仰天惊泻万壶珠。

2001年题霞浦大京玄武庙

山为笔架海为砚,更显占鳌豪气;
远据神龙近据狮,顿生谒庙虔心。

注:该庙面对笔架山,附近有狮、龙山景,庙建于龟山之上。

2002年题霞浦云崖寺(马仙娘寺)两副

寺在云崖,到此便沾些仙气;

人临香界，离时应洗尽尘心。

莫问佛耶仙耶，但喜心肠向善；
欲知灵否验否，且看香火持诚。

2004年题霞浦文昌阁

魁笔虽灵，便宜岂让懒人占；
文星既灿，光彩都教勤者彰。

2007年霞浦风物题联选

题霞浦松城

北岭松林生绿浪；南峰桃坞涨红霞。

题霞浦留云洞两副

耳边钟磬，座中吾亦佛乡客；
足下风涛，行处人皆蓬岛仙。

洞撑一片石，仙去后，云幕雨帘添野趣；
石化无弦琴，我来兹，风吟潮和感知音。
注：霞浦三沙留云洞，一片巨石遮天，旁有石似琴，号"无弦琴"。

题赞霞浦

名家云集，滩涂摄影无双境；

俊彦潮生，左海寻诗第一乡。

注：霞浦滩涂摄影闻名于世，吸引全国摄影家前来采风。霞浦"诗人群"在福建乃至全国享有盛名。

霞浦民风联

霞山云遏盘歌美；浦水月寒曳石喧。

注：霞浦畲民盘歌活动在三月初三；霞浦海边乡镇至今还有中秋曳石活动。

霞浦特产联

敬茶品重元宵绿；唉荔美延七月红。

注：霞浦名茶"元宵绿"在1999年被确认为福建省茶树品种。霞浦晚熟荔枝名闻海内。

题霞浦历史人文

土丘遗贝四千载，黄瓜追古梦；
国士彰名十八人，赤岸照文星。

注：霞浦黄瓜山贝丘遗址具有3500—4000年历史，属于新石器时代。霞浦赤岸自唐代起先后出现林嵩、王伯大等"十八学士"。

"水门"嵌名联

鸟虫悦耳，临牖诗情顿起；
山水清心，推门画境宏开。

"崇儒"嵌名联

果崇西岸，儒乡李抹芙蓉色；

笋誉东瀛,畲寨竹披翡翠衣。

"海岛"嵌名联

岛环蓝帛凭舟熨;海蕴白银任网收。

"溪南"嵌名联

胜探白露坑,南溯远源追粤水;
歌会红山洞,上传爽籁遏溪流。

注:白露坑为霞浦溪南著名畲族村。

"目海"嵌名联

悦目满山披翠玉;沁脾四海袅香云。

注:目海为霞浦著名茶山。

2010年题塔岗寺山门联

天风来佛界,常聆梵韵林间籁;
地气护禅门,平展香云雨后岚。

注:2010年,长溪诗社应邀作"林常平"嵌名山门联,感林常平捐资修建塔岗寺前山路而作。

2012年题霞浦八堡村戏台联

假戏或藏真意,鉴史能明千古事;
高台当察下情,捧星须仗众人心。

2020年题仙桥寺药师佛殿前廊联

佛药济苍生,四海辉煌行日月;
圣珠昭净土,诸天缥缈架云霓。

中普陀寺题联

中普陀寺福慧楼联

福地何寻,三寸灵台耕可得;
慧根奚养,八方活水汲无穷。

中普陀寺书画院联两副

净水洗心,好开笔下无尘境;
遒潮侵目,遂激砚中似海才。

碗底胸襟山海气;毫端灵性水云心。

中普陀寺书画院茶室联

翰墨神丰,一堂开眼皆尊客;
壶盅气馥,四座清心共上人。

百福钟楼联

潮音共振三千界;尘梦初醒百八钟。

客 堂 联

香茶一盏资清思；净水盈壶洗俗尘。

文殊像联

五髻长瞻般若相；三身并证菩提心。

弥 勒 联

我腹能容，乾坤不过囊中物；
人心可笑，名利终归槛外烟。

注：以上题联作于2018年至2021年。

2020年题霞浦洪江村报恩亭

宗恩海渥惭难报；祖德山高仰欲齐。

2021年题福州张真君庙联两副

我主五雷，天威安可触？
神庥两岸，海气本相通。

莫疑灵否验否，仗监雷荡魅扬名信众；
何究僧耶道耶，以御史将军封号真人。

2022年题霞浦赤岸地藏寺山门联

源溯天台，长溪法脉归纯汉；

客朝赤岸，高野宗风起大唐。

2023年题古县联两副

峻岭横空，屏护古城安泰；
平畴递海，锦彰福地妖娆。

船屯已杳，寻迹唯余吴季月；
丹洞虽迷，餐霞犹是晋朝山。

注：此二联从笔者《霞浦古县赋》中提取。

2023年题霞浦古龙寺拟建山门

古刹徕宾，仰瞻极顶琉璃界；
龙岗居佛，拱拜周边翡翠山。

2024年题仙桥寺山门联两副

尘缨不系空门意；世网难罗净地身。

登门即遂吉祥愿；谒寺顿生欢喜心。

2024年题南太姥山摩崖石刻联两副

临风知冷暖；观海识沉浮。

已临佛界兼仙界；不识空居或地居。

注：南太姥山上有佛寺和太姥娘娘庙，故有上联。佛教须弥山第一、二层天未离开地面，称为地居天；第三层及以上的天在空中，称为空居天。

2024 年题霞浦崇儒桥

天雷只待龙门奋；藻思都随凤翼飞。

注：明朝游朴题崇儒桥联云："万瓦排鳞，横跨玉龙栖夜月；两檐奋翼，高飞铁马战秋霜。"按此推测，原桥很可能是流行于闽东、浙南的木拱廊桥，且桥顶可能是歇山顶，首尾贯通，一气呵成，桥檐装有风铃。惜此桥今已不存。2024 年在原址上重建崇儒新桥，桥的一头延用游朴联，另一头用笔者撰联。此桥形似龙门，故言"奋龙门"。藻思，指文章的才思。此联书写人为"兰亭奖"获得者林传生先生。

【幽怀寄挽】

1990年代撰县文联悼黄寿祺挽联

梓里泪枯溪竭水；文坛星殒斗无光。

1990年悼黄寿祺教授挽联

号六庵，治学长教来者赶；
通八卦，论经直与古人交。

2002年代撰福鼎黄敏玲老师悼夫联

相夫缘短，拆我鸳鸯天至吝；
悦己情长，还君涕泪海将枯。

2004年代撰李成波挽姑母（福安净芳法师）联

我失亲人，泪枯欲竭富春水；
彼添菩萨，思切仰看西竺云。

2004年挽福安三宝寺住持、省佛协原副会长净慧法师联

幼入空门，受学院真传，锡持名刹，法幢峻树，令四海僧徒葵倾三宝寺；

壮逢盛世，以政坛高议，望重梓乡，德业广扬，徕八方信客果证众生缘。

2005 年代撰董兰金悼妻联

福未享，苦长茹，耗枯心血期家旺；
亲何悲，朋至痛，望断云天怅鹤遥。

2005 年题外祖墓联两副

归隐山衙留一席；卧看尘海竞千帆。

植杏无亏扶困德；挂壶长息济时心。

注：外祖是当地名中医，生前自撰墓联"山川留我老，名利让人追"。后因旧墓翻修，需改用两副七言联，遂有此作。

2006 年悼伯岳父王成贤挽联两副

逸鹤九重思梓里；高风一代启槐堂。

耽诗以往，天招雅士饶钟韵；
搁笔而归，堂杏亲人绝墨香。

注：伯岳父是在应征撰制折枝诗时，突发重病，溘然长逝。

2008 年挽家父联两副

诗冷高堂瞻白水；情牵远鹤仰清风。

注：家父名末字为"泉"，拆为"白水"，有《白水集》留世。

肃气凋椿庭寂寞；悲风送鹤泪滂沱。

2016 年题家父墓联

仁泽延山秀；智潮得海宽。

2021 年悼阮大维词宗挽联

霄壤路遥，难追诗伯思凌汉；
霞宁纸贵，再聘词宗欲乞天。

2023 年清明寄怀联

蜀鸟声凄花带血；湘妃泪尽竹遗斑。

2024 年清明悼温涛烈士联

雪披素缟山犹穆；血染红花野更娇。

2024 年游寿逝世三十周年祭

脂粉浑无，却重毫端金石气；
珠玑犹在，更珍楮上鼎彝风。

【题赠酬情】

1997年为某小官画像（音韵联）

日里酒，夜里妞，权微不碍竟风流，沉沦宁自救？
官前奴，民前虎，囊饱何须关疾苦，跌倒有谁扶？

1999年庆澳门回归联

菡萏旗中灿；葡萄腹内酸。

2000年赠康仲平老师春联

可望莺迁酬夙愿；更期鲤奋报佳音。

注：按受赠者要求——表达年内能迁入新居和儿子考入一中的愿望而作。

2000年题同窗陈桂盛、李珊英伉俪新居嵌名联

桃李英荣酬惠雨；桂兰气馥洽和风。

2001年题三峡移民霞浦新居联

休言故土难离，尧天共戴；
且喜新居有托，禹甸同耕。

2005 年赠霞浦县消防队联

磨锋剑有扶危志；出岫云怀济世心。

2006 年题霞浦晓华闲园联

小筑闲园邀雅客；宏开弈阵展奇谋。

注：王晓华为中国象棋大师。

2007 年撰连芬、国华、婧懿嵌名联

华国雄文钦笔健；规人懿德慕莲芬。

注：2007 年，霞浦六中借县体育场举办运动会，会场联结合嫦娥一号发射成功而作。笔者与连芬老师聊及会场联及嵌名联时，连老师一时兴起，要求以其夫妇及孩子姓名嵌联，以测试笔者功力，旋即作此联。

2007 年题小山水美食坊联

仁乐山，智乐水，大雅聚多小山水；
客祈福，主祈宁，小坊尝遍大福宁。

2007 年赠岳父八秩寿联

筹添海屋春长暖；椿茂槐堂岁正新。

2008年题财富今典酒店嵌字联

财惟客赏,敢无美宴能称典?
富必仁行,岂仗华堂可誉今。

2012年赠"正富、金爱"嵌名联

良言正我有金玉;大爱施人无富贫。

2017年赠李德玉、廖玉清结婚嵌名联

五德同彰双玉美;百年同结一心清。

2021年题云芽沐心茶室嵌字联

烟篆萦香增室雅;云芽炼液沐心清。

2021年题指茗茶室嵌字联

采就云芽香染指;炼成玉液茗清心。

2023年赠黄成、邱岚卿嵌名婚联两副

鸳侣玉成叨海月;卿云幂荫起山岚。

偕子同程,期望烟岚美景;

与卿比翼，愿成梁孟佳俦。

2024年题霞浦八中培德书苑联

拥书以遂凌云志；培德终成效国才。

2024年赠徐卫灼新居联

乔柯莺韵谐琴瑟；新府书香染墨毫。

注：徐君擅书法，迁新居于书香府小区。

2024年赠新加坡书协主席陈声桂嵌名联

声振星州骄一管；桂馨翰迹重千金。

【迎春题柱】

1994 狗年春联

四海风淳春乃永；万民物阜节如常。

1996 鼠年春联

世清不碍年称鼠；物阜还当品似牛。

1997 牛年春联

牛教勤奋世风朴；年际回归民气昂。

1999 兔年春联

兔自月来，岂无灵药能医腐？
虎随年去，尚有雄风可儆邪。

2002 马年春联

入世神龙沧海阔；回春骏马锦程佳。

2003 羊年春联

强国欣腾添翼马；富途幸得领头羊。

2004 猴年春联

携回紫气飞舟喜；盼得金猴扫宇清。

2005 鸡年春联

喜听金鸡鸣九域；殷期白鸽主环球。

2006 犬年春联

神州翔宇，国喜科兴强有望；
义犬司年，民期世靖暗无欺。

2006 年工商银行新楼春联

好春施厚德，润枯愿作及时雨；
新厦筑坚基，创业欣叨聚宝盆。

2007 年代撰霞浦县委县府贺岁联

霞辉西岸，祥光满境兆民福；
浦畅东风，和气一城祈岁宁。

2010 年鑫磊混凝土有限公司春联

催就楼林春色永；浇来梁栋岁华新。

2011 兔年春联

携药兔临天下泰;植梧凤舞海西春。

2011 年美发店春联

梳就柳姿摇玉镜;换将雪色返青丝。

2011 年小学春联

莺和书声珠玉润;燕增画境李桃妍。

2012 龙年春联

波动龙鳞春过海;池摇凤影福临城。

注:霞浦东临大海,拥凤凰池,因有此联。

2013 蛇年春联

狂舞金蛇,奏响如歌岁;
欢飞紫燕,裁来似锦春。

注:《金蛇狂舞》为中国名曲。

2014 马年春联

革故局开添翼马;图强风振奋天龙。

2015 羊年春联

羊降九州,孝催百善春长驻;
鸽翔环宇,和播千邦福永随。

2016 猴年春联

丝路熏风吹海陆;玉关春色贯西东。

2017 鸡年春联

一声天为金鸡白;万里城因铁燕雄。

2018 犬年春联

犬鸡岁替洪均转;路带春熙圣手催。

2019 猪年春联

燕遣乌衣春意暖;猪输雪锭富途宽。

2021 牛年春联

往岁龙光韬亦显;回春牛气扼犹冲。

2022 虎年春联

九野风生惊虎变；一枝梦筑慰鹨栖。

注：有感于长溪诗社乔迁新购办公室，复喜九州虎变，作此春联。

2023 兔年春联两副

日暖玄禽梁垒下；春回玉兔杵声中。

玄霜兼爱，倾臼岂因中外异；
玉兔垂仁，洒银犹要富贫均。

注：有感于天下瘟疫横行和国家"均富"政策而作。

2024 龙年春联

紫燕重归风雨顺；青龙再起海天宽。

2025 蛇年春联

黄河春醒金蛇舞；赤县曙开绮凤飞。

【联墨映场】

1993年"海峡两岸象棋高手赛"会场联

世事纵如棋,两岸焉能分楚汉?
弈坛浑似阵,群雄且喜萃闽台。

2005年为霞浦宣传部代撰霞浦招商节联

植树霞山期引凤;弄潮浦水喜腾龙。

2006年霞浦六中青年教工"同心杯"射击赛联

武文并重,攻书亦有穿杨技;
心气俱平,临事方呈脱颖锥。

2009年代题闽东特委霞鼎办事处门联

霞鼎仰中枢,新天全仗锤镰辟;
溪山培后秀,壮志还须号角催。

2009年代题中共霞浦县委旧址门联

休言铁血雄,凄风苦雨怀先烈;
赢得乾坤灿,玉振金声启后贤。

2012 年春节霞浦六中教学楼联

金龙开岁,瑞气正盈,喜构华堂梁栋秀;
紫燕衔春,豪情更盛,勤施甘露李桃芳。

2021 年贺中国共产党百年诞辰

鹤列能征凭铁血;虎贲所仗有锤镰。

2025 年盐田中学门联

梓里照奎星,春满杯溪延惠泽;
杏坛骄哲彦,霖滋畲邑继群英。

注:盐田是易学宗师黄寿祺的家乡。

2025 年霞浦三小春联

劲舞金蛇催鲤奋;清鸣雏凤引莺歌。

【应征偶拾】

1996年霞浦"秘书杯"应征获奖联

上不愧官,下不愧民,肝胆相悬昭忠义;
前能为卒,后能为师,股肱以助薄利名。

贤士无弹铗,辅佐躬谦宁逐利?
雄才必露锥,筹谋缜密每收功。

锦囊生玉帛,为官政顺,功分幕后雕龙手;
椽笔展经纶,济世文雄,名屈生前倚马才。

2004年老祖书屋海内外征联大赛应征嵌字获奖联

藏书四壁,入屋浑如迎老友;
溯祖千秋,开篇便是晤前贤。

注:此次征赛共收到五万多副联,获奖联仅十副,此联获铜奖。

2006年题太姥山功德堂获奖联

喜满堂香袅,德门可遂祈天愿;
看一谷云忙,仙驾未闲济世心。

2008年"中国宁德茶业招商会"应征获奖联

炼就紫砂溶月影;采来碧玉煮春波。

2008年广东电白"馨泽苑·两亭一轩"应征获奖联

书声琴乐,妙韵相酬,方不负鸣春高曲;
荷榭芸窗,雅馨以待,应无亏梦笔俊才。

2009新春霞浦"乡村祝福"应征获奖联

燕剪虽勤,裁难尽农村新景;
莺簧纵巧,唱不完时代壮歌。

甘露惠三农,碧野十分春色;
薰风荣百业,蓝图一片曙光。

种翠收金承惠泽;捕银捞玉仗和风。

注:笔者早年热衷于各种征联赛,后自觉沉迷一端,必有损于博雅之乐,又于学术无益,故适可而止。由于应征联获奖详情多已忘却,仅凭记忆"偶拾"而已。有的一题多联,难以确定哪联获奖,故择优一并收录。

诗钟选辑

折枝诗一唱

湖月冶银滋鹿梦　岭梅着帔动猿心
腾无腥气贫家鼎　飞满流言寡妇门
飞霞脸上临婚日　腾焰心头嫉恶时
善此舌锋能匹敌　建吾心府不存奸
大乎论绩衡非己　正否量官尺在民
念无相杂来时水　怀可同偎去日山
灯暗远知山雾起　船颠忽觉岸潮生
国土安能三尺让　中人勿怠一鞭追
国风钟吕传三古　中土丝绸暖八荒
也效卧尝能振越　非迷烹割岂臊齐
动若参商嗟手足　劳于犬马报椿萱
劳骨方能承大任　动心尤要惕歧途
动意曾述花月侣　劳身翻作子孙奴
双字关情忧后乐　百端虑我国先家
风此虚衔师亦滥　入吾青眼士偏寒
明昏判欲崦嵫顶　清浊思超混沌先
花自篱偷终有刺　果从汗夺总含腥

折枝诗二唱

游湖舟滑琉璃水　登岭衣润翡翠烟
看山顿悟群民伟　临海方惭一己微
园芳终不屑柴囚　野草何曾屈铁蹄
结社都缘莺唤去　寻诗忽被燕衔来

青首浮波桃竹媚　　苍龙隐薮海天宽
函首入秦功竟枉　　探龙访叶意全非
村空葛蔓携云覆　　船定芦绵共月笼
无定河寒闺梦暖　　不空碑渺梵经宏
问天未应先亡楚　　蹈海虽隳不帝秦
刑天猛志脐能吼　　法海悭情眼竟昏
遁海鸥夷含酒气　　登天凤驾伴箫声
尽是恭维同贿赂　　却多爱护在批评

折枝诗三唱

品犹岭峻唯持正　　心纵湖枯不许浑
双燕归时闻细语　　数蜂访处驻清香
烛已明萤医此黯　　衣终灿蝶掩前媸
曙色灿初霞熨海　　夜光明处月铃山
桃犹灿熳嗟人杳　　梅尚明鲜怅鹤空
眸纵明清难避翳　　靥尤灿烂易为钩

折枝诗四唱

醉卧二湖清梦远　　回看五岭细澜多
蛛巧难求丝暖世　　鳄残偏是泪瞒人
已精饮食趋奢易　　未解饥寒倡礼非
悟斯至道三千水　　极此高禅廿八天
萤火微明温旧梦　　鸡声幽远觉新曦
绝不损明云翳月　　终能致远水萦山
火眼察明潜海鳖　　铁心诛远犯边狼

六国曾联骄配印　九州虽一毁焚书

折枝诗五唱

渴酒痴将湖想瓮　麇诗狂拟岭题屏
鱼龙异趣情难共　犬马愚忠义本同
山鸡学凤头缨少　溪鳄吞人眼泪多
美意称妻花有幸　狡谋杀士果何辜

折枝诗六唱

大智轮前无岭壑　讦谟囊里有湖山
偕众吾如趋海水　济时谁是出山云
鸡描竹叶柴门下　犬点梅花雪路中
轻舟天际浮新月　健笔云间起一峰
萧规何必更新策　季诺从无背一言
露锥岩畔抽新笋　振甲峰巅屹一松
锦绳羁足冲天几　色镜遮睛相马非
孝行不怨身劳马　色戒难羁意动猿
佛瓜招客空劳手　蕉蕾怜吾每动心
鹏雀怀殊宁路共　蚕蛛情异岂丝同
蛾狂终悔蛛丝险　雀噪宁知鹄路遥
画意撩开云路里　琴心逗起雨丝中
润枯意化千丝雨　送暖情融一路晖
已丰腹笥图新可　未朗心灯涉远难
依稀梦蝶观新我　惨恻啼鹃隔远人
自忍钉蹄怀远略　何期破茧焕新生

三生可待联新偶　　六道难违种远因
羽借鹓鸿赢望誉　　珠凭冠冕享荣尊
纵月辉煌轮望朔　　如山富贵演荣枯
终世箪瓢民可否　　连年弦管国安乎
降秦印洒王安泪　　慕宋毫生与可风
捏诸软柿称雄岂　　用若坚瓠讽大非
燕许檐头皆大笔　　孙吴囊里有雄锋
四海服膺非大棒　　九州养气有雄锋
蹙蹐何堪皆盛齿　　迷离其奈有明眸
时清秦镜资明见　　世浊齐竽滥盛称
莫负颈交相暖意　　当争茧破自新机
蚕愿自僵捐暖锦　　燕无相背择新梁
拥山云若官争位　　奔海川同士取功
绝难裂国凭天堑　　未可欺民以马鞭
昔恨棒淫群马寂　　今嗟帽绿满天飞

折枝诗七唱

作茧翅难过嶂岭　　出胎身已囿江湖
鱼虾势众难掀海　　蝼蚁心齐可撼山
桂棹秋飘明月望　　蘅皋夜泊彩云归
圣眼非惟麟凤望　　民心总在舜尧归
入闱似摘三秋果　　出阁犹开二月花

魁斗格

敬读杪蝉怜大雅　　仰看头雁悟高贤

敬岂星追鲜肉小　嘉当榜励白衣贤
敬延麟凤供高位　倡效蜂蚕颂大贤
霞彩沾衣毫底岫　月痕凉指笛边塘
霞作醉颜曦喷海　水添笑靥雨过塘
江分泾渭人明志　马逐崦嵫我惜时

蝉联格

舟泛巷街居水国　道穿云霭访山家
严同慈异皆真爱　国比家先乃大仁

双钩格

琴绝牙台无雅韵　诗寒楚水有凄声
晓月鸡声催武侠　阳坡谍影恋花王

"笔、伞"分咏格

八卦遮天随出阁　寸锥落纸遣生花

"香港国安法、北斗系统"分咏格

星明已可医盲目　刀快宁容养毒痈
网收鹰犬拳挥铁　箭指鲸鲵眼燃犀

"霞、浦"分咏格

莱公衣舞天廷艳　孟守珠还海徼安
浮锦天边劳织女　闻琶江畔泣诗王

"松、城"分咏格

心犹白帝舟如箭　梦在黄山笔有花
森严齿有吞魔概　繁密针含刺虐心
张牙犹见金戈影　振甲如闻铁马风

"糖塔、曳石"分咏格

一路雷霆增锐气　百般模样喜甜心
村月奢磨银未褪　天霜凝结玉尤莹
声威已壮疑铜壁　色相非空孕木胎

"抹布、茶杯"分咏格

何堪踩躏妾身玷　最是温馨君嘴亲
翡翠已浓堪入饮　纬经未乱纵遭污

"立冬、渔排"分咏格

炉灶暖添姜母鸭　网箱馋解桂花鱼

骈文选辑

师 德 赋

按：2020年，受福建教育学院之托，为其师德馆作此赋。

师德者，昔尊孔圣，今仰陶公。训曰："学高为师，身正乃范"，德昭才震乃臻善矣。古之三不朽者，首立德、次立功、末立言，何也？"德弥盛者文弥缛，德弥彰者人弥明"[1] 是也。德之于师若蜡立芯而烛，日资月以明焉。昔儒者，顺阴阳以明教化，行仁义而述舜尧。[2] 业尊孔孟，风衍鲁邹[3]。宫墙万仞，[4] 尽仰圣人懿德；庙宇千秋，咸钦贤士高怀。联曰"德侔天地，道贯古今"[5]，是以师必育德而后培才。导心正以修身，促家齐而报国。[6] 成梁栋之宏材，宁无绳墨？营方圆之大厦，岂乏矩规？文山正气，武穆精忠，[7] 利国家而轻生死，怀黎庶而感乐忧。[8] 愿竭囊中锦策，欲匡天下苍生。申鸿鹄之志，鄙田舍之私。[9] 股肱社稷，肝胆昆仑[10]。效国必英贤云集，忠勇葵倾，此国之幸，师之功也。

今之为师，若重才轻德，殆矣！才峻品卑，已有覆车之鉴；位尊德薄，岂无倾鼎之虞！[11] 荷珠纵耀，日曝而晞；霓彩虽妍，雾开何炫。羽绮骨屑，难搏长空雨暴；帆宽樯短，焉当大海风狂。试看港珠尘蔽，学子德沦，途迷北斗，航失南针。甘鹰犬而奴夷狄，悖祖宗而叛炎黄。荣耻颠淆，是非迷乱，黑潮屡涌，红线频超，终致民生凋敝，何堪政府瘫痪。叹锦程尽毁，囹圄难宽。此昧德而误子弟，师之罪矣！

当此明时，仗中枢以转鸿钧[12]，瞻北极而行大道。倡厚德载物，秉爱心育才。师荣四有[13]，承大事[14]而纷至；生冀五全[15]，育真人[16]以共襄。础埋承柱，肩荷为梯。望火烧鲤尾[17]，期雾泽豹斑[18]。喜有杏坛[19]情暖，幸得梓里名彰。甘澍常滋，桃李春风可慰；温曛已灿，桑榆晚景[20]何惭？诗云：

    八闽教院是吾家，才俊盈堂灿若霞。
    美意雕梁撑大厦，殷情啄玉别微瑕。
    山钟大梦聆松韵，水慕西湖读藕花。[21]
    自勉园丁勤协道，一枝一叶肇繁华。

注释：

[1] 汉王充《论衡·卷二十八·书解篇》："德弥盛者文弥缛，德弥彰者人弥明。"福建教育学院盛德楼、彰德楼起名于此。

[2] 顺阴阳以明教化，行仁义而述舜尧：化用《汉书·艺文志·诸子略》"儒家者流，盖出于司徒之官。助人君，顺阴阳，明教化者也。游文于六经之中，留意于仁义之际。祖述尧、舜，宪章文、武，宗师仲尼，以重其言，于道最为高"。

[3] 鲁邹：鲁国与邹国，分别为孔子、孟子故乡。后因以"邹鲁"指文化昌盛之地，礼义之邦。

[4] 万仞宫墙：孔庙南墙之名，喻指圣人道德之高。

[5] 孔庙左右侧门门楣分别题"德侔天地""道贯古今"，实则构成对联。

[6] 导心正以修身，促家齐而报国：化用《大学》"物格而后知至，

知至而后意诚，意诚而后心正，心正而后身修，身修而后家齐，家齐而后国治，国治而后天下平"。

[7] 文山正气，武穆精忠：文山、武穆分别是文天祥、岳飞。文天祥身陷囹圄，作《正气歌》。

[8] 利国家而轻生死，怀黎庶而感乐忧：化用林则徐"苟利国家生死以，岂因祸福避趋之"和范仲淹"先天下之忧而忧，后天下之乐而乐"之句。

[9] 鄙田舍之私："田舍之私"即"求田问舍"，舍即房子。多方购买田地，到处问询屋价。指只知道置产业，谋求个人私利，比喻没有远大的志向。

[10] 肝胆昆仑：化用谭嗣同"去留肝胆两昆仑"诗句。

[11] 位尊德薄，岂无倾鼎之虞：语出《周易·系辞·下》，原文为子曰："德薄而位尊，智小而谋大，力少而任重，鲜不及矣。《易》曰：'鼎折足，覆公悚，其形渥，凶。'"

[12] 鸿钧：原指制陶瓷的转轮，代指天、国家权柄、鸿恩。

[13] 四有：指有理想信念、有道德情操、有扎实学识、有仁爱之心的好老师。出自2014年第30个教师节前夕，习近平总书记考察北京师范大学时勉励广大师生的讲话。

[14] 大事：化用陶行知名言"为一大事来，干一大事去"。

[15] 五全：指德、智、体、美、劳全面发展。

[16] 真人：化用陶行知名言"千教万教教人求真，千学万学学做真人"。

[17] 火烧鲤尾：鲤跃龙门得雷火烧尾，化而为龙。

[18] 雾泽豹斑：典出豹隐。南山黑豹，为使身上长出花纹，禁食而隐雾雨中滋润。后以"豹隐"比喻隐居修炼，爱惜其身。

[19] 杏坛：孔子讲学处，代指教坛。

[20] 桑榆晚景：化用《滕王阁序》"东隅已逝，桑榆非晚"句。

[21] 山钟大梦聆松韵，水慕西湖读藕花：福建教育学院毗邻大梦山和西湖，大梦山山径牌坊匾额题"大梦松声"。

《兰陵流韵》序

兰陵郡望，萧氏渊源，名扬圣地，族衍宏流。承汉相图书继世之风，[1] 律羡九章；[2] 继梁皇文武开基之业，[3] 名超八友。[4] 门出王侯将相，朝盈肱股栋梁。冠冕簪缨，威仪赫赫；馔馐钟鼎，雄殿煌煌。位极德馨，高帝以廉治国；[5] 功高行慎，名臣惟俭持家。[6] 祖泽绵长，孙枝繁茂。秉笏二百多年，相传八叶；[7] 集书三万余卷，文著六朝。[8] 岂矜美酒传香，更仰奎章焕彩。

生际明时，时逢盛世，天施甘露，政媲温暾。百业兴如笋发，群贤涌似潮生。肃草萌春，福地葳蕤善种；雏莺唱晓，骚坛婉转佳音。慕齐梁倜傥，效唐宋风流。刻烛赋诗，[9] 风延彦哲；敲钟响韵，笃续津梁。[10] 刍荛言鄙，[11] 不揣续貂贻笑；珠玉辉彰，所望引凤嘤鸣。诗云：

兰陵流韵究何辞，情性惟真百样姿。
自谓献芹[12] 非寡味，莫苛麻索共绢丝。

萧晓阳序于庚子秋

注释：

[1] 承汉相图书继世之风："汉相"指萧何。"图书继世"指萧何收集整理秦朝图书文献而馆藏，使其得以流传。

[2] 律羡九章：萧何制汉朝律法《九章律》。

[3] 继梁皇文武开基之业：南梁开国皇帝萧衍，是史上最有文化的帝王，不仅多才多艺，而且文武兼备。

[4] 名超八友：萧衍为"竟陵八友"（萧衍、沈约、谢朓、王融、萧琛、范云、任昉、陆倕八人）中功名最著者。

[5] 高帝以廉治国：南齐开国皇帝萧道成提倡节俭自奉，反对奢靡，并以身作则。

[6] 名臣惟俭持家：萧何晚年不置垣屋，尝曰："后世贤，师吾俭；不贤，毋为势家所夺。"（出自司马迁《史记·萧相国世家》）

[7] 相传八叶：唐朝萧氏自萧瑀起，延续八世宰相。

[8] 集书三万余卷，文著六朝：昭明太子萧统（梁武帝长子），集书三万卷，主持编撰中国现存最早的诗文总集《文选》，史称《昭明文选》。

[9] 刻烛赋诗：《南史·王僧儒传》："竟陵王子良尝夜集学士，刻烛为诗，四韵者即刻一寸，以此为率。（萧）文琰曰：'顿燃一寸烛，而成四韵诗，何难之有！'乃与令楷、江洪等共打铜钵之韵，响灭则诗成，皆可观览。"刻烛赋诗，指限时成诗，形容诗才敏捷。

[10] 敲钟响韵，笥续津梁：其中之"钟"指"诗钟"，是一种限时竞赛的七言对仗诗体，清朝中叶起源于福州，后风靡全国。笥，竹编书箱，古人用于装书。津梁，渡口和桥梁，比喻指导、指南。这里指笔者专著《诗钟津梁》。

[11] 刍荛：割草打柴，喻指草野鄙陋。

[12] 献芹：《列子·杨朱》："昔人有美戎菽、甘枲茎、芹萍子者，对乡豪称之。乡豪取而尝之，蜇于口，惨于腹。众哂而怨之，其人大惭。"后来用"献芹"谦称赠人的礼品菲薄或所提的建议浅陋。文尾诗将《兰陵流韵》（兰陵诗社萧姓诗人诗词集）比喻为"献芹"之物。

霞浦古县赋

按：古县为东吴温麻船屯、西晋温麻县所在地，曾是闽东唯一的行政中心，历史悠久，文化厚重。2023年春，霞浦诗词学会组团到古县文化下乡及诗词采风，遂作此骈赋。

岁回癸卯，景灿杏梅，才辞柳月，复迓花朝。应村主之邀，携诗侪以访。溯文史滥觞之源，喜酬渴慕；临烟霞染服之境，勃发吟思。峻岭横空，屏护古城安泰；平畴递海，锦彰福地妖娆。垣围老屋，树被新装。堡扎榕根，天凌翠凤；路铺卵石，地垫苍龙。石斑驳而生野趣，藤纷披以见生机。黛瓦鳞攒，青砖栉比，飞檐翼举，深宅袂联。门簪映日，遥想宾朋儒雅；天井覆苔，难湮堂构菁华。埋蛇饮誉，映雪流芳[1]，联赞传家懿德，匾彰绳祖高风。曳石[2]摩挲，如听雷霆震寇；残碑辨识，更嗟岁月流川。

倚山读海，望远登高，神逾千古，思骋八荒。贝丘何渥？温蛮共秦汉风流；[3]良港尤深，斗舰资孙吴气概。万山嘉木，材满楠梗；千里洪波，程欢舻舳。舟营五会，兵重七帆，[4]剑戟纠纠，旌旗猎猎。形胜方谋鹬蚵，船坚更助虎贲。郭氏冤深，疏引斯人罹难；[5] 张生才俊，琴归此地绝声[6]。

屯自东吴，县从西晋。葛山超拔，炉灭犹萦仙气；丹洞迷离，杖勤难觅霞踪。[7] 壤富锌硒，茶淫雾霭。道观缭云，人钦洪岭[8]修行；沙门开派，经重沩山警策。[9] 传道高论，十方云集；敕名灵觉[10]，四海葵倾。

沧桑易，天地新，东风有惠，春澍无私。制尊一帜，政利三农。延俊义而筹善策，仗锤镰以展宏图。继英模[11]之足迹，精描山水；藉院士之光环，[12] 煦育李桃。

良辰难再，兴会将阑。即席赋诗，何惭鄙陋；引吭唾玉，更望嘤鸣。诗云：

携侣来从古县游，溯源文脉乐探幽。
采风各得诗囊满，腹孕珠玑尽放喉。

注释：

[1] 古县村一老宅门额题"映雪流芳"，楹联题"世承映雪诗书后，裔出埋蛇宰相家"，用孙叔敖埋蛇和孙康映雪之典，誉孙家荣耀。

[2] 曳石，又称"太平石"，为霞浦沿海一带为纪念戚继光及义乌将士抗倭胜利而举行的中秋娱乐活动。方法是以绳系石，石上坐人，年青人牵绳拖石，沿街巷奔跑，石石相磨，发出巨响，含慑倭之义。

[3] 古县葛洪山贝丘文化遗址可追溯至秦汉时期。其时的闽越蛮夷，因处温暖之地，故称"温蛮"，后称"温麻（麻通蛮）"。

[4] 温麻船屯创"五会船"形制，即从五个方向围板成船。"五会船"是中国最早的船舶专业术语。当时最大的船设七面帆，长达二十丈。

[5] 东吴会稽太守郭诞，因越级弹劾官员获罪，贬谪温麻。其友邵畴（会稽郡功曹）替其揽罪而自杀。

[6] 张尚，吴国南郡太守，文学家，善琴。末帝孙皓妒其才俊，遭贬温麻，后被杀。

［7］古县南倚葛洪山（原名高平山），南宋《三山志》载"高平山，俗传葛洪尝游其上，有丹鼎、丹灶"。南宋刺史韩伯脩《洪岭》诗中也记有"丹砂灶""玉泉井"。

［8］葛洪山又称"洪岭"，山上尚有南天观、葛仙宫等道观。

［9］灵祐祖师为温麻人，他开创的沩仰宗，为佛教五宗之首，编著的《沩山警策》被后人奉为"佛祖三经"之一。

［10］唐懿宗封灵祐为"大圆禅师"，清雍正帝封灵祐为"灵觉大圆禅师"。

［11］英模，指古县村原支书孙丽美。她在2021年抗击"卢碧"台风时英勇牺牲，被授于"时代楷模"等多个荣誉称号。

［12］中国科学院院士、寄生虫学家唐崇惕于1969至1971年下放古县村，在古县城堡内东隅寓居三年。

诗论选辑

好诗"六要"论

什么是好诗,怎样写出好诗,是格律诗鉴赏和创作的核心问题,厘清这两个问题对提高诗歌素养大有裨益。笔者以为格律谨严(格律谨严指平仄、对仗、节奏、押韵等均符合格律,非本文所论范畴)只具备好诗的形式基础,是"躯体",内容好,诗才有"灵魂"。衡量好诗当有六个要素:情真、意新、思巧、象明、理密、味隽。

一、情真

关于诗的本质和作用,当以"吟咏情性说"影响最大。南宋诗论家严羽在《沧浪诗话》中说:"诗者,所以吟咏情性也。"情性即情感与个性,也就是说,诗歌是用来抒发情感和个性的。清人袁枚也说:"诗者,人之性情也。"(《随园诗话》)尽管诗还有言志、说理、叙事、状物的功能,但总以"吟咏性情"为主。"情景论"者认为"作诗不过情、景二端"(明胡应麟《诗薮》),袁枚在《随园诗话》中也说:"诗家两题,不过'写景、言情'四字。"(诗家所谓的"景"不惟自然景观,一切世象皆景)情与景的主次关系,从创作动机看,情占主导地位,即便纯粹写景,也带有作者的感情色彩。所以清人李渔说:"情为主,景是客,说景即是说情。"王夫之所谓"景语"、王国维所谓"无我之境",其实都含"有我"之情,只是"取景含情,但极微秀"而已。据此可断言——诗无情性总非真。

诗中之情应是"真情",对于真情当有两个认识:其一,真情指作者"自我"之情,是"真性情",而非"群情""舆情"。什么是真性情?前辈诗人有诗为证:"辱多青眼贫无改,死尽高才世乃安。"("青、高"三唱折枝诗),此诗虽乖张任性,却也独抒胸襟,颇合老庄绝圣弃智思想。其二,是否真情要关顾读者的感受。

大力标举真情、个性的是以清代袁枚为代表的"性灵派","性灵"即天性与心灵。性灵派主张诗要抒写个人的真性情,倡导"独抒性灵,不拘格套"(袁宏道《叙小修诗》),强调诗中要有"自我",这是判断是否"真诗"的标准之一。试看以下"老干体"诗《不忘初心》:

> 红旗高举志昂扬,喜看全民奔小康。
> 不忘初心担使命,振兴指日复强邦。

仅以"不忘初心担使命"句分析,此句源自"不忘初心,牢记使命",这是中国共产党新时代的教育主题,是共产党人的集体意志,绝非作者个人的"自我"之情,因此读者感受到的只是"喊口号"而非"抒情"。老干部大多有很强的家国情怀,他们爱党爱国的情感是纯真的,但撰写的"老干体"诗却让人感觉"无情"或"虚情",因为它徒有格律诗的形式,缺少诗的灵魂——真情,这是不谙诗道所致。可见"我笔"不一定都能写"我心",正如袁枚所说的"诗难其真也,有性情而后真"(《随园诗话》)。推而广之,但凡用人人熟知、似曾相识的言语（所谓的熟套）都难以表达真情，如"党策英明奔小康""欣逢盛世笑颜开""物富民安圆国梦"。这么说并非否定政治题材可以入诗，而是要写出新意，诗无新意难见真情。

二、意新

"六要"并非分疆而论，它们之间多有联系，所谓"六要"，各有侧重而已。例如，"意新"与"情真"本质上是同一个问题的两个方面——"意新"才能说明"情真"。

诗歌创作必以出新意为第一要务，意新是好诗的必要条件。唐宋诗词灿若星辰，诗歌创新的空间似乎已被前人占尽，今人还能出新意吗？明人袁宏道给出了答案："诗之奇、之妙、之工无所不极，一代盛一代，故古有不尽之情，今无不写之景。然则古何必高，今何必卑哉？"怎样出新？以下思路可供参考。

1. 新事物

随着时代的发展、社会的进步，人们的视野愈加宽广，新事物和新词汇不断涌现，前者如航母、高铁、神舟、手机、微信、香港回归、抗洪抢险、新冠病毒、一带一路、英国脱欧、苏联解体、颜色革命、伊拉克战争等等；后者如网红、公知、大款、粉丝、暖男、养眼、小资、扫黑、拍砖、驴友、官宣、退群、巨婴、杠精、给力、双赢等，舶来语如幽默、咖啡、沙发、鸦片、摩登、芭蕾、香槟、吉他、麦当劳、士多店、三明治、迪斯科、华尔兹等。写新事物，用新词汇是旧体诗创新的方法之一。如苏伟庭《惊悉二叶吟俦仙逝》，用新词汇"微信"：

> 旧雨能来今未来，衡庐门巷上莓苔。
>
> 几多电话成空号，微信安能入夜台。

2. 新内容

写前人未写过的内容。如清人袁枚《苔》：

> 白日不到处，青春恰自来。
> 苔花如米小，也学牡丹开。

3. 新角度

唐人以马嵬坡事件为背景的诗很多，除了白居易名篇《长恨歌》以外，刘禹锡、李商隐、杜牧、郑畋、李益、张祜、李远、赵嘏、贾岛、温庭筠、高骈、于濆、罗隐、罗虬、狄归昌、韦庄、张蠙、黄滔、徐夤、崔道融、苏拯、唐求、崔橹等均有同题材诗作。对杨玉环的态度或贬其为祸水，或怀怜悯、惋惜、哀叹之情，总归不外贬、悯二字，后人再作同题诗或难有突破。然而，清人袁枚的《马嵬》，却能荡开惯常思路，别开生面，由《长恨歌》联想到《石壕吏》，指出安史之乱造成民间的生离死别，泪水之多远甚于长生殿。角度翻新，境界更高。由此可见，欲突破旧题材，须寻找新角度。袁诗如下：

> 莫唱当年长恨歌，人间亦自有银河。
> 石壕村里夫妻别，泪比长生殿上多。

今人作诗，有时不免"应制"，须同题异构，尽量寻找新颖独特的切入角度。例如，以"改革开放四十年咏"为方向拟题作诗，笔者独以"嫦娥观世"为视角，作《嫦娥观世四咏》——分别作《种岛》《高铁》《蛟龙》《神舟》四首七绝。借嫦娥感慨中华巨变的"四咏"，体现卌年成就，既写新事物，也有新角度。示例《嫦娥观世四咏·种岛》：

> 一觉醒来惊世殊，玉盘倏忽现明珠。
> 才疑海市生迷梦，复喜南溟起大都。

4. 新意象

用新意象是诗歌创新的方法之一。笔者专著《诗钟津梁》中指出"单个意象的创新则有两种情况:其一是创全新的意象;其二是旧的意象赋予新意,姑且称为'意象翻新'"。试看今人李静《春阶》:

> 伞放新花随雨开,风掀衣袂脚沾苔。
> 春阶千叠如琴键,又把流光弹一回。

键盘类乐器晚近才进入中国,此诗首开"琴键"入诗之端,意象创新。

5. 新联想

李白《望庐山瀑布》"飞流直下三千尺,疑是银河落九天",比喻神妙。今人咏瀑,若还以"银河"作比,则拾人牙慧,贻笑大方。写旧题材须别出机杼。笔者《咏龙湫瀑布》开篇云:"独疑仙子拥云眠,罗带飘然落九天",以仙人飘落罗带比喻瀑布,即是新联想。今人甄秀荣《送别》:

> 南国春风路几千,骊歌声里柳如烟。
> 夕阳一点如红豆,已把相思写满天。

此诗为红豆集团主办的全国征诗一等奖作品,其精彩之处在于联想创新。前人言"残阳如血",仅取"色"喻。此作则从形、色两方面的相似度,将"夕阳"与"红豆"关联起来,这是一种超越。

6. 新用典

用典是表达作者情意的一种有效方法,属于古为今用。用典以能"化"为佳,诗论家谓"用典要化开,如水中着盐,有味而无渣"。旧典新用,也是诗歌创新的方法之一,如笔者

《自由之殇》：

> 自由老祖本杨朱，却笑西夷尽信徒。
> 冠毒如洪沙坝溃，爱情生命可抛乎？

首句"自由老祖本杨朱"，用典隐晦。杨朱乃战国思想家，《孟子·尽心上》："杨子取为我，拔一毛而利天下，不为也。"可知，杨朱主张"贵己""人人不损一毫"。用此典的"言外之意"是，自由主义思想在两千多年前的中国早已存在，西方所谓的自由不过拾中国所弃之敝履而已。末句"爱情生命可抛乎？"用西洋诗典。匈牙利诗人裴多菲《自由与爱情》诗云："生命诚可贵，爱情价更高。若为自由故，二者皆可抛！"然而，本诗所批之"自由"，指西方个人主义与利己主义，与裴诗争取民族解放所获之"自由"内涵有别，借诗典"言此意彼"而已。

7. 忌熟套

要使意新，当避免用成语和套话。中文成语极多，且多能匹对成双，如旗开得胜，马到成功；承前启后，继往开来；一身正气，两袖清风；物华天宝，人杰地灵；勤勤恳恳，战战兢兢。对于习惯用成语的作者而言，几乎无诗不用成语，这样作诗似乎容易。然而，一用成语便落陈词窠臼，诗家必忌。七言诗句嵌四字成语，仅剩三个字可以自由发挥，岂能出新？以下七绝句句用成语，如此作诗的确容易，但能算诗吗？

> 三中全会迎朝霞，改革开放遍地花。
> 千紫万红春色美，丰衣足食乐人家。

作诗不仅要避成语，还要力避熟套。例如写抗洪，作"洪水无情人有情"；写消防，作"大火无情人有情"；写抗疫，作

"瘟疫无情人有情"。又如欲溢美，惯用"……扬四海，……誉环球"；欲言志，惯用"……酬壮志，……展宏图"；言治世，惯用"……开盛世，……享明时"；言改革，惯用"……迎昌盛，……步小康"，陈词滥调，了无新意，笔者谓此类诗"冷饭重温诗亦馊"。

三、思巧

严羽在《沧浪诗话》中说"诗有别材，非关书也。诗有别趣，非关理也"。所谓"别趣"就是"诗味"，通俗地说，就是"有趣""有意思"。别趣产生于多样的创作动机，构思巧妙而产生的"巧趣"是别趣之一。思巧在于想象和联想的高品质，是诗人灵性的闪现，所谓"神而明之，存乎其人"即是。虽然可以从案例分析中得到启发，但这种创造性的联想属于天机偶动，难以捕捉。贺知章《咏柳》是思巧的典型：

> 碧玉妆成一树高，万条垂下绿丝绦。
> 不知细叶谁裁出，二月春风似剪刀。

此诗用"比"法，通常比喻的本体与喻体之间总有相似之处，但此诗末句的本体（春风）是无形的，喻体（剪刀）是具象的，二者差距巨大，正因为将绝不相类的东西作比喻，才使读者感到新奇。这种比喻虽出乎意外，但从全诗的意脉分析来看却在情理之中。本诗的意脉是两相交织的。首先用拟人法，将柳树看作盛妆女子，柳丝便是衣裳的丝绦，女子裁剪丝绦当用剪刀，于是将人格化的柳树与剪刀联系在一起了。其次，"二月春风"催绿了"丝绦"，丝绦的叶形是裁剪出来的，裁剪需用"剪刀"，于是又将"二月春风"与"剪刀"联系起来了。

从修辞的角度看，巧思往往借助美妙的修辞来表现。如"万花著雨春如梦，一桨横江月有声"（"江、雨"四唱折枝诗),这里用了通感的修辞法。"月"指水中之月或月光,因为桨划水有声,于是感觉水中之"月"也跟着有声了。笔者给摄影作品《夕照渔归》配诗云:

> 耕海劬劳沐雨风,不教潮汐去来空。
> 夕辉镀处渔归晚,踏水金声慰苦功。

末句采用曲喻手法:夕照中的沙滩流水犹如"金水",于是想象晚归渔人脚踏金水必发出"金声"。金子是财富的象征,因此末句的言外之意是,渔人的苦劳终因换得丰厚的回报而倍感慰藉。

四、象明

"象明"是指意象生动、鲜明。中国古典诗歌是一门意象艺术,诗歌创作与鉴赏须继承意象思维的传统。明末陆时雍《唐诗镜》卷十指出:"树之可观者在花,人之可观者在面,诗之可观者,意象之间而已,要在精神满而色泽生。"这段话阐述了意象的作用,就"意"和"象"分别提出"精神满"和"色泽生"的要求。用意象作诗,不仅能触发读者的想象,留下深刻的印象,还能使诗意表达更加生动、透彻。如杜甫《绝句·两个黄鹂鸣翠柳》:

> 两个黄鹂鸣翠柳,一行白鹭上青天。
> 窗含西岭千秋雪,门泊东吴万里船。

此诗是作者于安史之乱平定之初写于成都浣花溪草堂,上两句以高远取景,其描写由下而上,由近及远,有声有色,表现春天生机勃发的景象,营造出轻松愉悦、奋发向上的氛围,是作者喜悦心境的照应。下两句以平远取景,由内而外,从时间到空间,气象更为博大,意境更为广远,但所写未必是眼前真景，想象的成分更大。第三句，以能见"西岭千年雪"说明开霁的气象，并反衬"窗"前冰雪消融，暗含多年的战乱终于平复，世界清平，作者的宿志或可实现的愉悦。末句表达对战后交通恢复、商旅勃兴的欣喜，也暗含"泊舟待发，前程万里"的希冀。此诗为读者展现了鲜明、生动的四幅图景。后人尽管不了解写作背景和作者所寄寓的情愫，也能感受诗的意境美，之所以广为传诵，功在"象明"。

诗的意境是由意象来营造的，越是鲜明、生动、富于内涵的意象，越有利于深化意境。如笔者所作《建善寺古银杏》：

艳美周身琥珀装，倏然翠羽换鹅黄。
凋零何必嗟秋扇，满地琉璃证佛乡。

此诗将银杏拟人，满树黄叶比作"琥珀装"（琥珀黄色），富于形象。又借"翠羽"和"鹅黄"言颜色变换，增强色感。银杏叶形如展开的折扇，而"秋扇"历来有弃妇之喻，所谓"秋扇见捐"即是。银杏落叶正好与"秋扇见捐"情形相似，于是有了"凋零何必嗟秋扇"之慨。然而此情非虚，此前一个月笔者曾作七绝《退休戏作》，将自己比作色衰被休的妇人，此句情意正与之相照应。末句将满地银杏叶比作黄色的"琉璃"，而佛国正是以琉璃为地，金绳为界。此句含情隐约，似言满地"琉璃"令人心境豁然敞亮，又似对佛国的无限景仰，又似希冀从佛家获得睿智。又如笔者《春》云：

山明如笑听啁啾，猎艳飨吾花满眸。
撩动春心风解意，水生媚靥亦含羞。

前两句有声有色，形象鲜明。后两句将春风、春水拟人，将水波视作美女的笑靥，形象更加鲜明，更富情趣。

诗虽以抒情为主,亦可说"理",如王之涣《登鹳雀楼》"欲穷千里目,更上一层楼",言哲理;王维《竹里馆》"空山不见人,但闻人语响。返景入深林,复照青苔上",言禅理。写景诗用意象自不必言,说理诗、政论诗要用意象吗?笔者以为,说理诗似易实难,纯粹的抽象说理,绝少好诗,除非有独到的眼光、深刻的见解和精警的表述,如"史略功勋先气节,诗原情性次风裁"("风、气"六唱折枝诗)、"未能养浩将中馁,稍自持盈或后亡"("中、后"六唱折枝诗),但有这种见地者绝少。今人说理往往弃意象而用抽象概念,结果味同嚼蜡。其实用意象不仅能降低说理的难度,还能避免空洞,使说理更有效。试作七绝政论诗《斥普世价值》示例:

> 普世迷魂醒悔迟,覆巢安有寄身枝。
> 人权幌下堆尸骨,血口无惭唱颂诗。

其中"迷魂醒、覆巢、寄身枝、幌、堆尸骨、血口、唱颂诗"都是有效意象。

五、理密

"肌理说"是清人翁方纲提出的诗论主张。"肌理"一词源于杜甫《丽人行》"肌理细腻骨肉匀"。肌理原指肌肉的纹理,翁方纲借"肌理"一词以论诗,其"理"包括义理和文理。义理之论或不可取,但文理之论有益。强调诗的文理须如美女肌肤细腻缜密,对纠正句法、章法的空疏有较大意义。肌理缜密的基本要求是文从句顺,以下通过案例分析论句法、章法的肌理。

1. 句法肌理

格律诗遣词造句应避免以下常见毛病。

(1)生拗

生造词或生僻词入诗。如《过年小咏》：

> 老补权充压岁钱，更加美好是明天。
> 聋痴除夕无多事，吟首新诗便过年。

"老补"是"老龄补助"的缩写，或许从事老年人服务的行业内部有此名词，但绝大多数人看不懂，因此多视为生造词。

词序悖逆也会造成生拗。如七律《咏江边村》开句"村前屹立记碑功"，三字尾本该是"记功碑"，因为句尾韵字用"功"，所以变成"记碑功"。格律诗虽有平仄、押韵的限制，但中文一字一义的特点，使其在造句时便于拆分重组，通过调节关键字位置，往往能获得好的效果。此句若改为"村前碑屹记丰功"便可达意。

（2）用典不化

某七律咏抗击新冠肺炎，颔联云："除夜杏林飞救援，入荆橘井疾驰行。"杏林、橘井属典故。杏林代指中医学界，也用来称颂医生；橘井指良药。将杏林、橘井直接等同于医生，不但文理不通，也失去用典的意义。

用典须防泥古，即忌用过时或不恰当的典故或旧词汇。例如《庚子元宵》开篇云："金吾不禁怅今宵，饕餮何该染疫妖。""金吾"一词有泥古之嫌。金吾原指一种神鸟（一说为龙的九子之一），因为长夜不寐，具有警戒避灾之功，故转作禁卫军官名。用这种古老的官职和旧时的宵禁制度来说明庚子元宵夜"不禁"，既无必要，也不合时宜。

（3）文理不通

例如《女儿眉——致抗疫一线的女儿们》：

> 忽来患难知真性，有幸梅花落雪时。

祈愿春来瘟鬼祛，欢颜又上女儿眉。

此诗毛病较多，仅谈文理。首先，"忽来患难知真性"，忽来之"来"的主语是瘟疫；患难之"患"的主语是国人，因此"忽来患难"其实是"忽来瘟疫民患难"的简省，但字面却不能达意，让人觉得是"国人忽来患难"，同一主语两个谓语（动词），表意混乱，文理不通。其次，"真性"用词不够精准。真性指纯真的本性，即天性，人之天性平时即可见，临难之际验证的是是否有责任、担当、勇气、忠诚。再看"欢颜又上女儿眉"，逻辑不通。"颜"指颜面，内涵比眉毛大，颜面包含眉毛，眉毛怎能承载脸面？因此，这里的"欢颜"应该是"欢情"。

诗句每有"言外意"，必须使字面意与言外意都能通顺，犹如灯谜，既要谜面"成文"，也要谜底解读通顺。例如：

闻东风导弹试射南海靶标

百忍非唯菩萨肠，本尊面目亦金刚。
只今示现降魔杵，鬼胆虽粗料不张。

本诗从字面上看，意脉连贯而流畅：以"菩萨"称"本尊"，并具有"百忍"的慈善"心肠"，但偶尔也呈现"金刚面目"。接祭出佛家护法金刚韦陀的"降魔杵"，震慑"鬼胆"而不敢张扬。其言外意却是：中国人虽然善于隐忍，但偶尔也要彰显雷霆手段。东风导弹的威力，必能震慑来犯之敌。

（4）歧义

歧义指造句不当，造成读者有悖于作者原意的解读，即所谓的"反误"，这是诗病。歧义与多解不同，多解不但无害，还能丰富诗的内涵，即所谓的"正误"。《女儿眉》"有幸梅花落雪时"句即属于歧义，其一义是"梅花上的雪花掉落是有幸之时";其二义是"有幸梅花开在落雪之时",多数人会这样理解,然而雪落梅开本属寻常,何幸之有?

(5)用字不精

例如"大众眼明堪作尺,小诗句辣可为锋"("诗、众"二唱折枝诗),"尺"宜改为"镜",以照应"明"字;"辣"宜改为"锐",以照应"锋"字。

(6)赘字

用同义词、近义词是造成赘字的原因之一,如"争分夺秒抢时间",争分、夺秒、抢时间同一个意思,压缩成"惜时"即可。

旧体诗应尽量用单字词,如"梅花""柳树"只需取梅、柳即可。用单字词不仅便于字的调配重组,增强造句的灵活性,还能精炼语言,扩大诗句内涵。例如"山岭梅花欣艳丽",含三个双字词(山岭、梅花、艳丽),词序的调动重组尤为困难。如果改用单字词,可以压缩为"岭梅艳"("欣"是可有可无的凑字),那么通过添字扩展为七言句的可能性将大增,其内涵扩展的空间也随之增大。如作"岭梅直与霞争艳""妻我岭梅脂色艳""梅艳能医野岭荒""岭头梅色敷城艳""猎艳屐留梅岭雪"等。

2. 章法肌理

诗的章法,前人归纳为起承转合。元代范德玑《诗格》云:"作诗有四法:起要平直,承要春容,转要变化,合要渊永。"就是说起句要平直切题,承句要从容开展,转句要转折变化,合句要意味隽永。起承转合间必须意脉通畅,现以笔者《退休戏作》为例分析:

> 色衰终得一书休,却喜妾身归自由。

> 谁道从今轻似燕，半为闲鹤半为牛。

第一句（起句），将自己退休比喻为"妻子"色衰被休，其联想的思路是"退休"与"休妻"皆含"休"；"年衰"与"色衰"皆为"衰"，二者具有相似性。"终得"意为终于等到，暗含不舍、失落之意，也表达解脱、放松之悦。"一书休"意指一纸休书、一纸即休，"一"虽少，但分量却重，不容置否。本句虽用比喻，但直言退休，符合起句"平直切题"要求。第二句（承句），沿用上句的比喻，言被休后"妾身"（"妾"为女子对自己的谦称）反而自由了，这是值得高兴的。"归"意味着女子嫁夫前原本是自由身，被休是重归自由。此句承接上句，符合"从容展开"的特点。第三句（转句），意脉接上句：谁说从现在起就"身轻似燕"了？改用设问句来"转"，符合"转折变化"要求。第四句（合句），点出主旨，预言退休生涯苦乐参半。但不直言苦乐为何，而是以闲鹤比喻自由自在，以牛比喻勤劳辛苦，含蓄委婉，符合"意味隽永"的要求。

从意脉上看，四句之间相互照应，贯通一气。首句暗含"妻"，由"妻"带出第二句的"妾身"；由"身"转为第三句"身轻似燕"（隐"身"字）；因燕、鹤同类，由喻"燕"转而喻"鹤"；第四句，鹤闲而牛劳，互为反衬，因此由"鹤"带出"牛"。可见此诗章法肌理缜密。

初学者作诗，往往于转、合不当，如《咏一带一路》云：

> 银龙昂首出阳关，结谊东西誉宇寰。
> 若使张骞能再世，当惊古道达天边。

此诗起、承皆可，但转、合平淡，尤其结句无力，且"古"字有误。后两句宜重新构思，例如改为"羌域春风今可度，再无闻笛泪长潸"。

行书章法讲究变化，避免字形、笔画雷同，诗歌章法理同书法。试看《滨海行》：

> 锦缎金波映日辉，银滩碧宇戏鸥飞。
> 听涛话海无眠夜，相谑无机竟忘归。

前三句均为当句对，即"锦缎"对"金波"、"银滩"对"碧宇"、"听涛"对"话海"，犯结构雷同之病。初学者多爱用当句对，因为易于上手，但当句对本身有呆板之嫌，宜少用，更何况三句连用当句对。再看《廉村》：

> 碧水桃林绕古墙，帝师故里仰祠堂。
> 盘中苜蓿含廉史，世代清风美誉扬。

前三句的三字尾（绕古墙、仰祠堂、含廉史）均为动宾结构（动词＋偏正结构词），同样有雷同之嫌。

六、味隽

味隽即诗味隽永，指诗的意蕴深长，耐人寻味，这是诗歌的高品位追求。但凡意蕴隽永的诗，或含蓄，或深刻，或意趣，令人玩味或富于启迪。

1. 意趣

严羽提出"兴趣说"，所谓"趣"当指"意趣"，意趣源于诗人神妙的想象，并通过艺术化的语言含蓄地表达出来。元人唐珙《题龙阳县青草湖》，诗味隽永，富于意趣，诗云：

> 西风吹老洞庭波，一夜湘君白发多。
> 醉后不知天在水，满船清梦压星河。

本诗情景交融，虚实相生。情感流变，由忧愁转而超脱。神妙的想象,艺术化的修辞,奇幻的诗境,蕴藉的诗情,使这首诗充满浪漫主义色彩。首句,西风即秋风,诗人历来用秋风言"愁"。本句用拟人法,将湖面看作湘君(湘水之神,不确定,一说舜,一说舜妃)的脸面。西风吹过洞庭湖(青草湖与洞庭湖相连),湖面泛起微波,湘君脸上平添了许多皱纹,仿佛被西风吹老了。于是,第二句想象湘君一夜之间头发白了许多(也可以理解为秋霜如白发,但无法还原诗人当时的场景)。"吹老"是诗家语特有的"错接"法,即将"吹过湖面泛起水波,犹如湘君脸上增添了皱纹而显老了"简省成"吹老"二字,通过错接,浓缩意涵,使诗句含蓄蕴藉。前两句或是诗人之愁假借湘君来表达。第三句转为言醉,且醉在船中,但不言因何而醉。第四句最为精彩,通过曲喻和通感的修辞法,将虚幻的梦当做有形的重物,压在湖面倒影的星河上。这种化虚为实的手法,使意象生动传神,让读者沉浸在缥缈奇幻、物我两忘的意境中。那么诗人因何而愁而醉?有何清梦?由此催发读者的联想,扩展了诗的内涵。

2. 含蓄

中国诗歌"含蓄说"的审美取向具有悠久的历史,其本源是"言不尽意"说(《周易·系辞上》)。既然言不尽意,那就应该充分利用语言的启发性和暗示性,唤起读者的丰富想象,体味作品的意蕴和情思。诗歌讲究形象思维,视表意直露为浅俗,更要"象外之旨""蕴而不出"。作为诗歌的审美观念,梁代钟嵘《诗品·序》提出"滋味说",谓"使味之者无极,闻之者心动,是诗之至也";唐人司空图《诗品》提出"含蓄"概念,解作"不着一字尽得风流";宋人严羽《沧浪诗话》提出"兴趣说",其《沧浪诗话·诗辨》阐述最透彻:"盛唐诸人惟在兴趣,羚羊挂角,无迹可求。故其妙处,透彻玲珑,不可凑泊,如空中之音,相中之色,水中之月,镜中之象,言有尽而意无穷。"虽三者所提概念不同,但目标指向却是一致的,都讲求言外之意、象外之象、韵外之致、味外之旨。

含蓄诗例如韦庄《台城》:

> 江雨霏霏江草齐,六朝如梦鸟空啼。
> 无情最是台城柳,依旧烟笼十里堤。

这是一首怀古诗。六朝,指孙吴、东晋、宋、齐、梁、陈六个定都于金陵(当时称建业、建康)的朝代。当年的建康是金粉繁华之地,然而,在三百余年间,六个王朝轮番迭代,如走马灯般,辉煌一时却豪华难再,唯余"鸟空啼",诗人因此有"如梦"之慨。绝句的主旨往往体现在"转"和"合",作者取象"台城柳"以寄情,十分精审。台城原是孙吴的后苑城,从东晋到南朝结束,为朝廷台省(当时的中央政府)和皇宫所在地,到唐末台城已颓败,能见证六朝兴衰史的唯余台城柳了。然而作者并没有直接抒发吊古之情,仅以"无情"责备台城柳"依旧"烟笼十里堤,个中滋味耐人寻味。草木本无情,何以"无情"责柳?那是作者太多情,于是移情于柳,以柳的无情反衬作者的多情。借责备台城柳,表达作者对"六朝如梦"的无限伤感,这便是"言外之意"。此诗写在唐末社稷飘摇之际,因此诗人不唯怀古,亦是伤今,恐大唐国祚重蹈六朝覆辙,当是此诗的"味外之旨"。

3. 深刻

不仅含蓄能使诗味隽永,主旨阐发深刻透辟也能给予人们启迪和深思,令人回味。例如清人蒋士铨《响屧廊》:

> 不重雄封重艳情,遗踪犹自慕倾城。

> 怜伊几两平生屐,踏碎山河是此声。

"响屧廊"是吴王夫差在苏州灵岩山行宫为西施建的走廊。吴王命人将廊下的土地凿成瓮形大坑,上铺厚梓板,让西施和宫女穿木屐在上面行走,锵然有声,所以取名"响屧"。本诗批评吴王不重武备而重女色,导致身死国灭。精警在于后两句"怜伊几两平生屐,踏碎山河是此声。"首先,意象的选取极为精审,将吴王的荒淫浓缩于"几双木屐"(几两即几双)之上,由此催发读者对吴王与西施风流韵事的诸多想象。其次,将"几双木屐"之"小"而轻松与"踏碎山河"之"大"而惨烈相关联,这种关联的内在逻辑是木屐踏廊有声,(越国)铁蹄踏地亦有声,木屐声导致铁蹄声,于是将山河破碎(代指亡国)直接说成是被木屐踏碎,这种联想形象而富有说服力,深刻透辟,出语惊人,具有鉴史发聩之功。

诗味隽永往往在于意蕴的深化。笔者《梁野山观瀑》:

> 谁掷琉璃天际落,顿飞玉屑化长帘。
> 气清不肯离山去,洗后尘心恐复沾。

上两句写景,设想天人掷下琉璃碎为玉屑、化作瀑布,想象新奇。下两句写情理,寓"在山泉水清,出山泉水浊"之理。精警在于末句,言山瀑虽可清洗心中之浊,"下山"仍可再被污染,表达尘世污浊,希冀自洁的心境。如果说前两句含"审美意蕴",那么后两句则含"智性意蕴"。

(本文发表于《福建教育学院学报》2020.4)

诗歌尚"虚"论

诗非论文,"摆事实、讲道理"不宜用来评诗,否则易落入"凿"的窠臼。例如,某网友指责"万花著雨春如梦,一桨横江月有声"("江、雨"四唱折枝诗),认为船用双桨,"一桨"须改为"双桨"。可见该读者不谙诗道——诗尚"虚",不囿于"实"。用"一桨"还是"双桨",不在于事实,而在于作者营造意境的需要。事实上"一桨"入诗早已有之,清人陈沆《一字诗》云:"一帆一桨一渔舟,一个渔翁一钓钩。一俯一仰一场笑,一江明月一江秋。"诗尚虚体现在"写虚"和"虚写"两方面。南宋诗论家严羽指出:"诗者,所以吟咏情性也。""情性"是自我的、个性化的情意,带有很强的主观色彩。客观为实,主观为虚,因此,诗歌重在"写虚"。诗不能写得太实,诗写得好,功夫往往体现在"虚写"上。

清赵执信《谈龙录》记录了王渔洋以龙喻诗的一段话:"诗如神龙,见其首不见其尾,或云中露一爪一鳞而已,安得全体是雕塑绘画者耳。"从此论可以看出,诗当虚实相生,全虚全实都失之偏颇。本文拟从多角度探讨旧体诗(含诗钟、律句联)尚"虚"的表现。

一、善用虚字，圆活空灵

诗歌的语言风格有虚实之别，多用虚字，将使句子显得空灵圆活。

马建忠的《马氏文通》是首本系统介绍汉语语法的专著，书中把汉字分为实字与虚字两大类："凡字有事理可解者，曰实字；无解而惟以助实字情态者，曰虚字。"具体地说，实字（词）包括名词、动词、形容词、数词、量词等。虚字（词）包括助词、叹词、介词、连词、副词。旧体诗沿用文言词汇，因此常用虚字。虚字虽无实在意义，却在诗中起到关键作用，常能承上启下，使句子圆活起来，或使文义更加准确。擅诗者大多善用虚字，如林则徐《赴戍登程口占示家人》第二首颔联"苟利国家生死以，岂因祸福避趋之"，其中"苟、以、岂、之"均虚字。

善用虚字是诗钟的一大特色，如"松青一子偏名赤，鹤白斯楼却姓黄"（"松、鹤"一唱），其中就用了"一（实字虚用）、偏、斯、却"四个虚字。此联为大赛夺魁之作，可作为成功运用虚字的范例。一句中使用较多的虚字会使句子显得"虚"，别具风格，如"中、后"六唱"所行未必皆中道，可畏何曾只后生"。甚至一首诗钟中除眼字外都用虚字的，如"所得如斯宁小可，能为至是亦千难"（"小、千"六唱）、"纵是难为何乃尔，求之不得亦徒然"（"纵、求"一唱）。

二、象有虚实，各有所用

诗歌多用意象造句。从词性角度看，意象主要是具象名词，如"日月山川"。抽象名词不具有意象，或意象不明，如"爱恨情仇"。诗句有意象则实，如杜甫之"两个黄鹂鸣翠柳，一行白鹭上青天"，意象鲜明，易于引发读者的形象思维，留下深刻意象。无意象则虚，如"史略功勋先气节，诗原情性次风裁"（林屏侯"风、气"六唱），此论见解精辟独到，高屋建瓴，不可多得。由此可见虚实各有所用。然而，纯粹抽象说理是很难出彩的，除非对事物的认识极为深刻独到。因此，诗歌创作还须遵循意象思维的传统，当今习见的"老干体"诗，多因背弃意象思维所致。

意象还有虚实之分，形色明确者为实，如峰峦树石；形色变幻者为虚，如云水烟霞。以诗为例，"松下问童子"为实，"云深不知处"为虚。意象虽虚，但想象的空间反而更大。作诗取象或虚或实，都服务于创作要旨。如笔者题中普陀寺（霞浦）书画院联："腕底胸襟山海气；毫端灵性水云心。"此联刻意避实就虚，以"胸襟""灵性"这两个抽象名词为中心，言书画与言胸襟、灵性相融合。不作单一解释，力求字少意丰，内涵宽博。上联"山海"既契合地理，又表达"容山纳海"的胸襟和气度，"山海"亦暗指山水画，冠以"腕底"则表达书画作品富有气势。下联，"水云"是变化的，是"活"的，暗指书画用笔如行云流水，灵活多变。"水云心"指灵动的心，也指"烟霞痼疾"之心，还指由云水触发的禅心。此外，"云水"还契合霞浦风光——闻名于世的滩涂摄影，多以"云水"光影示人。毛笔是柔软的，无灵性者绝难操弄，因此"毫端"可见"灵性"。而"毫"的灵活多变又与"云水"的灵动形成同构。本联摒弃"丹青""书画""笔墨"等字眼，以免俗囿。"腕底"与"胸襟"之间省略"展"字，这是传统诗歌常用的错接法，为使诗句更加浓缩精练。

三、景实情虚，虚实相生

从情境论看，景为实，情为虚，情景虚实相生。诗论家王夫之说"情景名为二，而实不可离。神于诗者，妙合无垠。巧者则有情中景、景中情"。王夫之将情景的相互生发，分为景生情、情生景、情景妙合无垠三种情性,并以"情景妙合无垠"最为神妙。需要指出的是,情和景是交融的,"景语"即是"情语",不存在单纯的情和景。但情和景有主次之分,或以写景为主,景中含情;或以写情为主,寄情于景。所谓"抒情"与"写景",只是侧重不同而已。从创作动机上看,情当占主导地位。所以清李渔说"情为主,景是客,说景即是说情"(《窥词管见》);清王夫之说"无论诗歌与长行文字,俱以意为主。意犹帅也,无帅之兵,谓之乌合"(《姜斋诗话》卷下)。王氏情景论举证案例多为诗句,相对微观。下文拟从诗歌创作的角度谈情景虚实相生的三种表现。

1. 由景入情,先实后虚

先写景,后言情,由实转虚,这是诗歌创作的常用方法。高适《别董大》:"千里黄云白日曛,北风吹雁雪纷纷。莫愁前路无知己,天下谁人不识君?"前两句写自然景观,后两句以慰藉之言见作者情意。王昌龄《从军行》:"青海长云暗雪山,孤城遥望玉门关。黄沙百战穿金甲,不破楼兰终不还。"先写景,后言志。如果说高适、王昌龄诗中景是自然实景,属于"写境",那么,陆游《秋夜将晓出篱门迎凉有感》前两句描绘的则是心中之景,属于"造境"。诗云:"三万里河东入海,五千仞岳上摩天。遗民泪尽胡尘里,南望王师又一年。"先造境,后伤情。

诗中景不惟自然景观、心中之景,也可以是人造景观和人事之景。王夫之《夕堂永日绪论》内篇中指出"烟云泉石,花鸟苔林,金铺锦帐,寓意则灵",这里就将"金铺锦帐"纳入景的范畴。王翰《凉州词》:"葡萄美酒夜光杯,欲饮琵琶马上催。醉卧沙场君莫笑,古来征战几人回?"首句是人造景观,第二句是人事之景,由景入情,引出旷达、洒脱和宿命无奈的情愫。

2. 寄情于景，由虚入实

王国维《人间词话》三则说"有我之境，以我观物，故物皆著我之色彩"，并列举"泪眼问花花不语，乱红飞过秋千去""可堪孤馆闭春寒，杜鹃声里斜阳暮"为证。从创作法上看，将个人的感情色彩敷于景物，属于"寄情于景"，也是诗歌抒情的常用方法。如唐人张泌《寄人》之二："别梦依依到谢家，小廊回合曲阑斜。多情只有春庭月，犹为离人照落花。"月照落花，寻常所见，何曾"多情"？分明是离情难抑，于是将伤情投射于景物，赋予春月怜悯伶俜的人格。落花亦暗喻离人青春老去，能不神伤？

再看张泌的另一首诗《边上》："戍楼吹角起征鸿，猎猎寒旌背晚风。千里暮烟愁不尽，一川秋草恨无穷。山河惨淡关城闭，人物萧条市井空。只此旅魂招未得，更堪回首夕阳中。"戍边战士处艰险苦寒之地，家山万里，生死未卜，必然愁绪满怀，于是千里暮烟"愁不尽"，一川秋草"恨无穷"，"山河惨淡""人物萧条"，眼前景物皆带愁情矣！

3. 写景含情，但极微秀

王夫之主张"取景含情，但极微秀""杂用景物人情，总不使所思者一见端绪"，提倡"景生情"须含情隐约，不作"生入语"。贾岛《寻隐者不遇》："松下问童子，言师采药去，只在此山中，云深不知处。"此诗正合"神龙见首不见尾"之妙，写景仅有"松""山中""云深"；写人事则省略问者、问句；写"师"则不见其人。全诗采用白描手法，浅显通俗，但作者之情却不着一字，这似乎有悖于"吟咏情性"说。然而细心者自能体悟作者对隐者的景仰之情和不遇隐者而茫然若失的心境。此外，"云深处"的象外之象也能令读者浮想联翩。

四、修辞新巧，意象虚幻

传统诗歌是一门意象艺术。意象与视觉艺术所谓的"艺术形象"相类，不同的是，艺术形象一经确立就定型了，是"实"的；意象却具有极大的变形性，甚至荒诞不经，是虚幻的。诗歌常借助独特的修辞法，使意象呈现各种奇幻的色彩，这是其他艺术形式所不具备的特点。夸张者，如"白发三千丈，缘愁似个长"（李白《秋浦歌》）、"似将海水添宫漏，共滴长门一夜长"（李益《宫怨》）；曲喻者，如"天河夜转漂回星，银浦流云学水声"（李贺《天上谣》）、"举头误嚼唇边月，揽镜斜看背后花"（佚名《"误、斜"三唱》）；通感者，如"满山叶动天风绿，夹岸花流水气香"（叶轩孙《"风、气"六唱》）、"万花著雨春如梦，一桨横江月有声"（叶轩孙《"江、雨"四唱》）。

诗歌以新巧为尚，须充分发挥想象力，巧用修辞，获得别具一格的效果。笔者《悼袁隆平院士》之二云："十亿无饥恩胜天，问吾所报涌何泉？酬君唯有两行泪，流向潇湘听泣鹃。""涌何泉"是用典，从"滴水之恩，当以涌泉相报"化用而来，是虚拟的意象。"流向潇湘"之泪是虚幻的意象，而泪"听"杜鹃泣，则是通感修辞法。

五、言此意彼，虚实表里

为了更形象生动地表达情意，往往通过比拟手法，表达或暗示诗的主旨。这种比拟不是局部的，而是贯穿首尾。诗的表层义基于喻体，是虚构的。深层义则落到本体，是诗的主旨。这种表现手法可概括为"言此意彼，虚实表里"，两个层面都必须意脉贯通。如笔者于 2020 年所作《闻东风导弹试射南海》："百忍非唯菩萨肠，本尊面目亦金刚。只今示现降魔杵，鬼胆虽粗未必张。"此诗以菩萨比拟中国，以菩萨肠喻前期的隐忍，以金刚面目喻武力震慑，以降魔杵喻东风导弹，以鬼喻域外大国，起承转合一以贯之，表达中国倚天仗剑的豪气和神圣不可侵犯的自尊。

言此意彼可以呈现不同的风格，情意的表达也有显与隐的差别。委婉者，如唐人朱庆馀《近试上张水部》（张籍，时任水部郎中）："洞房昨夜停红烛，待晓堂前拜舅姑。妆罢低声问夫婿，画眉深浅入时无。"诗人将自己比作新媳妇，通过和夫婿的对话委婉地试探。张籍回诗《酬朱庆馀》："越女新妆出镜心，自知明艳更沉吟。齐纨未足时人贵，一曲菱歌敌万金。"其诗与朱庆馀异曲同工。

含蓄蕴藉者，如杜牧《叹花》。此诗的背景，一说是杜牧约娶湖州少女，十年为限。十四年后赴约，少女已嫁人三年，生二子。于是感慨而发："自是寻春去校迟，不须惆怅怨芳时。狂风落尽深红色，绿叶成荫子满枝。"此诗表面描写花树的时令变化，实则用"比"法，借言寻春迟到，以红花褪尽、绿树成荫、籽实满枝，喻少女青春流逝，委婉含蓄地抒发自己错失机缘的惆怅和懊悔之情。

隐晦者，如杨万里《晓出净慈寺送林子方》："毕竟西湖六月中，风光不与四时同。接天莲叶无穷碧，映日荷花别样红。"此诗极易被当作写景诗，然而它却是一首委婉的劝喻诗。解读此诗，当用"情景还原法"。林子方举进士后，曾任直阁秘书。时任秘书少监、太子侍读的杨万里是他的上级兼好友，两人志同道合，互为知己。后来，林子方被皇帝调离身边，赴福州任知州。林子方自认为仕途升迁，很是高兴，杨万里却不这么想，但又不好明说（圣意难违），于是在杭州净慈寺送别林子方，经过西湖时写下此诗，意在劝留林子方。诗中的"西湖"暗喻皇城之地，"天""日"暗喻皇上，"无穷碧"与"别样红"

暗喻美好前程。全诗的意思是说"毕竟"在京城,有皇帝的庇荫,可以前途无量。

六、言外象外,意味隽永

叶绍翁《游园不值》:"应怜屐齿印苍苔,小扣柴扉久不开。春色满园关不住,一枝红杏出墙来。"此诗意象鲜明,令人过目难忘。短短二十八字,给人的想象空间颇大,可谓象外有象,言外有旨。前两句说,"小扣柴扉久不开"的原因,大概是因为园主人爱惜青苔,怕被人践踏。从"苍苔""柴扉""不开"的意象中,读者或能感悟园主人的身份、爱好、性格,甚至揣测其仪表风神,这就扩大了诗的意涵。既然游园不值,那么"春色满园关不住"自然是作者充满想象的虚笔。这种提示性的意象,触发了读者对园景的丰富联想,由联想而生的"象外之象",进一步扩展了诗的空间。

"春色满园关不住,一枝红杏出墙来",意象张力极强。一"关"一"出",化虚为实,将无形的春色由满而溢生动地描绘出来。这两句诗的言外之意是:新生事物终究能突破藩篱,脱颖而出,蓬勃发展。当然,作者未必有此意,但"作者未必然,读者何必不然"?读者的"正误"不仅无损于原作,反而能丰富诗的内涵。

七、以诗喻理,洞见哲思

说理是诗的功能之一。但凡说理,必借助意象,否则如"语录讲义之押韵者",空洞无力。以诗说理,实处见景,虚处寓理,其中哲思须咀嚼方可领悟。王之涣《登鹳雀楼》:"白日依山尽,黄河入海流。欲穷千里目,更上一层楼。"此诗借登鹳雀楼所见所感,阐发"层楼更上"的人生哲学,极富启迪意义。

朱熹《观书有感》:"半亩方塘一鉴开,天光云影共徘徊。

问渠那得清如许？为有源头活水来。"此诗表面写景，其实是以景喻理。借"半亩方塘""源头活水"，比喻读书的重要性，说明只有通过不断地读书学习，更新认知，才能长葆心源清澈。

王维《鹿柴》："空山不见人，但闻人语响。返景入深林，复照青苔上。"此诗不惟"诗中有画"，更充满禅意，象征清境禅修后的豁然明亮，其中禅理非细细品味不可得之。

（本文发表于《福建教育学院学报》2021.10，获第九届"华夏诗词奖"论文二等奖）

明·崔崟《游辟支岩》评注

游辟支岩

崔 崟

万城削玉幻祇林，绿树交藤劈涧阴。
盘磴偶怜钟磬路，看泉各证佛禅心。
云封鸟性幽苔闷，月署僧寮古洞深。
多少悟猿传梵句，雪溪投足对峰吟。

注：崔嶷（1611—1686年），字殿生，号五竺，别号竺庵，竺村童，明代诗人崔世召第五子，宁德一都（今蕉城区下井堂）人。顺治十六年（1659年）贡生，官兴化（今莆田）教授。幼年聪慧，负诗名，深得名儒夏允彝、陈子龙、陈继儒、陈函辉等器重，名列"云间社"十八才子之列。一生著作甚富，主要有《竺庵集》《衡庐杂咏》《宁德支提寺图志》《宁德续志》（与黄中美合纂）等。

【评注】

诗人所游的辟支岩，在蕉城虎贝镇北隅那罗延窟之东。那罗延窟是佛教传入支提山的开端之地，因唐朝高丽僧人隐居于此而闻名。

从诗的内容和情调上看，可知作者乃向佛之人，癖好"僧占多"的名山名胜。此诗便是写诗人探访辟支岩古洞僧寮中的所见所感。诗句多采用与佛教有关的字词，写景写禅相互交融。因以禅心观物取象，故出语多带禅意。

首联起句气势非凡，通过比喻、夸张之法，极为精准、凝练地概括辟支岩的景象。这里高崖断壁连绵数里，恍如众多的城墙，故以"万城"作比。"万"是夸张，"城"是比喻。"削玉"指岩壁垂直，犹如神斧劈削而成，意象富于气势和动感。将岩石比作玉，则是作者迷恋美景的心理投射。祇林，即祇园，"祇树给孤独园"的简称。是给孤独长者和祇陀太子共同发心建造，供佛陀传法的场所，是佛教最早的两大精舍之一。"幻祇林"，意指高崖断壁犹如规模宏大的佛家精舍，在飘渺的烟霞中迷幻，境界尽出。首联第二句"绿树交藤"，描绘辟支岩的植被景象。这里是七都溪的源头，海拔千米，群山环绕，翠雾袅袅，藤萝森森，绿树交藤颇为常见。"劈涧阴"，指深涧岩壁如刀劈一般，山涧因深而阴暗。此句体现景观的"秀"和"幽"。

颔联首句。盘磴，指盘曲而上的石级。钟磬，指钟与磬，为佛教法器；亦指钟磬之声。偶怜，指偶然而生的爱怜之心，这里的"怜"当是爱慕之心。"盘磴偶怜钟磬路"，可以理解为，沿盘曲而上的石级而行，偶闻钟磬之声，顿时产生对佛门的爱慕和向往之心。"钟磬路"亦可理解为向佛之路，准此，则此句亦指诗人沿山径拾级而上，偶然间感悟到此行犹如修佛，因前景光明而心生向往。颔联第二句。佛禅，是传统的佛教修行方式，通过专注于觉知和意识，在内心深处寻找真正的平和与安宁。佛禅心，即清静寂定的心境。"看泉各证佛禅心"意思是，各人因觉悟不同，面对清泉时，禅心各异。而禅心的不同，也反证各人的修佛水平。

  颈联首句。鸟性，指鸟的性情，名句如："山光悦鸟性，潭影空人心。""云封鸟性幽苔闷"，言鸟的活跃性情仿佛被云雾封闭了；幽暗处的青苔也仿佛将岩体封闭起来。此句营造出深山雾罩下的幽闭空寂意境。颈联第二句。署，有多层义，这里偏向于指签署。寮，指小屋、窝棚。"月署僧寮古洞深"，言月光射向古洞中的僧寮，寮前的题字就像是月光签署的一样。此句用拟人法，赋予月亮人格化的情感，实为诗人多情。洞前月光明亮，更衬托出洞内的黑暗幽深。

  尾联首句。"多少悟猿传梵句"出于一个传说：印度僧人将佛经书于贝叶，系于猴身，猴子翻越喜马拉雅山脉，将佛经传到中国寺庙。作者或是遇见辟支岩的猴子而作此联想。末句"雪溪投足对峰吟"。雪溪，本指雪覆盖着的溪流，这里的"雪溪"当属虚笔。作者或是借用晋人王徽之雪夜乘舟至剡溪访戴逵之典故，以表达与访戴相类的雅兴。投足，指踏步或举步，或指栖身或投宿，两种解释皆能成立。"对峰吟"则是诗人诗兴大发，认山峰为诗友的遣兴之举，与李白"举杯邀明月"颇为相似。

论诗钟的意象经营

王鹤龄《风雅的诗钟》指出:"承认诗钟为诗之别体,归入'杂体诗'中,更为符合人们的传统认识,比较顺理成章。"中国传统诗歌是一门意象艺术,本文从诗歌创作的角度出发,探讨诗钟意象的经营。

一、诗钟意象的选裁

作诗离不开意象经营,诗钟既属于诗,自不例外。诗钟与近体诗在意象的运用上有何不同?诗钟单句仅七个字就要表达一个相对完整的主题,因此对意象的选择更求精当。"诗钟在意象的选取上,以少总多,取万收一,追求'片言可以明百意,坐驰可以役万里'的涵括能力。"其次是诗钟意象引用的密度一般要比律诗绝句大。例如,"夜、声"七唱:

> 幌倚鄜州怜月夜,琵弹胡地感秋声

上联从杜甫五律《月夜》中提取"幌、鄜州、月夜"三个物象以及"倚、怜"两个事象进行组合,浓缩地表述杜甫的诗意。下句则通过"琵(即琵琶)、胡地、秋声"以及"弹、感"的意象组合,表达汉室女子和亲远嫁匈奴,借琵琶表达怀乡的凄凉愁苦之情。由此可见诗钟意象的精准和稠密。

言与意相互生发有两条途径——"以言起意"和"以意求言",分咏格诗钟的创作大体是以意求言的,因为是"命题创作"。嵌字格的创作是以眼字为思考起点,先"对整眼字",然后"由眼生意",从这个角度看,初始是"以言起意"。但因创作主题不限,从"眼"到句的结撰又是"以意求言"的过程。诗钟作句常需修改,于是又兼有"以言起意"的情况。因此"以言起意"和"以意求言"其实是相互生发的。然而,作诗必以意为主宰,"意在笔先"符合诗歌创作的基本规律。从意到言的过程有一个重要的中间媒介"意象",从意到象的形成过程靠的是"意象思维"。

从诗歌创作角度看,言、象、意三要素出现的先后顺序是:意—象—言(诗歌鉴赏正好相反)。意源于诗人的生活境遇,并因外界事物触发心灵而产生各种鲜活的感受。然而,诗人的初始之意可能是浅层次的,需要经历积累、沉淀和提炼的过程。意确立后,须借助意象加以表达,故需"取象"。象源于物,因此要"观物取象",也就是选取表意之物象。明人王廷相《与郭价夫学士论诗书》云:"言证实则寡余味也,情直致而难动物也,故示以意象,使人思而咀之,感而契之,邈则深矣,此诗之大致也。"可见作诗不可简单直白地表述,须借助意象。意到象的生成是一个淬炼升华的过程,要求意象的选取有"余味",能"动物",发人之"思",启人之"感"。

作意相类的诗句,往往因选取的意象不同,意趣有别。对比以下两联:

为触秋心在明月,盼君远道有孤云("触、君"二唱)
迟君远道同明月,近触新愁为落花("触、君"二唱)

以明月触愁（秋心即愁），是诉别离、怀人之苦；以落花触愁，则言感逝之愁。以明月喻君，充满景仰之情；以孤云言君，则兴发漂泊之慨。

同样的题材也会因意象选择的不同而有高下之别。对比以下两联：

债无可避思奔月，雨不能晴欲补天（"雨、债"一唱）
避债万难天有路，诉愁翻恨月无言（"言、路"七唱）

两联第一句皆言避债，也都想到往天上逃，但第一联用"奔月"之意象，富于形象思维，较之第二联的"有路"更胜一筹。

再看以下两联：

疏林叶落露山寺，两岸潮平低板桥（"疏、两"一唱）
水平两岸没桥脚，云掩前山余塔尖（"云、水"一唱）

第一联下句与第二联上句意思差不多，但"没桥脚"不及"低板桥"形象生动。因为"没"可深可浅，而"低"则反衬潮水所涨之高接近桥面。又板桥不及石桥紧固，于是让读者为板桥及行人而揪心，此即"感人"。

嵌字诗钟的创作一般从"对整眼字，由眼生意"开始。配对之"眼"虽然对创作有一定的指向作用，但不同作者的作意常大相径庭，其主要原因在于立意和取象不同。而"眼"有宽窄之别。如"夜、声"七唱，眼字尤宽，组词后匹而成对的眼也很多，因此题材面很广。如果"夜、声"二字不组词，而是作单字用，则意象的选取范围极大，难以框定。因此仍须通过组词配对缩小意象的选取面。例如以"欲夜"与"无声"为构思基点，展开相关意象的联想，先拓展出三字尾"天欲夜"和

"雨无声"。有了三字尾，则反推前四字时就不至于毫无方向。尽管如此，"天欲夜"和"雨无声"所引发意象思维的指向性仍然不强，取象属宽泛，以此构思则千人千面。但不管从哪个角度考虑，在造句的构思中，往往会因字数、平仄、对仗的制约，而改变原有的意象选择，终使诗作臻于完善。

松月筛庭天欲夜，竹烟笼院雨无声

本诗选取"松月筛庭""竹烟笼院"的意象无疑是非常成功的。上联展现的景象是天色向晚，皓月当空，月光透过松枝稀疏散漫的空间，投影于庭院地上，轻风摇曳松枝，犹如将月光筛满一庭。此景让人联想起苏轼《记承天寺夜游》中说的"庭下如积水空明，水中藻、荇交横，盖竹柏影也。何夜无月？何处无竹柏？但少闲人如吾两人者耳"。读之如身临其境，顿使心境空明澄澈。下句意为庭院疏竹在如烟似雾的微蒙细雨笼罩中，听之无声，犹如一幅水气氤氲的淡墨国画，笔调细腻，意境绝佳。其中"筛""笼"二字尤为传神。

"海、洋"七唱（眼字有合掌之嫌，此不具论），如果配对之眼是"北海"和"西洋"，则属窄眼（题材面窄），此眼一般循着苏武牧羊于"北海"和郑和七下"西洋"的典实展开构思，以此题材创作则意象选择的指向性就很强。例如要写苏武牧羊的典故，可供选择的意象可以是汉使、旌节、匈奴、胡地、牧羊、风雪、寒天、饥饿、羁留、啖雪、茹毡、雁书等；写郑和下西洋的典故，可供选择的意象有明使、南下、舟楫、风樯、浩海、惊涛、潮水、远洋、交友、寻访、丝绸、陶瓷等。高明的作者尤其注重意象选取的有效性。比较以下三联的优劣：

> 苏武牧羊羁北海，郑和出使下西洋
> 大节不亏旌北海，惊涛无惧使西洋
> 节验铁钢羁北海，策生玉帛访西洋

第一联"羁北海"与"下西洋"足以将两个典实说清楚，因此，"苏武牧羊"和"郑和出使"纯属无效意象，浪费笔墨。第二联选择的意象是"大节不亏"与"惊涛无惧"，属于描述性意象。比第一联高明的地方是将两句的前四字用于评价，做到有典有评。"旌""使"均为名词转作动词用，"旌"指旌节，这里作动词，意为旌表，即表彰；"使"本指使节，这里意为出使。第三联选择的是比喻性意象"铁钢"和"玉帛"，意涵更丰富。与第二联相比，"大节不亏"言臣节之坚定，褒扬之意明显，但属于概念化语言，形象性不够，略显空洞。"节验铁钢"，同样褒扬臣节之坚定，但通过比喻来说明问题，多了"铁钢"的意象，使臣节之"坚"具体化和形象化。"策生玉帛"中，"玉帛"本是玉器与丝织品，喻指美好的事物，借以说明策之善，也指下西洋与各友邦交谊的物品。据此分析可知，第三联由于借助暗喻的手法，丰富了句子的意涵，使诗作更显蕴藉。

汉字一字一义的特点，使得汉语很善于短语表达，字词的组合极富变化，形成丰富多彩的语句形式，为诗化语言的多样性提供了可能，这也是意象剪裁的基础。例如"夜、声"七唱：

> 死无贵贱台皆夜，疑到弟兄斧有声

"夜台"原指坟墓。如阮瑀《七哀诗》"冥冥九泉室，漫漫长夜台"，李白《哭宣城善酿纪叟》"夜台无李白，沽酒与何人"。

因为眼字"夜"须在后,如果将"夜台"颠倒成"台夜"就说不通,但通过虚字"皆"的调剂,成为"台皆夜"就顺畅了。这句是说人无论贵贱,死了都一样要归夜台。"夜"字殿后也是强调幽暗、岑寂、凄冷。此诗的特点是将"夜台"与"斧声"作剪裁重组。

二、诗钟意象的语言

意象选取之后,须落实到语言上,完成从象到言的过渡。这个过程需运用意象语言,最终以"诗家语"结撰。语言是思维的工具,从意象选取到意象语言的完成,其间必然经过意象思维的过程。意象语言强调思维的形象性,其特点是使表意之象具体可感,或能传达一定的情意内涵,或通过启发、暗示,激发读者联想或想象。为此,须淡化词语表现概念和逻辑关系的功能,转而强化直观性、鲜明性和生动性。例如"巴、海"一唱:

海门风起水疑立,巴峡云来山欲飞

作者以"水疑立"和"山欲飞"这两个意象来加强"海门风起"和"巴峡云来"的表意效果,形象而生动,是"观物取象"和运用意象语言的成功案例。

诗钟创作,初始之意可能平淡无趣,若能借助形象突出、富于意涵的意象,则可达到不凡的效果。例如"俗、闲"六唱:

肝胆向人移俗易,头颅老我乞闲迟

上句立意是:有诚挚之心,有勇气,则移风易俗不难;下句之意是嫌自己退休太迟。但作者摒弃平铺直叙,巧借"肝胆"与"头颅"这两个意象来增强语言张力。因肝胆比喻真挚的心意,或比喻勇气、血性，也指关系密切，这些丰富的内涵大大增强了语言的表现力。"抛头颅"常用于言烈士，这里却借头颅以言老，因为人老之表征多现于头颅之上：满脸丘壑、一头雪霜，故以头颅言老富于形象思维。当然，此诗的成功还在于诗化语言的独特性——本该是时间催人老，这里却说成是头颅使我老，使平淡无奇变得曲折生动，颇有意趣。"乞"字炼字精准，表达了作者对闲休的渴求，然乞而不得，老去方临，而青春不再，闲乐苦短，其间蕴含的慨叹读者自能感知。此诗意象富于特色，用字洗练，肌理缜密，可以窥见作者造句之活，非老手莫能。

意象语言呈现为诗句形式时，因需合律，要对词语作精心的选择和安排。往往改变词语的词性、词义、词序，呈现"反语法"的现象；或省略关联词，使意象呈现"跳跃性"；或通过曲喻、通感的描写手法，呈现"反逻辑"的现象。这些不合惯常语法与逻辑的语言特点，却是"反常合道"的，"正是为了要在词句之间形成一种张力，让诗人独特的情意体验能透过这层张力的设置，有力的暗示并传达出来"，成为"诗家语"的特质。当然，意象语言的"反语法""反逻辑"须有限度，过犹不及。以下举例说明意象语言的诗化特点。

归鹤暝收双翅月，断鸿寒带一声霜（"断、归"一唱）

此诗曲折蕴藉，用惯常的语法和逻辑难以说通。上句的常规语序应该是：归鹤暝（中）双翅收月（光），但这样讲就没了诗的意趣。作者省略了"中"字，改变了词序，"暝"与"收"、"双翅"与"月"直接组合，于是有了"暝收""双翅月"这样的新词汇，使意象呈现跳跃性。月何以能收？其实作者是基于曲喻的表现手法，收的是月光。因为月光投射如水、如银，而水、银是可收的，于是月光似乎亦可收了。这就触发了读者的联想，有了"兴趣"。下句的常规语序是，断鸿霜（里）一声带寒。"寒带"与"一声霜"也是意象直接拼合而产生的新词汇，较上句更为曲折难懂。细分析可知，作者用了通感的修辞方法：霜是寒的，于是感到霜中的鸿声也带寒了。而将"霜"倒置于"一声"之后，则增添了曲折的韵致，激发了读者的联想，增加了句子的张力。"霜"由于有"寒"的呼应作用，其"反语法"与"反逻辑"便在有度的范围，可谓"反常合道"。

三、诗钟意象的组构

诗钟创作所选取的意象大多属于间接意象，即源自前人诗文既有的意象，这些意象包含的意涵较为固定。诗的意蕴往往需要借助多个意象的组合（或称"意象群"）来表达，尽管各个意象的意涵较为固定，但意象的组合却是千变万化的，这为诗作创新提供了可能。袁行霈说："一首诗从字面看是词语的连缀；从艺术构思的角度看则是意象的组合。"

雁翅秋风平野阔，马头山色一生忙

此为"野、生"六唱作句，上句秋景的描写十分成功，大雁、秋风均是秋天特有景象，再将其置于宽阔的"平野"之上，境界全出。三个意象的选择和组构十分到位，为读者描绘出一幅旷野迢递，秋风萧瑟，雁阵南飞，鸣声断续的简淡画面。雁附以"翅"字，是为了对下句的"马头"。在此大背景中，"翅"是看不见的，只能是作者的联想。可见此画面是全景与特写的结合。以"雁翅"和"秋风"的意象，能使人产生风吹羽震的联想，此即"象外之象"。下联将"山色"置于"马头"之上，构思独特新颖。其创作手法是侧面衬托，即借"马头山色"衬托马背颠簸，爬山涉水，一生忙碌之苦。再对比"时、事"

六唱：

> 灯前诸弟儿时共，杖底群山世事抛

此作下联同样以"山"作为主体意象。"杖底群山"也别出心裁，与"马头山色"对比，二者写山的意象组合结构不同：一个将山置于马头之上，一个将山置于杖底之下，由此呈现的主题大相径庭。"马头山色"表现劳顿辛苦，"杖底群山"表现游历逍遥，可见意象的组构不同，作意迥异。

意象结构的内在是诗人的情意结构，外在却显形为文本结构。因此探讨诗钟意象结构，往往可从句型结构入手，例如并列、承接、递进、转折、因果、对比、映衬。此类文字不乏专述，无需赘陈。然而"言不尽意"论告诉我们，情意结构所产生的微妙神理，往往难以尽述的，唯靠启示和感悟。尤其诗家语的"反常"而呈现为新奇、怪诞时，常规语法的分析就显乏力了。尽管如此，为了加深对意象结构的理解，以供创作借鉴，仍有必要略举典型之例加以说明。

承接关系。意象之间纵向承接，是诗钟最常用的意象结构形式。如："黄、晓"一唱：

> 晓星影坠天如水，黄叶声干月在楼

上下联均含两个意象，他们的关系是："晓星影坠"之时，望见"天（色）如水"；"黄叶声干"（听到黄叶落地之声发干），恰是"月在楼（头）"之时。

并列关系。意象之间横向并列，不分主次。如："人、月"二唱：

> 美人名马乌江别，明月清风赤壁游

上联高度凝练地概述项羽的平生事迹：并列项羽的两个最爱——"美人"与"名马"，由此引发读者对楚霸王与美人、名马之间各种故事的联想，生发出钦慕之情。然而，仅"乌江别"三字就概括了悲剧性结局。这种悲喜的强烈对比，能激发读者的情感波澜。虽寥寥七字，意涵却很大。下联并列的"明月"与"清风"，是从苏轼《赤壁赋》中提炼出来的景物，同样具有概括性。

对比关系。把具有明显差异或相互对立的事物安排在一起，通过对照比较，突出被表现事物的本质特征，增强语言的感染力。如："世、波"三唱：

绝险波涛鸥独稳，极忙世界鹤偏闲

将波涛之"绝险"与鸥之"稳"对比，突出"鸥"历险如夷的才干与勇气；世界之"极忙"与鹤之"闲"对比，更显鹤之清闲自在。鸥与鹤亦可视为人格化的象征。

递进关系。如："剑、毫"七唱：

既已磨锋须亮剑，苟能成竹且挥毫

以磨锋为基础，进而亮剑，从磨锋到亮剑，更进一步；先胸有成竹，然后挥毫作画，从成竹到挥毫亦是更进一步。

转折关系。如："夜、声"七唱：

腰贯虽多难买夜，头衔纵好尽虚声

腰贯虽多，但是难以买夜，说明金钱虽万能，亦有不能；头衔纵然好，但往往空有虚名，未必实用。

因果关系。如："百、飞"三唱：

久雨百花终尘土，好风飞絮亦云霄

因为"久雨",导致"百花终尘土"的后果;因为善借"好风",才有"飞絮亦云霄"的成果。下联亦可理解为条件关系,即只要有好风,飞絮亦可到达云霄。

假设关系。如"齿、干"二唱:

> 雍齿不封终叛汉,比干未死亦从周

假如雍齿不封为什邡侯,必将反叛刘汉王朝;假如比干不死,也会背弃商朝而顺从周朝。

选择关系。如"野、生"六唱:

> 吾力能支犹野战,此头宁断不生降

下联为选择关系,即宁可选择头断,也不求生而投降。

意象结构是一个系统(意象系统),系统的功能远大于单个要素功能之和。因此意象组合能生发出比单个意象简单相加更为丰富和深刻的意蕴。

四、诗钟意象的创新

诗钟句子的创新大多是意象组构的创新,意象本身的创新较少。如"江、秋"一唱:

> 江南路出莺声里,秋夕楼横雁影边

"江南、莺声、秋夕、雁影"皆为寻常意象,通过"路出、楼横"的连缀,便成富有新意的优美画面。诗钟尚新巧,而新巧得之于联想,即通过迁思妙想,将不相干的事物勾连起来,顺理成章。不同的事物或有相同或相类的特征,据此将二者进行勾连,这是联想产生的机制之一,姑且称之为"相类联想"。如"心、事"四唱:

> 花悲世事凋还早,山笑人心险更多

上句的"花"与"世事"都有"凋"的特征,从花的凋谢联想到人事之凋零;下句的"山"与"人心"都有"险"的特征,以山势险峻联想到人心险恶。通过"早"和"多",则可窥见作者的情意。又如"求、是"四唱钟聚活动,笔者作句:

蛛巧难求丝暖世,鳄残偏是泪瞒人

此联创作亦巧在"相类联想",从蚕丝可以制服装为世人带来温暖,联想到蜘蛛吐丝却难以"暖世"。

除了"相类联想",还有"延伸联想"。即以一个意象为起点,联想与其相关意象,延伸出新的意境。如"夜、声"七唱:

情天可补填桥夜,苦海无闻唤渡声

情天是指爱情的境界,苦海是指尘世间的一切烦恼和苦难,也比喻无穷的苦境。情天、苦海之喻早已有之,诗人在此基础上充分发挥想象力,作进一步的阐发。通过联想将"情天-补天-鹊桥"勾连起来,翻出新意。下联则循着"苦海-摆渡-唤渡"展开联想,阐明要脱离苦海,无他人可以指望,唯靠自觉,颇有警世意味!

单个意象的创新有两种情况:其一是创全新的意象;其二是旧的意象赋予新意,姑且称为"意象翻新"。前者如"复、年"二唱:

乍复杖瘢还抗疏,频年盾墨几封侯

上联"杖瘢""盾墨"意象的选择极为到位。"杖瘢"之意象前所未见,当属作者创新。以此说明庭杖刚过,伤痕初复,仍然直言上谏,刻画出一个刚正不阿、忠心耿耿、冒死抗疏的忠臣形象。

诗钟意象创新更多的是"意象翻新"。如分咏"帆、胎衣":

> 帆如秋叶来天上,人似春蚕卧茧中

秋叶、春蚕、茧是寻常物象,于古人诗中习见,但以秋叶喻船帆、以春蚕卧茧喻胎中育儿却是一种创新,且形象生动,韵味盎然。又如"微、寒"一唱:

> 寒宵坐似沧浪里,微曙看犹混沌初

"混沌"是我国民间传说中指盘古开天辟地之前天地模糊一团的状态。微曙之时,光线暗淡,天地朦胧不清,恰如混沌初开之时,这一比喻新奇巧妙,可谓神来之笔!以混沌喻微曙之景象,未曾得见,当属意象翻新。又如"文、墨"二唱:

> 摛文水面风初过,聚墨山头雨欲来

"摛文"原指铺陈文采,较为抽象。将风过水面产生涟漪喻作摛文,化抽象为具象,构思甚妙,亦是首创。

(本文发表于《福建教育学院学报》2017.7)

情景与意境维度下的诗钟鉴赏

诗钟鉴赏有其要素可循,诗论家有所谓言意论、情景论、意象论、兴趣说、灵性说、肌理说、格调说、神韵说、意境说等。本文仅从情景和意境的维度谈诗钟的鉴赏。

一、情景论

诗论家谓诗有"二端",如明胡应麟《诗薮》"作诗不过情、景二端",清袁枚《随园诗话》"诗家两题,不过'写景、言情'四字"。至于情与景之间的关系,则有明谢榛《四溟诗话》"景乃诗之媒,情乃诗之胚,合而为诗""情融乎内而深且长,景耀乎外而远且大";王夫之《姜斋诗话》"景生情,情生景,哀乐之触,荣悴之迎,互藏其宅""情、景名为二,而实不可离。神于诗者,妙合无垠。巧者则有情中景,景中情"。王夫之认为情景是相互生发的,分为三种——景生情、情生景和情景妙合无垠,并以后者为"神"。由此可见,抓住"情、景"二原质对诗钟展开赏评,当切中肯綮。然而,诗钟句中的情和景是交融的,不存在单纯的情和景。即便是纯粹的写景,也因景物意象的选取和组合,寄托诗人的情感倾向,因此情、景往往难以分疆而论。但情、景要有宾主之分,或写景为主,景中含情；或写情为主，寄情于景，所谓"抒情"与"写景"，各有侧重而已。情与景的主次关系，从创作动机上看，情占主导地位。李渔《窥词管见》卷首谓："情为主，景是客，说景即是说情。"

对于情与景的定义，当以王国维《文学小言》第四则所言最为清晰："文学中有二原质焉：曰景，曰情。前者以描写自然及人生之事实为主，后者则吾人对此种事实之精神的态度也。故前者客观的，后者主观的也；前者知识的，后者感情的也。"至于情景论，清王夫之可谓集大成者，其诗学主张见于《姜斋诗话》，对于诗钟创作与鉴赏有一定的参考价值，但有些观点未必适合诗钟。

（一）景论

王夫之认为诗中"景"有两个特征：其一，景不唯自然风景，还包括人所处的环境以及人事活动。王夫之《夕堂永日绪论内篇》指出："烟云泉石，花鸟苔林，金铺绣帐，寓意则灵。"这里就将"金铺绣帐"纳入景的范畴；其二，强调诗中景必是真实的眼前之景。倡导一触即觉，不假思量的审美直觉和"身之所历，目之所见，是铁门限"的创作原则。

强调作诗要有真情是正确的，但写景必"即景会心"，未免胶柱鼓瑟，与艺术创作实践不相符。诗人写景言情通常有触景生情和寄情于景两种情形，如果说前者是"即景会心"，后者则不一定非要真景，也可以是诗人心中之景。对于诗钟创作而言，由于常常现拈眼字，限时创作，一般不会写眼前真景，但不妨碍寄景之情的"真"，故而不能否定这种写景佳句。如"闲、俗"六唱：

竹外四围皆俗地，山间一缝补闲亭

此诗所写未必真景，上句当用苏东坡"无竹令人俗"之意。下句亦颇似苏轼《放鹤亭记》所描绘之景："彭城之山，冈岭四合，隐然如大环，独缺其西一面，而山人之亭，适当其缺……"诗与画一样，具有审美功能。写景贵在意境美，能给予读者联想，从中获得审美愉悦，从这一角度看，此诗当属好诗。王国维说："有我之境，以我观物，故物皆著我之色彩。"如"一、新"六唱：

> 大海初形原一勺，乔松始苗仅新菱

大海初形，犹如一勺之微，想象奇特，得未曾有。作者所写的是心中之景，不仅不"真"，还带有"理"的成分，即体现意象的哲理性——浩瀚出于微渺，这种描写已超出王夫之的审美范畴。

王夫之主张景入情，"总不使所思者一见端绪""取景含情，但极微秀"。提倡的"景生情"须含情隐约而不露骨，避免"生入语"，也反对写景参插理性判断。这一观点可否用作评价诗钟的标准？现以"夜、声"七唱二联分析之：

> 一雁驮霜归月夜，万蛩咽露动秋声
> 一萤可救无光夜，孤竹能传万籁声

第一联景中含情确能"微秀"，"不使思者一见端绪"，大体符合"情景妙合无垠"的标准。第二联，"可救""能传"就不是"微秀"了，不仅见思者端绪，更是理性的判断。是否可以判断第二联为劣等？首先，说理是诗的功能之一，诗钟说理之作不在少数，不能因有理性分析就斥之劣等。其次，情求含蓄而不直露是一种审美观，虽然在传统诗学中备受推崇，也值得倡导，但却不是唯一标准。以唯一标准评判多样化作品，则显狭隘。"一萤"联写出作者的独特感受,能给予读者想象和回味,亦不失为好诗。王夫之的情景论排斥说理,是其缺陷。诗人的情意不唯"情",还有"理"的成分,否则言志说理就不算诗了。

《姜斋诗话》云:"有大景,有小景,有大景中小景。'柳叶开时任好风''花覆千官淑景移'及'风正一帆悬''青霭入看无',皆以小景传大景之神。若'江流天地外,山色有无中''江山如有待,花柳更无私',张皇使大,反令落拓不亲。"这种观点对诗钟创作是有益的。诗钟写景,仅七言就要描绘一幅图景,难度颇大,写小景则易于下笔。若只图描绘大景,泛泛而谈,易失于空疏,故以"以小景传大景之神"为善。现就上述涉及的几种写景情形举例如下。

小景者,如"墙、露"六唱:

珠翠贯丝垂露柳,龙蛇绘影满墙松

大景者,如"海、洋"七唱:

十里白云如坠海,千山红叶欲烧洋

大景中小景者,如"尖、直"七唱:

飞来远浦孤帆直,突出群山一塔尖

大景而空泛者,例如"春、好"二唱:

绝好山光偏傍晚,将春天气转添寒

上联写山色,下联写春天气候,皆因缺少"小景"之意象,难以催发读者的形象思维,也就难以"传大景之神"。

小景传大景之神者,如"秋、影"一唱:

> 影飞天末孤帆度,秋满楼头一笛横

上联"孤帆、影飞"就是小景,然而通过"影飞、天末、孤帆度"的意象组合,让读者领悟到"孤帆远影碧空尽"的空远意境。"天末"则将人们的视线引向空旷江天的尽头,达到"小景传大景之神"的效果。下联不正面写秋色大景,而是借观秋色的"楼头"和如闻秋声的"一笛"这两个小景侧面写秋。着一"满"字,则是从登楼者的视野看秋色,意指满眼秋色尽收登楼者眼底。可见"传大景之神",功在小景之意象。大景既可以是诗中之象,也可以是"象外之象"。此诗中的江天、秋色大景就是"象外之象"。

(二)情论

王夫之认为入诗之"情"也要有两个原则。其一,情有雅俗清浊之分,诗中之情应是雅情、清情。生活中"悲愉酬酢"之类琐屑生活情感,是世俗"浊"情,此浊情"一入烂漫,即屏弃之。引气如此,那得不清"。倡导经净化、提炼而"清"的审美情感。所谓"导天下以广心,而不奔注于一情之发",这是君子之情,而非一己私情。其二,情借助景来阐发,故"情皆可景""景总含情","景语"即是"情语",所不同的是景中含情的隐显程度不同。

关于雅情俗情之说,不妨举两例诗钟对照:

> 观海遽粗临事胆,望云偶动济时心
> 家纵不贫当事苦,死原非福及时佳

此二例为新中国成立之前福建霞浦县消夏吟社"时、事"六唱诗会最为出彩之作,为后学津津乐道。此次诗会共八门评取,每门取十联。"观海"联被三门所取,排名分别是一、一、四。

"家纵"联被四门所取，排名分别是第二、二、七、八。其中两位词宗都将"观海"取为第一，"家纵"取为第二，可见"观海"比"家纵"略高一筹。究其原因，第一联言"临事胆"和"济时心"，当属君子之情，符合"导天下以广心，而不奔注于一情之发"的理念，故作意高峻，风骨为胜。第二联言当家之苦和平常之死，大体属"悲愉酬酢"之俗情，但因下句言死得及时亦佳，颇合世理，言前人所未言，独出机杼，故亦擅胜场。只是不合雅情，气魄上比不过"观海"联，故排名稍逊。从中亦可窥见，即便写的是俗情，只要作意佳，也是可取的。

王夫之《唐诗评选》说"用景写意，景显意微，作者之极致也"，主张"情语能以转折为含蓄者"，所谓"转折"即化情为景，化虚为实。以此观点分析诗钟。其一如"水、花"一唱：

> 花梦已苏春雨后，水声微咽夕潮初

此诗用景写意的确"景显意微"，情语含蓄。这是因为上联"花梦"一词含义婉约；下联"咽"字，为作者移情于物，但为什么感觉水声咽？作者并不明说，其情隐约，需读者感悟。其二如"上、阳"一唱：

> 阳关柳折伤心地，上苑花簪得意时

此联"阳关柳折""上苑花簪"亦属于景（即意象中的事象），其用景写意的风格与例一迥异，"伤心""得意"皆言情直白。若单从含蓄的标准审视，此联的确不如例一。然而其在抒情透彻方面却胜过例一。

王夫之主张以反衬法写情，"以乐景写哀，以哀景写乐，

一倍增其哀乐",这种观点在诗钟中亦可找到例证,如"鬓、银"七唱:

> 感逝春山松已鬓,慰贫穷巷月如银

月色如银本是平常的比喻,但作者由月光之银色联想到金银之银,大发恻隐之心,让"银"去济贫,从而慰藉穷巷之人。但月光之银原是虚幻,这一美好的愿望终究落空,因此更加深了对穷巷贫民救济无望的失落感。

写情贵求真,唯真情方能深切感人。如:

> 宗国事非人有恨,故园春尽鸟无声 ("鸟声非故国"碎锦格)
> 诗书历劫残篇少,社稷成墟隐痛多 ("诗、社"一唱)

以上两联分别出自日据时期的台湾钟手谢汝铨、傅锡祺,因日本殖民者对台湾人的镇压和对汉文化的压制,触景生情,有感而发,情真意切,故而感人至深。

(三)情景交融

王夫之认为情景相互生发有三种情形——景生情、情生景和情景妙合无垠。现以诗钟为例,景生情者,如"东、垂"一唱:

> 东去江河滋感逝,垂凋花树最伤迟

上下联皆触目伤怀,故属于"景生情"。

情生景者,如"寒、微"一唱:

> 微虫沟洫犹争长,寒鸟江湖不乱群

此联作于新中国成立前福州地区刘和鼎部与卢兴邦部战争时期。上句即讽刺刘、卢争战。下句以寒鸟比喻志行高洁之士,属于"情生景"。

情景妙合无垠，最为神妙，如"回、答"四唱：

> 流水不回千里梦，故山空答一缄书

此联借流水、空山写感逝怀乡的深切之情，情与景交融一体。正如王夫之所说的"情景名为二，而实不可离。神于诗者，妙合无垠"。

作诗觅句历来有两种不同的观点，一是自然兴发，二是苦心经营。王夫之还认为："含情而能达，会景而生心，体物而得神，则自有灵通之句，参化工之妙。若但于句求巧，则性情先为外荡，生意索然矣。"而皎然《诗议》则谓："或曰：诗不要苦思，苦思则丧于天真。此甚不然。固须绎虑于险中，采奇于象外，状飞动之句，写冥奥之思……但贵成章以后，有其易貌，若不思而得也。"诗钟创作遵循前者还是后者？笔者赞同皎然观点。诗钟作句求新、巧、奇、警，"语不惊人死不休"，自然要苦思。前辈诗钟作手不乏奇警之句，皆非轻易可得。看似轻灵的笔调，却饱含苦心孤诣的深思。

二、意境论

以意境评诗古已有之，如明朱承爵《存余堂诗话》说："作诗之妙，全在意境融彻，出声音之外，乃得真味。"大力标举并深入探讨意境的是王国维，《人间词话》说："言气质，言神韵，不如言境界。有境界，本也；气质、神韵，末也。有境界而二者随之矣。"意境一词发端于唐王昌龄的《诗格》，王昌龄将诗境分为物境、情境、意境。但其所指的意境是狭义的，与后来广义上的意境不同。意境论之"境"比情景论之"景"的涵义大得多。陈伯海《意象艺术与唐诗》中指出："'景'仅限于诗中物象，'境'则包括'物境''情境''意境'等不同的类别……'意与境会'一说当比'情景交融'有更大的包容性和可行性。"袁行霈《中国诗歌艺术研究》指出,意境包括诗人之意境、诗作之意境、读者之意境,袁氏对意境作如下表述:"意境是诗人的主观情意与客观物象相互交融而形成的,足以使读者沉浸其中的想象世界。"作为诗钟鉴赏,侧重从诗作意境与读者意境两方面进行赏析。

用意境评诗钟首先要明确几个观点:

其一,学者对意境一词内涵的理解并不统一。例如"意境"与"境界",有人认为是两个不同的概念;有人认为是同一概念的两种表述;有人认为是相近概念,后者是前者的补充。又如,"意境"作为诗歌的评价维度,是否具有统摄地位?黄志浩、陈平认为"诗歌理论的整个体系实际上都是围绕着意境的创造与接受来建构的",意境论适合所有诗歌,其理论依据是王国维"境非独谓景物也,喜怒哀乐亦人心中之一境界",认为意境本身包含"意"与"境"。袁行霈则认为意境并非评价诗歌的唯一标准,因为有的诗用抽象概念写成,并无意境。之所以有不同的观点,是因为对意境内涵的理解不同。笔者无意于此类理论研究,但意境作为诗钟评价的理论工具,又必须廓清内涵,为我所用,故采取"择善而从,一以贯之"的策略。本文采用袁氏的意境论。

其二,意境虽非意与境的简单加和,但仍可从意与境两大要素加以分析。境生于"意象群",对于仅有七言的诗钟单句,意象群是单薄的,能否产生意境?回答是肯定的,从大量诗钟佳句中可以得到印证。例如"远、行"六唱:

云树苍茫双鹭远,海天寥阔一舟行

此联的意象为云树、双鹭、海天、一舟,虽然意象密度较低,但却描绘出苍茫寥廓的画面,让双鹭、一舟在广阔的背景中逐渐远去,读者的心绪随着视线引向遥远虚无的天际,沉浸在清远虚静的氛围中。由此可见,即便七言单句,只要意象结构经营得好,也能产生意境。

其三,意境既然与意象群有关,那么抽象的说理诗就不存在意境。此外,意境的生发还与意象群的结构有关,有意象未必一定有意境。因此,意境并非评价诗钟的唯一标准。例如,"山、月"七唱:

> 吾道已行明此月,斯人虽死重如山

此诗难以用意境评价。

其四,意境是有风格与品质的。诗钟意境的风格完全可以借用司空图《二十四诗品》来分类。诗钟品质的高低与作者对意境的深化、拓展、创新有关,还与炼意(外显为炼字、炼句)有关。此外,因诗人的思想境界不同,使意境呈现个性化特征。例如,前辈诗钟高手林天遗,钟作构思奇警,诗味隽永,每有惊人之语,如:

明月已阑焉置我,青山在此敢言官("阑、此"四唱)
掷我形骸还造化,借人池馆过黄昏("形、池"三唱)

诗钟意境的高品质,大体可以概括为新、巧、奇、警。四者居其一,便可称善;四者兼备,可称神品。此例当推"天、我"五唱:

> 海到无涯天作岸,山登绝顶我为峰

此联可视为诗钟(折枝诗)的代表作,亦是知名度最高的诗钟作品。除了作者传为陈宝琛、林则徐、沈葆桢(原作者实为甘少潭,见《雪鸿初集》)的原因之外,还因作品兼备新、巧、奇、警的优点。观海无涯本是寻常之景，却能引发"天"为岸之想，新巧而奇妙，或喻示这样的道理：能变通才能迎来新的前景。登山凌巅亦属常景，而以"我"为峰不仅新巧，更是奇警。其揭示的哲思是：经过不懈的努力，最终能超越高标，变仰视为俯视，使自己达到最高境界。此诗以气骨胜，充满豪迈、自信、憧憬之情。这种意境对读者而言是一种超越感。

读者的意境是一种感受，袁行霈对这种感受的分析颇有见地，他认为"这种感受，如果笼统地说，可以称之为沉浸感……"袁氏还将这种感受归纳为熟稔感、向往感、超越感。以下结合钟例加以说明。

熟稔感基于读者的审美经验，这种审美经验往往是模糊的。当诗句的意境与读者心中既有的图式相契合时，这种审美经验便被唤醒，从而产生心灵上的共鸣，沉浸其中而得到快乐。如"海、山"一唱：

> 海棹无波恬客梦，山田一雨沸农歌

对于渔民和山农而言，上述画面是熟悉的，自然能引起共鸣。对大多数的读者而言，虽然没有亲历感受，但却能通过影视、绘画、摄影、歌曲、文学作品等形式，间接地认知这种情景，并不自觉地在心中预存相关图式，这是产生熟稔感的内因，诗句所营造的物境则是激发意境的外因。

关于向往感，袁行霈的解释是"一种混合着惊讶、希望与追求的感觉。一种新的生活、新的性格，对人生、宇宙的新的理解，忽然展现在眼前，既夺目又夺心，使人兴奋而愉快。"例如"山、日"六唱：

> 荒苔鹿迹寒山静，疏荻鱼标落日明

上联为隐幽山居之所见，下联为闲暇垂钓之景，这种静谧悠闲的林泉之乐，对于身处尘嚣的大多数人来说，无疑是令人向往的，意境便因读者的心迷神往而产生。

超越感，指人格或智性上超越而获得的喜悦感。诗人为读者开辟了一种境界，读者步入其中，心扉顿启，心中的苦恼、困惑、名利、怯懦便被抖落，因而超越故我，使自己变得更为纯净、智慧和自信。例如"山、日"六唱：

等依慈母青山在，逾失佳人白日过

此诗上句说青山犹如慈母，人死后葬于青山，浑如依偎在慈母的怀抱。不仅构思新巧，更在于体现对死亡的一种安抚和达观，充满着智性。与"掷我形骸还造化"句作比，均体现"源于自然、归于自然"的思想，"掷我"句显得放任、洒脱，"等依"句则显得安宁、恬适。这样的诗句能令读者精神得以超凡升华。

刘禹锡所谓"境生于象外"并非指境不借助象而自发生成，而是"境生于象而超乎象"（袁行霈《中国诗歌艺术研究》）。这种"超乎象"除了诗钟创作采用意象的比喻、象征、暗示作用外，意象的独特结构激发读者的想象空间，产生难以言说的意蕴或情调，也是"超乎象"的。例如"山、橹"三唱：

不见山容连日雨，但闻橹响满溪烟

这两句既可以是独立的，也可以视为流水对。诗中营造出雨雾迷蒙，山不见容，溪不见岸，但闻橹响的朦胧景象。正因为烟雾氤氲，更易勾引读者对隐蔽景物的无限想象，而橹声顺溪而来又为读者的联想提供了线索。这些联想与想象既模糊又丰富，使诗充满意蕴，诗境笼罩着幽远朦胧的情调。

诗之意境有有、无、深、浅之别。意境借助意象营造而成，有意象才有意境。意象的选取和组构不同，是造成意境深浅的原因。对于钟句而言，怎样的诗境才富于意境呢？以下观点可供参考。

1. 自然景观比人造景观、人事之景更能感受到意境。
2. 就自然景观而言，清远、幽寂、朦胧之景更具意境之美。如"微、寒"一唱：

寒月芦花千百顷，微风桐子两三声

此诗写景清远、幽寂、自然，富有情调，意境优美。朦胧并非看不见，而是部分看得见。审美经验告诉我们，山水景观若带有云雾会显得更美，更有"诗情画意"，这就是意境美。为何云雾会增加美感？这是因为云雾的作用促使画面凸显形式美、含蓄美、变化美和质感美。其一，由于云雾的遮掩，使得清晰的图像变得模糊，许多山、树等景物被简化成剪影，使人们不再关注图像的内容细节，而不自觉地转向关注画面的构成，浓与淡、虚与实、起与伏、疏与密等要素的对比更加突显，形式美得到了强化，于是观者更易获得视觉形式美感。其二，雾的遮掩使本来一览无余的景物变得朦胧，增加了含蓄之美。朦胧的景物会增加神秘感，扩大观者的想象空间，使观赏者在"畅神"中作种种设想，生发出"象外之象"和"象外之意"，于是从"视觉美感"转为"心里美感"，形式上的简洁反而丰富了意蕴内涵。其三，在真实的情境中，由于变化无常的云雾能幻化出各种景象，促使观者对将要呈现的美景产生期待，对将要逝去的美景充满留恋，这就是变化之美。此外，云雾轻柔的视觉质感让人联想到棉花、轻纱的柔曼，进而产生亲和之感。

这些美的综合形成了意境。

3. 意境并非简单地理解为"情景交融",而是诗境与意蕴的综合。诗境之外的意蕴越丰富,意境越深化。如"羽、痕"四唱:

邻家燕羽相新故,同巷苔痕有浅深

以"燕羽新故"更替而推知人事更新,废兴易主,感叹昨是今非。同巷之中有的门庭若市,有的门前冷落,苔痕也就深浅不同。借燕羽写人事更替,借苔痕写人情冷暖,笔曲意深。

4. 生动、鲜明的意象及其组构和传神、凝练的炼字易于彰显意境美。如"莺、梦"六唱:

满衣花露听莺返,一榻梨云拥梦来

第一句写的其实是事象,但人物形象用笔绝少,仅"衣(湿衣)、返"二字而已,"花、露、莺"都是"象外"的吉光片羽。但这些意象组构成"满衣花露听莺返"后,却给人生动鲜明的艺术形象,并引起读者对"返"之前的"听莺"情景展开想象,意境油然而生。第二句,梨花如云,拥榻而来,形象何其鲜明!"拥"字生动传神。虽是一角镜头,未见全景,但如此优美的诗境不免催发读者对镜头以外的"象外之象"以及诗中人的梦境产生诸多联想,品味意境之美。

(本文发表于《福建教育学院学报》2003.1)

分咏诗钟创作法探微

诗钟自清中叶兴起以来,先后衍生出三十几种别格。晚近诗钟主要流行"嵌字"和"分咏"两大种类。南派诗钟以福州为中心,以嵌字为主流,尤其以嵌第一字至第七字的七种格式为主(闽人称之为"折枝诗")。北派诗钟以北京为中心,崇尚分咏,不嵌字,而是咏两个不相干的事物。本文论述分咏格诗钟的创作法。

一、分咏切题的方法

分咏诗钟的基本要求是切题而不犯题字。不犯题字是指题目中的字不能出现在诗钟句中。犯题字者,如分咏"庸医、卜者":

> 新鬼烦冤旧鬼哭,他生未卜此生休

此为集杜甫《兵车行》、李商隐《马嵬》之句成联,虽能称巧,但"卜"犯题字,不合要求。

用题字的同义字或近义字入联,虽未犯题,未免有嫌,难入高等。如分咏"茶杯、抹布":

> 品茗君须端此物，去污我必仗斯巾

"茗"与"茶"同义。同理，咏茶杯若用"盏、盅"，因与"杯"近义，亦属有嫌。

所谓切题是指所咏的内容须紧密扣合题目。不切题者，如分咏"茶杯、抹布"：

> 春池吐纳三江水，绿野徘徊一剪云

此联虽意象优美，但"绿野"抛荒，"一剪云"比喻抹布难以服人。"剪"为动词，"江"为名词，也不相对。可改为：

> 捧时情胜三江水，拭后身如一把煤

这样就算切题了。又如：

> 此处无尘迎贵客，其中有水醉佳人

上联不切题，更合言客厅、客房、佛堂等。下联扣合亦较宽，不够精确。可改为：

> 只为洗尘迎贵客，稍能容水醉佳人

求切题亦不可苛刻，例如分咏"伞、笔"：

> 欲开欲合凭天意，能画能书遂我心

上下句皆能切题。如果认为"能画能书"者不一定就是笔，也可以是纸，这就钻牛角尖了。

分咏亦求对仗工整，如分咏"茶杯、抹布"：

> 洁它污我厨盘拭，举盏迎宾雀舌尝

"它"代词，义宽泛，"盏"名词，义单一，对仗不工。"厨盘"对"雀舌"更不工整。可改为：

> 拭尘污我龙头洗，举盏迎宾雀舌尝

分咏易稳难工，若作意佳，可适当放宽对仗。如分咏"茶杯、抹布"：

> 半盏注春芳雀舌，一方拭秽净尘心

两句皆佳。"春"对"秽"、"雀舌"对"尘心"稍欠工。若改为：

> 半盏注香翻雀舌，一方拭秽引龙头

虽工整度增加了，但不及原句好。

分咏体诗钟对切题的要求等同于嵌字体诗钟对嵌牢眼字的要求。欲使分咏切题，有法可循。王鹤龄《风雅的诗钟》归纳分咏诗钟写法，有直述法、推述法、比喻法、用典法四种，笔者在此基础上补充归纳出十种，分述于下。

1. 用典法

借助历史典故成联，必能切题。如分咏"包公、关公"：

> 铡美案中心似铁，华容道上手如棉

上联写包公怒铡陈世美，铁石心肠；下联写关公于华容道上捉曹放曹，心软如棉。两个故事皆为人所熟知，因此言包公、关公明晰无疑，十分切题。用比喻性意象"铁"与"棉"，揭示包公之正和关公之义，不唯切题，亦能深刻。

借用前人的诗句、文句、成语以切题，亦属用典。如分咏"云、雨"：

> 无心出岫成苍狗，有意随风润绿苗

上联化用陶渊明《归去来辞》"云无心以出岫，鸟倦飞而知还"

和杜甫《可叹》"天上浮云似白衣，斯须改变如苍狗"；下联化用杜甫《春夜喜雨》"随风潜入夜，润物细无声"，扣题熨帖，自然流畅，对仗工稳，难能可贵。

2. 别称法

所咏之事物或有别称，化用别称入联，既不犯题，又能切题。如分咏"包公、关公"：

原非皇帝人称帝，不是青天众誉天

此联不从具体事件入手，而是从后人对所咏人物的称誉下笔，构思独到。细分析可知，作者是化用"关帝"和"青天"，将其拆解后安入句中，而句面了无痕迹。若直接用"关帝""青天"，则属犯题，亦索然无趣。此联在创作手法上与嵌字体诗钟"老、哥"七唱"鼠无大小皆称老，鹦不雌雄尽叫哥"相类，有异曲同工之妙！

3. 描述法

抓住所咏事物的特征，通过描述的手法切题。此法要求对表现事物的特征进行剔抉，提炼出有效的词汇来表达主题。如分咏"船、团扇"：

泊处青山行处水，静时明月动时风

上联选择青山、水之意象和动词泊、行，皆与船紧密相关；下联选择明月（团扇形如满月）、风、静、动，突出团扇特征。此联以白描为主，兼用比喻。

4. 推断法

通过推断得出主题，略似猜谜。如分咏"除夕、新嫁娘"：

一岁光阴今夜尽，十分春意昨宵知

以"一岁光阴今夜尽"推断之,"今夜"必是"除夕"无疑。

5. 比拟法

通过比喻、拟人的修辞手法,突出所咏事物的特征,以切合主题。如分咏"汤婆子、送公车":

> 愿君此去全烧尾,念妾生来本热肠

"公车"原指汉代负责接待臣民上书和征召的官署名,后也代指举人进京应试。上联"烧尾"原意是指鲤鱼跃过龙门之时,天雷击去鱼尾,鱼乃化身成龙。这里比喻进京赶考者都能像鲤鱼化龙一样,金榜题名。下联采用拟人法,将汤婆子(冬天装热汤暖手脚的容器,多用于温被子)比拟为"妾",并突出"热肠"的特征,切题巧妙。

6. 隐意法

此类诗作意深藏,多蕴藉隽永,初看似无关主题,但细细品味却倍感精当,其解读类似猜谜之会意法。如分咏"作普度、和尚娶妻":

> 十方穷道沾甘露,一夜巫山布法云

大乘佛教倡导普度众生,即便"十方穷道"亦能雨露均沾。下联借"巫山云雨"典故言男女情事,以"法云"暗指和尚行房。

7. 衬托法

不直接写所咏的事物,而是借助与主题相关的事物,从侧面衬托出主题。如分咏"瘦鹤、破门神":

> 寒梅影里肩双耸,爆竹声中象一新

林和靖有"梅妻鹤子"之典,其后诗人多将梅鹤并举,如鲁迅

《集外集·诗》"坟坛冷落将军岳,梅鹤凄凉处士林","梅鹤"已成为喻指气质非凡的常用词汇。上联借背景"寒梅影里"来衬托"鹤",并以"肩双耸"言"瘦",与一般的描述法有所不同。

8. 别解法

此法最似灯谜,重在别解之趣,字面之意为虚,别解之意为实(与主题扣合),最能体现分咏的雅谑特征和作者的机警诗思。如分咏"风筝、井":

吹嘘便得三霄路,坐守徒窥一角天

上联表面看是讽刺不学无术者仅凭吹嘘而得升迁("三霄路"指云霄、琼霄、碧霄被封神而升天之路),其实是写风筝靠风的"吹嘘"而升天。又如分咏"粪坑石、吹火管":

任尔坚贞难去臭,破他关节便随风

下联似讽刺某些守节矜持者,一旦被攻破关节,便随世风而变。实际是说竹筒打通关节后,便可以用来吹风助火势。

9. 歇后法

所咏之主题内容不出现在句子中,而隐藏于句子之后,犹如歇后语,与笼纱格很相似。如分咏"刘寄奴、鞭":

闻鸡琨逖争先着,司马师昭有后尘

上联用祖逖、刘琨"闻鸡起舞"典故和《晋书·刘琨传》"吾枕戈待旦,志枭逆虏,常恐祖生先吾着鞭耳"之语。"争先着"之后有意缺"鞭"字,此"鞭"呼之欲出,读者自能悟及,故十分切题。下联言刘寄奴(即刘裕)建立南朝宋,是步司马师、司马昭后尘。两司马本是魏臣,借掌兵权以欺魏主,为司马炎篡位建立晋朝奠定基础。然而,一百多年后的刘裕,竟步其后尘,以晋臣篡晋建立宋朝。此联手法高妙,以复姓"司马"别解对"闻鸡";以步二司马后尘篡位建立南朝宋言刘裕,因果报应,令人感慨!仅十四字却有丰厚的意涵。遗憾的是"着"对"尘"不工整,可见分咏体易稳难工。

以上所举之法并非孤立运用,往往在一联中多法并用。如"十方穷道沾甘露,一夜巫山布法云",既是隐意法,亦有用典法、比喻法。

10. 集句法

分咏亦可用集句法,属于二度创作。虽借用他人成句,但欲配对成联绝非易事。如张恨水集韩翃《送齐山人归长白山》、晏殊《无题》句:

柴门流水依然在,油壁香车不再逢

张伯驹乃集句分咏大家,其集句轻手拈来,多能切题,如分咏"落叶、驸马",集卢纶《赴虢州留别故人》《王评事驸马花烛诗》句:

昨夜秋风今夜雨,一人女婿万人怜

上联通过推断法切题,下联诗句原本写驸马,以诗典切题。又如分咏"连鬓胡子、牡丹"集崔护《题都城南庄》、方干《牡丹》句:

人面不知何处去,狂心更拟折来看

上联用别解法切题,下联用诗典切题。

因集句分咏难度颇大,对切题和对仗有所放宽。如分咏"状元、聋子",集白居易《长恨歌》《琵琶行》句:

> 一朝选在君王侧，终岁不闻丝竹声

上句写状元，下句写聋子，未必精准，但集句成联难，非饱学而机警者不能，故不严苛切题。

二、分咏的高要求

切题而不犯题字仅是分咏的基本要求，高要求是立意深刻，构思新巧。所谓"立意深刻"，是指对主题的阐发透辟，或能引申出新意。同样的题材，构思切入的角度不同，对主题阐发的深度也不同。例如分咏"包公、关公"两联：

> 铡美案中心似铁，华容道上手如棉
>
> 原非皇帝人称帝，不是青天众誉天

第一联通过两个故事扣合包公和关公，十分切题。通过比喻精准刻画人物性格，暗中带评；第二联撇开具体的形象刻画，以虚入手，通过独有的称谓切题，重在体现包公和关公在百姓心目中的崇高地位。相比而言，第二联更能深刻揭示民众对关公、包公的崇敬和爱戴，在立意深刻上更胜一筹。

从意象的角度看，主题揭示的深刻程度，与意象的选择和组合有关。一般地说，越是新奇、生动、鲜明的意象，张力越大；越是内涵丰厚的意象，张力越大。意象张力越大，对深化主题立意越有利。以下三句皆咏"弥勒布袋"：

> 裹得乾坤一笑中
>
> 收拾乾坤掌握中
>
> 乾坤大地任持携

弥勒布袋即"乾坤袋"，三句皆通过刻画弥勒形象来旁衬主题，哪句更好？第一句，"裹"言布袋，"笑"言弥勒，非常贴切，比后两句的意象更鲜明和丰满。"一笑中"显的从容不迫，举重若轻，主题揭示深刻。第二句"收拾"不及"裹得"形象，但"收拾"并"掌握"乾坤，暗喻对"天下"的把控能力，富有气势，这一点与第一句相当。第三句明显逊色，"持"与"携"义相近，"坤"与"大地"义相同，有重复之嫌。若意指"持携乾坤"，不及"裹得乾坤"和"收拾乾坤"形象，若意指持乾坤袋而行走，则平淡无奇，而"坤"与"大地"相犯之弊更加凸显。相比而言，第三句不够深刻。

所谓"构思新巧"，即迁思妙想，独辟蹊径，他人所不能及。如分咏"茶杯、抹布"：

亦可倩他斟竹叶，何曾劳汝拭桃花

前人曾有分咏"茶、公猪"作"杯浮竹叶时时饮，命带桃花处处牵"，亦有合咏"怀孕"作"今年梅子酸尤甚，入月桃花信不来"。此联或从二诗脱化而来。"拭桃花"乃指新婚夜晚新娘以白丝巾拭红，伴房娘借此向家长报喜之事。"拭桃花"自然不能用抹布。此联不惟"桃花"对"竹叶"极工，亦极形象。不采取正面描写，而是借比喻、衬托、推理的方法，切合主题，富有意趣。

又如分咏"船、胎衣"：

帆如秋叶来天上，人似春蚕卧茧中

上联咏船，包含两层意象。其一层是秋叶，将船帆的形状视如一片秋叶，并从秋叶飘零的意向中，感悟船帆随风飘动的自由无拘。帆比叶，不仅在于外形，也因二者皆与风有关，并因风悟其动感。第二层意象是"来天上"，借古人诗意。杜甫有"春水船如天上坐，老年花似镜中看"句，沈佺期有"船如天上坐，人似镜中行"句，皆描写水天相映的特殊景象。"来天上"是帆影与云天叠映水中的错觉,此句的意境比杜、沈之诗更邈远飘逸。

下联咏胎衣,将胎儿在胎中之形看同春蚕卧于茧中,比喻极为生动。"卧"字点睛,情态尽出。此句亦意蕴深邃,可延伸为人处宇宙中,犹如春蚕卧茧。如此绝妙诗笔,前无古人!

秋叶、春蚕、茧是寻常物象,于古人诗中习见,但以秋叶喻船帆、以胎中育儿喻春蚕卧茧却是天机偶发的极巧构思。此诗韵味盎然,是分咏体不可多得的经典杰作。

分咏诗钟的创作不宜太拘泥事物的本有属性,有时需要"避实就虚"。例如分咏"茶杯、抹布",作:

> 解渴君须端此皿,去污我必用斯巾

此联切题没有问题,对仗也很工稳,但太纠缠于二物的实际用途,略似产品说明书,缺少诗的韵味。试看另一联:

> 还伊本色十分洁,品我清怀一缕香

此联创作另辟蹊径,不在具体物象和功用上纠缠,而是虚处落笔,借物抒怀,阐发"本色"与"清怀",立意高峻。

三、分咏别解法的创作思路

别解如谜,戏谑生趣是分咏体独有的风格,亦是北派诗钟的魅力所在。别解法创作的分咏体诗钟,往往兼具"立意深刻"和"构思新巧"的优点。下文将以分咏"茶杯、抹布"为例,阐述别解法分咏诗钟的创作思路。别解类分咏诗钟的创作思路应当循着"特征取象—双关词语—词语配对—拓展构思—修改完成"五个步骤进行。

1. 特征取象

针对题目给出的事物,寻找其最具代表性的形象特征。如

"茶杯"的相关特征有：内热、含香、冒气、色清、毛尖、瓷白、圆形、量小、手持、手捧、款客等；"抹布"的相关特征有：擦拭、搓洗、污秽、纤维、纺织、柔软、晾晒、悬挂、入水、抛弃等。

2. 双关词语

从特征取象中提炼出双关词或词语。特征取象往往体现物质性的特点，是人的直观感觉，而提炼出双关词语后，就赋予了新含义，转为精神层面的判断。如将茶杯的"内热""含香"提炼成"温馨"一词，既能说明茶的热与香，又能说明茶给予人（或主人给予客人）的温馨感，其用意已侧重在后者了。茶杯提炼的双关词语有温馨、热心、量小、温存、玉体、冰肌、琥珀、翡翠等；抹布提炼的双关词语有蹂躏、色衰、揩油、性柔、软弱、玷污、经纬、尘缘等。

3. 词语配对

将分咏的两个事物提炼出来的双关词语组成对仗关系。例如上述的双关词配成对仗的有"温馨"对"蹂躏"、"翡翠"对"纬经"（"经纬"平仄不合，颠倒成"纬经"）、"量小"对"色衰"等。

4. 拓展构思

以配成对仗关系的词语为思路起点，构思文句。如"温馨"对"蹂躏"作：

岂堪蹂躏此身玷，最是温馨诸嘴亲

"翡翠"对"纬经"作：

翡翠已浓堪入饮，纬经未乱纵遭污

"量小"对"色衰"作：

已到色衰终冷遇，虽嫌量小却温存

5. 修改完成

通过进一步的修改，使作意更佳，对仗更工稳，句子更流畅。如"岂堪踩躏此身玷，最是温馨诸嘴亲"改为：

岂堪踩躏妾身玷，最感温馨君嘴亲

又如：

尘缘聚散经手过，世事浮沉转头空

"尘缘""聚散""浮沉""转头空"皆双关语，不仅熨帖，而且含义深刻。存在问题是平仄失替，"世事"非双关词，比喻不够切题。改作：

聚散尘缘经手过，浮沉春色转头空

又如：

羞揩油水秽衣袖，愿使清风芳口唇

"羞揩油水""愿使清风"皆双关词语，切入点尤佳，易于阐发深意。但不够精练，"衣、口、水"皆赘字，"衣袖"不切题。改作：

揩油终悔身遭秽，引气犹欣齿带香

又如：

器小能容春秋叶，筋柔好拭大小尘

"器小""筋柔"抓准特征，是诗意良好的萌发点。但上下句皆平仄失替，"容春秋叶"太实，意趣不够。改作：

性柔却被风尘误,器小何妨友谊交

(本文发表于《福建教育学院学报》2018.10)

玉尺裁量　工巧为尚

相比大诗而言,诗钟的评判标准明晰,有章可循。只要词宗精明,断不会瑕瑜不识,鱼目混珠。诗钟之崇尚,"工巧"二字而已,工巧也是诗钟裁量的标准。工,即工稳,体现于对仗工整、眼字工稳;巧,即新巧,体现于新颖巧妙,别具一格。"工"是基本要求,"巧"是超卓追求,二者兼备,可称佳作。20世纪40年代是福建钟坛鼎盛期,高手如林,涌现出大量工巧兼备的折枝佳构,允称楷模。当今钟坛已不复风流,折枝大多工有余而巧不足,思维的广度与深度远逊前人。欲追先贤,须努力增学养而拓思维。

现以长溪诗社壬寅中秋、国庆折枝诗会"中、国"一唱为例,以工巧为尺度,从眼字工稳、对仗工整、构思新巧三个方面作评。

一、眼字工稳

折枝诗的撰制起于"对整眼字"。这里的"眼字"包含两层意思：既指眼字，也指"眼"（眼字组成的词或词组称为"眼"，有时也称"眼字"）。"中、国"二字词性不同，本身不对仗，只能通过配字成眼，使眼对仗。眼若不对仗，后续文字纵是珠玑，结果亦同秕糠。因此，眼字工稳是基础，也可窥见作者水平。眼字工稳体现在三个方面：

1. **眼字配字而成的眼，必须通顺，不生造，不怪异。**如"中抓"属怪眼，"中金"属僻眼。

2. **择眼配对，必使对仗工整，铢施两较。**如："中朝"对"国共"、"国共"对"中欧"、"中土"对"国风"、"国土"对"中人"、"国士"对"中军"、"国老"对"中郎"、"国剧"对"中医"、"国策"对"中枢"、"中文"对"国画"、"国土"对"中天"、"中正"对"国涛"（名字对）等，皆对仗工整。

眼字匹对不协，有时较为隐晦，不作细辨，或易蒙混。择例评述于下：

"中圣"对"国香"。"中圣"是酒醉的隐语。古人称酒清者为圣人，酒浊者为贤人。"中"为动词，读去声，与"中暑、中毒"之"中"同，此为饮清酒而醉，故曰"中圣"。因此，"中圣"为动宾结构，而"国香"为偏正结构，不可对仗。此外，"中眉"也是动宾结构，其"中"属动词。

"中外"对"国家"。表面上看，"中外"与"国家"同属联合结构（或称并列结构），然而，"国家"是偏义复词，即两个字中，只有一个字表示意义，另一个字作陪衬。"国家"一词由两个相关语素组成，只取"国"之意，"家"只是陪衬。因此"中外"对"国家"不协调。当然，如果作者能通过后续文字显示"国家"的双重含义，则对仗无弊。且看下例：

中外风云随诡谲，国家帏幄计频烦

此中的"国家"只有"国"义,故存瑕疵。论者或谓:林则徐"苟利国家生死以,岂因祸福避趋之",不是"国家"对"祸福"吗?须知诗钟对仗要求严于七律,律诗不可为凭。

"中医"对"国学"。广义国学是指中国历代的文化传承和学术记载,包括中国古代历史、哲学、地理、政治、经济乃至书画、音乐、易学、术数、医学、星相、建筑等。国学包含中医,因此"中医"不可对"国学"。同弊者,如"中庭"对"国宅"("宅"包含"庭")、"国山"对"中域"("域"包含"山")。

"中餐"对"国宴"。"餐"与"宴"义近,属对不妥。同弊者,如"中原"对"国土",近于合掌。"国医"对"中药"虽可,微嫌二者太近,作句易入"专咏"范畴。

"国力"对"中枢"。大小虽相称,但"力"为抽象名词,属"虚";"枢"为具象名词,属"实",故匹对不够工整。以"国策"对"中枢",则完美无缺。

"中华"对"国际"。"中华"大意指"中原的华夏族",指代中国;"国际"指"各个国家之间"。这里的"际"是"之间"之义。因此匹对不协。

"国泰"对"中坚"。二者结构不同,不可相对。"中坚"若解作"中之坚者",为偏正结构;若解作"中且坚者",则为联合结构,均不与主谓结构的"国泰"相对。

3. **眼字须稳固**。即眼字在句中起关键作用,而不是可有可无。如:

中朝抗美昭肝胆,国共驱倭仗股肱

此中的"中、国"二字就起关键作用,不可移易。反例如:

中州入夏蝉声唱,国道经春雁影斜

"中、国"二字未能嵌牢,其眼属"冇眼",可以移易。如"中州"易作"疏林"、"国道"易作"旷野",比原作更好。

二、对仗工整

诗钟对仗远比对联、律诗严苛,力求工对。前举"中朝、国共"之联,对仗极工。此外还有:

> 中郎一女终归汉,国老双娇已属吴

"中郎"对"国老"(蔡中郎对乔国老),眼字配对工稳,为全诗构思打下良好基础。谋篇以文姬归汉之事对大小乔嫁孙策、周瑜之事,上下联逐字工对,虚实相称,典实相对,铢两悉称。又如:

> 国士头抛留正气,中军肋裂尽精忠

上联言文天祥之正气,下联言岳飞之精忠,对仗工切。工对者还有:

> 国色难离明主聩,中坚可倚乱臣平

对仗欠工者,如:

> 国破哀鸿弥野痛,中兴黄鹄极云高

"国破"主谓结构,"中兴"偏正结构,不够工整。当眼字不对仗时,只考虑附眼之字(此为"破、兴")对仗也是一法,但前提是"眼难匹对"。从前文可知,"中、国"可工整匹对的眼不在少数,因此"国破"对"中兴"欠精审。"黄"为颜色,对"哀"不工(通常颜色、时序、方位、数词要求工对)。"痛"为动词(或名词),对形容词"高",犯内外科。又如:

> 中馈虚犹难作爨,国材伟则可承天

上联独辟蹊径，以中馈言妻室，妻室虚则难持爨（爨指烧火煮饭，也指灶）。所言即王夫之所谓"悲愉酬酢"之"俗情"。下联言国材承天，是所谓"导天下以广心，而不奔注于一情之发"之君子"雅情"。"爨"对"天"，不相类，一小一大，一俗一雅，吹毛见疵。

至于合掌、生造、赘字等毛病，多出于初学，平时多注意，不难改正。合掌者，如"中兴必得民心共，国振还须众志齐""中文伟岸千秋炳，国语温馨万世传"，上下联意思基本一样。生造者，如"中庭匾额彰家德，国界碑墩铸稷威"，"稷威"是生造词。而"匾额"之"额"、"碑墩"之"墩"纯属无用赘字。

三、构思新巧

新巧包含新颖、巧妙两重含义。写诗是创作，不出新何以称"创"？所以，"新"最为难能可贵。"巧"则灵性使然，不可强求，慧根不逮，难汲大巧之源。新与巧之间的关系：新是基础，巧是宫殿，不新则无巧，巧必包含新。巧又有大小之别，最低要求是能避免凡庸，别开生面。略举例分析：

国土安能三尺让，中人勿怠一鞭追

此诗理论完足，气魄为胜。其用典能化，浑如白句，而借典抒怀，深入第二层。上联不用"一寸"而用"三尺"，缘于"三尺巷"，此典是赞美邻里建房各让三尺的谦让之风。然而，国土断不可如此谦让。下联用刘琨"着先鞭"典故，借以言中等资质的人，应不懈快马加鞭，只争朝夕。"三尺"对"一鞭"，不惟工巧，也是借意象破解抽象说理的苍白。诗钟用典有三个层次：罗列典实，此为下策；有典有评，此为中策；用典能化，此为上策。

国老悲乎燕阙陷，中堂耻也马关行

此联对仗之巧在于"马关"对"燕阙"，十分工整熨帖。下联言李鸿章签订《马关条约》之事，为人熟知。上联言陈宝琛事，或少人知。"燕阙"指京都帝阙。清末帝被逐出紫禁城后，帝师陈宝琛有诗云："阑残有分依行幄，飘泊何心恋禁沟？犹剩绿阴须护惜，年来数遍过江流。"悲情可见。此诗"禁沟"当指紫禁城壕沟，与"燕阙"相契合。或谓：作诗当通俗易懂，用典难懂不是好诗。此论或适用于大诗，却于诗钟未合。诗钟具有斗巧、斗捷、斗博的竞技特色，读不懂说明读者不够"博"（也可能是作句不通，或典太僻），唯有努力学习而已。

国风钟吕传三古，中土丝绸暖八荒

《国风》是《诗经》的一部分，也是精华所在，故"国风"也代表"诗"。"钟吕"即"黄钟大吕"。古乐十二律中，六律第一音为"黄钟"，六吕第一音为"大吕"，后以"钟吕"代指音乐。古代诗歌皆配乐而唱，故言"国风钟吕传三古"。"三古"即上古、中古、下古。下联"八荒"即八方荒远之地。此联匠心独运，别开生面。

国唯不霸雠方少，中必无偏圣亦难

此联巧在技法。"中、国"两字较难用"吊眼法"，尤其附虚字的吊眼更难。此联通过"唯、必"二字，承上启下，将眼字与后续文字贯穿起来，句子显得圆活，说理亦佳。

构思新巧意味着别具一格，不与人同。福州词宗取诗，有一条不成文规定：雷同不入高等。笔者初阅一联为"国医爱注回春手，中药慈怀济世心"，取为中上等，后又见一联"国医名自回春手，中药源于济世心"，于是将前一联降为斗，后一联不取。

折枝诗"欠工能巧"和"工而不巧",哪个问题更大?窃以为是后者。能巧,说明思维品质高,这是作诗难能的品质。至于平仄、对仗、用词之类毛病,不是大问题,通过学习和思考多能克服。如:

国剧千腔南北调,中医一脉死生情

上联失于散漫,下联失于逻辑。可改作:

国剧一腔悲喜系,中医三指死生关

工而不巧的诗,多作意凡庸,如:

中枢伟略宏图展,国策新谋远景描
中官善政山河丽,国策安民社稷兴
中华处处皆成画,国土时时可咏诗
国政清风民自善,中枢正德吏从廉
中土伟人扬正义,国家贤士树清风

这些折枝,对仗工整,语言流畅,观点正确。奈何空洞抽象,了无新意,略似两条标语的集合,与诗钟追求新巧的宗旨相悖。诗钟最忌类于通用对联、标语,或近于"老干体"诗。入此彀中,若非认识不足,便是心源枯竭。王贡南《诗钟话》指诗钟之忌"禁浅(寻常景物也);禁率(摇笔而来,冲口而出,人人意中所有,而不屑为者也)"。上述诸例便是"浅"和"率"的表现。

老干体折枝诗如何纠弊?方法有三:其一,抛弃抽象概念和惯常语(如"扬正气""树新风"等)。其二,主题内容具体化、形象化。其三,多用"比"法。

(2022年10月发表于"晓阳钟艺"公众号)

诗钟"当句对"与"四字推"

诗钟以对仗苛严著称,但也有宽容的特例,"当句对"和"四字推"便是特例。

一、诗钟"当句对"的特点

"当句对"即句中自对,指句子中的两个词或词组相互对仗。当句对有两种,其一是相邻自对。如《"初、晴"一唱》:

初柔后壮江河性,晴露阴藏日月容

其中"初柔"与"后壮"、"晴露"与"阴藏"相邻自对。这种成语式自对的句式较为俗套,虽不犯忌,亦不提倡。其二是间隔自对。如《"一、新"六唱》:

旧瓶尚可装新酒,异梦焉能共一床

"旧瓶"与"新酒"、"异梦"与"一床"呈相隔自对关系。

需要说明的是,诗钟的当句对与楹联的当句对截然不同。楹联当句对只管单边自对,上下联相应位置不考虑对仗;诗钟当句对既要句中自对,也要上下句相应位置对仗,至少组词的结构必须一致。如"初柔"与"晴露"同属主谓结构;"旧瓶"

与"异梦"同属偏正结构。

诗钟当句对病例，如《"湖、岭"六唱》：

<blockquote>侠肝义胆江湖汉，头重脚轻峰岭苇</blockquote>

"侠肝"对"义胆"、"头重"对"脚轻"，以对联的标准衡量是合格的当句对，以诗钟的标准衡量却不合格。因为"侠肝、义胆"是偏正结构，"头重、脚轻"是主谓结构，上下联相应位置的词组结构不同，不相对仗。

当句对的特点是对仗的两个词或词组之间呈并列关系，如"初柔"与"后壮"并列，即"初柔后壮"是并列结构。同理，"晴露阴藏"也是并列结构。此例中组成并列结构词组的字共八个。还有一种最小单位的当句对，组成并列结构词组的字仅四个，这就是"四字推"。

二、诗钟"四字推"

关于"四字推"，杨文继《七竹折枝摭谈》举了两例，其一为《"鸳、巧"二唱》：

<blockquote>弄巧却偏成拙显，勾鸳终亦嫁鸡随</blockquote>

"巧"与"鸳"、"拙"与"鸡"，皆不匹对。但上句"巧"与"拙"并列、下句"鸳"与"鸡"亦属并列，通过并列对举的形式形成对仗。此例中，并列的两个字是隔离的。

其二，并列的两个字是相连的，如《"神、鹊"五唱》：

<blockquote>兴废漫从神鬼问，吉凶岂听鹊鸦知</blockquote>

"鬼神"与"鹊鸦"同为并列结构，"鬼"与"神"自对、"鹊"与"鸦"自对。

双字并列词（或词组）有三种，即反义并列（如是非、忠奸)、近义并列（如江河、海洋）、相类并列（如鹊鸦、神鬼）。《诗钟史话》介绍了一种特殊句式，曰"太极句"，其例如《"续、横"二唱》：

断续钟声山半雨，纵横帆影月中湖

将眼字"续、横"分别与反义词组成"断续""纵横"两个并列结构词组，其并列形式一阴一阳，恰似太极。其中"断"与"续"自对、"纵"与"横"自对。

太极句是破解眼字不易匹对的方法之一，如《"寒、水"三唱》，眼字组成"寒温""水火"，作：

常省寒温慈母意，不辞水火好官声

又如"初、晴"一唱，眼字组成"初终""晴雨"，作：

晴雨难磨松老节，初终不改竹虚心

诗钟讲究工对。眼字配字形成双字词时，一般要求所配之字须工对，如沈葆桢《"雪、平"一唱》：

雪天裘被分朋辈，平地楼台望子孙

"天"与"地"即属工对。但采用"四字推"时，突出的是并列结构对仗，对词性对仗的要求就削弱了，甚至于不顾。如《"四、江"一唱》：

江山晋宋皆残破，四六齐梁有剪裁

"江山"对"四六"，前者是名词，后者是数词，词性虽不对品，但结构对应（二者都是并列结构），因此也算工整。由此可见，对仗中"结构对应"比"词性对品"更为重要。

"四字推"不仅用在眼字的处理上，眼字以外也可运用。

如《"劳、动"一唱》：

> 动意曾迷花月侣，劳身翻作子孙奴
> 动若参商嗟手足，劳于犬马报椿萱

"花月"对"子孙"，虽名词词类相距较远，但同为并列结构，故可宽容。"参差"对"犬马"、"手足"对"椿萱"亦属同理。由此得出一个结论：并列结构的双字词（或词组）对仗时，词类要求可以放宽，所根据的道理就是"四字推"。

（2024年6月发表于"晓阳钟艺"公众号）

"有人无人"之辨

诗钟对仗忌"有人"对"无人"。所谓"有人"，指句中有人的动作、情态、言语、思维等方面的表露，使读者直接或间接地感觉"有人"。如《"秋、谷"六唱》：

> 紫燕翩飞迎谷雨，红装招展媚秋波

上句写燕子，下句写人，无人对有人，犯忌。又如《"风、影"五唱》：

> 万壑之间风挟雨，一灯以外影随形

上句无人，下句有人，亦犯忌。又如《"溪、山"一唱》：

> 山径归人双屐紧，溪桥落日一舟横

意境虽佳，但上句有人，下句无人，未免有嫌。关于有人、无人之议，应注意以下几点：

1. 有"人"字不一定"有人"

不能以有否"人"字来判断有人还是无人。例如"野渡无人舟自横"，句中有"人"字，但景中无人。又如笔者《"头、眼"五唱》：

> 山鸡学凤头缨少，溪鳄吞人眼泪多

下联虽有"人"字，但意属无人，因为动作（吞人、流泪）的行为主体是鳄鱼，非人。

2. 关注象外之人

有时句中不直接"有人"，而是间接体现人的存在，即人在"象外"，读者须有所感悟。如甘少潭《"天、我"五唱》：

> 海到无涯天作岸，山登绝顶我为峰

有人认为"到"不是动词，而是副词，原因是"到"的主语不是"海"。这一观点是错误的。上联之"到"，实指"作者"目光所"到"，因看到海无涯，顿发"天作岸"的奇想。可见"到"是动词，其行为主体是"象外"之人，否则此名句就犯"有人无人"之弊了。

3. 人有显隐之别

句中"人"有显隐之别。黄念厚《"家、道"六唱》名句：

> 归马色寒交道见，病蚕心苦作家知

上联不直接写人，而是通过"归马色寒"，从侧面烘托出马主人的交友之道，人在第二层，呼之欲出。当"人"较隐蔽时，亦可视作"无人"，以对无人句。如陈莪《"厚、今"六唱》：

> 懒云远岫无今古，暖旭穷檐不厚疏

有人认为上句无人，下句有人，这就吹毛求疵了。尽管"檐"可蔽人，但作意不在写人，而是写景喻理，手法与上联相同。其"人"已隐，可视为无人句。

4. 好句不计微疵

"风、气"六唱，林屏侯所取元句：

> 天亦伤仁秋气降，人能弃智古风还

上联属物，下联属人（与"有人无人"稍有不同，下句重在议论，非写人），何以无违和感？盖因上下句皆说理（上联以天说理，下联以人说理），故能统一。魏道涵《"中、后"六唱》名句"物可胜天霜后见，人无负我雨中知"亦同此理。此二例虽有属人属物之嫌，但同属说理，不觉唐突，作意甚佳，故可不计微瑕。

（2022年11月发表于"晓阳钟艺"公众号）

眼字指瑕

"眼字"是折枝诗（诗钟嵌字体正格）术语，指嵌入句中指定位置（一唱到七唱）的两个字。眼字配字而成的双字词，称为"眼"。如"劳、动"一唱，"劳、动"为眼字，配字组成的"动心、劳骨"即是眼。事实上，福州人有时也将"眼"称为"眼字"，因此，广义上的"眼字"既指嵌入之字，也指嵌入之字与其他字组成的双字词或词组。

折枝诗撰制必先"对整眼字"，然后"由眼生意"进行创作。以建房作比，"对整眼字"就是打好地基，地基不牢，后续施工皆枉费心力。或谓："不能修改吗？"答曰："不能！"改诗相当于房屋装修，受限于大框架。地基不牢，框架必歪，乃至垮塌，如何装修？因此对整眼字极为重要。

初学者在"对整眼字"的基础环节上往往出错，为裨益后学，特以长溪诗社所作"劳、动"一唱的眼字为例，指瑕于下。

一、望文生义

折枝用词，不可仅从字面揣测词义，对吃不准的词须查实后再用。

病例一：劳薪圣洁休拖欠，动貌清纯岂玷污

作者显然误将"劳薪"理解为"劳动所得的薪水"。劳薪实指废弃的木轮车脚，用以烧柴。刘义庆《世说新语·术解》："荀勖尝在晋武帝坐上食笋进饭，谓在坐人曰：'此是劳薪炊也。'坐者未之信，密遣问之，实用故车脚。"苏轼《贫家净扫地》诗云："慎勿用劳薪，感我如薰莸。"

病例二：动车驰野运新客，劳燕知春衔故泥

"劳燕"指伯劳与燕子，而非"勤劳的燕子"，作者望文生义而不加查证，故有此弊。

病例三：劳师振铎文坛秀，动笔欣描艺苑芳

"劳师"指使军队疲劳，与文坛、老师无关，作者误认为指老师劳累。

二、动静不分

诗钟对仗讲究动字对动字，静字对静字，动静不可匹对。为此，必须廓清"动字转静"和"静字转动"的现象。

病例一：劳歌乐唱丰收曲，动手欣描奋进图

"劳歌"实指劳作者之歌。这里的"劳"属于动字转为静字，它不再是动词，而是名词，指劳动者；或为形容词，指辛劳。这里的"劳"与"动"不对仗。作者不明动静之变，故有此误。

病例二：劳者琴声喧夜月，动人笛韵醉春风

"劳者"之"劳"为静字，"动人"之"动"属动字；"劳者"为偏正结构（指劳动者），"动人"为动宾结构，故眼字匹对不工。

"劳、动"二字均由动字转为静字,且眼字匹对工整的例子,如:

> 正例一:劳歌古调宜清唱,动画新潮耐久看
> 正例二:劳力终教鱼米富,动能犹敬马牛勤

以上"劳歌/动画""劳力/动能"皆为偏正结构,而非动宾结构,因此眼字匹对无误。

三、眼字不牢

眼字虽然嵌入句中,但于表意却不起作用,或可有可无,这样的眼字就属于嵌而不牢。

> 病例一:动飞火箭航天奥,劳驶神舟探月奇

上句,"飞"本身包含"动"之义,再加"动"字显属多余。下句之"劳"属动词,无端加在"驶"之前,亦属凑字。两个眼字均嵌而不牢。

> 病例二:动手帮人心有意,劳神处事梦留香

"帮人"不一定都要"动手";"处事"有劳神,亦有不劳神者。因此"动手""劳神"均属有眼(嵌而不牢的眼)。

> 病例三:劳当尽瘁纾民困,动贵殚精与国谋

此联眼字作单字词用,即所谓吊眼法。吊眼是解决眼字匹对困难的方法之一,但眼字仍须嵌牢。上句,"尽瘁"已包含"劳"之义,再加"劳"字就显多余。下句,"殚精与国谋"何以用"动"字统领?令人莫名。

四、怪眼僻眼

眼字配字而成的眼,有的生造不通,称为怪眼;有的偏僻

费解，称为僻眼。

病例一：劳劭梦稳三更觉，动富心悬万事休
病例二：动情李白思乡里，劳智王维任右丞
病例三：劳志换来丰硕果，动行赢得美名声

例中的"动富、劳智、劳志"，或文理不通，或生拗难解，均犯"眼疾"。

五、近义合掌

择眼配对时，两个眼的意思相同或相近，犯了"合掌"之弊。

病例一：劳心创业人先富，动脑经营我脱贫
病例二：劳神得句崇诗圣，动脑成师仰鬼才

两联中，"动脑"与"劳神""劳心"意思相近，有重复嫌。

六、结构不称

双字词（或词组）的结构有八种（偏正、联合、动宾、动补、主谓、物量、附加、重叠），同种结构方可对仗。

病例一：动耕勤者传丰讯，劳作智人奏凯歌

"动耕"属于动补结构（动与耕非并列概念），意为动而耕之；"劳作"属于联合结构，意指劳动、工作。二者结构不对。

病例二：动情莺语江南绿，劳累雁啼海北秋

"动情"属于动宾结构；"劳累"属于偏正结构（指过度的劳动而感到疲乏），二者结构不对。

病例三：劳苦不居唯取义，动心无作在归真

"劳苦"指劳累而辛苦，属于偏正结构，"动心"属于动宾结构,二者结构不对。

  病例四:动土松山填海面,劳工古镇建洋楼

"动土"属于动宾结构,"劳工"指劳动工人,属于偏正结构,二者结构不对。

  病例五:劳形脑内常存事,动辄心中自感恩

上句,眼字"劳"配字组成"劳形",属于常规手法;下句却用吊眼法,"动"不配字组词,而是通过虚字"辄"(义为即、就)连缀下文。此种错误实为罕见。

  "劳、动"对整眼字的例子,如动宾结构:劳心/动手、劳骨/动心、动意/劳身、劳力/动情、劳足/动心、动气/劳神、动念/劳形、动炮/劳兵、劳客/动人、劳形/动影、动履/劳舟;偏正结构:劳歌/动画、劳身/动影、劳力/动能、劳资/动力、劳资/动产、劳歌/动感;联合结构:劳乏/动摇、动静/劳休、劳作/动摇、动乱/劳辛。

  需要说明的是,同样的双字词或词组,在不同的语境中,结构可能不一致。在"劳力生如尝橄榄,动容笑已绽樱桃"中,"劳力"是动宾结构;在"劳力终教鱼米富,动能犹敬马牛勤"中,"劳力"是偏正结构。

七、词类疏远

与眼字组词的字,力求属类相同,对仗工整。

  病例一:动地诗歌惊宇宙,劳心书画醉山河

"地"属地理,"心"属器官,二者属类甚远,对仗不工。

  病例二:劳军灭敌威风振,动手驱魔意志坚

"军"对"手",属类不同。

病例三：动笔撰诗思日夜，劳神绘画乐晨昏

"笔"具象概念，"神"抽象概念，二者一实一虚，匹对不工。

病例四：劳心治世为贤者，动善安民是圣人

"心"具象，"善"抽象，虚实不称。

以上眼字之弊颇具代表性，初学者若细心体察，或能把握要领，举一反三，克服弊端。

（2024年5月发表于"晓阳钟艺"公众号）

诗钟评改例说

诗友发来诗钟习作，请求笔者给予指导和修改，现将诗钟评点、修改或重作分享于下，或对诗钟入道不深者有所借鉴。需要说明的是，改诗难于作诗。诗钟非皆可改，凡嵌字不牢、作意平庸、文辞不通、分咏不切题等诗弊，唯有重作才可。

"冬、竹"四唱

令至寒冬茶代酒，月筛修竹院如书

评：主要问题是"断气"，即句子前四字与后三字联系不紧密。上句缺少意象，下句"院如书"不通。"令"对"月"

不工整（词类不同，虚实相对）。须作大改，如：

> 大雪裹冬山寂寞，清辉筛竹月玲珑

"风、月"五唱

> 朝市酒浆风味美，边关剑气月光寒

评：上句"风味美"味淡；下句意脉不顺。改作：

> 隐市壶中风带暖，守边剑上月生寒

"联、花"三唱

> 新春联语多祈福，幽谷花香少负情

评：上句平庸，下句不顺。"春"对"谷"不工整。改作：

> 迎春联语犹含暖，斗腊花香不畏寒

"诗、梦"一唱

> 梦想于冰终化水，诗情若火可燎原

评：两句表意均含混不清。上句"梦想于冰"不通；下句，情"可燎原"略显生拗。重作如：

> 梦影如云巫岫散，诗情犹水楚江奔

"醒、看"蝉联

> 愁随酒气忧还醒，看焙茶香乐漫吟

评：上句不通顺，下句"看"未嵌牢。又，这里的"愁"为名词，不对动词"看"。重作如：

> 听远梵钟春梦醒，看空尘网暮愁消

"冬、梦"晦明格

霜风皑雪迎眸急,铁马金戈入梦频

评:晦明格中的"晦"是暗嵌字,而非咏字义。此联上句是咏冬,而非暗嵌"冬"字。重作如:

梦醒尤怅梁非熟,花发曾疑雪未销

"花发曾疑雪未销"是唐人张谓《早梅》"不知近水花先发,疑是经冬雪未销"两句的浓缩,暗嵌"冬"字(缺"冬"字,读者暗嵌之便能领会)。

"寒、假"比翼格

邪疫寒天茶当酒,大年假日气衔春

评:眼字不牢,作意寡淡。"邪疫寒天"为什么"茶代酒"?令人莫名。此诗须重作,如:

寒心一句难回暖,假话千回可乱真

"除、夕"云泥格

庭除干净寻常扫,心水和清昼夕盈

评:"庭除"为主谓结构,"心水"为偏正结构,不对仗。"庭除干净"不通。上句作意庸凡。重作如:

已除芥蒂恩仇泯,苟懈戈矛旦夕危

"信心铭"大鼎足

承望勒铭能醒世,信知觞咏可开心

评:"可开心"味淡,未转折或进层。这里的"铭"当为名词,"咏"为动词,不对。"信、心"二字嵌不牢。须大改或重作,如:

功在燕铭酬窦志，信随雁寄托苏心

"立春雨水"碎锦格

闲立和风看燕雨，悄听绿水念春晖

评：上句较好，但下句不顺。写景意象不够艳明。"燕"对"春"、"和"对"绿"不工整。改作：

鹭立汀风霏晚雨，舟划湖水漾春云

"月、云"雁足格

清寒无过冬时月，聚散犹如夏季云

评："清寒"为近义联合，"聚散"为反义联合，对仗不工。改作：

盈亏有训悬秋月，聚散如嬉感夏云

"清明、雨"分咏格

云横风送交加落，草长莺飞次第新

评：咏清明不切题，只能重作，如：

蜀鸟血啼催谷雨，毕星泪下作江声

"追越风雪"唾珠格

欲如除恶追风剑，当学迎春越雪梅

评："欲如""当学"为无效赘字，徒占要津，不如删去。"剑"对"梅"不工整。改作：

云霄已亮追风剑，林海曾钦越雪橇

"梦、时"七唱

酒花诗剑皆成梦，书画琴棋各入时

评：眼字几无作用，是为有眼（即眼字未嵌牢）。犯此弊无救，只能重作。可通过用典使眼字嵌牢，如作：

> 黄粱未熟嗟醒梦，红粉已妆问入时

"小满"合咏

> 南国雨帘方渐密，北方麦粒已初丰

评：此联通顺，但"帘"不存在"渐密"。"雨"对"麦"稍欠工，却难修改。姑且改作：

> 南国雨丝才渐密，北州麦穗已初登

"西江月"汤网

> 东篱采菊微吟月，西塞披蓑爽越江

评：两句后三字空泛，宜修改，以使用典更切实。改作：

> 东篱把酒逢卅月，西塞披蓑钓一江

（2024年2月发表于"晓阳钟艺"公众号）

诗钟，究竟遵何传统？

龙平先生网络文章《什么是诗钟》《答中山书隐君问钟忌》

(以下简称为"文一""文二")中提出,传统的诗钟"题字"不可以对仗(按:龙先生所称的"题字",福建称"眼字",指嵌入折枝诗的两个字)、传统诗钟没有独立于诗律外的钟律、诗钟对仗只有三忌(忌三脚、四隅不整、四字间各自为对或成语式自对)。这些观点对否?为了廓清上述问题,必先认清所谓"传统的诗钟",究竟以何为准?窃以为,当遵循如下原则:1. 以闽为准。因为福建是"诗钟国",是诗钟的发源、传承、兴盛地,钟聚活动一以贯之,几无中断("文革"十年除外)。对于诗钟而言,福建是源,福建省以外是流,省外的"流变"不能代表诗钟正脉。2. 以早期文献为重要参照。3. 以成熟期为定论。

一、眼字"不能独立对仗"吗?

龙先生文一引易顺鼎《诗钟说梦》"限字体多限两字不对者,分嵌于两句中第几字"之说,拎出"限两字不对者"六字为论点,以《寒山社诗钟乙集》31例五唱"题字"为论据,得出"作为题字的两个字之间是不能独立对仗的!""不然,你玩的就不是诗钟,至少不是传统意义上的诗钟"的结论。此论不符合诗钟集吟的传统和现状,并有可能对不明就里的出题者造成拘囿。为此,必须廓清两个眼字能否对仗的问题。

(一)易顺鼎原意是什么

易顺鼎"限字体多限两字不对者"中的"限字体",就是后来所说的"嵌字体",因此,这里的"限"是"嵌"之义(仅在上述语境中成立),而紧接其后的"多限"自然要理解为"多嵌"。那么,这句的意思应该是"嵌字体多数情况下嵌两个不对仗的字"。龙先生有意省略"多"字,又脱离原语境来解释"限"字,断章取义地以"限两字不对者"来支持自己的观点,难免误导钟友。

（二）眼字对仗与否与其产生的机制有关

诗钟集吟有即吟和宿构两种，二者眼字产生的机制不同。即吟为"小唱"（规模小），属于临场斗巧，其眼字由"现拈"而来。由于拈眼字（也叫"阉眼字"）是随机的，眼字对仗的概率低，但绝非零概率。

宿构多用于"大唱"（规模大，创作时间长，多门评取），其眼字源于"出题"。出题的眼字常常是成文的，且多对仗。例如，1986年，霞浦长溪诗社以"双、百"一唱向全国征诗。又如，2022年，长溪诗社以采风地湖岭头村之"湖、岭"为眼字作双飞格。有时大唱主办方为了鼓励更多人参与钟聚活动，特意出对仗的眼字，以降低创作难度。福建钟聚兴盛地是福州、宁德地区，两地均有眼字对仗的案例，仅笔者熟知的，就有"望、归""双、百""腾、飞""门、路""山、海""湖、岭""合、作""怀、念""富、强""廉、直""情、义""发、扬""诗、酒""高、远""新、秀""清、明""进、思""三、二""十、一""七、一"等。以下仅以一唱为例，列举眼字对仗的诗钟佳作为例：

山焚我更难臣晋，海蹈人终不帝秦（陈　曦）

腾无腥气贫家鼎，飞满流言寡妇门（肖晓阳）

百了何须身后集，双全不及手中杯（黄醒觉）

大乎论绩衡非己，正否量官尺在民（肖晓阳）

酒肉论交肝胆少，诗文求合品流卑（林友枫）

平越功隳歌舞顷，乱齐祸伏割烹中（潘主兰）

新丰市上金貂雪，大散关前铁马风（范梦樵）

一败逆知天不楚，三分早料局非刘（林萱孙）

六辔曾为良马用，百鞭莫向老牛加（王　琼）

山势瞰如秦篆袅,水声读有楚骚凄(杨文继)

酬春我意如新蘖,用世人才几大江(张仲雨)

富策囊中生玉帛,强锋笔下走龙蛇(郑名彦)

从以上例子可以看出,所谓"作为题字的两个字之间是不能独立对仗的"是一个伪命题。仅以《寒山社诗钟乙集》区区31例五唱"题字"为依据,不具有学术意义。

(三)眼字对仗"非传统"吗?

黄理堂辑《雪鸿初集》,清光绪七年(1881年)刻本,是福州地区最早的诗钟作品集。其中眼字对仗不乏其例,一唱至七唱皆有明证。如云图《"中、老"一唱》"老奸深有怜才意,中贵非无弭祸人";佚名《"归、断"一唱》"归鹤暝收双翅月,断鸿寒带一声霜";棠卿《"云、水"一唱》"水平两岸没桥脚,云掩前山余塔尖";乾甫《"云、水"二唱》"拏云山脊撑松臂,拜水溪头折柳腰";佚名《"精、简"二唱》"政简宫饶无事福,律精人爱晚年诗";佚名《"花、烛"二唱》"穿花香染蜂随客,剪烛谈深鼠恼人";佚名《"满、空"三唱》"江湖满地孤吟苦,雨雪空山独立迟";赵幼竹《"屈、张"三唱》"未容屈抑唯文字,大费张罗是米盐";佚名《"生、老"三唱》"未必老头甘断送,何期生面又重逢";佚名《"归、断"三唱》"梦鹉归还唐社稷,斩蛩断送宋江山";心来《"回、答"四唱》"流水不回千里梦,故山空答一缄书";佚名《"海、天"四唱》"一珠浮海圆明月,万笏朝天耸乱峰";佚名《"云、石"四唱》"孤松怪石自苍老,流水闲云无古今";乾甫《"风、影"五唱》"万壑之间风挟雨,一灯以外影随形";佚名《"知、到"五唱》"病久味惟知药石,家贫典已到琴书";佚名《"明、白"五唱》"眼大却嫌明月小,身闲翻笑白云忙";乾甫《"金、雪"五唱》

"借床客向金山宿,持节人从雪窟归";佚名《迷、到》六唱
"万花环绕红迷路,一水潆洄绿到门";佚名《别、来》六唱
"呼门儿识常来客,修柬名忘久别人";又伯《花、酒》六唱
"愁绪纷纷惟酒解,春情脉脉只花知";佚名《歌、怒》六唱
"茫茫怀古高歌起,碌碌依人忍怒多";佚名《风、雪》七唱
"老我精神头上雪,离人骨肉耳旁风";佚名《子、孙》七唱
"樽前横榘歌瓠子,柳外停舟问竹孙";莪生《鱼、米》七唱
"早厨新煮长腰米,晚钓多收缩项鱼";佚名《人、鬼》七唱
"应识杨妃山下鬼,写真蒲女卷中人"。以上例子足以证明两个眼字之间独立对仗"就不是诗钟,至少不是传统意义上的诗钟"之说的荒谬。

二、"传统诗钟没有独立于诗律外的钟律"吗?

龙先生文二中提出:"传统诗钟没有独立于诗律外的钟律。所谓钟律,是个假命题。我们只要读一读前辈们或现在海外钟人的作品(集),就会发现,三仄尾,特拗格,孤平拗救等格式依然存在,且其比例与在律诗里的比例是一致的。也就说明,所谓钟律,即是诗律,无更特别的要求。"按此论,诗钟格律比对联还宽,那还是诗钟吗?不知龙先生为何弃闽中文献不用,偏要援引"海外"为据,这不是缘木求鱼吗?

福建当代诗钟格律有三种,即平起式、仄起式、拗体式,这是成熟期的定型格律。回溯《雪鸿初集》可知,光绪时期闽人遵循的折枝诗格律已与今时无异,不存在所谓"三仄尾,特拗格,孤平拗救等格式"。诗钟最早的文字记载,是成书于道光28年(1848年)莫友堂的《屏麓草堂诗话》,其中列举的分咏、专咏、空咏的钟例格律,仍与福建当代钟律一致,这说明传统诗钟很早就有"独立于律诗外的格律",而且一直沿用至今。

诗的格律，须以成熟期为准，譬如近体诗格律，当以盛唐定型期为准，而不凭雏形期的"永明体"，诗钟何独不然？台湾诗钟确有"特拗格"（中仄平平仄平仄）例句，此格属于诗律范畴，福建诗钟早已弃用（笔者"晓阳钟艺"公号文章《诗钟通则解读》已有解释，此不赘述）。张西厢《闲话诗钟》，1953年成书于台湾，其"钟声"一节，通过案例分析，间接否定了孤平句、特拗句、三平尾和三仄尾句式。

三、诗钟对仗只有"三忌"吗？

龙先生文二认为，诗钟对仗之忌，只有三脚、四隅不整、四字间各自为对或成语式自对三种。"仅此三种是今古传续，一以贯之""除此之外，都是后人不明诗钟义旨，作茧自缚之举。"果真如此？让我们看看传统诗钟的对仗之忌吧。唐景崧《诗畸》，刻于清光绪十九年（1893年），是台湾首部诗钟总集。其中的对仗八忌被后学奉为圭臬，内容节选如下：1. 用典不可一句有典，一句无典。所嵌二字，尤不可一字有典，一字无典。2. 所嵌字用古人姓名，不可一句有姓，一句有名无姓。3. 女名禁对男名。4. 时代忌相离太远。5. 不用典专作空句，较易成联……盖虽空句，亦由书卷及名人名句平生阅历酝酿而出，若一味滑腔习见则生厌。6. 无论典句空句，两句情事，以相类为佳。7. 本游戏笔墨，偶用俗书俗事，借以解颐，在所不忌。然两句必求相近，勿太不伦。8. 二字往往虚实不对，必须虚字做实，方能对实字；实字做虚，方能对虚字。由此可见，古人诗钟对仗之忌并非龙先生所说的"仅此三种"。

陈海瀛《希微室折枝诗话》（1958年）是第一本系统的诗钟话。书中归纳出折枝诗对仗不可犯的十二条（1. 动静无别；2. 虚实难称；3. 畸形不整；4. 同音相犯；5. 字异义同；6.

意同词异；7. 左右相撞；8. 子母相失；9. 属人属物；10. 联上联下；11. 总称别称；12. 通用专用），萨伯森、郑丽生《诗钟史话》（1964年）评价其"精当无比"。此"十二忌"已被福建诗钟界广为接受，难道说传承诗钟正脉的福建人都"不明诗钟义旨"？

诗钟追求对称工整的完美形式，因此对仗苛严，禁忌颇多，这也是诗钟区别于对联、律诗的特点所在。福建诗钟于严律之下，仍高手潮起，精品迭出。《诗钟史话》谓："哭庵（易顺鼎）当年诗名噪海内，而所作嵌字诗钟远逊吾乡诸先辈，故有'诗钟国''闽派'各种名称。亦可见吾闽人诗钟，确具专长，惟风气已随时代而变，不断推陈出新矣。"龙先生文二以福建诗钟之忌"试验之《吴社诗钟》，赫然发现，此里程碑式的诗钟大集，竟无一比能幸免于犯忌！""见之愕然"，并以此作为否定诗钟禁忌的理由，这种"劣币驱逐良币"的思想要不得！

四、谈诗钟理论绕不开当代福建

诗钟历史不长，其理论研究历来是冷门，研究成果几乎都在当代。诗钟史家黄乃江《台湾诗钟研究》（2009年）指出："真正可以称之为诗钟理论的，只有宗威似写于民国十年（1921年）以后的《诗钟小识》。20世纪50年代以后，大陆才出现专门诗钟理论著述，先后有陈海瀛所著《希微室折枝诗话》（1958年）、萨伯森、郑丽生合著《诗钟史话》（1964年）、陈涓音《折枝诗入门》（1988年）、杨文继所著《七竹折枝诗摭谈》（1994年）、盛星辉所著《诗钟与无情对》（1997年）、肖晓阳所著《诗钟津梁》（1999年）、王鹤龄所著《风雅的诗钟》（2003年）等。"以上信息说明，诗钟理论专著主要出现在当代，福建作者占了绝大多数。可以说，谈诗钟理论，"当代福建"是绕不过的坎。

  福建诗钟理论的发展,并非固守陈规,而是有所扬弃,有所补益,渐趋完善。例如,唐景崧《诗畸》八忌中的"女名禁对男名"于今不合,已舍弃。又如,福建诗钟体式系统的建构,就增加了笼纱格、晦明格等源于台湾的创格。理论的发展必然促进创作。福州诗钟的鼎盛期出现在20世纪40年代至80年代,表现为高手云集,佳作纷呈,作品对仗之工巧,构思之精妙,远超前朝。这固然与当时人的深厚学养有关,也与诗钟理论的渐趋完善有关。

  诗钟的本质有"游戏说"和"诗体说"两种(近年有好事者又强增了"对联说",不值一驳)。福建主"诗体说",所谓"折枝诗、两句诗"即是。以钟聚活动为主的"志社"和"托社",取名即含"诗言志"和"诗托志"之义。诗钟史家王鹤龄《风雅的诗钟》也将诗钟界定为"杂体诗",并被广泛认可。龙先生则持"游戏说",既是游戏,自然就无需追求诗艺,也就不苛求对仗工整。然而,以"游戏"的视角论"诗艺",已犯方法论错误。而更大的错误是,谈"传统意义上的诗钟",却采用"遵古不遵今,遵外不遵闽"的狭隘视角——凡当代闽人之说,概不采用,如此舍本求末,难免南辕北辙。

  (本文发表于《福建教育学院学报》2003.7)

关于诗钟的若干问题辨析

在与各地钟友的交流中,发现大家对诗钟的认识还存在一些问题,现集中这些问题作如下辨析,以便同好了解。

一、诗钟、折枝诗、建除体之间的关系

折枝诗是福州人对诗钟嵌字体正格的俗称,其本意是指一唱到七唱的嵌字诗钟。此概念见于萨伯森、郑丽生合撰《诗钟史话》,王鹤龄《风雅的诗钟》引用了此概念。可见诗钟概念的外延比折枝诗大,分咏、专咏等体式的诗钟不属于折枝诗。

嵌字体正格的另一称谓是"建除体",见自易宗夔《新世说》:"同光以后,盛行建除体,逐字对嵌,周而复始,名一唱以至七唱,都人士结为寒山诗社,月必数集,雅歌消遣。"易宗夔是康有为关门弟子,颇有社会影响,因此嵌字体正格诗钟也被称为"建除体诗钟",但福建省内并无此称谓。

二、眼字、眼与诗眼的概念

折枝诗中用来嵌入句中的字称为"眼字",由眼字配字组成的词或词组称为"眼"或"钟眼",这是福建诗钟界的共识,代代相传,一以贯之。为什么称"眼字""眼"?1985年由霞浦县政协、霞浦县文史馆编印的《霞(浦)、(福)安、宁

（德）三县联合诗会"大好"折枝诗选》附录《诗评辑录》（郑名彦撰）中明确指出："眼字"配成词，叫做"眼"。"眼字"是供做"眼"的"字"。至于为什么称"眼"，笔者曾询问郑名彦先生（已故），回答是，眼字组成的眼是折枝诗创作的关键，其重要性就像人的两只眼睛（两个"眼"上下同位，也形如双眼）。"眼字"是折枝诗范畴内的概念，当嵌入的字在三个及以上时，已非折枝诗，嵌入的字可称"题字"，但人们遵折枝诗的习惯称"眼字"，亦无大碍。

需要说明的是，上述眼字与眼的概念与清末王贡南《诗钟话》中的说法并不相同。王贡南认为：题是"字"，附题之字是"眼"，合言之曰"眼字"（按：福州人也有将"眼"称为"眼字"的习惯）。从现有的资料看，没有王氏在福建参与诗钟活动的痕迹，他所指的"字""眼"的概念与福建无关，有可能是台湾诗钟界的认识。

诗钟之"眼字"与传统诗论所谓的"诗眼"概念不同。诗眼一般指诗句中的精彩用字，诗意因此字而顿然起色。如"厚、今"六唱："落红绮陌飕今夜，积翠深林涨厚烟"，其眼字是"今"与"厚"，而"飕"与"涨"可称"诗眼"。"飕"指风吹，亦指风声，用于描绘风吹花落，动感声感并出，生动而传神。下联描绘深林雾气浓厚，浓雾由内而外弥漫开来，用一"涨"字来形容，极富神韵。

三、眼字能不能独立对仗？

"两个眼字不能独立对仗"，是一个伪命题。折枝诗眼字产生的方法有现拈和宿构两种，现拈即临场抓阄获得眼字，两个眼字不对仗的居多，对仗的少数。宿构即提前出题，眼字往往是成文的，两个眼字可以对仗也可以不对仗，如"建、善"二字不对仗，"山、海"二字是对仗的，因此，眼字是否对仗没有原则规定。

两个眼字本身不对仗时，多数情况下，可将其中一个眼字"转品"，使两个眼字的词性一致。如"凤、入"一唱，将"凤"转品作动词，示作如"凤此虚衔师亦滥，入吾青眼士偏寒"；"一、联"四唱，眼字均作动词，示作如："六国曾联骄配印，九州虽一毁焚书。"不可否认，有的眼字既难转品，亦难组成工整对仗的眼，此时必使配眼之字对仗。如"无、民"一唱："民心尚未忘炎汉，无道今犹骂暴秦。"

四、诗钟题目的书写方法及"·"与"、"之辨

嵌入的字是"眼字"还是"题字"，认识不同，诗钟题目的书写方法就不同。王鹤龄《风雅的诗钟》关于嵌二字诗钟题目的写法是《面·神》二唱。用书名号说明作者将"眼字"当作题目。为什么用间隔号（圆点）而不用顿号？作者的解释是"面、神"二字非并列关系，因此不用顿号，而用间隔号，这一观点有误。间隔号与顿号的区别：间隔号表示前后内容不同层次但有紧闭关联，如《沁园春·雪》，"沁园春"为词牌名，"雪"为词的题目，两个概念不同层次，且都与"词"关联。顿号表示连接的是同一语法层次的并列成分。"面、神"不是题目，而是眼字，两个眼字属于"同一层次的并列成分"即"并列的眼字"，因此当用顿号。拙著《诗钟津梁》嵌二字诗钟题目的书写方法是"大、好"一唱，加引号是为了强调两字为眼字，用顿号表示两个眼字是并列关系，眼字加体式才是完整的题目。至于诗钟作品的题目，则再加书名号，如《"大、好"一唱》。

五、笼纱格与分咏格的区别

分咏指上下句分别咏指定的两个专题，此例大家熟悉，例句也多，不赘述。笼纱不同于分咏的本质特征是"暗嵌"，而

诗论选辑 | 217

非"咏",也不能认为分别咏两个字就是笼纱格。例如笔者分咏"松、城",作"森严齿有吞魔慨,繁密针含刺虐心""张牙犹见金戈影,振甲如闻铁马风""心犹白帝舟如箭,梦在黄山笔有花",显然以上是"咏"松与城的形象,而非暗嵌"松、城"二字。什么是暗嵌?暗嵌是通过指代、借代、歇后、剪裁的方法,隐约显现题字,做到"此中有字,呼之欲出"。如"飞、纶"笼纱格云:"忠推南宋将军岳,诗爱中唐户部卢。"上联咏岳飞,而不是咏"飞",是暗嵌"飞";下联咏卢纶,暗嵌"纶"。

六、鼎峙格、鼎足格、鸿爪格的联系与区别

鼎足格三个眼字呈等腰三角形,鼎峙格三个眼字呈不等腰三角形。至于"鸿爪格",原本是统称(含鼎峙、鼎足、勾股、汤网四格),后来渐渐窄化为鼎足格的别称,因此不宜把鸿爪格独立列为一种格式。关于鼎足、鼎峙、鸿爪一直以来存在认识上的混乱,《诗钟史话》亦未梳理清楚,好在学者黄乃江在《台湾诗钟研究》中作了很好的梳理,拙著《诗钟津梁》中对鼎峙、鼎足的提法即源自《台湾诗钟研究》。

诗钟嵌字体碎锦格,所嵌字数为四字或四字以上。近人所谓"三字碎锦格",本质上是鼎峙格。

七、诗钟是否忌句中自对

句中自对俗称"当句对"。楹联中的当句对,可以只管本句自对,不管上下联对仗与否。如上海豫园一笠亭联:

游目骋怀,此地有崇山峻岭;
仰观俯察,是日也天朗气清。

"游目"对"骋怀"、"仰观"对"俯察",但"游目"不对"仰观"、"骋怀"不对"俯察"。"崇山"对"峻岭"、"天朗"对

"气清",但"崇山"不对"天朗"、"峻岭"不对"气清"。这种对仗在诗钟里是不允许的。反例如"湖、岭"六唱：

> 侠肝义胆江湖汉，头重脚轻山岭苇

"侠肝"可对"义胆"，但不对"头重"，于楹联无忌，诗钟必忌。

另一种当句对，除了句中自对，上下联也对仗，这是诗钟允许的。如"初、晴"一唱：

> 初柔后壮江河性，晴露阴藏日月容

"初柔"对"后壮"，也对"晴露"；"后壮"也对"阴藏"。初柔、后壮、晴露、阴藏皆主谓结构，当句自对，上下联也对仗。

诗钟当句对虽不犯忌，但成语式自对不提倡。因为成语式自对易于上手，初学者容易形成定式，不利于发展诗钟句子的灵活性。此外，成语式自对句式呆板，不宜多用。

八、诗钟是否忌成语？

福建诗钟主要盛行于闽中（福州地区）和闽东（宁德地区），关于成语之忌，两地有所不同。闽中不忌成语入诗钟，闽东霞浦则有所禁忌，此忌名曰"排匾"，因为匾额多为四字成语。诗钟单句七言，成语占据四字，仅剩三字可自由发挥，因此难脱陈词之诟。但不可否认，有时用成语也有较出色的作品，因此，成语入诗钟不提倡，亦不反对。

九、诗钟可否"有我"？

诗钟可否"有我"，这关涉诗钟的属性。关于诗钟的属性历来有两种看法：其一，认为诗钟只是游戏，持这一观点者，自然认为诗钟重在娱乐，因而百无禁忌；其二，认为诗钟的属性是诗，具有苛严的格律和许多讲究。不同的属性认同自然会产生大相径庭的观点。福建人认同诗钟是一种诗，陈海瀛《希微室折枝诗话》把诗钟作品分为言志、抒情、说理、论事、写景五类，对于写作技巧提出神、理、气、味、声、色六个方面的讲究，可见他将诗钟当做诗来论述。王鹤龄在《风雅的诗钟》中指出：诗钟应归入"杂体诗"。并认为"承认诗钟为诗之别体，归入'杂体诗'中，更为符合人们的传统认识，比较顺理成章"。笔者新版《诗钟津梁》也是基于诗歌的角度谈诗钟的创作与鉴赏。

既然是诗，就可以"有我"。诗的本质，或言志，或缘情，或吟咏情性，咏的都是作者自"我"的情意。中国诗歌从古至今都有以"我"表意的创作法，如《诗经·小雅·采薇》："昔我往矣，杨柳依依；今我来思，雨雪霏霏。"龚自珍《己亥杂诗》第二百二十首："九州生气恃风雷，万马齐喑究可哀。我劝天公重抖擞，不拘一格降人才。"用第一人称体现"有我"的钟作亦不乏其作，其中的"我"，可以是真我，也可以是假借"我"以使表意显得真切。现列举含"我"的折枝佳作为证（黑体字为眼字）：

强君行色囊中剑，富**我**情怀客里诗（郑名彦）
山焚**我**更难臣晋，海**蹈**人终不帝秦（陈　曦）
宦海寄生鸥笑我，风尘失路马骄人（紫　潮）
霜中黄叶持如我，**身**后青山付与谁（罗明祥）
酬春我意如新蘖，**用**世人才几大江（张仲雨）
掷我**形**骸还造化，借人**池**馆过黄昏（林天遗）
私喜**高**堂还我有，贱看**青**史亦人为（王醒才）
明月已**阑**焉置我，青山在**此**敢言官（林天遗）

物可胜天霜**后**见，人无负我雨**中**知（魏道涵）

肝胆向人移**俗**易，头颅老我乞**闲**迟（佚　名）

夺我股肱良**马**死，还君涕泪大**江**枯（陈海瀛）

为我名山留**一**席，看人宦海度**风**帆（林　启）

杀我或先施**厚**惠，忧民斯足献**今**生（李可蕃）

我所能行犹**古**法，世偏不用岂**空**言（陈海瀛）

有生我亦争**雄**者，未死谁非负**债**人（郑孝禄）

十、诗钟确定源自福建吗？

关于诗钟源自福州的认知见于许多文献，如《诗钟史话》《台湾诗钟研究》等。王鹤龄《风雅的诗钟》仅列出闽源说和粤源说的相关线索，没有结论。王鹤龄当年成立中国俗文化学会诗钟研究委员会，聘笔者为委员，并委托笔者查证《诗钟史话》中有关诗钟源于福州的最早记载——莫友堂《屏麓草堂诗话》（道光 28 年，1848 年）。此书仅福建师大古籍图书馆可查，查询结果与《诗钟史话》说法一致，证明史话相关证据是可靠的。屏麓山在福州长乐一中边上，地属福州。而王鹤龄罗列的粤源说三条线索（袁祖志《啸源诗钟》序，光绪 3 年；樊增祥《寒山社诗钟选》序，1915 年；施鸿葆《闽杂记》，定稿于咸丰八年，即 1858 年），均未附直接物证。

当今诗钟史料研究第一人当属黄乃江，他透露给笔者的信息是，诗钟源于福建无疑，广东的诗钟是从福建传入的。此外，还有更为可喜的消息——已找到诗钟起源更早的文献（限于研究成果尚未发布，暂时保密）。

十一、分咏与嵌字的理趣之别

晚近的诗钟主要流行嵌字体和分咏体，二者理趣有别，主要体现在：

1. 难易点的不同

分咏是两句分别咏两个毫不相干的事物。由于没有嵌字要求，造句相对容易。但两个事物往往相去甚远，造出的两句却要珠联璧合，在对仗工整性方面较难达成。因此分咏体的"易稳难工"。

嵌字体不限内容，更能充分发挥作者的创作才能，易于通过内容和字词的调整，使对仗工整。但须按格分嵌两字眼字（以折枝诗为例），而嵌字有三个难点：其一，两个眼字往往不对仗，必须通过转品等技法使其对仗。若无法转品，则须使眼字组成词或词组（即"眼"）对仗。其二，眼字须嵌得稳妥，力求"一字嵌进去，九牛拔不回"。其三，对整眼字（眼字或眼字组成的词对仗工整）后，字词之间的牵合均受制于"眼"，若作者功力不逮，造句便不顺畅。因此嵌字体"易工难稳"。

2. 理趣不同

分咏体诗钟游戏成分较重，类于灯谜，以北京最为流行。其不犯题又要切题的规则，与灯谜相同。许多分咏通过别解来切题，富于谐趣，这也与灯谜相同。如分咏"夜壶、留声机"："放眼洞观天下势，知音难觅个中人。"洞观，字面义是指透彻、深入地观察。别解为夜壶之"洞眼"朝外"观"；天下势，字面义是天下的形势，别解义为天下男子之"势"（从文字含义来讲，"势"有男性生殖器的意思）。"迷面"与"谜底"扣合紧密，读之令人忍俊不禁。但从对仗角度看，"天"对"个"、"势"对"人"，均不工整。只因戏谑有趣，不计小疵。

嵌字体诗钟属诗，注重诗的表现力，对仗、用字、炼意、修辞皆精审，作意尚"巧"，以福建最为流行。如"寒、微"一唱："寒宵坐似沧浪里，微曙看犹混沌初。""寒、微"二字，十分熨帖。"混沌"喻象新奇巧妙，未曾得见。

大体而言，嵌字属诗，分咏类谜；嵌字尚巧，分咏尚谐。嵌字对仗苛严，分咏对仗稍宽；北派尚分咏，南派尚嵌字。

十二、涉及眼字的"左右相撞"如何救弊？

霞浦曾是闽东首府，为福建诗钟第二重镇（第一重镇当推福州），其诗钟传统源自福州，但对仗比福州稍宽。如孔庆洛《"云、树"三唱》：

> 藕是**云**帷山隐约
> 筛多**树**影月玲珑

此联虽然典雅蕴藉，意境优美，但以福州诗钟对仗标准来衡量，"云"与"月"犯"左右相撞"（同类字错位相对）之忌。此联犯忌之字涉及眼字。即"云"是眼字，不可移易，亦难转品，而"月"字又难更改。遇到这种情况怎么办？唯一的补救方法是采用"交叉对仗"法，即让另一眼字"树"与"月"字相对仗的字（即"山"）形成同类字工对。此联"树"与"山"虽然对仗，但树为植物，山为地理，词类对仗稍宽。若将"山"改为"花"，则匹对无瑕。如下：

> 藕是**云**帷花隐约
> 筛多**树**影月玲珑

其中"云"对"月"、"树"对"花"，这就是"交叉对仗"。"山"改"花"后，与原句意境有别，各有所长。若欲求渺远，则改句不及原句。由此可见，作意好则不必太苛求工对。事实上福州地区有此微瑕的钟作并不罕见，如陈见园名句《"僧、瓮"六唱》：

> 半龛鸟粪无**僧**寺
> 一撮人烟似**瓮**城

"僧"与"人"左右相撞,但瑕不掩瑜,整体上不觉违和。

(2019年9月发表于"晓阳钟艺"公众号)

诗钟,安从往圣继绝学?

晚近的诗钟主要流行嵌字体和分咏体。分咏体近于灯谜,尚谐趣,诗艺要求相对较低。嵌字体属于诗,尚新巧,于对仗、用字、修辞、炼意皆求精审。号称"诗钟国"的闽地,真正流行的是折枝诗(嵌字体诗钟正格,即一唱到七唱,简称折枝)。折枝是淬炼诗笔最有效的体裁,也是"诗钟是最精美的语言艺术"(诗界大佬周笃文言)的体现。这是因为折枝眼字只有两个,约束最小,又不限创作题材,最能发挥作者的才思。因此,本文以折枝诗为侧重,论诗钟如何传承往圣绝学。

折枝的竞技特点是斗巧,体现"苛律尚巧"的风尚。"苛律"主要体现在"对仗工稳,不犯禁忌"(《希微室折枝诗话》列十二禁忌),追求完美的对称形式。"尚巧"指崇尚新巧。"巧"不仅指构思巧妙,"新巧奇警"都可统括于"巧"字。如果说对仗工稳是"形",那么作意新巧便是"神";形是躯体,神是灵魂,形神兼备才算得上真正意义的折枝诗。

闽地折枝在20世纪40年代发展到顶峰,表现为高手云集,佳作潮起。这一盛况一直延续到 20 世纪 90 年代(50 年代至 70 年代,大陆诗钟几近断流)。究其原因有三个:其一,前辈作者大都是饱学之士,故无碍斗捷斗博;其二,对仗格律臻于完善,俾使作品璧合无瑕;其三,用字炼意愈发考究,"要求朝着高、精、尖方向发展",作品珠玉生辉,省外难与媲美。

随着信息技术的进步,目前钟聚多是"临屏",因网络鏖诗不受地域、人数所限,更加便捷,使诗钟呈现出"复兴"的表象。然而,唱诗之趣不复存在,后人将再难嗣响。更令人担忧的是,今人折枝大多有形无神——对仗工整有余,作意新巧不足。这一现象若不扭转,折枝式微便成定局!如何重振折枝?窃以为学前贤、促反思、拒平庸、尚新巧,可以救弊。学作折枝必读高手名作,对名作的解读越细致深入,就越有可能汲其精华。以下是笔者学习和实践的思考,或能提供借鉴。

一、善借意象,以比发论

折枝多议论,大底除写景之外都属议论。议论的方法有两种,其一是抽象议论,即不用喻象,特点是入手容易,优秀率极低,初学者尤不推荐。其二是借象议论,即借喻象来议论,入手较难,但易出佳作,是笔者推崇的议论方法。

抽象议论者,如林屏侯"风、气"六唱:

> 史略功勋先气节,诗原情性次风裁。

刘子良"中、后"六唱:

> 未能养浩将中馁,稍自持盈或后亡。

以上议论虽无喻象,但立论精辟,振聋发聩,堪称杰作。此等佳作不可多得,亦不好学,作者非具备深邃独到的哲思不可,而大多数作者的思维品质达不到这样的高度。今人不谙此道，一味抽象议论，几成流弊。

借喻象发论者，前辈大量佳作可供借鉴。如陈海瀛"马、江"六唱：

> 夺我股肱良马死，还君涕泪大江枯。

以股肱喻良马，江水喻眼泪，表达极度的哀伤。试想，若无如此喻象，情感的表达岂不大打折扣？借象发论，不仅形象生动，能增强语言感染力，还能降低创作难度。

当多意象组合时，"善借意象"表现为意象选取的精审、意象组合的流畅。如马光桢"燕、溪"一唱：

> 燕雀吞声残粒下，溪山敛影劫灰中。

抗日战争时期，福建省政府曾迁至永安，其间以永安"燕溪"为眼字举办折枝大唱，此诗为夺魁之作（有多个版本，本版本取自《诗钟史话》）。燕雀，比喻卑微者或器量志向小的人。吞声，指哭泣不敢出声。残粒，指剩余的劣质谷物颗粒。上句影射国民政府无能，在日寇铁蹄下，犹如燕雀忍气吞声地啄食残粒。下句意指溪山遭倭寇的劫难，黯然神伤，收敛了往日的光彩。此诗之所以感人至深，在于选取的意象（词汇）极为精审，燕雀、吞声、残粒、劫灰不仅富有深意，且感情色彩浓烈，而意象的组合又十分流畅。

需要说明的是，典故也是一种意象。因为典故能让人联想到相关的人物情景，且能扩大诗句内涵。如潘主兰"平、乱"一唱：

> 平越功隳歌舞顷，乱齐祸伏割烹中。

上句，言吴王夫差虽平定越国，却因沉沦西施歌舞，终致身死国灭。下句，言齐国生乱的祸根，早在齐桓公倚重割烹之徒（竖刁自宫，易牙烹子）时就埋下了。

二、崇尚新巧，不作凡响

折枝尚新巧。"新"即新颖，不与人同。"巧"指构思巧妙，不同凡响。陈海瀛《希微室折枝诗话》将折枝风格归结为六种："一曰神，神不超逸则呆；二曰理，理不完足则庆；三曰气，气不浑雄则弱；四曰味，味不隽永则索；五曰声，声不洪亮则哑；六曰色，色不鲜妍则醲。"其后词宗（即评委）多选取理、气之作评为元句。然而，风格并非评判折枝的尺度，统摄折枝的裁量玉尺，当是工巧，即工稳与新巧。

工稳的折枝诗有三个等次。第一等是既新又巧；第二等是巧而不新；第三等是新而不巧。既新又巧，堪称佳作。如黄芩洲"微、寒"一唱：

寒宵坐似沧浪里，微曙看犹混沌初。

以坐沧浪言寒，以混沌比喻微曙景象，想象绝妙，神韵超迈，未曾得见。

巧而不新者，如肖晓阳"湖、岭"三唱：

品犹岭峻唯持正，心纵湖枯不许浑。

此诗大体符合"理完足，气雄浑"风格，似可夺元。然而，笔者自知原创性尚嫌不足。以山之高峻比喻品行、志向、恩德者，并不罕见，如"齐天峻岳如高行，思海涓流有远怀"（黄明清"思、齐"一唱）、"杀风欲运千钧斧，持正如为万簇山"（陈桂寿"风、正"二唱）。言心源不浑者，则见于易顺鼎《诗钟说梦》："'笑、浑'七唱云'名场恣哭何如笑，心境从枯不遣浑',意以此为最上乘之作。"

2018年清明节期间,福州、霞浦不约而同以"清、明"一唱征折枝诗,论者公推最佳句是福州人所作:"明难自照犹为憾,清不相浼岂有惭。"但作意与前人雷同,未曾超越。"明难自照犹为憾"相似者如"心寂犹虞难遣夜,眼明所憾只观人"(陈咏零"夜、人"七唱);"清不相浼岂有惭"相似者如"浼难清泚干奚若,韬可明晖缺未宜"(潘主兰"清、明"三唱)。笔者收录《诗钟津梁·诗钟选集》中的是另一首无人问津的外省佳作"清雨化多云自瘦,明霞染透日犹疲"(吴一尘"清、明"一唱)。此诗以比发论,形象生动,新颖巧妙,原创性高。

新而不巧者,如"远、明"四唱:

> 什刹海明资胜赏,一丘河远演奇谈。

以刀郎新歌《罗刹海》之词"一丘河"入句,令人耳目一新,但作意尚显平淡。

折枝之"新",有迹可循,大体有比拟之新、组合之新、用字之新、题材之新等。"比拟之新"实为喻象新,黄芩洲"微、寒"一唱中的"混沌"即是喻象新。"组合之新"指意象本身不新奇,但意象组合后产生新的创意。如陈笃初"江、秋"一唱:

> 江南路出莺声里,秋夕楼横雁影边。

"江南、莺声、秋夕、雁影"皆属寻常,通过"路出、楼横"的连缀,便成富有新意的优美画面。"用字之新"指妙用一字,整句生色。如叶苎棠"虫、馆"二唱:

> 已虫琴柱知音杳,久馆权门脱颖难。

其中的眼字"虫、馆"作为名词,作者巧将两字转作动词,"虫"作"蛀"字用,"馆"作"寄"字用,借以道出人情世态,用字可谓精妙!"题材之新"是门槛最低的创新类型。写新事物、用新词汇就能呈现新貌。如笔者所作"大、雄"六唱、"敬、贤"魁斗格:

> 四海服膺非大棒,九霄慑魄有雄锋。
> 敬岂星追鲜肉小,嘉当榜励白衣贤。

第一联,批评美帝霸权,颂扬我国天基新锐武器(如战机、导弹、卫星)的威力。第二联,批评崇拜明星"小鲜肉"的颓废风气,赞扬医护人员抗疫中的无私奉献,对比强烈。

折枝之"巧",源自作者高品质的想象和联想,虽与作者的生活境遇、审美经验和学识修养有关,但也是天赋使然。我们可以分析这种创造性联想的动机,却不能穷究动机从何而来,一如羚羊挂角,无痕可寻。如"南、二"一唱:

> 南朝树与僧同蜕,二月花如女及笄。

"蜕"本指蛇、蝉等动物脱皮,引申为解脱、变化,用来比喻"僧人"之兴替,诗思超迈,新巧至极。又如林谦远"高、袋"二唱:

> 渐高月影分千嶂,如袋江声裹一城。

下句的景象是:江水环绕城郭大半圈,犹如用布袋套住一城。诗人由此突发奇思,通过通感,想象江声也像布袋一样"裹"住一城,真乃神来之笔!以上折枝是将奇幻的诗思通过修辞(比喻和通感)表达出来,出人意料却又"反常合道"。这种极致之巧,纯属天机偶动,后人实难效仿。对于大多数作者而言，宜循"因新而巧"之路。新与巧是辩证关系，当角度足够新颖，刻画又细致深入时，新便是巧了。好比摄影，无人机提供了新视角，加上完美的拍摄语言，便产生独具魅力的作品。因新而巧之作，如郑名彦"就、来"二唱：

> 学来吆喝初充役，练就支吾老作官。

肖晓阳"求、是"四唱：

> 蛛巧难求丝暖世，鳄残偏是泪瞒人。

三、言简义丰，含蓄隽永

单句仅七字，要表达相对完整的内容，就要求用字精练，力求言简义丰。往往还有言外之意、象外之象、味外之旨。

言简义丰者，如江瘦影"大、前"五唱：

> 鞭影俱鸦前路晚，橹声如雁大江秋。

此诗特色是"俱鸦""如雁"，采用通感修辞法，鞭影与鸦影、橹声与雁声意象叠加，视觉、听觉交织，产生丰富的画面效果。字面上呈现的意象就很多，包括马鞭、船橹、乌鸦、大雁、长路、大江、傍晚、秋天，而"象外之象"还包括马、船、人及作为背景的路边、天上。又如范梦樵"一、长"五唱：

> 磬定风从长薄起，船过月在一溪流。

不愧为写景杰作，意象丰富，意境清佳，读之凡尘尽涤。"磬"指僧侣诵经时所用的铜制钵状打击乐器；"薄"指草木丛生的地方，"长薄"则指连片的草木丛。上句，描绘的是禅寺和草木连片的景象，寺庙或隐于草木之后，僧人晚课的磬声从草木丛后透出。当晚课初毕，磬声刚刚安定下来时，忽觉风从长薄处吹来，于是仿佛看到草木摇曳，听到清风激物，读之如置身其中，境界全出。下句场景似接上句，描绘月朗风清之夜，清溪流水，小船漂过的景象，妙在不言溪水流动而言月在流。月亮在水面的光影被水波揉碎，动荡不定，犹如月光跟着溪水流动一样，想象高妙，神韵超然。船"过"之后，月尚"在"流，体现时间的延续性。上下两句均用白描，每句虽仅七字，但承载的图像信息量却很大，不仅有声有色，而且景随时变，呈现的不是单纯的三维图画，而是四维的音像效果。这样清幽的意境，唯有细细品读才能悟得。如此造境，笔者"虽不能至，然心向往之"，所作"定、空"二唱略微相似："村空葛蔓携云覆，船定芦绵共月笼。"

含蓄隽永者，如吴韵珂"空、古"六唱：

> 何必有花行古径，不如无月坐空堂。

字面平淡无奇，但含蓄蕴藉，诗味隽永。其意境虚廓，难以穷解，给予读者极大的想象空间，所谓"言有尽而意无穷"即是。又如叶轩孙"春、古"二唱：

> 山古何尝花不色，江春岂止月能声。

山古不碍花色常新，似有寓意而无确言，任由揣测。"月能声"是通感之妙。"岂止"催发读者对"春声"展开丰富的想象，鸟声？蛙声？虫声？风声？水声？橹声？人声？各色声音何等情状？尽在言外。

味外之旨者，如肖晓阳"丝、路"六唱：

> 润枯意化千丝雨，送暖情融一路晖。

此联赋予丝雨、日晖人格化的品德，借以比喻人间大爱。其"味外之旨"非止一端，可作多解，如隐喻三农政策给农民带来的恩惠、喻指一带一路给沿线国家人民带来实惠、比喻抗疫"逆行者"无私无畏及救死扶伤的人道精神等。又如肖晓阳"丝、路"六唱：

> 画意撩开云路里，琴心逗起雨丝中。

此作非细品不能得其旨。上句，言云遮山径，人在其间行走时，山云似被行人撩开，此时半隐半显的山景充满画意，唯行人才可领略。下句，雨丝何以逗起琴心？其旨趣是雨丝、琴丝形状相似；雨声、琴声皆有声音，通过联觉而逗起了琴心。

四、裁量整饬，句法灵活

晚近的闽地折枝，对仗格律日趋严格，作品必求裁量整饬，不爽毫厘，又无损于作意高妙。其间高手杰作最可赏读。如陈无竞"闲、远"一唱：

> 闲情枕藉从三古，远略鞭笞及八荒。

藉，垫之义。枕藉，将枕头垫于头颈之下，指休息或小憩之时。三古，上古、中古、近古，亦泛指古代。上句，言枕上闲情，思绪直骋远古之境。略，智谋、策略。笞，用鞭、杖、竹板抽打。八荒，八方极远处，指离中原极远处，义近于"天下"。下句，言实施远大的策略，犹如鞭策骏马，直达八方极远处。此为陈海瀛名句，具有标杆意义。其对仗极工，用字精审，肌理缜密，境界恢弘。三古之事，多难稽考，非"闲"何以思之？以"三古"衬托"闲"、以"八荒"衬托"远"，可见眼字何其稳妥。枕、鞭二字，可同为名词，亦可同为动词，即"枕藉"和"鞭笞"可以同是主谓结构，也可以同是并列结构，对仗极为讲究，诚高手斫轮之作！又如"远、明"六唱：

> 寒畯不阶犹远大，暖姝自局岂明通。

畯，本指周朝管农事的官。寒畯，则指出身寒微而才能杰出的人，也指寒微。不阶，即不得晋升。上句，言寒微之才俊，纵然不得晋升，仍然有远大的志向和前程。姝，美好；美女。暖姝，则指自得貌、自满貌。自局，指思想上自我封闭。明通，这里指明达通畅。下句的意思是，人若自得自满，沾沾自喜，等于自我做局，如茧自囿，这样的思想怎能算是明达通畅呢？"寒畯"对"暖姝"，真乃绝配！不仅双字词工对，拆分成"寒"对"暖"、"畯"对"姝"亦属工对。"阶、局"二字皆由名词转作动词，尤为可贵。此联用字讲究，对仗苛严，非饱学之士不能，亦足可窥见闽派诗钟整饬之风。

福建折枝句法灵活，主要体现于倒装，其目的是避免平仄失律，并使句子曲折有致。而要达到这一效果，就必须做到两点：其一，尽量用单字词。单字词除了便于字与字之间的调换以外，还便于扩大句子表意的容量。例如，"珍惜时间"由两个双字词组成，可压缩为"惜时"二字，这样，腾出两个字的位子就可以用来补充其他内容。其二，多用虚字。因为虚字在句子中起到承上启下的作用，使句子圆活。所以折枝高手，必善用虚字。句法灵活者，如潘主兰"名、老"六唱：

枯可分无颠老树，浑难甘自涸名泉。

上句意思是"树虽老，可以干枯，但绝不颠倒"，下句意思是"甘与名泉同干涸，也难使自己迁就于浑水（也比喻心源不浑）"。"枯可"是"可枯"的倒装；"浑难"既是"难浑"的倒装，也是"错接"，即从"难使心源浑浊"或"难以迁就而饮浑水"中抽出"难、浑"二字，合成"浑难"，达到字少意丰之效。此作曾被十一门评为元卷，不愧名句。又如"断、归"一唱：

> 归鹤暝收双翅月,断鸿寒带一声霜。

此诗用惯常的语法和逻辑难以说通。上句的常规语序应该是:归鹤暝(中)双翅收月(光),但这样讲就没了诗的意趣。作者省略"中"字,改变词序,"暝"与"收"、"双翅"与"月"直接组合,于是有了"暝收""双翅月"这样的新词汇,使意象呈现跳跃性,这便是运用"错接"法而呈现的诗家语特征。月何以能收?其实作者是基于曲喻的表现手法,收的是月光。因为月光投射如水、如银,而水、银是可收的,于是月光亦似乎可收了。这就触发了读者的联想,有了"兴趣"。下句的常规语序是,断鸿霜(里)一声带寒。"寒带"与"一声霜"也是"错接"而产生的新词汇,较上句更为曲折难懂。细分析可知,作者用了通感的修辞方法:霜是寒的,于是感到霜中的鸿声也带寒意。将"霜"倒置于"一声"之后,则增添了曲折的韵致,激发了读者的联想,增加了句子的张力。"霜"由于有"寒"的呼应作用,使其"反语法"与"反逻辑"便在有度的范围,因此"反常合道"。

笔者创作"灿、明"三唱的过程,颇能体现"裁量整饬,句法灵活"的特点。初始构思是"萤慰明烛驱此暗,蝶欣灿衣掩前媸"。但因"烛、衣"二字平仄失律,便将"萤"与"烛"、"蝶"与"衣"位置对调,改作"烛慰明萤驱此暗,衣欣灿蝶掩前媸",但仍嫌不工稳。其一,上句"明"与"暗"互为反义字,形成"当句对"关系,而下句对应的"灿"与"媸"并非反义对仗关系,这样上下句对仗就不工整了;其二,萤烛微弱,"驱"字似难担当;其三,"慰""欣"二字无关大旨,用字太实,对主要动词"驱"和"掩"也有一定的抵消作用,宜改用虚字。最终改作:

> 烛已明萤医此黯，衣终灿蝶掩前嫱。

"驱"改为"医"、"暗"改为"黯"，这样不仅避免了当句对，还使"医"与"黯"动宾搭配无瑕，因为"黯"不仅有暗的意思，还有精神沮丧、情绪低落之意，正合用"医"。"已、终"皆虚字，只表示程度，不涉情感，这样就显得圆活。"衣终灿蝶掩前嫱"可以指褒扬，也可以指揶揄。若是"衣欣灿蝶掩前嫱"，就只是褒义，诗的内涵变窄了。

五、慎思笃行，升华臻善

折枝作者，当有不甘平庸的精神，作品必雕肝镂肾，升华臻善。笔者另一首"灿、明"三唱，初作："平湖明处月千里，大海灿初霞满天。"自觉平淡，且"月、霞、天"犯三足蟾，"大"为赘字。于是改作："曙色灿初霞满海，夜光明处月千山。""霞满海"优于"霞满天"，海天相映，景象比原句大；"月千山"也比"月千里"丰富可感。但仍觉无趣，于是改白描为比拟，作：

> 曙色灿初霞熨海，夜光明处月钤山。

以霞之光热喻熨斗，海面喻匹帛，又通过拟人让霞熨海。下句，月喻印章，山喻纸。月光照在山上，就如印章钤在了纸上。"熨、钤"炼字别致，嚼之有味。

现就"工而不巧"的常见毛病作案例分析，以期帮助后学提高认识，以促改进。以一唱为例：

> 清正为官民众护，明廉办事国家兴。
> 明法无冤昌国运，清官有爱福民生。
> 清官勤政民多福，明德兴邦国永春。
> 中官善政山河丽，国策安民社稷兴。

中土伟人扬正义，国家贤士树清风。

国政清风民自善，中枢正德吏从廉。

上举各例，虽然合于格律，文句通顺，叙说无误，但存在三大通病，分析如下：

1. 思维贫乏

六例都言官政，作意雷同，且寡淡无味。造成此弊的原因在于思维贫乏，打不开思路。而雷同之病，在创作之初的眼字配对时，就已埋下根源。例如：清正/明廉、清廉/明正、清官/明法，这样的眼字，不写官政又能写什么？所以，眼字易于配对时，应着力避开人人可为的凡思，力求独到，以避趋同。事实上"清、明"眼字组词面很宽，可供选择的对仗词汇很多，如：明珰/清镜、清寒/明晰、清水/明晖、明察/清修、清帝/明臣、清季/明朝、清于/明在、清了/明之、清癯/明媚、清鹤/明萤、清眸/明齿等，何以都选择清廉/明正？思维品格低，必然作意平庸，平庸于折枝诗几乎是不治之症。

2. 不善比拟

诗有赋、比、兴三法。以上六例都用赋法，抽象议论，不善"比"法，不用意象，因此与"形象生动"无缘。而议论又了无新意，缺乏内涵，更遑论高度和深度。作句犹如七言标语，诗味荡然。

3. 凑尾成句

折枝诗句的节奏有四三节奏和二五节奏两种，以四三节奏为常见。所谓"凑尾句"，是指四三节奏句的后三字（俗称"三字尾"）与前四字之间联系不紧密，多用熟套的词语来凑数，此类折枝占据很大的比例。上举七例均是凑尾句，其三字尾的特点是抽象、空泛、熟套，针对性弱，通用性强。例如，将第一联与第二联的三字尾互换也能成立。即"清正为官/民众护，明廉办事/国家兴"易作"清正为官/昌国运，明廉办事/福民生"同样说得通，可见后三字与前四字并无必然联系。

凑尾句的问题在于，前四字已包含（或暗含）了后三字所要表达的意思，或者是后三字的内容不言自明，不必赘言。如"清正为官/民众护"，清正为官当然民众拥护，这还用说嘛？诗非说明书，必求精练有味。七言中的前四字与后三字应当逻辑关联，或转折、或进层、或补充、或对比。"清正为官"与"民众护"，虽然是因果关系，但"民众护"不言而喻，并不能带给读者新鲜感。又如，"清廉持节"本身含有褒义，续以"官风好"就显得多余，因为"清廉持节"与"官风好"是同一个层次上的重复内容。

"工而不巧"如何升华臻善？事实上平庸之作大多不可改，仅选择可改者归类分析于下。

1. 改抽象为喻象

摒弃抽象空洞的用词，用喻象增强形象性和生动性。例一："清寒月色迷人景，明澈湖光动地诗。""迷人景""动地诗"抽象空泛，改作："清寒月色花如醉，明澈湖光柳未眠。"

例二："明眼花开山上景，清河月映水中天。"三字尾形象模糊，作意平淡。改作："明媚花添江面火，清幽峰映水中簪。"

2. 化肤浅为深刻

例一："清夜笙歌传北阙，明晨钟鼓动南楼。""北阙"专指朝廷，"南楼"则是泛指，对仗稍欠工，句无深意。改作："清夜笙歌南国宴，明晨鼙鼓北胡刀。"言南朝事，通过对比，意转深刻，有警世意义。

例二："清官不走奸邪道，明士常怀道德心。"平淡肤浅，如隔靴搔痒。改作："清官不避贪泉饮，明士宁容暗室欺。"

3. 改简单为丰富

例一:"清江静水孤翁钓,明月疏星独客行。""静水、疏星"无关大旨。改作:"明月孤行惟剑伴,清江久坐为竿羁。"增加"剑"与"竿",丰富了意象。

例二:"清风含馥飘园下,明月如霜隐院中。"三字尾平淡无趣。改为:"清风含馥怜闺帐,明月如霜念母衣。"改后内涵增加。

4. 改空疏为缜密

例一:"清到守贫诚可敬,明能拯弱更堪歌。"属凑尾句,改作:"清到守贫唯剩誉,明能鉴佞亦屏私。"改三字尾为进层、转折,与前四字紧密关联。

例二:"清泉惧别青山日,明烛忧伤白昼光。"初看字字对仗,但经不起推敲。"烛"与"泉"属类较远。这里的"日"是时间概念,非指太阳,与"光"对仗不工。"惧别"是动宾结构("别"在这里是名词),"忧伤"是联合结构,结构不对。此外,两句表述皆不透彻。改作:"明月忧于逢日淡,清泉悔在出山浑。"

鉴赏力和创作力是在慎思笃行中螺旋式上升的。庄子言:"吾生也有涯,而知也无涯。以有涯随无涯,殆已!"笔者主评"左、海"蝉联格时,曾对甲等句"西子亡吴忻棹海,左徒忧楚慨投江"简评:"对仗工整,典实对典实,铢两悉称。慨,作动词相当于'嘅',感叹义,不够重,宜改作'愤'。又,湖称海只出现于我国西南地区及蒙古人,太湖称海欠妥。"后再查资料才知,古人也将湖称作海,自惭浅薄,犯"以今律古"之忌。录以自策,亦与同好共勉。

(本文发表于《福建教育学院学报》2025.7)

联事钩沉四十年

青年时期,笔者过年的最大乐趣是参与县文化馆的迎春征联活动。1983 至 1997 年,霞浦县文化馆每年都举办迎春征联活动。形式为单联征对,每于大年三十晚悬挂单联条幅于文化馆临街墙上,多达二三十条。元宵夜揭晓获奖联,以当年新出的纪念币为奖品。此活动由霞浦县文化馆研究员汤滔主持,出卷主力为长溪诗社中坚张景骞、郑名彦、孔庆洛。笔者全程参与应征,因年年成绩名列前茅,后期也被吸纳入出卷团队。迎春征联连续 15 年,曾留下许多珍贵资料。当年笔者曾建议汤滔先生将这些资料结集印制,建档留存,并得其应允。可惜斯人已殁,珠玉尽散!因应征单联非纯创作,笔者大多未予记录。卅年如烟,当年之作多已忘却,仅忆得些许,录以分享同好,聊博一粲,亦可窥见当年盛况。

七一建党、八一建军、十一建国,有党有军才有国
(张景骞撰,征下联)

此单联为长溪诗社首任社长张景骞所撰。笔者玩味再三,认定这是个绝对,于是主动放弃应征。何以确认绝对?其一,三处

"一"绝难对仗。因"一"为入声字,属仄声(长溪诗社用平水韵,不认可新韵)。数字通常要严对,数字中仅"零、三、千、单、双、全"为平声,其中只有"零、三、千"适合作双数字词的尾字。而要找到三个尾数一致,还要避免含"七、八、十、一",且具有典型义意的双数字词,实属"无巧可借"。其二,三处"建"和重复字"党、军、国",难以匹对工稳。其三,上联结构严谨、内涵宏大,配对尤难。故知难而退。此应征对句未见佳作。

日时勤读写(五杂),三更灯火五更鸡(颜真卿)
(征上联,张景骞撰)

这是一个集句单联,必以集句对仗。在手机普及的当下,便捷的网络资料查询方式为集句提供了极大的方便。但是,在电脑尚不普及的当年,集句对颇为棘手。揭晓获奖联榜,唯见笔者所对:

人生有离合(杜甫),一行书信千行泪(王驾)

花纬灯经,织就松城春锦绣
(征下联,佚名作)

霞浦县城号"松城",因明朝知州(霞浦为"福宁州"府所在地)刘象带领民众在城北山上广植马尾松而得名。在征此单联的前一年,霞浦县城举办过规模盛大的元宵灯会,万人空巷,人流如潮,给松城人留下深刻的印象,于是有了此单联。笔者对以:

云笺燕剪,裁来龙首景融和

此联在获奖之列。"龙首"原为松城西北峰名,后用来命名当时松城唯一繁华的主干道——龙首路。"龙首山下"也代指霞浦县城。

> 十亿人挥红点翠，一心同绘四化景
> （征下联）

印象中此单联为汤滔先生所撰。笔者的获奖联为：

> 五千年激浊扬清，双手重开九州天

> 春逢人日人逢春
> （征上联）

此单联似是张景骞先生所拟，因属回文句，颇具特色，故能记忆。"人日"又称人节、人庆节、人口日、人七日等，为每年农历正月初七，是中国古老的传统节日，始于汉朝。传说女娲初创世，在造出了鸡、狗、猪、羊、牛、马等动物后，于第七天造出了人，所以这一天是人类的生日。获奖对句为李向晨老师的：

> 节应花时花应节

> 道士道上道世道公道
> （征下联，肖晓阳撰）

此单联为笔者所撰，意为：道士路上说"世道公道"，一"道"多解，颇具巧趣。本以为难觅对手，岂料彭培基先生以"歌"对"道"，一时传为佳话。其作为：

> 歌星歌中歌国歌壮歌

> 浮烟锁松城
> （征上联，肖晓阳撰）

笔者所撰的这句单联，描绘本地景色，令人颇感亲切，但看似简单的五个字，却难倒了所有应征者。因为这是五行偏旁联，要求以五行偏旁字相对，至今未觅佳对，当可列入绝对之列。朋友们如有兴趣，不妨一试！

时人常以能否应对巧联来衡量作者水平，有失偏颇。因为难免无"巧"可凭，或因作者知识储备不够，或因世间原无奇巧可匹。

（写于2023年元宵夜，2023年2月发表于"晓阳钟艺"公众号）

姓名谜拾趣

按：笔者曾于"晓阳钟艺"公众号发表三期《破解姓名谜》，现合辑成一文于下。灯谜虽与诗无关，但灯谜类于诗钟分咏，制谜类于作诗，皆仗文字功力。如"高珊"为谜底，撰制谜面："焚稿留一册，甩琴拾片余"，岂不与作诗相似？

笔者曾在福建教育学院从事全国、全省中小学教师培训工作。培训的前置环节，一般都安排"破冰活动"，促进各地学员相互熟悉，打破冰冷的隔阂，使学友之间快速热络起来。为此，笔者设计了"猜谜识人"活动，利用撰制灯谜的专长，将班上逾半数的学员姓名制成姓名谜，引导学员竞猜。猜对者和被猜到姓名的学员分别作自我简介。这一活动很受欢迎，对破冰起到很好的作用。多年来，积累了许多姓名谜案例。所撰之谜，力求字面顺畅，用字精简，富有谜味。作意或雅而能驯，或俗而有趣。现撮取一些姓名谜，配以注解，分享读者。

1. **月依旧，颜半衰，奈何梦残（胡彦林）** 注：月依旧为"胡"（古即旧）。

2. **千里相知，日盼彩云归（马智霞）** 注："千里"扣马；"知"与"日"组成"智"；彩云即霞。

3. **疏林高低见草桥，帆船激浪正三更（李荣忠）** 注："疏林高低"即两个"木"分开，一高一低，扣"李荣"中的两个木；"草"即草头，"桥"是秃宝盖，属于象形法；帆船激浪形如"忠"字；三更即"子"时。

4. **堂帘半卷，朱颜如玉，顿生一点爱心（常红宝）** 注："堂帘半卷"扣"常"；朱颜即"红"；"爱心"为秃宝盖（"爱"字的中间部分），再加一"点"为宝盖头，再与"玉"组成"宝"。

5. **羊城兼容虽多彩，一水清江是异乡（廉艳红）** 注：羊城即"广（州）"，再"兼"容得"廉"；多彩即丰色，扣"艳"；"一水清江"为"工"（"清"解作清除），"异乡"即"乡"的变异，为绞丝旁。

6. **城边楼头，斜月三星风拂柳，更有云来（郭彩龙）** 注：城即郭；楼头为"木"，"斜月三星"似爪字头，"风拂柳"是三撇；云扣"龙"（应"龙生云，虎生风"之说）。

7. **楼前夜半，来会西邻君（李玲）** 注：楼前为"木"，夜半"子"时，二者结合为"李"；西邻即"令"（灯谜中的东西南北与地图一致，即上北下南，左西右东），"君"别解为"王"。

8. **此人十分依赖百姓（付广民）** 注："此人十分"为

"付"（十分等于一寸）；"广民"即百姓。

9. **摒弃老眼光（张新）** 注：此谜用会意法，"摒弃老眼光"可理解为"用新眼光看"，因此谜底扣"张新"，"张"有看（张望）之意。

10. **误走垄头（赵龙）** 注："又"代表错误。

11. **芳心错许如刀扎，更哪堪残花纵横（刘华）** 注："芳心"为一点一横，"错"为"又"，二者构成"文"，再刀（利刀旁）扎，便成"刘"；"残花"可以是"化"，"纵横"为"十"，二者组成"华"。

12. **千里横山双远树，小舟激水，一点眉月照天下（马慧庆）** 注：千里为马（有"千里马"之说）；横山为"慧"字之心，远树的象形为"丰"，"小舟激水"像"心"；"一、点"为"庆"字的前两笔，眉月如撇（"庆"的第三笔），"天下"扣"大"。

13. **千里梨开，春归大地（马利坤）** 注："千里"为马；五行中"春"对应"木"，"春归"即去掉"木"；大地即"坤"。

14. **不辞劳苦作花奴（辛建英）** 注：此谜用会意法，"英"即花。

15. **成功飞越河流（郑凌川）** 注："成功"即郑成功，扣"郑"；"凌"有飞越之意；河流即"川"。

16. **这星期未复习（周翔）** 注：一星期即一周；十二地支中"未"属"羊"，"复习"为"羽"。

17. **月色依然樵柯烂，千里归人空白头（焦银香）** 注：月色为"银"；樵柯烂则无木，得"焦"；千里归人为"禾"，空白头为"日"，合而为"香"。

18. **兵败占山，仍可当大王（岳琦）** 注：兵败为"丘"，再占山为"岳"；可、大、王组成"琦"。

19. **百姓头领，自当站在百姓中（赵立群）** 注：百姓头领为"赵"（百家姓以赵开头）；站即"立"；百姓即群众，扣"群"。

20. **献点爱心捐千金，用心经营建大桥（安英）** 注：爱心（秃宝盖）加点为宝盖头，千金为"女"，合而为"安"；"用心"为草头（"用"的中间部分打横），"大桥"为"央"（央字前两笔形似桥）。

21. **第一要钱，第二要美女（文亚芳）** 注："文"为古代钱的单位；"亚"即第二；"芳"为妙龄美女的代称。

22. **疏林曲径风吹雨，正是天亮时（杨柳）** 注："疏林"为杨柳中的双木，"曲径风拂柳"为象形，扣"杨"的右偏旁；天亮为"卯"时，与一木结合为"柳"。

23. **南望秋水残花顺川流（王颖）** 注："望"之南为"王"；"秋水"为"禾"（水能灭火），"残花"为"匕"，"顺川流"为"页"，组合成"颖"。

24. **养儿十八要参军（李兵）** 注：儿即"子"，加"十八"为"李"；参军即当"兵"。

25. **漫天雪（周银花）**

"猜谜容易制谜难"是谜界共识。猜谜易在熟能生巧，制谜难在巧思和文字功夫。二十多年前，福建宁德市总工会举办首届（中秋）灯谜大赛，各县工会选派三名代表参赛。霞浦县总工会在三缺一的情况下，将尚属"门外汉"的笔者推上了赛席，实在是"蜀中无大将廖化作先锋"。大赛项目包括各组抢答、小组必答、个人必答和灯谜创作。印象深刻的是宁德蕉城队实力强悍，猜谜神速，令笔者叹服，也感慨谜家识见之广。笔者的表现则相形见绌，只记得个人限时必答题"——纤钩钓鱼儿（打一字）"，竟然猜不出来。好在灯谜创作环节，表现良好，夺得十佳制谜奖之一。制谜赛题是给指定的谜底配制谜面（谜界称为"与虎谋皮"），谜底：1. 张聚颂（宁德市总工会主席），2. 参赛者所在县的县名。笔者获奖的是姓名谜，只因时间久远，谜面已忘却。从那时起对姓名谜的撰制有了信心，而制谜的文字驾驭能力，得益于诗钟的砥砺。

1. **东邻请客，今日生女（陈晗）** 注：东邻指"邻"之东，为右耳旁，请客即做东，因此有"东"，二者合为"陈"；中国民间有"男添丁，女添口"之说，故女扣"口"。今、日、口组成"晗"。

2. **当惜秋色美（黄秀珍）** 注：秋色为"黄"；惜即"珍"；美即"秀"。

3. **斋前星夜遇知音（钟文生）** 注：斋前为"文"；星夜无日，得"生"；知音，典出俞伯牙摔琴报知音的故事，知音者为钟子期，故扣"钟"。

4. **东边旗飘映远树（陈丰）** 注：此谜用像形法，左耳旁像旗飘，"丰"像远树。

5. **飞天宇，移山岳，摘穷帽，挖穷根（于兵）** 注：飞天宇为"于"（"宇"的上部飞走了）；"移山岳"为"丘"，"摘穷帽，挖穷根"剩下"八"，合而为"兵"。

6. **说话有劲（陈力）** 注："说话"即陈述，扣"陈"；"有劲"即有"力"。

7. **花落河畔到椅边（谢可奇）** 注：花落扣"谢"；河畔为"可"；椅边为"奇"。

8. **杯杯不落空，就是好说话（林爱云）** 注：两个"杯"的"不"落空，变成"林"；"好说话"即"爱云"（古文"云"即说）。

9. **春联木门倚伊人（林娴）** 注：春生"木"，"联"而成"林"；木门为"闲"，伊人扣"女"，合而为"娴"。

10. **晴天微见海东春（蓝小梅）** 注：晴天为"蓝"；微即"小"；海东为"每"，春生"木"，二者合为"梅"。

11. **望闺中人，此心无悔，己亦无改（张佳敏）** 注：望即"张"；闺中人为"佳"；"此心无悔"为"每"，"己亦无改"为"文"，二者组成"敏"。

12. **依旧有暗香（陈梅芬）** 注：旧即"陈"；暗香特指梅的芳香，扣"梅芳"。

13. **争来金秋色（黄铮）** 注：秋色为"黄"；"争"来"金"为"铮"。

14. **东坡如海（苏文魁）** 注：东坡姓"苏"；"苏海韩潮"为后人对苏轼和韩愈文章的赞誉，因此"东坡如海"是赞誉苏轼文章好，扣合"苏文魁"。

15. **苏州集体致富（吴群发）** 注：苏州古为吴都，扣"吴"；集体为"群"；致富即"发"。

16. **千里难别唯有泪，可怜伊人在亭边（冯婷）** 注：千里扣"马"，泪为两点水，合而为"冯"；伊人扣"女"，"在亭边"则合为"婷"。

17. **看，飞机投弹炸小舟，萍飘水草枯（张志平）** 注：看即"张"；"士"像飞机，"心"像投弹炸小舟状，合而为"志"；"萍"飘走水，再草枯，得"平"。

18. **去懒心、除恶心，赢得牧羊女（赖亚妹）** 注：去懒心为"赖"；除恶心为"亚"；十二地支之"未"属羊，因此"牧羊女"为"妹"。

19. **植树节后与君相会首都（林琼）** 注："植树"二字"节后"得"林"；"君"别解为"王"，首都即"京"，合而为"琼"。

20. **繁花点点连千里（冯群英）** 注：繁花即"群英"（英

即花);"点点连千里"为"冯"。

21. **雨晨鸿鸟飞（江辰）** 注："雨晨"无日而得"辰"；鸿鸟飞得"江"。

22. **又见西邻逝，天上人间泪沾巾（邓江帆）** 注："西邻逝"为右耳旁，再"又见"得"邓"；天之上为"工"，"泪"为水，合而为"江"；人间为"凡"（凡间），再沾"巾"得"帆"。

23. **如金春梦一夕破（黄木林）** 注：金为"黄"；春扣"木"；梦"一夕破"为"林"。

24. **肇始轩辕（黄祖启）** 注：轩辕指黄帝，是中华始祖，扣"黄祖"；肇始即"启"。

25. **转眼实现中国梦，贵在改革（罗玉林）** 注：眼即目，转眼即"横目"；中国为"玉"（国字中间为"玉"）；"梦"经过"改革"后，"夕"与"横目"组成"罗"，剩下"林"。此谜"贵在改革"是暗示要组合变化。

姓名多为三字，其制谜难度远超单字谜，这是因为并不能将三个独字谜组合成文。每一字所对应的谜面文字之间是相互制约的，作者须通过不断地改变思路，调整用词，将这些文字有机地整合，成为意脉连贯，文辞通顺，用字精简的谜面。对于不能直接扣合的连缀字，必须在解读谜底中"自圆其说"，而不至于成为多余赘字。此外，还要考虑文采或谐趣，因此难度颇大。

1. **司令下令，一直朝西，先锋拿下山岗（同钢）** 注：此谜两处用减损法。司令"下令"只剩下"司"，再"一直朝西"（"司"的西边加"一直"）得"同"；"先锋"别解为"锋"的前面，为"金"；岗"拿下山"剩"冈"，合而为"钢"。

2. **月出盼人儿，守此爱心十七载（倪胜军）** 注：出即生，因此"月出"为"胜";人儿为"倪";"爱心"理解为"爱"字的中间部分——秃宝盖,十七为"车",合而为"军"。

3. **寄奴盼君却未来,只有平桥残月影(刘丽群)** 注:寄奴姓刘,扣"刘";"盼君却未来"是"群"(未属羊);平桥象形为"一",残月为"丽"的左下或右下部分,"影"表示两个(影成双),合而为"丽"。

4. **美好前景——湖边梅侧连碧水(姜海清)** 注:美、好两字取前部分(即"前景")组合,得"姜";"湖边梅侧"为"海";碧即青,故"碧水"为"清"。

5. **君清如月(王淑娟)** 注:君别解为"王";清即"淑"(东汉·许慎《说文》谓:"淑,清湛也");"如月"组成"娟"。

6. **泉水清处,三马直到大桥边(白玛央)** 注:泉水清,别解为"泉"清除"水",得"白";"三马直到"为"玛";大桥为"央"(秃宝盖像桥)。

7. **悟空又见大山纵横(孙岐伟)** 注:悟空姓"孙";"又、纵横、山"组成"岐";"大"扣合"伟"。

8. **行前示我:真心托付意中人,怎负生前一婵娟?(徐春青)** 注:"行前"为双人旁,我古文即"余",合而为"徐";"真心"为"三","意中"为"日",再托付"人",得"春";"负生前"指减去"生"前第一笔,为青字头;婵娟指"月",青字下部分像"月"字。

9. **一目十行(张文敏)** 注:此谜用会意法。一目十行指看文章快,张即看,敏即快捷。

10. **满城迷雾(郭隐)** 注:此谜用会意法,城即廓。

11. **主要缺点是什么?有点出风头,切记心中!(王义忠)** 注:"主"要缺点为"王";"有点出风头"为"义"(风出掉头为"义",再有点为"义");心中为"忠"。

12. 满城尽带黄金甲（陈菊）注：这是黄巢咏菊诗句，说的是菊，即"陈菊"，陈即说。

13. 于今中国改革，北京始终有传奇（何玲燕）注：中国为"玉"，再与"今"一起改革（改革别解为改动、重组），得"玲"；北京古为燕京，扣"燕"；"传奇"二字的"始终"分别是"亻"和"可"，合而为"何"。

14. 南望残月残烛映残窗（王强）注：南望为"王"（望字之南）；残月为"弓"（月字的残余），残烛为"虫"，残窗为"口"。

15. 凭借风头，曲水一点云飞动（任永力）注："风头"为"几"，"凭"借走"风头（几）"剩下"任"；曲水一点为"永"；云飞动为"力"（动的云飞走了）。

16. 三九已尽，树树多彩（林春艳）注：三九为冬，冬尽则"春"来；树即木，所以树树为"林"；多彩即丰色，扣"艳"。

17. 倚马可待（文敏）注：倚马可待，意思是靠着即将出征的战马起草文件，可以立等完稿，形容文思敏捷，所以是"文敏"。

18. 桥横草木秋色微（黄小荣）注：桥横草木为"荣"；秋色为"黄"；微即"小"。

19. 江畔残风里，双鸟落横川（兰虹）注：江畔为"氵"，风里残了是"虫"；"双鸟落横川"为象形，像"兰"。

20. 男女恋人，心系横山双远树（何慧）注：古代生男称添丁，生女称添口，所以男为"丁"，女为"口"，再恋"人"则为"何"；横山为"山"打横，远树如"丰"，所以"心系横山双远树"是"慧"。

21. 明亮大地，十分可人（付光乾）注：明亮即"光"；大地为"乾"；十分可人为"付"（十分即一寸）。

22. 僧人别后，每见江边玄鸟来（曾海燕）注："僧人别后"剩下"曾";江边为水,"每见江边"则为"海";玄鸟为"燕"的别称。

23. **不许组团（杜建群）** 注：杜即杜绝、不许。

24. **红颜可人（何丹）** 注：丹为红颜色，别解为"红颜"。

25. **备以请客，每月一天（刘东明）** 注："备"别解为"刘备"，扣"刘"；请客即做东，扣"东"；一天即一日，所以"每月一天"为"明"。

精选折枝诗评注(一百八十首)

诗界"大佬"周笃文认为"诗钟是最精美的语言艺术""无比精悍,寸铁杀人""具有深刻的内涵和艺术魅力",能担此盛誉者,非福建折枝不可。折枝诗指诗钟嵌字体正格(一唱至七唱),于闽地最为流行,水平最高,允称"福建特产"。

前辈折技高手留下大量瑶章锦句,不啻精神盛宴,今人或无缘得见,或不知品鉴。目前尚未有专门评注折枝的正规出版物。因此,笔者大量收罗折枝佳作,筛选出一百八十首作评注,旨在帮助读者赏读,从而获得审美愉悦,于诗钟鉴赏和创作水平提升当有裨益,对格律诗写作也有良好的借鉴作用。

本书遴选折枝的标准与词宗略有不同,除了规范性、思想性、艺术性之外,还兼顾了实用性。所谓实用性,是指能转为楹联之用,且作品涉及面很宽,适于各类楼馆厅室的选择张挂。之所以兼顾实用,是为了给书法爱好者提供新的偶句选择空间,这样就兼顾了文学和书法两类人群。

一唱折枝评注

"微、寒"一唱
黄苄洲

寒宵坐似沧浪里,微曙看犹混沌初。

【评注】

沧浪,读音 cāng láng,古水名,有汉水、均水(汉水之别流)、汉水之下流、夏水诸说;古时,汉江流域湖北郧阳段(楚国故地)也称沧浪水;多指水色青苍,并借指青苍色的水。本诗之"沧浪"意为青苍色的水。上句,言人于严寒之夜,如坐沧浪之水中,寒彻骨髓。以坐沧浪中说明"寒",眼字扣合精准。

混沌,读音 hùn dùn,也写作浑沌,传说中盘古开天辟地之前天地模糊一团的状态。下句,言微曙之时,天光暗淡,天地朦胧不清,恰如混沌初开之时,此譬喻新奇巧妙,未曾得见,可谓神来之笔!混沌之喻正合曙"微"之象,可见眼字牢靠。

此作为折枝诗名句,是神韵超迈风格的代表作,以神思取胜,故而传咏一时。陈海瀛《希微室折枝诗话》评此联谓:"诗亦清如沧浪,静如太古,意境得未曾有。"

"闲、远"一唱
陈冀才

闲云余事犹为雨,远水初心亦在山。

【评注】

余事，指无须投入主要精力的事；正业或本职工作之外的事；多余的事。上句大意是，既是"闲"云，便无行雨之责，偶尔作雨，也只算是多余之事。暗喻闲逸之士原本无为，偶作贡献，也只是余事而已。昔谢安东山再起，颇合此意。以"余"衬"闲"，肌理缜密。

初心，最初的心愿、信念。下句暗含杜甫《佳人》"在山泉水清，出山泉水浊"之意。离山的远水已然浑浊，但初心还如在山时的清澈。表达对守素之心的眷恋。

两句皆兴寄，托物寄怀而笔调轻松。

"山、海"一唱
刘以仁

海岂趋炎扶日出，山唯守素迓云归。

【评注】

趋炎，喜暖；奔向火焰；比喻趋附权势。上句，言海并非因为趋炎附势才帮扶日出。

迓，读音 yà，迎接。素，指白色，含素洁之义。下句意思是，山只因为坚守素净的品格，才迎接白云归来，因为云也是素洁的。

本诗通过联想，找到创作的切入点：由日的炎热联想到"趋炎附势"；由云之素白联想到坚守素怀。眼字"海、山"不组词，只作单字用，附以"岂、唯"虚字，承上启下，此为"吊眼"法。上下句皆用拟人，借物言志。

"山、海"一唱
林常进

海色鸥乡分远碧，山光蝶路漏微红。

【评注】

上句，海鸥聚集之处谓鸥乡，处于近海与远海之间，故言鸥乡"分"远碧。近海深蓝，远海浅蓝，海鸥以灰白之色分隔其间。着一"分"字，使画面的层次感更加鲜明。

下句，山光即山色。蝶路，指蝴蝶飞过的路径，也可指蝴蝶飞舞的山路。蝶路中隐约可见少许红花，浑如绿色丛中"漏"出一般。"漏"炼字极佳，写活了花色，且与"微"字相照应。

"建、善"一唱

肖晓阳

善此舌锋能匹敌，建吾心府不存奸。

【评注】

眼字"建"与"善"，一为动词，一为名词或形容词，两不对仗，因此采用转品之法，将"善"转作动词，以对"建"字。善，在此有修炼、完善之义。舌锋，比喻伶牙俐齿，口舌如锋。匹，义指相当、相敌。上句大意是，完善自己的口才，使其如兵锋锐利，在辩战中击败对手。诸葛亮舌战群儒便是一例。

心府，喻指心如府第之深，义与"城府"相近。下句大意是，要善建心府，使其深沉，但不可藏阴险奸滑之想，而要磊落宽容。

"黄、五"一唱

陈又伯

黄河直泻胸中去，五岳都从眼底过。

【评注】

上句，用暗喻手法，言胸中激情犹如黄河般一泻千里；或指胸中之情如黄河激荡，借口或笔倾泻而出。与此描写手法相类的诗句，如李白《赠裴十四》："黄河落天走东海，万里写入胸怀间。"

下句，借"五岳都从眼底过"，言游历名山大川，眼界开阔，见地高远。董其昌《画旨》中说："画家六法，一曰气韵生动。气韵不可学，此生而知之，自然天授。然亦有学得处，读万卷书，行万里路，胸中脱去尘浊，自然丘壑内营。成立郛郭，随手写去，皆为山水传神。"可见"行万里路"与"读万卷书"并重，不可偏颇。这里的"过"读阴平。

"归、万"一唱

伟　人

归路忽从云罅出，万山都向雨余看。

【评注】

罅，读音 xià，指裂缝、缝隙、漏洞。云罅即云间缝隙。上句虽仅七字，但表意远超七字以外。以"归"见"人"，以"云"见"山"，以人"归"而闻"声"，可见组字有以少胜多之功，全仗作者裁夺有方。本句造境绝佳，一幕云山归人的动画宛然在目：雨后山云攒集，归径迷蒙，雾裹云缠之中，不见人影，但闻屐响。当归人忽然钻出云缝时，眼前一片豁然开朗，心胸亦随之开阔。"忽"字尤为传神，不仅体现人从云中走出至云外这一动画的连续性，还展现了双眸豁然的开朗心境。对此意境的解读有两个角度：其一，诗中景象是"归人"的体验。读者心随归人，有"畅神"之妙；其二，诗中景象为读者所见。归人从云罅中走出，犹如动画，可感诗情画意。

下句既是独立的，也可以看作是上句的续句。能看"万山"当是俯视,而雨霁之初,山脚雾霭未退,一如轻纱,青山便有朦胧之美。此时俯瞰万山重叠,远近浓淡,既有气势磅礴的壮美,又有岚萦雾绕的柔美。雨后翠微如洗,空气清澈,最能激发诗情。宋张耒《初见嵩山》:"车来鞍马困尘埃,赖有青山豁我怀。日暮北风吹雨去,数峰清瘦出云来。"诗人见雨后"数峰"便能"豁我怀",当此"雨后万山",其诗怀将是怎样的豁达!

此联用典型的景象来营造意境,犹如摄影抓拍的瞬间图像,具有很强的画面感。

"寒、晚"一唱
又伯

寒烟帘外笼新竹,晚雨墙阴滴破蕉。

【评注】

上句,描写帘外轻烟笼竹的诗意般景象。东坡云"宁可食无肉,不可居无竹",居处种竹,已有雅意,竹丛添新,又见生机,而寒烟如鲛绡轻笼,更平添了一层柔美,尤为可人。描绘之景当在早春,竹笋初长,春风料峭,烟(实是雾)湿竹林,而透出一丝"寒"意。

下句,向晚雨微,庭院墙边,芭蕉碎叶滴水不断,似吟似哦,饶有韵致。诗人爱残荷听雨,但荷在池沼中,非富家园林不可近赏。芭蕉比荷更近于人,更能领略雨中韵味。欲细品芭蕉听雨,自当独处,又值天色向晚,此句便蒙上些许孤凄情调。

两句均用白描,取象小景,绘声绘色,玲珑可爱。虽不抒情,但情融其中矣!非处闲适者,不可得之。

"秋、江"一唱

陈笃初

江南路出莺声里,秋夕楼横雁影边。

【评注】

上句,言江南景色流丽,路人从莺声婉转的树丛里走出。

下句,秋夕气清,高楼与南归之雁叠影,构成一幅秋意盎然的图画。

此作为陈笃初名句,陈海瀛《希微室折枝诗话》引为范例。其评论云:"江南秋夕,莺声雁影,皆人所习用者。缀以'路出、楼横'四字,配置得法,遂成绝妙好辞。"诗钟创新有多种方法,意象的组合创新,是方法之一,此作可证。"江南、莺声、秋夕、雁影"皆寻常意象,通过"路出、楼横"的连缀来组合意象,呈现富有新意的优美画卷。此诗意象的描写有显有隐,树的意象由"莺"带出,晚晖的意象由"夕"带出,内涵由此得以扩增。

"微、寒"一唱

林绮赓

寒月芦花千百顷,微风桐子两三声。

【评注】

上句,月色清冷,万物遁形,唯见千顷芦花迢递。芦花洁白的颜色、蓬松的形态、轻柔的质感,如棉似絮,一片茫茫,在寒月清光的笼罩下,愈发朦胧,如梦如幻,让人沉浸在清远静谧的意境之中。

下句,桐子已熟,微风过杪,偶催落子,非久坐树下不得觉之。虽隐去背景与时间,但可推知必是静夜之时,或幽僻之境独处的体验。

此为林绮赓写景名句,意境清佳。笔者《诗钟津梁》曾有"就自然景观而言,清远、幽寂、朦胧之景更具意境之美"之论,此诗便是明证。

"思、齐"一唱
黄明清

齐天峻岳如高行,思海涓流有远怀。

【评注】

上句,言高山与天齐,可比君子高尚的品行。这里的"行"为仄声,读音 xíng,属于名词,义为德行。山的意象代表着高峻和厚重,常用来比喻恩情、德望、品格、情操等。

下句,言涓流虽细弱,但也冀望入海,怀有远志。海的意象代表着博大和深邃,常用来比喻襟怀、志向、学问、涵养等。

两句皆用拟人法,赋予高山细流以崇高的人格,实为礼赞人的高行和远志。在联句中,山与海的意象往往是并举的,如林则徐名联:"海纳百川,有容乃大;壁立千仞,无欲则刚。"此联也用拟人法,赞美海一样的襟怀,博大宽容;岩壁一样的刚直,无私无欲。

"富、强"一唱
郑名彦

富策囊中生玉帛,强锋笔下走龙蛇。

【评注】

策,古代赶马的竹棍,引申为计谋之义。囊,原指袋子,引申为智慧、智囊。玉帛,指玉器与丝绸,古代用于祭祀、会盟、朝聘等；指代和好或美好的事物。上句，言富于计策的锦囊，总能催生出玉帛般美好的事物。

强锋，比喻笔如刀剑之锋，刚强锐利。龙蛇，比喻字态如龙蛇般生动，或文章富有气势。下句，言雄健的笔锋之下，写出的字和文章，气势磅礴，神采飞扬，如现龙蛇。

富策、强锋为作者新造词，但符合逻辑，易于理解，不可以生造词论之。

"山、水"一唱

杨文继

山势瞰如秦篆袅，水声读有楚骚凄。

【评注】

秦篆，又称小篆，是秦统一后经丞相李斯整理的一种通行书体。袅，柔弱、缭绕之义，如"炊烟袅袅""垂柳袅袅""余音袅袅"。上句，犹如无人机摄入的画面，以俯瞰的角度，描写群山山脉蜿蜒，犹如秦朝篆书一样袅娜多姿。以"袅"概括山脉形态，用字绝佳。

楚骚，指战国时楚国屈原所作的《离骚》，也泛指《楚辞》。下句，看到流水，听到水声，联想到屈子行吟江畔，愤投汨罗的情景，于是流水似乎融入了屈原吟唱离骚的凄凉之声，"读"之怆然！读，炼字精审。不说视听而说读，这是通感之法，意在强调有所联想，有所感悟。

"酬、用"一唱

张仲雨

酬春我意如新蘖，用世人才几大江。

【评注】

酬，回报、报答。蘖，读音niè，植物根茎处新生的分枝。上句，言我回报春的惠泽，心意也如新蘖一样勃发。意比新蘖，化虚为实，既新颖又形象。这里的"春"可代指所承之恩惠，表达的意思类于"滴水之恩，当以涌泉相报"。

用世，见用于世、为世所用。大江，常用来比喻济世大才，在折枝诗中多见。下句，言用于济世的人才，有几个如大江一样滔滔不绝？表达对虚名的不屑和对匡时雄才的倾慕与渴望。明代刘基《郁离子·韩垣干齐王》"江海不与坎井争其清，雷霆不与蛙蚓斗其声"，比喻英雄人物不与世俗之辈争比优劣，可作参读。

"闲、远"一唱

陈无竟

闲情枕苲从三古，远略鞭笞及八荒。

【评注】

苲，读音zuò，垫之义。枕苲，意指将枕头垫于头颈之下，即休息或小憩之时。三古，上古、中古、近古，亦泛指古代。上句，言枕上闲情，思绪直骋远古之境。

略，智谋、策略。笞，读音chī，用鞭、杖、竹板抽打。八荒，八方（东、西、南、北、东北、东南、西南、西北）极远处，指离中原极远处，义近于"天下"。下句，言实施远大的策略，犹如鞭策骏马，直达八方极远处。

此为陈海瀛名句，具有标杆意义。其对仗极工，用字精审，肌理缜密，境界恢弘。三古之事，多难稽考，非"闲"何以思之？以"三古"衬托"闲"、以"八荒"衬托"远"，可见眼字何其稳妥。枕、鞭二字，可同为名词，亦可同为动词，因此，"枕苲""鞭笞"既可以同是主谓结构，也可以同是联合结构，可见对仗之讲究。

"合、作"一唱
郑名彦

合否要求常问己，作何评价且由人。

【评注】

前贤自古注重修身，知名者，当属曾参。《论语·学而》："曾子曰：'吾日三省吾身，为人谋而不忠乎？与朋友交而不信乎？传不习乎？'""合否要求常问己"岂非现代版之"吾日三省吾身"？

下句，倘能时时反省自己，检点行为以合乎规范，则不必计较他人评价，可以问心无愧。正如刘伯温自勉联"岂能尽如人意，但求无愧我心"。此联自古以来为人崇尚，林则徐、邹韬奋等名人都引为座右铭，也常常将此写成条幅，悬于室中，以资激励。

此诗极通俗，浅同口语，但立论深刻，浑似格言，是平中见峻的范例。上下两句既独立，又有关联，用作楹联亦佳。可见诗钟不忌白话，但须句平意峻。笔者亦有白如口语之作，如"开、放"一唱"开局如何看领导，放心与否问人民"，可参读。

"湖、岭"一唱
肖晓阳

湖月冶银滋鹿梦，岭梅着帔动猿心。

【评注】

鹿梦，典出《列子·周穆王》，言郑国樵夫打死一只鹿，藏于坑中，用蕉叶覆盖，后忘其所藏之处，以为是梦。后以鹿梦比喻得失荣辱如梦幻。上句，言湖面月光荡漾，犹如冶炼白银之熔液，由此滋生贪痴者的非分之想，浑如鹿梦般虚幻。也指美好的梦境能得到一时的慰藉。

帔，古代妇女的披肩。昔时新娘出嫁，着凤冠霞帔。猿心，佛教语，比喻躁动散乱之心。下句，言岭上梅林花灿，浑如山披霞帔，鲜妍夺目，易使心旌动摇。

诗钟重新巧，此联以想象和联想新巧取胜。

"中、国"一唱
肖晓阳

国土安能三尺让，中人勿怠一鞭追。

【评注】

上句，"三尺让"源自六尺巷的故事，版本较多。故事的背景是两家盖房，邻家要求东家的围墙退让三尺。东家亲戚是朝廷高官，于是给亲戚去信，寻求帮助。回信是一首诗："千里来书只为墙，让他三尺又何妨？长城万里今犹在，不见当年秦始皇。"收到回信后，东家当即将围墙退让三尺。邻家深受感动，也将自家围墙退后三尺，于是有了"六尺巷"的美谈。上句，言国土不让分寸，岂能如"让他三尺"般的客气。

中人，指资质中等之人。怠，松懈，懒散。"一鞭追"典出《晋书·刘琨传》："吾枕戈待旦，志枭逆虏，常恐祖生（按：指祖逖）先吾著鞭。"后以"先鞭"指占先一着。下句，意指中等资质的人，不可懈怠，应当学刘琨先鞭策马，以求进取。

"文、明"一唱
刘斯湛

明眼八荒犹不蔽，文心万汇亦能涵。

【评注】

明眼，意指具有睿智的洞察力。八荒，八方极远处。上句，言具有睿智洞察力的人，眼光远大，能够看透八方极远处，而不被遮蔽。成大事业者，必具备如此眼光。这种眼光的获得，有赖平台与历练，所谓"不畏浮云遮望眼，只缘身在最高层"即是。

文心，为文之用心。万汇，指万物。涵，包容、包含。下句，言为文之心，能够包容世间万物。唯有胸涵万象，方能文思泉涌，下笔如注。昔王勃作《滕王阁序》，临场命题，一挥而就，腹笥何等丰盈！

"文、明"一唱

刘斯湛

明月浣秋凉一色，文霞炙晚寂无言。

【评注】

浣，洗。上句，秋月清辉笼罩大地，一切景象犹如漂洗之后，一色淡雅清凉。"浣秋"似是无理，却充满诗意。其修辞手法有两个特点，其一，将明月拟人化，让月光去洗净秋色，这样表述充满艺术色彩。其二，化虚为实。"秋"本是抽象概念，却被当作洗涤的对象，以月光下的景色代表洗净之秋，使"秋"具体可感。三字尾则运用通感，将秋气之凉与月色之凉、肤觉与视觉统一起来，营造清凉世界的意境。

文霞，文的本义是纹，文霞即彩霞。炙，火烤。下句，言文彩绚丽的晚霞烤红了西天，奉献光热却寂寞无言。暗喻人之晚景灿烂，或赞美奉献精神。

浣、炙二字精妙，是为诗眼。上下两句色调一冷一暖，对比鲜明，令人印象深刻。

"诗、文"一唱

何树远

诗味涩同尝橄榄,文心丽似绣芙蓉。

【评注】

上句,言诗味或同橄榄,初涩后甜,回甘有味。诗之涩,有两种,其一,晦涩难通,当为诗弊;其二,初觉滞涩,实为曲折婉通,嚼之有味。诗钟不忌涩,但须涩而耐品,富于内涵。造成诗涩的原因,在于格律限制,必以倒装、错接为之,因此才有独具风格的"诗家语"。福州潘主兰的折枝诗,每有涩而耐嚼之作。

下句,言为文之心,无比富丽,下笔犹如绣芙蓉,娟丽秀美。"芙蓉"对"橄榄",对仗尤工。

"新、春"一唱

郑乃中

新旭放晴山亦笑,春风解冻水能言。

【评注】

上句,"春山如笑"已有成说,出自宋郭熙《林泉高致·山水训》:"春山澹冶而如笑,夏山苍翠而如滴,秋山明净而如妆,冬山惨淡而如睡。"这里换一个时间维度,从"春"缩短到"旭",言初旭放晴之时,山容亦如笑,虽无大创新,亦属可赏。

下句,春冰解冻,涓滴汇流,或幽咽沉吟,或激昂澎湃,春水似能言语。

此诗用拟人法,赋予山水人情,实为作者的愉悦心境投射于新旭与熙春。

"神、龙"一唱

卢伯华

神驰海岳犹难阻,龙跃风云总易兴。

【评注】

上句,言神思驰骋时,海岳也难阻隔,赞美人的心胸无限宽广,不以山海为藩篱。古人论神思,最著名的当属南朝刘勰《文心雕龙·神思》,"古人云:'形在江海之上,心存魏阙之下。'神思之谓也。文之思也,其神远矣。故寂然凝虑,思接千载;悄焉动容,视通万里。吟咏之间,吐纳珠玉之声;眉睫之间,卷舒风云之色。其思理乏致乎!故思理为妙,神与物游。神居胸臆,而志气统其关键;物沿耳目,而辞令管其枢机。枢机方通,则物无隐貌;关键将塞,则神有遁心"。此论也是神思超迈,文采斐然。

下句,言龙能轻易兴起风云,喻指雄才总能成就一番大业。龙象征着权威和力量。毛泽东《沁园春·雪》中的"秦皇汉武、唐宗宋祖",都是龙兴风云般的人物。以地域论,晋阳城可称得上是龙兴风云之地,先后出现过十九位帝王。帝王以下的风云人物,历史上更是多如过江之鲫。

"铁、珠"一唱

逸 仙

珠帘画栋凌高阁,铁板铜琶唱大江。

【评注】

上句是王勃《滕王阁序》中七律前四句的缩写,原诗为"滕王高阁临江渚,佩玉鸣鸾罢歌舞。画栋朝飞南浦云,珠帘暮卷西山雨……"作者以引用手法,裁剪前人诗作成句。

铁板铜琶，出自《历代诗余》所引宋俞文豹《吹剑录》里评论苏词风格的话："东坡在玉堂日，有幕士善讴，因问：'我词比柳词如何？'对曰：'柳郎中词，只好于十七八女孩执红牙拍板，唱杨柳岸晓风残月；学士词，须关西大汉，铜琵琶、铁绰板，唱大江东去。'公为之绝倒。"后演绎出"抱铜琵琶，执铁绰板"之说，形容豪放激越的文词。"玉堂"是宋代翰林院别称；"柳郎中"即当时词人柳永；"大江东去"是苏轼《念奴娇·赤壁怀古》首句，后人多以"大江东去"代表苏轼的创作风格。辛弃疾继承苏词豪放的特点，取得较高的成就。

两句均采取引用法，信手拈来，造句流畅，裁对工整。

"双、百"一唱

肖晓阳

双字关情忧后乐，百端虑我国先家。

【评注】

上句，双字指"忧乐"，化自范仲淹《岳阳楼记》名句："先天下之忧而忧，后天下之乐而乐。"言忧乐最为关情，必有先忧，才有后乐。

下句，作意的理论基础是国强才能民殷，大志者必先忧国后忧家。先国后家者，代不乏人，古有韩范，今有毛周。林则徐《赴戍登程口占示家人》"苟利国家生死以，岂因祸福避趋之"，堪为国家栋梁座右铭。其中的"国家"是复义偏词，侧重于"国"。

诗钟中的"我"未必真我，多假第一人称表达情意，给人以真切感。如"黄菊感秋如我瘦""明月已阑焉置我""人无负我雨中知"。

"大、好"一唱
孔庆洛

大庖未许供狐鼠,好剑真堪试虎狼。

【评注】

庖,厨房;厨师。大庖相当于"大厨",这里喻指民脂民膏。狐鼠,是"城狐社鼠"的简称,语出《韩非子》。城狐指城墙上的狐狸;社鼠指土地庙里的老鼠。狐鼠多比喻贪官污吏,如南宋洪咨夔《狐鼠》诗对贪官污吏进行了无情的批判,诗云:"狐鼠擅一窟,虎蛇行九逵。不论天有眼,但管地无皮。吏鹜肥如瓠,民鱼烂欲糜。交征谁敢问,空想素丝诗。"上句,言民脂民膏不许供狐鼠般的贪官污吏吞噬,表达对腐败的痛恨。

虎狼,比喻凶残或勇猛的人,也比喻凶残或勇猛。《荀子·修身》"心如虎狼,行如禽兽"。罗贯中《三国演义》第十三回:"吕布乃虎狼之徒,不可收留,收则伤人矣。"下句的"虎狼"指黑恶强权势力,如黑帮、兵痞、强盗、劲敌等。言好剑应当拿虎狼一样的恶人一试锋芒,也表示只有在试虎狼中证明剑的好坏。想当年,中国军队在抗美援朝战争中,面对以美国为首的虎狼之师,敢于亮剑,最终证明中国军队是把"好剑"。如今,中国的六代战机、航母、055驱逐舰、076两栖攻击舰、无人机、机器狼等新锐武器层出不穷,更有东风导弹,能拒敌于千里之外,令敌国不敢轻举妄动,这些都是中国的"好剑"。

"大、好"一唱
郑名彦

好色思穷山水美,大谗欲饱古今书。

【评注】

上句,好色本是贬义,但作者反其道而行,当褒义词用。所好之"色"是山水之色,而且还要"穷"尽山水之色,其"好色"程度可知。持此论,古代第一"好色"之徒,非登徒子,而是犯烟霞痼疾的旅行家徐霞客。此句表达酷爱山水的心境。

下句,馋,中性词,常作贬义,如骂贪吃之人为"馋鬼"。馋一般指嘴馋,至于眼馋,其对象通常是物。诗中"大馋"的对象却非书本之物,而是汲取古今书中的精神营养,直至"饱"腹,可见作者对求知的渴望。

贬义褒用,蹊径独辟,反常合道,洵可借鉴。

"合、作"一唱

张景骞

合人心意皮毛语,作我砭针肺腑言。

【评注】

皮毛,指表面,引申为肤浅之义。上句大意是,投脾合胃的话,虽能博得一时欢心,恐怕多是无关痛痒的肤浅之语,并不能解决实际问题。尤其是下级对上级的好听话,或有巧言令色的成分,不能不察。

砭针,用砭石制成的石针,是古代救治病人的工具,比喻发现或指出错误。下句大意是,肺腑之言往往听起来逆耳,但却能像砭针一样揭示我的弊病,令我警醒,促使我改正错误。

两句皆论人言,一反一正,形成对比。借皮毛、砭针的意象,使议论更加形象深刻。

"光、明"一唱

郑名彦

光仪自检何须饰,明教躬行不在言。

【评注】

光仪,光彩的仪容。上句,言光彩的仪容需要时时自我检点整肃,何必要夸饰呢?因为夸饰往往失去本真,甚至走向反面。譬如女士整容、浓妆、奇装,往往落入俗套。"平、小"六唱云:"吹嘘不起淹平地,涂抹虽工落小家。"

明教,旧时对别人言论书札的敬称,这里指明白的教诲。躬行,指身体力行,亲身实行。下句,言应该以身体力行,亲身践行为榜样,示教后学,而不偏重于语言说教。《后汉书·列传·第五钟离宋寒列传》:"以身教者从,以言教者讼。"意思是用自身行动教育人,别人就服从;用语言来教育人,别人就会争辩是非。谚语"身教重于言教",说的就是这个理。

此联颇似格言,于修身和教育大有裨益。

"溪、南"一唱

苏伟庭

溪光善撷珪璋美,南亩恩承雨露深。

【评注】

珪璋,古代玉制的两种礼器,用于朝聘、祭祀。珪形约似剑,礼东方之神;璋形约似刀,礼南方之神。《庄子·马蹄》:"白玉不毁,孰为珪璋。"《南齐书·礼志上》:"用珪璋等六玉,礼天地四方之神。"宋曾巩《明州拟辞高丽送遗状》:"盖古者相聘,贽有珪璋。及其卒事,则皆还之,以明轻财重礼之义。"珪璋还比喻高尚的人品、杰出的人才。撷,采摘;摘取。上句,言水有善性,溪水惯于采撷珪璋的光彩来彰显其美。溪流的天光,浑如晶莹的玉质之光,因有此句。珪璋亦暗喻溪畔人才杰出。

南亩,谓农田。南坡向阳,利于农作物生长,古人田土多向南开辟,故称。《诗·小雅·大田》:"俶载南亩,播厥百谷。"汉桓宽《盐铁论·园池》:"夫如是,匹夫之力尽于南亩,匹妇之力尽于麻枲。"王安石《感事》诗:"乡邻铢两徵,坐逮空南亩。"下句,言农田丰收,乃叨承雨露天恩之深。暗喻中枢惠政如春雨甘露,泽及三农。

折枝诗作意本不以眼字原意为限,然此"溪、南"一唱似溢美霞浦溪南镇的历史人文之美和三农政策之功,具有现实意义。

"思、齐"一唱

陈鹤屏

齐物众生皆一视,思源大造更难忘。

【评注】

齐物,春秋战国时期老庄学派的一种哲学思想。认为宇宙间一切事物,如生死寿夭,是非得失,物我有无,都应当同等看待。这一思想,集中反映在庄子的《齐物论》中。其主要观点是"天地与我并生,而万物与我为一"。齐物论的另一层意思是"使万物生长整齐"。齐物论的现实意义是,人类不可自视万物之主,而随意支配万物,要与自然界平等相处,才能相安无事。众生,佛教用语,指一切有情识作用的生物。亦即天、人、阿修罗、畜生、饿鬼、地狱六道轮回的各种生命体。根据佛教的缘起理论,三世间六道众生本质上是相同的,否则,畜生、阿修罗、人、天等之间就不能互换角色,所谓的

"今生为人，来世做牛做马"的说法也就没有了依据。因此，在佛教的观念中，一切有生命的物种在本性上是相同的，没有高下贵贱之分。这就是"众生平等"之义。上句，言从齐物论的观点看，一切有情识作用的生物都是平等的，应当一视同仁。

大造，指大功劳，大恩德；指天地，大自然。下句大意是，人们对具有大功大恩之人或造化万物的大自然，应当感恩戴德，不忘饮水思源。儒家五种至尊的伦常为"天地君亲师"，大抵包含了"大造"的范围。

"迎、超"一唱
刘长卿

迎我身犹防一涅，超人才已受千磨。

【评注】

涅，染；染黑。上句，言当有人逢迎我时，须防自身被污浊沾染。兼含"近墨者黑"和"防人之心不可无"之意。在物欲横流的当今世界，何多"蝇营狗苟，驱去复返"者？正人君子当保持定力，谨防同流合污，玷污名节，或误入陷阱，抱憾终身。此句阅历深厚，富有警世意义。

下句，言具有超人才能者，必已经历了千般磨难。《孟子》对此有一段精辟的论述："舜发于畎亩之中，傅说举于版筑之间，胶鬲举于鱼盐之中，管夷吾举于士，孙叔敖举于海，百里奚举于市。故天将降大任于是人也，必先苦其心志，劳其筋骨，饿其体肤，空乏其身，行拂乱其所为，所以动心忍性，曾益其所不能。"此句既是慨叹，亦是励志。

"台、江"一唱

陈涓音

台从林壑之中露,江在烟云以外流。

【评注】

画中之物都存在视觉重量,越易引人关注之物,视觉重量就越大。视觉重量的大小排序是人、动物、建筑物、自然物。上句描绘的图景是:一抹高台展露于密林幽壑之上。台的出露,不仅丰富了画的内涵,还增添了一个兴奋点,将人们的注意力引向了这一视觉中心,由此展开象外的种种联想。

下句,江面的天空上飘浮着烟云,江水向远方奔流而去,将人们的视线引向了远方天际,意境何等开阔空远。着一"外"字,境界全出。此景与杜甫"江流天地外"颇似。

台、江、林壑、烟云皆平常之景,但经过缀合铺叙,便成特征鲜明的生动图景,这是意象组合创新的又一案例。

二唱折枝评注

"碧、鸡"二唱

陈宝琛

残碧殿秋犹有恋,老鸡知曙奈无声。

【评注】

残碧,当指秋后半枯的叶色。殿,这里指"在后面"。上句意指秋后虽然草木叶色半枯,但仍让人留恋过去的碧绿,喻指对美好事物的留恋。这里的"恋"不是动词,而是名词,意为留恋之心,故可与下句"声"相对。

下句，言雄鸡已老，明知天已破晓，怎奈老嗓欲鸣无声。

此诗当言作者本事，似写于清朝风雨飘摇之际或覆灭之后。作为末代帝师，陈宝琛自然对前朝深怀眷恋，"残碧殿秋犹有恋"应是这种心境的写照。溥仪下野后，欲往满洲国当伪皇帝，陈宝琛极力反对，却无能为力。下句以老鸡自喻，虽有复辟之心，怎奈身老力薄，难挽狂澜于即倒。陈宝琛撰制诗钟，手法娴熟，举重若轻，因有"钟圣"之誉。"碧、鸡"二字，颇难属对，此作却成折枝名句，传咏一时，为诗钟界津津乐道。

"奋、飞"二唱

陈景汉

云飞欲把山移去，雷奋能教地醒来。

【评注】

上句，云被风驱而疾驰，山本岿然不动，但人的错觉会以为云不动而山动。这种相对运动的错觉，在动车厢内看另一列动车时感受尤深。诗人通过"山移去"的意象，将错觉写得生动而富有气势。

下句，通过拟人和夸张的手法，用地被震醒来描述雷声的震撼，气势夺人。古人写雷震的诗很多，最富气势的大抵只有唐元稹《和乐天折剑头》"雷震山岳碎，电斩鲸鲵死"和宋邵雍《苍苍吟寄答曹州李审言龙图》"迅雷震后山川裂，甘露零时草木香"。

两句匹对工整，气势恢弘，是以夸张法写景的经典之作。论者以为取喻当时改革开放高潮，有移山倒海之远势。

"诗、社"二唱

肖晓阳

结社都缘莺唤去,寻诗忽被燕衔来。

【评注】

上句,结社与莺何干?其实是将社员比作莺,后来者被美妙的莺歌吸引而入社。这里的社当指诗社,亦可指琴社、合唱团等雅韵嘤鸣之社团。

下句,正当诗思穷尽之时,忽见燕子,触动了灵感,诗章脱口而出。

不说被社友吸引而加入诗社,而说是被莺唤去,这是曲喻的修辞法;不说见到燕子而启发诗思,而说是燕子将诗衔来,婉曲含蓄。"唤、衔"二字形象生动。

"高、袋"二唱

林谦远

渐高月影分千嶂,如袋江声裹一城。

【评注】

嶂,直立像屏障的山峰。上句,言月亮渐渐升高,原本处于阴影中的峰嶂逐渐明朗起来,千嶂似乎"分"开来了。景物随时间变化,从模糊到明朗,犹如一段唯美的视频。

下句,江流形如口袋,呈U字形绕城而过,由此想象江水之声也像袋子一样裹住一城了。江声无象,居然能裹城,诗人的想象力何其丰富!这是通感修辞法,将江声与江流之形统一起来,使江声形象化,手法高妙!

"高、袋"二字绝不相类,属对尤难,作者却能举重若轻,稳妥匹对,句法娴熟圆活。

"江、树"二唱
伟 人

万树梨花春有泪，一江芦苇月生毛。

【评注】

梨花洁白无瑕，芳姿曼妙，深受人们喜爱。作为诗词的常用意象，梨花因诗人的心境不同而寄托不同的情感，如高洁、明媚、生气、伤春、伤时、悲己、寥落、玉容、落泪、闺怨、离愁等。梨者，离也，谐音双关，因此常用以表达离愁别绪。本诗上句"万树梨花"，展现一片花海，宛在眼前，景色明丽而清远。"泪"为梨花落英之象，意味着伤感。为什么不言梨花落泪，而言"春"有泪？这是诗人"伤春"的寄情之笔。由伤春而引发的愁绪则是"言外之意"，任由作者解读。此句贵在情景交融。

下句为读者展现一幅秋夜之景：近景是一片芦花，中景是大江远去，远景是月挂天边。人在岸边，因视点较低，隔着芦花看天边之月，月亮呈半露半遮状态。由于芦花毛茸茸的质感，使得月光半透半隐，朦胧隐约，于是有了"生毛"的感觉。此诗境也可以是透过飞起的芦花看月亮所产生的感觉。景物的描写既有大场景的概括，又有极为细腻生动的局部特写，非细心人难以体察。本句以意境胜，不仅写景清幽，还有"畅神"之功。令人如临其境：静谧秋夜，临江赏景，水波泛月，微风吹芦，冰轮如镜，芦花似绵，毛茸可爱，于是心神畅快，物我两忘矣！

"夜、云"二唱

翁安宇

残夜远山生缺月,低云曲浦漏斜阳。

【评注】

残夜,夜将尽未尽之时。上联白描写景,似无抒情。但句中之月正是诗人千古吟咏不衰的对象。几千年来,月被赋予诸多意象:表达闲适旷达之怀、思乡怀人之愁、孤苦凄清之感、悲欢离合之情、时空永恒之慨等。缺月当指残月,即"娥眉月"。残月娥眉月于黎明出现在东方天空,月面朝东,呈C状。以残月言别情之诗词很多,宋柳永《雨霖铃》"今宵酒醒何处?杨柳岸,晓风残月",是以残月写离愁的千古名句。古人重惜别,皆因交通极不便,一别经年,再面或难。为了赶路,相别多在黎明,因此黎明前特有的残月就成离愁的象征,柳永之句正因此而动人心弦。本诗营造的恰是古人送别之景,或有别情、怀人之寄托?

下句写景,浑如一幅美妙的摄影作品。举世闻名的"霞浦滩涂摄影"最能契合此诗之境。霞浦沿海有众多"曲浦"(滩涂、沙滩、海岸),且景观周边多山,可平摄,可俯摄。摄影家重视构图、色彩与用光,本诗境则三者皆备。构图上,"曲浦"体现曲线之美。"低云"横卧,与曲浦形成线条上的对比。色彩上,浦水青碧,低云如棉,斜阳漏红,加上水光的反射,画面色彩鲜妍。用光上,一束阳光从云罅斜照而下,明亮的光束和水面的波光,形成画面的"高调",相比之下,背光处形成暗色调。这种光影效果形成的如诗如梦般意境,是摄影家、画家朝暮相守的原因。"低云"景象独特,似有与海亲昵之感。而"漏"字之传神,写活了斜阳。

"枕、船"二唱

佚 名

压船山影何曾重,入枕溪声不碍喧。

【评注】

诗钟之作,能有一句精警已属难能。此诗首句构思不凡。从作者勾画的诗境看,是在溪中或峡谷中一路伴山而行。山岸的倒影映在水中,在普通人眼里是极为平常的自然现象,但在诗人眼里却能转化为绝妙的创作素材。"山影"可有二解:山在日光或月光下的投影;或者是山在水中的倒影,两种意象都可成立。诗人不同于常人的慧眼在于:能看到山影"压"船。影子或倒影只是虚像,没有重量感,但因山有重量,于是通过"通感"就使影子或倒影也有了重量。既然有重量,自然就能"压"船,这又有曲喻的成分了。但影子毕竟无重量,因此用"何曾重"来圆场。此句成功于"化虚为实",即将捉摸不到的事物,通过修辞和造句技巧,转化为易于感知的意象。对于学诗者具有借鉴意义,亦可旁推解读其他相类诗句。

溪声,溪涧的流水声。唐陈润《宿北乐馆》:"庭木萧萧落叶时,溪声雨声听不辨。"宋陆游《登紫翠楼》:"水落溪声壮,天寒山色奇。"本诗下句的溪声原是"入耳",言"入枕"是说明人卧榻而眠,因枕头离耳朵最近,故借"入枕"言"入耳"。唯此安静状态下,溪声最为清晰。溪声是天籁,能令人尘虑尽消。今人研究认为适当分贝的溪声有安眠作用。因溪声能使人意识所处环境的清静优美,进而使心情舒放,故"入枕溪声不碍喧"实在是诗人的深刻体验。即便远离溪山的城市人,也喜欢在自己的居室挂这样的楹联:"溪声来枕上,山翠落樽前。"

"书、梦"二唱

孟梦石

抽书蕉卷空庭雨,锁梦梨偎隔院云。

【评注】

上句的解读,须把握两个与动词相关联的意象,即抽书与卷雨。"抽书"意指芭蕉卷曲的新叶在空庭的雨中抽长,犹如卷起的书札被抽起一样。将蕉叶比作卷曲的书札,唐人诗作已有,唐钱珝《未展芭蕉》:"冷烛无烟绿蜡干,芳心犹卷怯春寒。一缄书札藏何事,会被东风暗拆看。"本句或受此启发。"抽书"虽是比拟,但仍属写实,其形象较易理解。"卷雨"则是虚写,由蕉叶的卷曲状态,联想蕉叶也能卷带空庭之雨,这是曲喻之妙,需细品才能感悟。用"空庭",意在营造宁静安闲的气氛,使人观赏雨中芭蕉有了一份闲情逸致。

下句意象既清晰,又朦胧。清晰的是:云比喻梨花,梨花在隔院;"锁梦"指梨花如云,拥着睡眠者,犹如锁住睡梦一般。"锁"字传神,是为诗眼;偎,依偎、依靠,指隔院如云的梨花依偎在隔墙,花荫如云,似欲越墙而来。朦胧的是:诗句解读不一,可以理解成诗人在自家庭院小憩,隔院花云拥来,睡梦似被锁住。也可以理解成梦魂进入隔院,被依偎隔墙的梨花云锁住。细品本句或有隐意,梦是何梦?是否暗藏思念隔院佳人之情?金朝刘迎《乌夜啼》"离恨远萦杨柳,梦魂长绕梨花",不就是通过梦魂与梨花纠缠,抒发爱情吗?可见读者作这样的解读,也在情理之中,且能丰富诗的意涵,但未必是作者原意。

本诗写景典雅蕴藉,曲折含蓄,文辞闲雅,意象优美,虚实相衬,韵味隽永。

"云、水"二唱
乾 甫

挐云山脊撑松臂，拜水溪头折柳腰。

【评注】

挐，同拿。挐云，犹凌云。唐僧鸾《赠李粲秀才》："骏如健鹘鸷与雕，挐云猎野翻重霄。"喻志向高远。唐李贺《致酒行》："少年心事当挐云，谁念幽寒坐呜呃。"松臂，松树的伸展枝犹如人的手臂。上句，言山脊上的松树，粗枝如臂，擎天而起，似有凌云之志。山脊风大且寒，故其上之松便有刚毅的意象。现代京剧《沙家浜》唱词"要学那泰山顶上一青松"，即表达对山巅松树的景仰。

下句，言溪头柳树向水面倾斜，柔软的柳条垂向水面，浑如向水揖拜一样。折腰有折服之意。

此诗营造刚柔两种意象，形成对比。意象是有张力的，张力有方向与强度之别，类似于"力"。但不等于雄强的意象就一定张力大，当表现阴柔的主题时，雄强类意象的张力反而是小的。因此，意象的张力还具有风格性。"撑松臂"是刚的意象，"折柳腰"是柔的意象，二者却具有同等强度的张力。

"芳、草"二唱
肖作泉

莳芳蜂蝶争锄侧，作草龙蛇竞笔端。

【评注】

莳，读音 shì，栽种；移植。上句，言移植花卉时，蜂蝶因留念花香而在锄侧飞舞。这是夸张的描写法，将花香这一抽象概念，通过飞舞的蜂蝶，形象化地表现出来。就写花香的手法而言，此句比"踏花归去马蹄香"更进一步，而与乾隆"蝶逐飞花簇马蹄"（《西直门外其一》）相似。

作草，指作草书。下句，意为写草书时，字迹遒劲灵动，犹如龙蛇相竞于笔端。草书分大草与小草，大草更能体现"龙蛇"之态。唐代诗僧皎然《张伯英草书歌》："阆风游云千万朵，惊龙蹴踏飞欲堕。更睹邓林花落朝，狂风乱搅何飘飘。"诗中称张旭的大草透出狂逸的气息。中国书法史上出现过三位以大草著称的草圣，首推东汉张芝，可见的法帖为《八月帖》，次为唐代张旭和怀素。张旭草书法帖有《肚痛帖》《古诗四帖》《前发帖》《汝官帖》《昨日帖》《承须帖》《清鉴等帖》《断千字文》《晚复帖》《移尾帖》《十五日帖》等。怀素草书法帖有《苦笋帖》《自述帖》《论书帖》《大草千字文》《藏真帖》《律公帖》《食鱼帖》等。

"芳、草"二唱

肖晓阳

园芳终不扃柴闼，野草何曾屈铁蹄。

【评注】

扃，读音 jiōng，门闩（插在门背后使门推不开的木棍子）。也作动词，指上闩、关门。上句，言柴门关不住满园花草，颇有"满园春色关不住"之意，喻指美好的事物终究能突破藩篱，脱颖而出。

下句，言铁蹄踩躏过后，野草仍能顽强地生长，不曾屈服，比喻威武不屈的气节。此中"野草"义近于"幸草"。幸草，车碾火燎后幸存的草。汉代王充《论衡·幸偶》："火燔野草，车轢所致，火所不燔，俗或喜之，名曰幸草。"民国期间，霞浦消夏吟社"野、生"六唱有"剧怜幸草偷生赘，太息闲花满野残"句,可作参照。

"古、春"二唱
萨伯森

千古最明唯史眼,一春独淡是诗心。

【评注】

史眼,当指审视历史的眼睛,多属于史学家。中国古代历史悠久,许多史实近于湮灭,欲考证而辨明,非作精深钻研不可得。上句,言千古以来,只有史学家的眼睛最为明亮。

诗心,作诗之心;诗人之心。下句,言春天里,独有诗人之心最为淡泊。为什么是春而不是夏秋冬?因为四季中春最美好,最富诗意,诗人的诗思也如新蘖一样勃发。为什么说诗心是淡的?因为写诗的本质是吟咏情性,与名利无关,故诗心淡泊。

"千古最明唯史眼",仅从史学角度说事,是作者"念兹在兹"之语,并不能据此推论其他方面的专家就蒙昧。同理,也不能以"一春独淡是诗心"推论非诗心就浑浊。严羽诗论认为"诗有别趣,非关理也",不可以逻辑之理论诗。

"古、春"二唱
叶轩孙

山古何尝花不色,江春岂止月能声。

【评注】

上句,山虽经历了千古,但山花却未曾褪色,古山仍充满活力。山花的生命是短暂的,山的形成史却是久远的,二者本不同观,但诗眼中的山与山花却是一体的。佛家认为,世界万物都经历成、住、坏、空四个阶段。山既然经历了千古,必然进入衰老期,此时的山花也应当枯萎褪色,但眼前的山花却仍然鲜妍不败,于是才有如此反问。诗人神思,他人难以企及。

下句,月照春江,银光在水波上流荡闪烁,江水有声似乎也让月亮带上声音,这又是通感的绝妙描写。然而,春江之夜不只"月能声",更有水声、桨声、人声、风声、鸟声、虫声等,"岂止"一词能启发读者的诸多想象,七字虽少,内涵却很丰富。

叶轩孙不愧诗钟名家,其折枝含蓄隽永,神韵独具。

"文、墨"二唱

岑雨耕

近墨贵能贞不涅,弃文虞更弱难禁。

【评注】

涅,染;染黑。"近朱者赤,近墨者黑"语出晋人傅玄《太子少傅箴》,比喻接近好人可以使人变好,接近坏人可以使人变坏,意指客观环境对人有很大的影响。上句,言近墨者贵在能保持贞操,不被染黑,与"出淤泥而不染"近义。

弃文,不立文字或放弃文业。虞,猜度;忧虑。下句大意是,一介文弱书生,唯有凭借文字才能显示力量,一旦放弃文业,便担忧自己将弱不禁风,难以承受生活的压力和人际的倾轧。

"湖、岭"二唱

肖晓阳

游湖舟滑琉璃水,登岭衣洇翡翠烟。

【评注】

上句,言游船从湖面经过,犹如从琉璃表面滑过一般。这是曲喻的修辞法——先比喻，再联想。将水的透明、光亮比作琉璃，于是有了"琉璃水"，在"琉璃水"上行舟，焉能不"滑"？此句作意与欧阳修《采桑子·轻舟短棹西湖好》"无风水面琉璃滑，不觉船移"相近。言"琉璃滑"的词，还有李纲《江城子·琉璃滑处玉花飞》："琉璃滑处玉花飞，溅珠玑，喷霏微。"

氤，读意 yīn，液体在纸、布等物上向四外散开或渗透。翡翠，原指古代生活在南方的一种鸟，毛色十分美丽，通常有蓝、绿、红、棕等颜色。雄鸟红色，谓之"翡"，雌性绿色，谓之"翠"。现代人所谓的翡翠，是指翡翠玉，出产于缅甸，红的称翡，绿的称翠，并以纯绿色为贵，故有"翠玉"之名。用翡翠比喻颜色，通常取其翠色。下句，言登山时，人在密林下穿行，山中浓雾似乎被绿树染上了翠色，形成了"翡翠烟"，以至于衣服也被"翡翠烟"渗透了。此句同样用了曲喻之法，神韵有加。

"龙、首"二唱

肖晓阳

青首浮波桃竹媚，苍龙隐薮海天宽。

【评注】

青首，绿头野鸭。上句，言绿头野鸭在碧波上浮游，岸上的桃花、竹子与水中野鸭相映成趣，构成一幅色彩鲜妍的生动小景。此句与苏东坡《惠崇春江晚景》"竹外桃花三两枝，春江水暖鸭先知"的意境相仿。

苍龙，青色的龙。薮，生长着很多草的湖泊。下句，言苍龙隐藏于长满草的湖泊之中，一旦腾飞，将是海阔天空。喻指人才暂时蛰伏无闻，但前程远大。

"龙、首"二唱，眼字尤难匹对，故少有佳作。此联将两个眼字分别组成"青首"和"苍龙"，成为专有名词，不唯眼字稳妥，眼也工对（眼字组成的双字词称为"眼"）。

"古、春"二唱
魏道涵

轩春樱幔霏脂屑，庵古松闩剥黛痕。

【评注】

轩，有窗的廊子或小屋。幔，帐幕。霏，飘扬，飘散。脂屑，胭脂色的碎末。上句，春意正浓，轩外樱花灿烂，宛如鲜妍的帐幕。落英纷纷，飘洒了许多胭脂般的碎末。

庵，草屋；小寺庙（多为尼姑所居）。这里或指草屋。松闩，松木做的门闩。黛，古代女子用来画眉的青黑色颜料，是妇女眉毛的代称，也指青黑色。下句，草屋久远了，松木门闩因霉变剥落，留下青黑色的痕迹。

一句鲜妍，一句古旧，形成鲜明的对比，犹如画笔所绘，令人印象深刻。

"古、春"二唱
刘斯湛

既古月犹明自励，即春山亦穆相持。

【评注】

既，已经。上句，言已经历千古的月亮，仍然自我激励，长秉光明。比喻不骄傲自满的品格。

即，这里的意思是到。穆，温和或恭敬，这里当指静穆、肃穆之义。下句，言春到之时，山也能保持静穆。春天草木复苏，百花绽放，百鸟争鸣，带来的是一幅温暖、鲜妍、喧嚣、欣欣向荣的景象。然而，山不为所动，依然保持着肃穆。比喻不随世风流转的人格操守。

"迎、省"二唱

谢义耕

修省百年犹未足，逢迎一事已为难。

【评注】

修省，意指修身反省。百年，这里指人的一生。上句，言尽管自己修身反省一辈子，仍然觉得不足。言外之意是，修身反省是一辈子的事，不以老而不为。人非圣贤孰能无过？故须时时反省。

逢迎，迎合、奉承，多含贬义。下句，言奉承迎合之事，哪怕做一件，也已使我为难。既表达坚守耿直不阿的品质，也表达不得已逢迎的无奈，所谓"人在屋檐下，不得不低头"即是。

"澄、觅"二唱

林天遗

好澄渣滓归初地，偶觅芳蕤媚晚年。

【评注】

渣滓，物品提取精华后剩的残渣，比喻龌龊。澄，这里指沉淀掉渣滓，剩下清液。初地，佛教语，修行过程中的第一阶位，是十地中的第一地，也可以指佛教寺院。上句，言只有摒弃心中的龌龊之念，澄清心境，才好皈依佛门。

蕤，读音 ruí，《说文》将其解释为"草木华垂貌"。芳蕤，是指盛开而下垂的花。媚，美好，可爱；巴结，讨好。下句，言偶然寻觅到盛开的鲜花，使我的晚年更加美好。也可以解释为：偶然寻觅到的鲜花，犹如向我献媚一样，给我的晚年带来美好的时光。此外，芳蕤若理解为妓妾，亦未尝不可。古人老来娶妾并不罕见，清钱德苍《解人颐》："又有人年六十三岁，纳十六岁妾。其友作诗戏之曰：'二八佳人七九郎，萧萧白发对红妆。杖藜扶入销金帐，一树梨花压海棠。'"

"文、墨"二唱

张仲雨

落墨酣从浮白后，著文快及杀青时。

【评注】

浮白，指放开胸怀，畅快饮酒。上句，言下笔落墨，酣畅淋漓，是在开怀畅饮之后。既可以指书法酣畅，也可以指文思泉涌。前者如李白《赠怀素草书歌》："吾师醉后倚绳床，须臾扫尽数千张。飘风骤雨惊飒飒，落花飞雪何茫茫。起来白壁不停手，一行数字大如斗。恍恍如闻鬼神惊，时时只见龙蛇走。"晚唐诗僧贯休《怀素上人草书歌》："半欹半倾山衲温，醉来把笔猛如虎。彩壁素屏不问主，乱拿乱抹无规矩。"后者如杜甫《饮中八仙歌》："李白斗酒诗百篇，长安市上酒家眠。"

杀青，古时把书写在竹简上，为防虫蛀须先用火烤干水分，叫"杀青"。后泛指写定著作。下句，言写文章或著书，最大的快意是文章完稿之时。

此等心境，非文人墨客安能领会？

"鱼、色"二唱

佚 名

是色是空无着相，非鱼非我总忘机。

【评注】

是色是空,源自《般若波罗蜜多心经》"色即是空,空即是色",是大乘佛教的重要义理。"色"指一切有形之物,非指女色。"空"也非虚无乌有。佛教认为宇宙万物及现象不能独立存在,而是由多种因素集合而成。因此所有实体没有单独的"自性",即"诸法无我";一切事物又都变化无常,故称"诸行无常",这便是"空"的主要内容。"色即是空",让人们认识事物现象背后的本质,认识诸多苦恼源于人的虚妄。"空即是色",则由事物的共性、因缘关系,让人们知道因果报应、善恶循环。着相,指执着于外相、虚相或个体意识而偏离本质。相,包含有形的和无形的。上句,言"色"与"空"的概念不能(或无法)执着于外相的认识。

非鱼非我,典出《庄子·秋水》。庄子与惠子游于濠梁之上。庄子曰:"鲦鱼出游从容,是鱼之乐也。"惠子曰:"子非鱼,安知鱼之乐?"庄子曰:"子非我,安知我不知鱼之乐?"惠子曰:"我非子,固不知之矣;子固非鱼也,子之不知鱼之乐,全矣。"庄子曰:"请循其本。子曰'汝安知鱼之乐'云者,既已知吾知之而问我,我知之濠上也。"这便是著名的"濠梁之辩",辩论的双方都紧扣主题,但辩论者的思维却截然不同。惠施是从认知规律上来说,人和鱼是两种不同的生物,人不可能感受到鱼的喜怒哀乐;庄周则以艺术心态看待世界,人乐鱼亦乐。庄周把自己的快乐"移情"到鱼上,反过来则更衬托出庄周的快乐。忘机,道家语,意为消除机巧之心。常指甘于淡泊,忘掉世俗,与世无争。

本诗一用佛家义理,一用道家思辨,匹对工整,妙手剪裁,天衣无缝。

"歌、颂"二唱

郑名彦

士歌正气霜锋下，官颂清风雪锭前。

【评注】

士，士人，古时指读书人，亦是中国古代文人知识分子的统称。正气，光明正大的作风或风气。霜锋，指白光闪闪的锐利锋刃。上句意思是，士人歌颂在白光闪闪的锐利锋刃下，依然一身正气的烈士。最贴合的是歌颂文天祥作《正气歌》，不屈淫威，从容就义的气节。

雪锭，即银锭。下句，歌颂廉官在白花花的银锭之前，依然两袖清风，长葆廉洁的风范。《儒林外史·第八回》"三年清知府，十万雪花银"，雪花银是鉴定清官的试金石，因有此句。

此诗与作者的另一首折枝诗"想当直士头休缩，要做清官手莫伸"（"廉、直"三唱）作意相近。后者寓庄于谐，语言浅近，形象生动，充分体现作者的折枝风格。

"春、古"二唱

刘斯湛

山古道倪犹自阆，江春霸气已全销。

【评注】

倪，端；边际。阆，古同"闭"，关；合；掩蔽。上句大意是，山是远古的，繁茂的林木把山道的端头都遮蔽了，仿佛山要保持远古的自然神秘，自己将道路闭合了一般。此句想象奇特。

下句大意是，江流到了春天，已经销弭了霸悍之气，显得雍容平和。这是因为春天气温回暖，冰雪消融，雨水渐多，河床水漫，消弭了水的起伏波纹，使江面变得平坦。江流没有了桀骜不驯的粗野之气，白日里呈现"日出江花红胜火，春来江水绿如蓝"的景象，月夜里呈现"江流宛转绕芳甸，月照花林皆似霰"的景象。由此，春江给予人的感受是明媚和温顺，而冬天的萧疏肃杀之气已然消遁。

"霄、物"二唱

杨文继

百物当从来处想，九霄漫作尽头看。

【评注】

百物，意思是万物，亦指各种货物。汉王符《潜夫论·务本》："六畜生于时，百物聚于野，此富国之本也。"汉张衡《西京赋》："地沃野丰，百物殷阜。"上句，言探究万事万物，要从生发处着手，探源溯流，这样才能把握事物的本质。此句的另一层意思是，物力维艰，要体量百物来之不易，不可靡费。

九霄，汉族传统文化中，"九"表示极多，有至高无上的地位，九是个虚数，也是贵数，有极限之意。因此，九霄指天之极高处。漫，义为莫、不要。下句，言即便达到天的极高处，也不要以为到了尽头，无以复加。言外之意是天外有天，永无止境，不可自视甚高，故步自封。此句颇具哲学意味。

"开、会"二唱

孔庆洛

初开豆蔻人尤艳，再会桃花梦已非。

【评注】

豆蔻，南方人取其尚未大开之形如怀孕之身，称为含胎花。诗文中常用以比喻少女。上句,言少女犹如初开的豆蔻花,尤其艳丽。典出杜牧《赠别》:"娉娉袅袅十三余,豆蔻梢头二月初。"

上句,言崔护《题都城南庄》之事。唐孟棨《本事诗》载:博陵崔护,资质甚美,而孤洁寡合,举进士第。清明日,独游都城南,得居人庄。一亩之宫,花木丛草,寂若无人。扣门久之,有女子自门隙窥之,问曰:"谁耶?"护以姓字对,曰:"寻春独行,酒渴求饮。"女入,以杯水至。开门,设床命坐。独倚小桃斜柯伫立,而意属殊厚,妖姿媚态,绰有余妍。崔以言挑之,不对,彼此目注者久之。崔辞去,送至门,如不胜情而入。崔亦睠盼而归,尔后绝不复至。及来岁清明日,忽思之,情不可抑,径往寻之。门院如故,而已扃锁之。崔因题诗于左扉曰:"去年今日此门中,人面桃花相映红。人面不知何处去,桃花依旧笑春风。"后数日,偶至都城南,复往寻之。闻其中有哭声,扣门问之。有老父出曰:"君非崔护耶?"曰:"是也。"又哭曰:"君杀吾女!"崔惊怛,莫知所答。父曰:"吾女笄年知书,未适人。自去岁已来,常恍惚若有所失。比日与之出,及归,见在左扉有字。读之,入门而病,遂绝食数日而死。吾老矣,惟此一女,所以不嫁者,将求君子,以托吾身。今不幸而殒,得非君杀之耶?"又持崔大哭。崔亦感恸,请入哭之,尚俨然在床。崔举其首枕其股,哭而祝曰:"某在斯!"须臾开目。半日复活,老父大喜,遂以女归之。

两句皆有典有评,动情之处,怅然若失。

"山、海"二唱

肖晓阳

看山顿悟群民伟,临海方惭一己微。

【评注】

上句,看到山的高峻雄伟,便联想到人民的伟大,足可倚仗,此即"联觉"。论人民之伟大,古有孟子"民为贵,社稷次之,君为轻"、司马迁"人众者胜天"之言。今有毛泽东"人民,只有人民,才是创造世界历史的动力"之论。本句论点正合毛泽东"站在最大多数劳动人民的一面"之言。

下句,也用联觉,言面对大海的浩瀚广博,深感一己之微,顿感惭愧。本句有启人自省之意。孔子云:"见贤思齐焉,见不贤而内自省也。"

荀子云:"故不登高山,不知天之高也;不临深溪,不知地之厚也。"此联与之异曲同工。

"奋、飞"二唱
余 质

振奋蹄矜牛马有,腾飞翼幸虎狼无。

【评注】

马与牛在古诗中的形象有所不同,马象征自由、奔放、英勇、豪迈,多寄托诗人昂扬激奋的斗志;牛象征勤劳、忠厚、朴实、坚韧,多为诗人赞美与同情的对象。这里抓住牛马都有蹄的共性,从"奋蹄"的角度,颂扬它们的振奋精神。本句赋予牛马主人翁精神,没有顾影自怜,反而奋发有为,以有蹄而自矜,或有暗誉劳苦大众之意。

"虎狼"在汉语中通常用来比喻凶狠残暴之人。下句,言庆幸虎狼没有翅膀,否则必然恶力倍增,危害巨大。虎狼之喻恰合西方列强。近年,中国军事力量迅速提升,许多方面已然超越美西方。相比而言,西夷虎狼之师已丧失腾飞的翅膀,这难道不值得庆幸吗?

上下联对比强烈,扬善抑恶,爱憎分明,对仗工稳,铢两悉称。

三唱折枝评注

"清、明"三唱
陈无竞

道如明月何从晦,心亦清江不遣浑。

【评注】

道,抽象概念,难以准确定义,故《道德经》开篇云:"道可道,非常道。"此中之道,大抵近于"真理"。何从,从何处,安能,何尝。上句,言真理如同明月一样光辉,何尝晦暗?"明月何从晦"意与林绮赓"云消高月洁依然"句相近,可参读。

下句,言心也像江水一样清澈,不使外源污染,即不遣浊思。笔者早年参与"时、江"魁斗格钟聚,作"江分泾渭人明志,马逐崦嵫我惜时",上句作意与"心亦清江不遣浑"略似。

萨伯森、郑丽生《诗钟史话·诗钟之轶闻》有一则陈宝琛与作者的对话:"弢老与余谈,王又点'楚牙'三唱句云:'云归楚岫曾无梦,水冷牙台不再弦。''笑浑'七唱卷云:'名场恣哭何如笑,心境从枯不遣浑。'意以为此最上乘之作。又谓'不遣浑',先本作'不肯浑''不使浑''不许浑',最后乃改'遣'字,下字之难如此。"录此供读者参读。

"青、高"三唱

林绮赓

泉乱青山闲自若,云消高月洁依然。

【评注】

自若,这里指镇静自如。上句,言泉声虽乱,但青山依然安适闲逸,镇静自如。乱泉比喻惯于迷惑、扰乱人心的声音;青山比喻坚持操守的品格。

下句,言乌云消退之后,月依然高洁明亮。乌云比喻诋毁和破坏他人名誉的小人;高月比喻胸怀磊落、品德高尚的君子。

此诗采用二五节奏句式,读时第二字之后稍顿,接着读后五字。两句皆托物寄怀,大意相近,都是贬小人,褒君子。古代同时借月与山抒怀的诗句,似只有李白《明月行》:"明月照我心,高山拥我胸。"

"高、长"三唱

罗明祥

山于高位无干涉,江与长才可较量。

【评注】

干涉,过问或制止;关涉,关系。上句,言山虽然很高,但与人的名位之高没有关涉,互不干扰。言外之意是,人的名位就像高山一样,无可限量,贵在进取。

长才,优异的才能。量,这里读音 liáng,较量。意指用竞赛或斗争的方式比本领、实力的高低。下句,言长江的长远与宏大与人的优异才能有的一比,即赞美具大才者。

以"比"法写人,通常是将人的品质比拟崇高的事物。本诗反客为主，言山、江似要与人一比高下。这样写，不仅新奇，更突出人的主体地位。

"郊、湖"三唱
魏道涵

香黏郊草鸳鸯舄，影漾湖云翡翠钗。

【评注】

舄，读音 xì，泛指鞋。鸳鸯舄，指绣有鸳鸯的鞋子。上句，言女子郊游，绣有鸳鸯的鞋粘上郊草的香味。

下句，言女子游湖，身影与云影叠映于湖面，发髻上的翡翠钗与云影一同荡漾。

写景状物，重在取象。本诗写闺秀，取象"鸳鸯舄"和"翡翠钗"，以两个极具代表性的富丽形象来体现女子的妖娆妩媚，并将其与芳郊、明湖融合，不仅色彩鲜艳，夺人眼球，还富于动感。

"湖、岭"三唱
肖晓阳

品犹岭峻唯持正，心纵湖枯不许浑。

【评注】

上句，言品格之所以能像山岭一样高峻，是因为一直秉持正直的为人。此句略近于唐人钱樟明《水调歌头·咏竹》："有节骨乃坚，无心品自端。"

下句，言心源纵然如湖水干涸，也不允许任其浑浊。此句既是自勉，也是劝诫。江淹高才，终有一竭，一旦心如废井，当自甘沉寂。奈何今世江淹多不甘寂寞，胆大妄为者何其多也！此句与教育家所谓"宁做笨蛋，不做混蛋"略似，可引为箴言。

"湖、岭"双飞格（一唱至七唱随意为之）的眼字，来自霞浦湖岭头村采风所得，笔者曾作一唱至七唱层咏一组，以供初学示范，本册录三首以飨读者。

"饮、沉"三唱

佚 名

断虹饮涧山垂脚，新月沉江水画眉。

【评注】

断虹，一段彩虹。虹的古字形像拱桥形的蛇（或龙），首尾各有巨口之头。《尔雅·释天》："螮蝀谓之雩。螮蝀，虹也。"王筠《说文解字句读》引蔡氏章句："雄曰虹，雌曰蜺（同"霓"）。"由于彩虹在古代有虹霓、螮蝀之说，因此言"饮涧"便顺理成章。上句，言一段彩虹插入山涧之中，犹如彩龙饮涧，又如山体凭空垂下一条腿。

新月，指农历每月月初，月球逐渐远离太阳，月牙渐渐露出来的月相。新月时，月亮仅露出一弯月牙，并且朝右弯曲。下句，言新月犹如落在江面上，弯弯的月牙，就像在水面上画出了一道细眉。

"云、树"三唱

孔庆洛

藉是云帷山隐约，筛多树影月玲珑。

【评注】

藉，读音 jí，义同借。帷，围在四周的幕布。云帷，犹云帐，意思是轻柔飘洒似云雾的帷帐，或指蔽天的云。上句，营造的意境是：山中云雾飘渺，人在其中，仿佛周遭笼罩着轻柔的帷帐，透过云帐，看到远山隐隐约约，忽隐忽现，仿佛仙境。

筛，筛子；或作动词，指用筛子过物，这里作动词。玲珑，指物体精巧细致，这里指明彻精巧的样子。下句意思是，树的枝叶犹如硕大的筛子，月亮的清光洒向树冠时，犹如被筛子筛过一般。隔着树冠看月亮，光影斑驳，玲珑可爱。

霞浦孔庆洛先生，饱读群书，博闻强记，腹笥丰盈，为人低调而狷介，令乡人钦佩！其诗作多典雅蕴藉，颇为耐品。

福建的诗钟重镇是闽中（福州地区），其次是闽东（福宁府治所在地即今霞浦）。霞浦诗钟传自福州，但对仗比福州稍宽。按福州诗钟对仗之忌，此联"云"与"月"犯"左右相撞"之忌（上下句两个同类字错位相对，谓之"左右相撞"）。但因"云"是眼字，不可移易，"月"字又难更改。遇到这种情况，唯一的补救方法是采用"交叉对仗"法，即让另一眼字（即"树"）与"月"字相对仗的字（即"山"）形成同类字工对。此联"树"与"山"虽然对仗，但树为植物，山为地理，词类对仗稍宽。若将"山"改为"花"，则对仗无瑕，这就是"交叉对仗"。"山"改"花"，与原句意境有别，不及原句渺远。由此可见，作意好则不必太苛求工对。事实上福州地区此类钟作亦不罕见，如陈见园名句"半龛鸟粪无僧寺，一撮人烟似瓮城"（"僧、瓮"六唱），"僧"与"人"亦左右相撞，整体上却不觉违和。

"清、明"三唱

刘斯湛

归于清境如无物，售与明时亦此才。

【评注】

清境，让人心灵清净自在的境地。这里的清境不只指身处之境，也可以理解为心境。上句，言回归使人心灵清境的境地，不被外物干扰。也可以理解为使心境归于清静，不容外物干扰。"归于"说明归前所处的境地并非清静，或充斥喧嚣浮华。"如无物"并非真无物，而是不被物色所迷惑，视物如无。本句含"绚烂之极，归于平淡"的哲学思想。

售，卖。明时，指政治清明的时代。下句，言卖给政治清明的时代，也还是此等才能。言外之意是，我的才能不因时代而变，是否合用，买方可自便。作意略带自矜。

"清、明"三唱
陈南曾

剪尽明漪春后桨，裂为清吹月中箫。

【评注】

剪，喻指船桨划水的动作如剪水。漪，水面的波纹。上句大意是，春来水涨，天光如镜，船桨划水，犹如剪开明亮的涟漪一样。剪，炼字尤佳，新颖生动。

裂，喻指声音如吹裂洞箫而传出。清，指箫声清，也指环境清静。吹，读音（chuì），作名词，指箫声。下句，言皓月当空，万籁寂静之时，传来一曲洞箫的清音，洞箫似被吹裂一般。裂，形容音乐情感至深，吹箫欲裂。

"清、明"三唱
潘主兰

淆难清泚干奚若，韬可明晖缺未宜。

【评注】

淆，混乱，混淆。清泚，清澈；清澈的水；形容诗文清晰明洁。干，指水干了，与"湿"反义。奚若，奚如，何如。上句大意是，清澈之水，难以混淆，怎能干涸呢？也指诗文如清水，清晰明洁，不被尘浊混淆，又如何能干涸呢？此句的顺读语序为"清泚难淆奚若干"。

韬，剑套或弓袋，引申为隐藏或用兵的谋略。晖，日光；同"辉"。下句大意是，白日的光辉可以暂时隐藏，但不可或缺。暗指韬光养晦不可泯灭了光明的目标。此句的顺读语序为"明晖可韬未宜缺"。

需要强调的是，此诗为二五节奏句，解读此诗须注意句读为"淆难，清泚干奚若；韬可，明晖缺未宜"。"清泚"同时是"淆"和"干"的主语；"明晖"同时是"韬"和"缺"的主语，因此增加了解读难度。而倒装的运用，更增加了诗的曲折性，使此作充分体现折枝诗"涩"的特点。

"青、高"三唱

高禅茶

漫从青史争唇舌，好为高堂惜发肤。

【评注】

漫，莫，不要。青史，古代以竹简记事，故称史籍为"青史"。这里的"青"指竹简，"史"是指历史或史书。后世以青史作为史书的代称。唇舌，犹口舌，指劝说、争辩、交涉时的言语。上句大意是，历史上的是非曲折或难定论，不要因为历史而徒争口舌。

高堂，指房屋的正室厅堂，为父母居住之处，借以尊称父母。发肤，指头发和皮肤，也可以借指身体。《孝经》："身体发肤，受之父母，不敢毁伤，孝之始也。"下句，言应该为父母爱惜自己的身体发肤，因为身体受之父母。

"青、高"三唱
林葆生

岩霏青翠如流叶,海月高寒欲动禽。

【评注】

霏,雨雪烟云等很盛的样子;飘扬。岩霏,岩壁上的雾雨。上句,言岩壁上的细雨透出草木的青翠色,仿佛树叶随着雨雾流动一样。宋陈与义《开壁置窗命曰远轩》:"岩霏杂川霭,奇变供几席。"

下句,描绘海上的月亮高且寒冷,月光如白昼,群鸥低翔狎波的夜景。古人写月夜与鸥的诗句,如李白《赠汉阳辅录事二首》:"天清江月白,心静海鸥知。"杜牧《西江怀古》:"千秋钓舸歌明月,万里沙鸥弄夕阳。"

杨文继《七竹折枝摭谈》将此诗与林绮赓"微、寒"一唱"寒月芦花千百顷,微风桐子两三声"并列为折枝最佳写景名句。

"青、高"三唱
吴韵珂

各有高堂长在意,谁无青史未来名。

【评注】

高堂,代指父母。长,经常。上句,言各人都有父母,要经常将父母放在心上。此作意当本于《论语·里仁》:"父母在,不远游,游必有方。"

青史,历史。下句设问:谁没有在未来的历史上留下名声呢?略含雪泥鸿爪之义。作者似借此劝诫人们,要珍惜自己的羽毛。但此论也只是自我安慰而已。人生犹如江流激浪,瞬间便无踪影。对于绝大多数的升斗小民而言，青史无名才是常态。此句合于诗理，却不合于世理。

"三、六"三唱
岑雨耕

妄证三生元片石，小看六合只丸泥。

【评注】

三生，前生、今生、来生，源于佛教的因果轮回学说。"三生石"的故事最早见于唐袁郊《甘泽谣·圆观》，其后有多个版本。故事内容为：唐代隐士李源，住慧林寺，和住持圆观交好。两人相约游峨眉山，途经三峡。圆观见到一个怀孕三年的汲水孕妇就哭了，说这个妇人怀的孩子就是他的托生。他和李源相约十三年后在杭州天竺寺三生石处相见。当晚，圆观圆寂，孕妇也顺利产子。十三年后，李源如约来到三生石，见到一个牧童唱道："三生石上旧精魂，赏月吟风莫要论。惭愧故人远相访，此身虽异性长存。"李源与之相认，牧童说他就是圆观，但是尘缘未了，不能久留，又唱道"身前身后事茫茫，欲话因缘恐断肠。吴越江山游已遍，却回烟棹上瞿塘"，唱完就离去了。这个本为"须眉友情"的美妙故事，经《红楼梦》改造，三生石成为姻缘的铁定象征，所谓"缘定三生"，是指前生、今生及来生的幸福姻缘。本诗指出"三生石"原本是普通的石片（"元"通"原"），所谓"缘定三生"只是人的虚妄，隐含放弃幻想，正视现实之意。

六合，指上下和四方，泛指天地或宇宙。《庄子·齐物论》："六合之外，圣人存而不论。"成玄英疏："六合，天地四方。"丸泥，即泥丸，为与"片石"对仗，将泥丸颠倒为"丸泥"。下联采用极度夸张的手法，将天地四方无穷大的宇宙看成一粒泥丸,真乃"语不惊人死不休"。此句不唯夸张出人意外,亦含深刻的哲思,富有智性意蕴。其暗含之意是:世界渺小,万物一瞬,人的精神世界却是无限宽广和永恒的。

"好、长"三唱
郑振麟

亦存好雨非官我,才算长春有母人。

【评注】

两句皆用倒装。上句的正常词序是:"非官、我亦存好雨"或"我非官、亦存好雨"。好雨滋养万物,故有好生之德。这里的"好雨"比喻济世才德。因此,整句的意思是:我虽然不是官员,但也具有好雨般悲悯天下的情怀和济世之才。

下句,正常词序是:"有母人、才算长春。"这里的"春"喻指母亲的温暖,因母亲长寿,故言"长春"。孟郊《游子吟》"谁言寸草心,报得三春晖",就是将母亲的温暖比作春晖。

本诗不惟句法曲折别致,"好雨""长春"之喻尤佳,作意含蓄蕴藉,隽永可读。

"灿、明"三唱
肖晓阳

烛已明萤医此黯,衣终灿蝶掩前媸。

【评注】

上句,先用暗喻法,将萤火喻作烛。但倒置因果,似乎先有烛,后有萤,言烛已点明萤火。再用拟人法,赋予萤火拯救黑暗和医治愁黯的使命。末字用"黯"而非"暗",是因为"黯"不仅有暗之义,还有精神沮丧、情绪低落之义。因此,"医"与"黯"动宾匹配无瑕。若用"暗",便与"明"反义对仗，形成当句对。而下句的"灿"与"嫜"并非反义对仗，这样就有悖于对称的形式美了。

下句，修辞方法与上句相同。言华丽的衣裳使蝴蝶灿烂，从而掩盖了化蝶前的丑陋。此句的寓意是，成功之前的种种不堪，都会因为功成名就而被覆盖。似是揶揄，也是激励。

"灿、明"三唱

肖晓阳

曙色灿初霞熨海，夜光明处月钤山。

【评注】

上句，描述海面曙色初开时的特殊景象。海上晓阳初露之时，视觉上霞与海面贴近。霞不仅明丽，还似乎带热，具备了"熨"的可行性，而海面恰似宽展之帛，于是烤红的明霞便"熨"了海面。霞带"热"、海如"帛"，这两个意象都藏在文字背后，"象外之象"丰富了诗句的内涵。

下句，言明月悬挂于山头之上，就像印章一样将月光钤在了山上。宋人董嗣杲《蔷薇花》诗"浪埋纤针翻晴锦，绡缀柔条熨暮霞"，只将"霞"当作被熨的对象。而霞喻熨斗，独见此句。

两句皆用拟人法，"熨""钤"炼字，匠心独运，嚼之有味。

"香、一"三唱

林绮赓

隔院香风吹梦去，当窗一月索诗来。

【评注】

香风，意思是带有香气的风，又比喻奢靡淫逸的风气。这里的香气有三种可能,其一是花香,最典型的是桂花香;其二是焚香,如沉香、檀香;其三是香水。宋代妇女已经广泛使用"花露"香水润肤了。这种花露水多取自蔷薇花瓣制作而成,其他的花露稍逊一筹。上句,言隔壁院子的香气随风吹来,把我的梦吹走了(梦醒了)。至于香气何来,留给读者较大的解读空间。

当,面对着。索,要;取。下句,言明月对着窗户,仿佛来向我索要诗歌。可知诗中之"我"必是诗人,且惯于月夜敲诗,每被月儿窥见,以至于当窗之月前来索诗。此等拟人,诗心独具。

四唱折枝评注

"阑、此"四唱
林天遗

明月已阑焉置我,青山在此敢言官。

【评注】

阑,将近结束。上句,言明月已接近落山,将要收敛它最后的一抹清光,怎么安置我呀!表达月落后无所适从的心境。作者爱月或有隐喻,是怎样的境遇才有"焉置我"之喟叹?味外之旨颇为耐品。

下句,言人在青山,无争权夺利之争,无倾轧构陷之虞,因此敢于品评官场人事。作者似有归隐之意。此句还可从另一个角度解读:山之清高,浑如圭臬,哪位高官可比?故仗此青山,便敢于评官。

林天遗折枝构思奇警,诗味隽永,每有惊人之语。"明月已阑"极平淡,然"焉置我"却奇峰突起,看似不经意,却含蓄耐品。此等诗思唯其独有。

"心、事"四唱
佚 名

大得吾心南菊好,藉扃世事一江横。

【评注】

南菊,当指南方的菊花。见于杜甫《夜》:"南菊再逢人卧病,北书不至雁无情。"此中南菊,或指福州城南之菊花?作者酷爱菊,故言好菊"大得吾心"。

藉,借。扃,门闩(名词),亦指用门闩关门(动词)。下句,将横江设想成一条门闩,凭借此拦住门户,以阻隔世间俗事的侵扰,表达隐世之心。此诗上句平淡,妙在下句,想象奇妙,匪夷所思。姜夔在《白石道人诗说》中提出"四高妙"之论,其中的"想高妙"是:"写出幽微,如清潭见底,曰想高妙。"此句堪称"想高妙"的代表作。

"南菊"对"一江"不工整,上句亦平淡,唯下句作意绝佳,颇为可读。

"心、事"四唱
佚 名

理残花事香双袖,钩起琴心月一帘。

【评注】

花事,关于花的种种情状和事,也特指春日花盛之事;本指种花、赏花等事,后指游春赏花的事。上句,言打理花草直到春阑花残,双袖沾染了花香。

琴心,琴声表达的情意;犹春心(男女之间相思爱慕的情怀）。下句，琴心不用"勾起"，而用"钩起"，当与月牙如钩有关。本句典雅婉约，可有多解。其一，清辉洒满一帘，月牙如钩，钩（义同勾）起我的一片春心。其二，一帘月色，一钩月牙，钩起我诉诸琴声的情意。此间，月牙、一帘、清辉、琴案和"我"的意象相交集。其三，钩起一帘月光，连带"我"的琴心，即琴心（春心或琴声表达的情意）被暂时搁置。

"心、事"四唱
佚 名

文有锦心宁在丽，梦皆绮事自忘衰。

【评注】

锦心，比喻优美的文思。上句，言文章贵有优美的文思，而不在于华丽的辞藻。大手笔者，不斤斤于文章表面的华丽。唐玄宗时名臣燕国公张说与许国公苏颋并称，两人皆以文章显世，时号"燕许大手笔"。1983年，霞浦"大、好"一唱折枝诗大唱，邱继仁句"大手笔推燕许辈，好姻缘颂孟梁俦"，颇受欢迎。

"梦皆绮事"实指绮梦，即美梦、多彩的梦或春梦（男女情事之梦）。下句，言梦中都是美好的事物，自然忘记了衰老。言绮梦的诗句，如清赵清瑞《闲情四咏·其二·梦》："莺啼绮梦偏愁短，花落空庭正怨多。"民国郁达夫《赠姑苏女子》："一春绮梦花相似，二月浓情水样流。"

"花、片"四唱
少 坡

漫空桃片飞红雨，卧地藤花放紫云。

【评注】

上句，言天空散漫地飞洒片片桃花，宛如洒落红色的雨。历史上描写桃花落红的诗句较多，如唐元稹《连昌宫词》"又有墙头千叶桃，风动落花红蔌蔌"；唐李贺《将进酒》"况是青春日将暮，桃花乱落如红雨"；元胡祗遹《阳春曲·春景》"一帘红雨桃花谢，十里清阴柳影斜"。

下句，言紫藤干身卧地而起，上方绽放着串串花序，犹如紫色的云朵，鲜艳夺目。紫藤自古受诗人爱戴，描写紫藤明艳的诗亦多，如唐李德裕《忆新藤》："遥闻碧潭上，春晚紫藤开。水似晨霞照，林疑彩凤来。清香凝岛屿，繁艳映莓苔。金谷如相并，应将锦帐回。"唐许浑《紫藤》："绿蔓秾阴紫袖低，客来留坐小堂西。醉中掩瑟无人会，家近江南罨画溪。"

"寒、日"四唱

佚　名

榴花烘日色如血，梅萼冲寒香已胎。

【评注】

上句，言火红的石榴花在日光的烘照下，色如鲜血，火热明丽。以血色比榴花的诗句，如宋曹勋《题禁中黄石榴二首》："榴花昔染猩猩血，薝卜丛中今斗新。"宋白玉蟾《纯阳会》："墙头梅子枝上蜡，池畔榴花叶底血。"元张弘范《榴花》："猩血谁教染绛囊，绿云堆里润生香。"元白朴《乔木查》："恰春光也，梅子黄时节，映日榴花红似血。"台儿庄会战中黄樵松烈士曾作《绝命诗》："昨夜梦中炮声隆，朝来满园榴花红。英雄效命咫尺外，榴花原是血染成。"

萼，花萼。花的组成部分之一。由若干个萼片构成，通常呈绿色，包在花瓣的外轮，花芽期保护花芽，花开时托着花冠。冲寒，指冒着寒冷。下句，言梅花的花萼，冒着严寒，已孕育清香。胎，借胎孕来比拟梅蕾孕香，别有新意。关于梅"孕"花之轶事，清人袁枚《随园诗话》卷二有一段文字，颇为生动：村童牧竖，一言一笑，皆吾之师。善取之，皆成佳句。随园担粪者，十月中，在梅树下喜报云："有一身花矣！"余因有句云："月映竹成千个字，霜高梅孕一身花。"余二月出门，有野僧送行，曰："可惜园中梅花盛开，公带不去！"余因有句云："只怜香雪梅千树，不得随身带上船。"

"明、笑"四唱

幼　丹

林罅忽明知月上，山容如笑觉春归。

【评注】

林罅，林中枝叶间的缝隙。上句，言林中枝叶间的缝隙忽然明亮起来，顿时感觉到月亮升起来了。描写景象随时间而变化，给人的独特感受，颇具神韵。此句与陆游七律《池上》诗句"树罅忽明知月上"仅差一字。仅从单句看，"林"自然优于"树"，但仍不免抄袭之嫌。与此句描写手法相类的折枝诗，如陈实懂"诗、海"六唱"船火忽微知海涨，筇声渐远觉诗遗"，笔者"船、灯"一唱"灯暗遥知山雾起，船颠顿觉岸潮生"。

下句，山容，山的姿容。下句取"春山如笑"意，出自宋朝郭熙《林泉高致》"春山澹冶而如笑"。何以言春山如笑？因为春暖花开，满山烂漫，涧水欢歌，百鸟争鸣，一派欣欣向荣的景象，与人的灿烂笑容颇有通感。

"江、雨"四唱

佚　名

万花著雨春如梦，一桨横江月有声。

【评注】

著，读音 zhuó，附着之义。著雨，附着雨滴。上句大意是，一场春雨，让万花附着了雨滴，显得无比娇艳。然而春天的景色浑如一场绮梦，美丽而虚幻，梦醒之日，便是春阑花谢。

下句之"月"，指水中月光，因为桨划水有声，于是水中之"月"也跟着有声了。这是典型的通感修辞法，神韵独具。然而，论者认为划船必用双桨，因此"一桨"当改为"双桨"，这是外行之见。严羽诗论云："诗有别趣，非关理也。"是"一桨"还是"双桨"，全凭意境营造的需要。何况江浙水乡，孤桨之船十分常见。

"诗、玉"四唱

张仲雨

诸尽可诗明世事，各宜自玉晚年身。

【评注】

诸，众，许多。尽，所有的。明世，政治清明的时代。上句大意是，当此政治清明的时代，诸多美好的事物都值得以诗咏唱。

各，这里指各人。下句大意是，到了晚年，各人都应当以玉一般的品格来修身。为什么修身比玉？《礼记·聘义》："孔子曰：'夫昔者，君子比德于玉焉。温润而泽，仁也；缜密以栗，知也；廉而不刿，义也；垂之如坠，礼也；叩之其声清越以长，其终绌然，乐也；瑕不掩瑜，瑜不掩瑕，忠也；孚尹旁达，信也；气如白虹，天也；精神见于山川，地也；圭璋特达，德也；天下莫不贵者，道也。"孔子列举出玉具有仁、智、义、礼、乐、忠、信、天、地、德、道十一种美德，关键的理念是"君子比德于玉"，为后世所尊崇。东汉许慎把玉的品德作了简化，归纳出仁、义、智、勇、洁五种德性。《说文解字》："玉，石之美，有五德。润泽以温，仁之方也。䚡理自外，可以知中，义之方也。其声舒扬，专以远闻，智之方也。不挠而折，勇之方也。锐廉而不忮，洁之方也。"

此诗的最大特点是词性活用，即将名词"诗、玉"转品作动词用。

"先、欲"四唱

李可蕃

月痕淡欲千山统，秋意微先一叶狂。

【评注】

月痕，月影，月光。上句，言清淡的月光，要将千山统一在淡淡的色调中。日光下的万物是多彩的，这是因为阳光本身包含七色，由于不同物体有不同的吸收、反射、透射和辐射光谱特性，因而万物呈现不同的颜色。月光其实是来自于反射太阳的光线，其色单一而淡。月照万山时，仿佛染上一层统一而清淡的颜色，因此言"千山统"。

秋意，秋季凄清萧瑟的景观和气象。下句，言秋季凄清萧瑟的景观和气象，先从一片叶无拘束地飘落中微微地感受到。此句意与"一叶知秋"相近。

"禅、道"四唱

肖晓阳

悟斯至道三千水,极此高禅廿八天。

【评注】

至道,这里指至真之道。三千水,三千里水面。《红楼梦》第九十一回:"任凭弱水三千,我只取一瓢饮。"弱水,义指浮力弱之水。《海内十洲记·凤麟洲》中说:"凤麟洲,在西海之中央,地方一千五百里,洲四面有弱水绕之,鸿毛不浮,不可越也。"弱水也是水名,许慎《说文解字》言:"溺(弱)水,自张掖删丹西至酒泉合黎,余波入于流沙。"这里的"弱水"即今甘肃张掖河,源自甘肃山丹。本诗上句意为,从三千里水中,可以悟至真之道,这是因为水近于道。《道德经》第八章:"上善若水。水善利万物而不争,处众人之所恶,故几于道……"水在老子笔下成为"道"的代言者。之所以说水最接近于道,是因为水吻合了道的三个特性:其一,水和道都蕴含了对立统一规律;其二,水和道无处不在,且都没有任何固定的形式;其三,水和道都蕴含着巨大能量,能改变世界。

极,达到顶点。高禅,这里指高层的禅天、高妙的禅悟。下句,言达到禅修的最高境界,即达到第二十八天。佛教认为天界依次向上有欲界天、色界天、无色界天,三界共二十八层。其中欲界天有六层天、色界天有十八层天、无色界天有四层天。最高层是"非想非非想天",简称"非非天"。所谓"想入非非"就是指想进入非想非非想天,意指痴心妄想。本句喻指在精神追求上达到最高境界。

"乐、苍"四唱
刘斯湛

几笔点苍山入画，一杯行乐月归诗。

【评注】

上句，描述用国画山水中的"点苔法"画山的情景。苍，指青翠的山色，可以用颜料画，也可以用水墨画（以墨代色）。国画山水，通常包括勾、皴、点、染、擦五大步骤，这里只强调"点"，让人联想到以点代皴的"米家山水"。北宋米芾自创以点代皴的"米点皴"写意山水画法，不用勾勒渲染，而是笔蘸水墨，侧笔横卧，纯用横点叠染，表现烟云迷离、山树朦胧的江南山景。画中山水，时隐时显，忽明忽晦，迷蒙却又富有变化，故时人谓其"善画无根树，能描朦胧云"，充分表现了文人士大夫的审美情趣。他儿子米友仁继承其画风，更加洒脱。他们这种不求形似，追求特殊笔墨情趣的山水画，被后人称为"米家山水"。句中描述的或是米家点画山的写照。"几笔"是夸张手法，意指只要几笔便能画出苍山的韵味。

下句大意是，一杯美酒，一轮明月，都归于诗人，饮酒赏月、吟诗作赋，正是诗人行乐之事。酒与月都是诗人的最爱，自古以来，以月入诗的作品不计其数，这是"月归诗"的诗理所在。古代诗人多好饮，君不闻"李白斗酒诗百篇"？"一杯行乐"正契合酒瘾诗人的心意。

"心、事"四唱
佚　名

远水诗心筊箸外，连村穑事桔槔中。

【评注】

笭箵，读音 líng xǐng，渔具的总称，亦指贮鱼的竹笼。唐陆龟蒙《渔具》诗序："所载之舟曰舴艋，所贮之器曰笭箵。"宋陆游《湖塘夜归》："渔翁江上佩笭箵，一卷新传范蠡经。"上句中的诗人兼爱钓鱼，然诗思不囿于笭箵（代指渔事）之中，而超然于远水之外。与宋欧阳修《醉翁亭记》所说"醉翁之意不在酒，在乎山水之间也"颇为相类。

　　桔槔，原始的汲水工具。桔槔是以一根竖立的架子为支点，加上一根细长的杠杆，后端悬挂重物，前端悬挂水桶，一起一落，汲水可以省力。商代开始用桔槔进行农业灌溉，一直延续了几千年。《诗经·魏风·伐檀》："不稼不穑，胡取禾三百廛兮？"《毛传》解释说："种之曰稼，敛之曰穑。"即种植叫"稼"，收割叫"穑"，后用"稼穑"泛指农业劳动。穑事，指农事。明文徵明《五月》诗："时光临角黍，穑事望梅霖。"下句"连村"的意象，犹如连续展开的大画面，"桔槔"则是特写，由此勾画出乡村农事繁忙的生动图景。

　　作诗力求选材精准、典型。本诗选用的"笭箵""桔槔"意象，极具代表性和形象性，且二者对仗极为工巧。意象融彻，作意含蓄，犹能催发象外之思。

"光、色"四唱

佚　名

　　蛛留春色粘花片，鸥泛波光碎月痕。

【评注】

　　春暮花凋，落英缤纷，花片偶落于蛛网之上，这一平凡景象却被诗人赋予不平凡的意象：多情的蜘蛛"留"住了花片，诗人更认为是要留住"春色"，由此放大诗的内涵。蜘蛛在诗人的笔下大多是无情而有杀气的。如唐杨苎萝《咏垂丝蜘蛛嘲云辨僧》"空中设罗网,只待杀众生";唐苏拯《蜘蛛谕》"蚕丝何专利,尔丝何专孽";唐孟郊《蜘蛛讽》"济物几无功,害物日已多";宋释普济《蜘蛛》"一丝挂得虚空住,百忆丝头杀气生"。本诗上句则一反常言,让蜘蛛具有怜香惜玉般的情怀,因此显得可爱。可见,惯常的意象赋予新意,是诗歌创新的有效方法。

鸥,形色像白鸽或小白鸡,性凶猛,长腿长嘴,脚趾间有蹼,善游水,喜成群飞翔。生活在海边的称海鸥,生活在湖边或江边的称江鸥。还有一种随海潮的涨落而来去之鸥,称为"信鸥"。鸥鸟有自由闲适的意象。唐刘长卿《弄白鸥歌》:"爱此沧江闲白鸥。"唐崔道融《江鸥》:"白鸟波上栖,见人懒飞起。为有求鱼心,不是恋江水。"下句的诗境是,在静谧的江边之夜,忽见一鸥掠水而过,泛起一阵微波,揉碎了水中的一轮月影,波光晃动如鳞片闪烁。景物描写犹如电影的特写镜头,记录了大自然的美妙瞬间。江夜的静谧清幽、鸥鸟的自在闲适、水光的荡漾灵动,融合成优美的意境,表达了作者闲适的意趣。"碎"字富于形象和动感。

"追、补"四唱

张景骞

春风渐补青山瘦,秋月频追碧海肥。

【评注】

上句大意是,秋冬凋落了万山草木,俾使山容显瘦。当春风送暖,草木复苏之时,山林枝叶勃发,填补了因秋冬而消瘦的空间,山容也逐渐丰满起来。本句兼写春秋,春在明里,秋在暗里。言秋山瘦的古诗句,如宋杨万里《题黄才叔看山亭》"春山华润秋山瘦,两山点黯睛山秀",宋丘葵《独行》"愁同落叶飞无数,淡比秋山瘦几分",宋华岳《秋意》"木剪空山瘦,西风扫落黄"。

下句作意基于中秋潮水最大的科学常识。潮汐涨落受的是太阳和月亮对地球的吸引力变化的影响,根据万有引力定律,吸引力大小与物体间距离,以及多个物体间的相对位置有很大关系。中秋这几天,月亮离地球最近,由于月亮、太阳和地球正好运行到同一条直线上,所以太阳和月亮引力的合力对地球的影响最大,可将潮水拉到最高,此时的海最"肥"。"秋月频追碧海肥"的另一层意思是,秋季海鱼肥,正是捕捞的好季节。

五唱折枝评注

"天、我"五唱
甘少潭

海到无涯天作岸,山登绝顶我为峰。

【评注】

上句,观海无涯,寻常所见,却有"天作岸"的神思,新巧高妙。此句蕴含的哲理是:变通才能迎来新的前景。需要强调的是,"到"属于动词,指人的目光所到,而非副词。

下句,登至绝顶,环顾周遭,顿然发现:自己就是顶峰。"我为峰"不仅新巧,更是奇警。揭示的哲思是:努力攀登,终能超越高标,变仰视为俯视,使自己达到至高的境界。虽然作者未必有此寓意,然而"作者未必然,读者何必不然"?

此联是知名度最高的诗钟作品,可视为折枝诗代表作。除了作者传为林则徐等大家的原因之外,还因此诗兼备新巧奇警的优点，气魄宏大，充满豪情。其营造的意境，对于读者而言是一种超越感。

此诗钟文字有三个版本，其一，清光绪七年（1881年）黄理堂辑《雪鸿初集》刻本卷五"海到无涯天作岸，山登绝顶我为峰"，作者为甘少潭。其二，王贡南《诗钟话》，民国二十二年（1933年）《衡门社诗钟选》，收录的上联是"海到无边天作岸"。黄沚兰笺云："闻此为林文忠幼时作，名人气概，意态自是不凡。"后人附会林则徐所作，当源于此。其三，易顺鼎《诗钟说梦（续）》（民国二年《庸言》第一卷十一号），其上联为"海到无边天是岸"，作者为沈葆桢。张伯驹《素月楼联语》（上海古籍出版社，1991年）所载此诗钟文字与易顺鼎相同，但作者为陈宝琛。仅凭文献先后，即可判定作者为甘少潭。

"涯"与"边"哪个字为好？笔者以为"涯"好。其一，"涯"原指水边，泛指边际和极限；"边"原指物体的外沿部分，其指向宽泛。可见用"涯"更为精准。其二，"涯"与"边"的文学色彩不同。由于"涯"有"极限"之义，其意象比"边"更辽阔和渺远，如"海角天涯""学海无涯""横无际涯"等。其三，诗钟讲究声音洪亮。"涯"开口大，"边"开口小，不管普通话还是福州方言，"涯"都比"边"响亮。

"十、中"五唱

郭洪子

月明赤壁中流棹，风暖扬州十里帘。

【评注】

上句写典，言苏东坡于明月之夜，中流泛舟，游览赤壁而作《赤壁赋》之事。东坡因乌台诗案贬谪黄州时，先后两次与客人于月夜游黄州赤壁，分别作《前赤壁赋》和《后赤壁赋》。《前赤壁赋》名气更大。此赋通过月夜泛舟、饮酒引出主客对话的描写，既从客之口中说出了吊古伤今之情感，也从苏子所言中听到豁然旷达的人生态度。全赋情韵深致、理意透辟，是文赋中的佳作。

下句，借杜牧于扬州时，沉溺青楼，以诗言事之典，写扬州繁华之景。杜牧《赠别二首之一》诗云："娉娉袅袅十三馀，豆蔻梢头二月初。春风十里扬州路，卷上珠帘总不如。"下句拾掇"春风、十里、扬州、珠帘"四词，经取舍、连缀成"风暖扬州十里帘"句。"暖"暗指青楼的温香软玉，何以为凭？杜牧的另一首诗《遣怀》可为佐证，诗云："落魄江湖载酒行，楚腰纤细掌中轻。十年一觉扬州梦，赢得青楼薄幸名。"

"蕉、烛"五唱

佚　名

纹窗蘸绿蕉痕湿，绣幕摇红烛影深。

【评注】

纹窗，带纹样窗格的窗户。蘸，用物体沾染液体。上句妙在将芭蕉的绿色想象成液体，且"绿液"已近饱和，达到青翠欲滴的程度，因此蕉叶临窗时，窗格就有被"蘸"的感觉。这种绝妙的修辞法，将不可捉摸的意象生动化。古人爱芭蕉，且每每临窗而植。揆其原委，当是芭蕉特有的宽大叶片和饱满的绿色，具有独特的审美意趣。又因芭蕉比一般小花高大得多，直接展枝于窗外，主人不必临窗就可赏及。故前人咏芭蕉诗多与窗联系，如唐杜牧《芭蕉》"芭蕉为雨移，故向窗前种"；宋杨万里《初夏睡起》"梅子流酸溅齿牙，芭蕉分绿上窗纱"；唐五代冯廷巳《忆秦娥》"窗下芭蕉灯下客"。此外，雨打芭蕉是一种独特的审美体验，比"残荷听雨"更易感知。

绣幕，指绣花的帐幔。摇红，即烛影摇红，原是词牌名，为北宋词人周邦彦所改编，描绘帝王将相家富丽华贵的歌舞场景。深，这里指烛火颜色深。1932年刘天华创作了二胡曲《烛影摇红》，该曲第一次将西方三拍子的华尔兹用于民乐，展现了华丽、辉煌的舞会场面。乐曲情绪欢快，旋律流畅，令人陶醉。但曲终前转为悲哀和惆怅，似是描写歌女强颜欢笑，婆娑而舞，致曲终人散，孤独凄凉之意，其含义深刻，令人回味。刘天华作此曲后几天就逝世了，该曲的真正含义尚难确解。"绣幕摇红"其实是在绣幕内看烛影，摇红的还是烛影，这样描写道出了帐内人的独特体验。

前人诗词中，能兼有此诗两句意境者，唯宋顾夐的《杨柳枝》："秋夜香闺思寂寥，漏迢迢；鸳帏罗幌麝烟销，烛光摇；正忆玉浪游荡去，无寻处；更闻帘外雨潇潇，滴芭蕉。"不知诗钟作者是巧合还是有意模仿？

"窗、马"五唱

雨　帆

满帐碎光窗罅月，一鞭香气马前花。

【评注】

窗罅，指窗格的空洞。上句，言月光被窗格割碎，投射到帐幔，满是碎光。古代描写月光、窗户、帐幔相互关系的诗句，宋有刘克庄《和方孚若瀑上种梅》"雪屋恋香开纸帐，月窗怜影掩书釭"，明有高启《夜闻吴女诵经》"云窗月帐散花多，闲读金经夜若何"。

下句，言马从花径驰过，飞扬的马鞭，带起了马头前香花的气息，整条马鞭都沾染了花的香气。古人出行常借助马力，因此"马"是古诗中的高频词。而花香与马关系的诗句，最著名的当属《瑞鹧鸪·少年曾侍汉梁王》"拂石坐来衫袖冷，踏花归去马蹄香"（词作者尚难确定）。传说北宋皇帝宋徽宗赵佶招聘宫廷画家，常常以诗句为题，让应考的画家按题作画，择优录用。有一次的考题就是"踏花归去马蹄香"。

"一、长"五唱

范梦樵

磬定风从长薄起，船过月在一溪流。

【评注】

此诗意象丰富，意境极佳。上句之"磬"当指大磬，诵经遇有段落变换时，须敲打大磬，令大众师明了变换，或遇佛号特殊处，也敲打大磬，令众师知觉，或者合掌放掌，亦有敲大磬令大众师得知的作用。因此"磬"自然让人联想到寺庙、僧人和诵经的"象外之象"。"薄"指草木丛生的地方，"长薄"则指连片的草木丛。诗人描绘的是禅寺和草木连片的景象，或许寺庙隐于草木之后。"定"指磬声刚刚安定下来，之后风"起"，此一定一起，便有了时间延续的意象。"风从长薄起"其实是说风从长薄处吹来，于是乎又看到草木摇曳，听到清风激物之声，读者仿佛置身其中，境界全出。

下句，描绘月朗风清之夜，清溪流水，小船漂过的景象，妙在不言溪水流动而言月在流。月亮在水面的光影被水波揉碎，动荡不定，犹如月光跟着溪水流动一样，可谓想象高妙，神韵超然。船"过"之后，月尚"在"流，同样有时间上的延续性。

上下两句均用白描手法，不仅有声有色，而且景物随时间变化，因此描绘的不是单纯的三维图画，而是四维的音像效果。这样清幽的意境，唯有细细品读才能悟得。白石道人所谓"知其妙而不知其所以妙"，其实就是意境美或意蕴美。此诗当是"自然高妙"的范例。

"大、前"五唱
吴味雪

润流琴索前宵雨，暖逐车轮大野烟。

【评注】

上句，言前夜的雨水似乎流过了琴弦，湿润了琴弦，使琴声听起来也如水流般的流畅和圆润。此句取"琴索"和"宵雨"两个意象，将雨水的流动和湿润与琴声的流动和圆润联系起来。从这种联想中可以窥见诗人思维品格的高明，诗钟之新巧，有赖于诗人的高品格思维。

大野，广大的原野、田野。野烟，指荒僻处的霭霭雾气。唐翁洮《夏》："大野烟尘飘赫日，高楼帘幕逗薰风。"下句，言广阔僻野上的霭霭雾气，带着温暖的日晖，一路追逐着车轮的扬尘而来。

本诗修辞有两个特点，其一是错接，"润流"和"暖逐"即为错接法生成的新词。将一段话浓缩在两个字上，达到言简义丰的效果。其二是倒装，即将"前宵雨"倒装在"润流琴索"之后，将"大野烟"倒装在"暖逐车轮"之后，使句子婉曲有致。此外，此诗意象丰富，风神蕴藉，意味隽永，颇为耐品。如"暖"，可以是日晖之暖、春风之暖、地气之暖、心境之暖，不同的角度有不同的解释，给读者留下宽广的解读空间。

"思、造"五唱

郭秀如

枯鳞得水思源儿,健翮摩天造极如。

【评注】

鳞,指鱼类。枯鳞即枯水之鱼。上句,言枯水中的鱼受惠于来水而获得新生,又有几只鱼能想到水的来处而感恩呢?以鱼喻人,意指人要懂得感恩,与"饮水思源"同旨。

翮,读音hé,鸟的翅膀。健翮指雄健的翅膀。造极,到达最高点,喻指达到完美之境界。下句,意思是雄健的翅膀迫近高天,就像人或事物达到最高的境界。以鸟比人,礼赞进取有为而达到至高至善之境。

"留、念"五唱

江云松

已曙枉萌留月意,未春先动念花情。

【评注】

上句大意是,天已破晓,曙光初现,此时纵有挽留明月之意,也是枉然。喻指美好的事物过时不再,宜于当下珍惜。也可指不必恋旧,而要适应新时代,接纳新曙光,迎接新希望。

下句,言春天尚未来临,已先生思念春花的情愫。表达对烂漫春天的期待,也喻示对美好事物的到来要有所期待,有所准备。古人常以花比拟花季少女,故此句看作是怀春之思,未尝不可。

"初、小"五唱

陈南曾

闲于浑敦初无世,发自勾萌小亦春。

【评注】

浑敦,也作混沌、浑沌,中国古人想象中天地未开辟以前宇宙模糊一团的状态。也用来形容模糊、浑然一体或人的思想糊涂。本诗之"浑敦"当指世界形成前的模糊状态。浑敦未开之初尚"无世",万事皆无,故而"闲"。读者或认为:闲与忙本属人事,无世即无人事,何来"闲"之说?上句似无理,恰恰体现作者匠心独运的超常诗思,诗味尽在其中矣!此句还可以理解为:闲极之人如处混沌之初,无所事事。

勾萌,草木嫩芽,曲者为勾,直者为萌,也指草木发芽生长。《淮南子·本经训》:"草木之勾萌衔华戴实而死者,不可胜数。"《聊斋志异·种梨》:"见有勾萌出,渐大,俄有树,枝叶扶疏。"下句意思是,草木萌发之芽虽小,亦能赢得盎然春意。作意类于"星星之火,可以燎原",见微知著,富于哲理。林其锐折枝诗"敢图高远虽新羽,或肇繁华此一枝"("一、新"六唱),其下句与本句有异曲同工之妙,可互为参读。

"不、青"五唱

雨 帆

排闼山添青琐色,调琴水韵不弦声。

【评注】

闼,诗意 tà,门;小门。排闼,推门,撞开门。青琐,亦作"青锁""青璅",装饰皇宫门窗的青色连环花纹。后借指宫廷,泛指豪华富丽的房屋建筑,亦指刻镂成格的窗户。《汉书·元后传》:"曲阳侯根骄奢僭上,赤墀青琐。"颜师古注:"孟康曰:'以青画户边镂中,天子之制也。'……青琐者,刻为连环文,而青涂之也。"后华贵的宅第、寺院等门窗亦用此种装饰。"青琐"在本句中仅用作颜色。本诗上句当脱自王安石《书湖阴先生壁》:"一水护田将绿绕,两山排闼送青来。""排"有推门拥入之意,可见青山有情;"添"则知是绿色新增,或因雨后草木葳蕤,或因春来万木复苏。象外之象,耐人玩味。

调琴,弦类乐器,为使音准符合要求,须通过弦轴调整弦的松紧。韵,即和谐优美的声音。下句将水比作无弦琴,将流水声比作琴韵。调弦之后,琴声更加优美和谐。"韵"字转作动词用,颇见机巧。

"一、青"五唱

佚　名

入眼无人青不得,知心有友一何妨。

【评注】

上句化用"青眼"典故,出自《晋书·阮籍传》。魏晋时阮籍能作"青白眼"。"青眼"是两眼正视,眼珠在眼眶中间。青眼看人表示对人的喜爱或重视、尊重,亦称"垂青"。"白眼"是目光向上或斜视,露出眼白,以看他不喜欢的人。据说,阮籍母亲死时,其好友嵇康来慰问,阮籍给的就是"青眼",阮籍看不顺眼的嵇康哥哥嵇喜来吊唁时,阮籍给的就是"白眼"。唐杜甫《短歌行》:"仲宣楼头春色深,青眼高歌望吾子。"本句是说当前无人值得尊重和爱慕,所以不值得用青眼相看。青,名词作动词用。

清徐时栋《烟屿楼笔记》有这样一段记载:"何瓦琴溱集

稧贴字属书云：'人生得一知己足矣；斯世当以同怀视之'，亦佳。"可知对联是何瓦琴从王羲之《兰亭集序》中集字创作的。鲁迅1933年春写此联赠瞿秋白，落款为"洛文录何瓦琴句"，洛文是鲁迅笔名之一。何瓦琴是清代学者何溱，字方谷，号瓦琴，工金石篆刻，著有《益寿馆吉金图》。本诗下句当脱化自此联，意指知心朋友仅有一个也无妨。汉李陵《答苏武书》："人之相知，贵相知心。"宋王安石《明妃曲》之二："汉恩自浅胡自深，人生乐在相知心。"《警世通言·俞伯牙摔琴谢知音》："相识满天下，知心能几人？"

此诗眼字匹对尤难，作者用"吊眼"法，嵌字极为妥帖，对仗亦工稳。

六唱折枝评注

"中、后"六唱

刘子良

未能养浩将中馁，稍自持盈或后亡。

【评注】

馁，气馁，失掉勇气。上句，论述做人当养浩然正气，否则可能中道气馁。文天祥作《正气歌》，葆凌云气节，故能身陷囹圄而不气馁。

"持盈"指骄满。下句，言稍微的骄满，可能导致灭亡的后果。"满招损、谦受益"，古人已有立论，但作者将其提高到"身死国亡"的程度，翻出新意。

宋人姜夔《白石道人诗说》云："诗有四种高妙：一曰理高妙，二曰意高妙，三曰想高妙，四曰自然高妙。碍而实通，曰理高妙……"本诗两句均立论精辟,警世之言,振聋发聩,当为"理高妙"的典范。

"中、后"六唱
江瘦影

情如淡月烟中见,身是残云雨后归。

【评注】

上句大意是,友情如烟中淡月,烟笼之时,其光未减,烟散之后,月洁依然。淡月喻君子之交,或仿"君子之交淡如水"之意。《庄子·山木》:"君子之交淡如水,小人之交甘若醴;君子淡以亲,小人甘以绝。彼无故以合者,则无故以离。"君子之交,源于互相宽怀的理解,互相不苛求,不强迫,不嫉妒,不黏人,所以在常人看来,就像白水一样的淡。小人之间的交往,却多因利益驱使,利益过后,人与人如过眼云烟。本句之"烟"当指考验友情的纷纭世事,烟云过后,君子之情依然如淡月。

下句大意是,怀济世之才者,身如行云作雨,普济苍生,做出贡献以后,只留下残余之身,回归山野。亦似表达对大公者老残身退的喟叹。

"中、后"六唱
魏道涵

物可胜天霜后见,人无负我雨中知。

【评注】

物,这里指松柏之类的耐霜寒植物。上句,言松柏可以战胜天寒,从霜后仍葆有青翠挺拔之姿得到见证。典出南朝宋刘义庆《世说新语·言语》:"顾悦与简文同年,而发蚤白,简文曰：'卿何以生白？'对曰：'蒲柳之姿，望秋而落；松柏之质，经霜弥茂。'"

下句，言故友情深，不负旧谊，从雨天可以知晓。这里用"旧雨"之典。《全唐文》卷三百六十《杜甫·秋述》："常时车马之客，旧，雨来；今，雨不来。"意思是过去宾客遇雨也来，而今遇雨却不来了。后以"旧雨"作为老友的代称。

"风、气"六唱

林屏侯

史略功勋先气节，诗原情性次风裁。

【评注】

略，省去，简化，在此指忽略、省略。气节，志气和节操。上句，从论史的角度，认为气节重于功勋，旗帜鲜明地提出"先气节"的观点。国人素仰节义之士，但将功勋与气节相比而论，未见前人。其论点精辟，史上论据如山。譬如明朝洪承畴，功勋显著，曾作联云"君恩深似海；臣节重如山"，降清后亦多建树，但其变节行为却招诟病。黄道周曾作谐音联回应洪承畴劝降："史笔流芳，虽未成名终可法；洪恩浩荡，不能报国反成仇。"此联对史可法和洪承畴作褒贬对比，表明心迹。黄道周就义前曾血书"纲常万古，节义千秋；天地知我，家人无忧"。这些都力证"史略功勋先气节"的观点。

情性，本性、性格、情意。严羽在《沧浪诗话》中提出："诗者，吟咏情性也。"风裁，指诗歌刚劲有力的风格。"诗原情性"可解作：诗原本是吟咏情性的；亦可联系后文解作：诗之风格原本是诗人情性所决定的。强调诗人当以情性为重，风裁次之，情性决定风裁。这一诗学思想发端于严羽，而高标于袁枚的"性灵说"。公安派提出"独抒性灵，不拘格套"（袁宏道《序小修诗》),袁氏上承公安派的诗歌主张,认为写诗要抒发真性情,提出"性情之外本无诗"(《寄怀钱屿纱方伯予告归里》),"作诗不可无我"(《随园诗话》卷七)的观点。

作诗提倡用意象造句,增强形象感。纯粹用抽象概念造句,往往难出佳构,除非作者有极为精辟独到的见解。本诗虽无意象,但立论高屋建瓴,不容置否,诗风爽劲,不愧杰作,亦可窥见作者之情性。

"小、平"六唱

佚 名

六合杯中能小缩,百年枕上欲平分。

【评注】

六合,这里指上下和四方,泛指天地或宇宙。上句,言天地纵然无垠,却能缩小于酒杯之中。酒瘾者耽于杯中之物,中酒之时,荣辱皆忘,天地之大亦能藐视,唯有解酒瘾才是大事,故云六合小于一杯。此句通过夸张和形象化的描绘,阐述饮者的心境。作意或源自明沈璟《桃符记》:"醉里乾坤大,壶中日月长。百年浑是醉,三万六千场。"《济公全传》亦谓:"醉里乾坤,壶中日月,荣辱不惊,祸福不计。"

百年,表示时间之长,这里指人的一生。枕上,意指共枕之夫妻。下句,言枕上夫妻是最亲密的伴侣,一生的贫富、荣辱都要共同分担。含"有福同享,有难同当"之意。

"小、平"六唱

佚 名

危崖千尺下平陆,古木双行中小溪。

【评注】

上句,描绘一马平川的平陆上,千尺危崖倏然拔地而起,高耸入云的图景。横向的平面与纵向的体量形成强烈的对比。此景还可以切换到另一个镜头:立于千仞壁顶,俯瞰一马平川,眼界豁然开朗。明郑真《用前人青山白云韵》亦有类似描述:"危岑削悬崖,长林隐平陆。"

下句,描绘小溪流水,古木夹岸,郁郁葱葱的清佳之景。让人联想起明胡奎《林溪》"溪上青林林下溪,南州卜隐草堂低"的诗境。类似景象还有王维《桃源行》:"渔舟逐水爱山春,两岸桃花夹古津。坐看红树不知远,行尽青溪不见人。"

两句皆用白描手法,描绘典型性的图景。意象张力的方向性和强度都很明显,让人印象深刻。

"空、古"六唱

吴韵珂

何必有花行古径,不如无月坐空堂。

【评注】

上句,言当下有花当珍惜,何必背离鲜花而执着于行走古径呢?让人着迷的古径,究竟是怎样的情状?荒芜乎?鲜妍乎?或有象征?作者没有交代,言外之意,耐人寻味。本句似是劝诫行僻者珍惜当下的美好,而不沉湎于老旧之中。

下句,无月则无光,空堂则无人。规人于黑夜之中独坐空堂,是何用意?含而不露,任由读者解读,譬如禅修、自省、敲诗、怀古、思春、温故……

此为闽派折枝诗味隽永的典例。字面平淡无奇,但含蓄蕴藉。其意境虚廓,作意朦胧,难以穷解。如云里神龙,可以想见却难以捉摸,给予读者极大的想象空间,所谓"言有尽而意无穷"即是。

"时、事"六唱
王文玉

观海遽粗临事胆,望云偶动济时心。

【评注】

遽,读音jù,遂,就,竟。临事,遇事或处事。如宋朱熹《上宰相书》:"谋国之计,乖戾若此,临事而悔,其可及哉!"亦特指治理政事。如三国韦昭《博弈论》:"其在朝也,竭命以纳忠,临事且犹旰食,而何暇博弈之足耽?"上句意思是,观看一望无际的大海,波澜壮阔,遂使胸襟开阔,胆粗气壮,临事不惧,此即所谓"同构"。

济时,犹济世、救时。《国语·周语中》:"宽,所以保本也;肃,所以济时也。"《旧唐书·隐逸传序》:"退无肥遁之贞,进乏济时之具。"下句意思是,举目望云,偶然触发联想:人当像云一样,出山作雨,润泽苍生,秉怀济世之心。

此诗同时被两门取为元卷,为当时压轴之作。两句均巧于联想,立意高峻,风格豪迈,且对仗工切。"粗",俗字雅用。"偶",用字精准,说明联想的偶然性。或谓"观、望"近义,有合掌之嫌。笔者以为近义的单字相对是否犯合掌,要看具体情况。本诗与"观、望"相关的是两个不同的意象"观海"和"望云",整体上不觉得合掌。

"时、事"六唱
陈幼云

布衣雅有匡时策,醇酒终非任事才。

【评注】

布衣,布做成的普通衣服,代指平民百姓。雅,为实字转虚字,作副词用,"雅有"即"素有"之意,因此可对下句"终非"。匡时,意为匡正时世,挽救时局。上句,言虽为一介布衣,亦素有匡正时世、挽救时局的谋略。王安石《思王逢原三首》句云:"布衣阡陌动成群,卓荦高才独见君。"与今人"高手在民间"之意略似。

醇酒,味浓香郁的纯正美酒。任事,担任大事;担当事务。下句意为,沉溺美酒的瘾者,终究不具备承担大事的才干。李白怀有"长风破浪会有时,直挂云帆济沧海"之志,却终因酒后欲揽水中月,举身赴清池,溺水而亡。也有一说李白是醉死的。不管哪种说法,终归因酒而亡。

"闲、俗"六唱

游学诚

看山若对投闲客,写竹如迎脱俗人。

【评注】

投闲,指置身于清闲境地。写看山之诗句多多,但本诗上句构思却很特别,其一是将山比喻成客人;其二是不言自己是投闲客,反倒说山若投闲客。角度翻新,一反惯常的思维,颇似李白《独坐敬亭山》"相看两不厌,只有敬亭山"诗意。

写竹,即画竹。脱俗,脱离庸俗,不沾染庸俗之气。下句,言面对画出的竹子,浑如迎接脱离了俗气的人。竹子因潇洒优雅的外形和劲节、虚心、刚直、向上的人格化象征,深受文人喜爱。晋人王徽之曾指竹子说:"何可一日无此君?"苏轼《于潜僧绿筠轩》诗云:"宁可食无肉,不可居无竹。无肉令人瘦,无竹令人俗。"至于咏竹名句,当推宋徐庭筠《咏竹》:"未出土时先有节,便凌云去也无心。"史上画竹名家,首推宋人文与可,次为清人郑板桥。"四十年来画竹枝,日间挥写夜间思。冗繁削尽留清瘦,画到生时是熟时。"这首题画诗,是郑板桥一生画竹的写照。

"闲、俗"六唱
张景山

纳枕流泉砭俗耳,上床明月印闲身。

【评注】

砭,古代用来治病的石针,一般与针并用。古人用针刺、石砭人体肢节经络以治病,故"针砭"成医治疾病之别称,比喻指出、批评、挽救弊病。上句将流泉视为砭,是因为泉处于山,未受污染,具有清净纯真的本色。而人处俗世,耳濡日久,必然染俗,于是作者设想用清泉来洗去耳中之俗。但用"砭"代替"洗"更显高明,因为"洗"字平凡,人尽可言。"砭"在洗的基础上多了一层"医俗"的含义,更为深刻。此句也让人联想到许由洗耳的故事。

下句"印"字十分巧妙。一轮明月,清辉遍洒,月光如钤住床笫悠闲之身。李白"床前明月光,疑是地上霜"为比喻,此君"明月印闲身"为拟人,更为别致隽永。

此诗的两个腰字"砭、印"用得极好。试想,如果将此二字换作平常之字,作"纳枕流泉清俗耳,上床明月照闲身",就平淡无奇。可见炼字之重要。

"闲、俗"六唱
林亦从

竹外四围皆俗地,山间一缝补闲亭。

【评注】

上句实是化用苏东坡"无竹令人俗"之句而来。

下句写景，颇似苏轼《放鹤亭记》所描绘之景："彭城之山，冈岭四合，隐然如大环，独缺其西一面，而山人之亭，适当其缺。春夏之交，草木际天；秋冬雪月，千里一色。风雨晦明之间，俯仰百变。"折枝作者或受东坡启发？

王夫子是"情境论"集大成者，他认为写景抒情必须"现量"，即"即景会心"。强调所写之景必须是眼前真景，由此"会心"之情才是"真情"。这种创作理论并不适合于诗钟，因为诗钟创作常常定点限时，所写之景多非真景，而是心中之景，但所寄托的情感也可以是"真情"。诗与画一样，具有审美功能。写景贵在意境美，能给予读者联想，从中获得审美愉悦。从这一角度看，此诗虽写虚拟之景，但仍属好诗。

"马、江"六唱

郭洪子

欲追逝景回江上，不放闲山过马前。

【评注】

逝景，指逝去的光景。上句，言欲追回逝去的光景，须到江上，去回溯江水。这里是将江水比喻流逝的时光，典出"逝者如斯"。《论语·子罕》原文："子在川上曰：'逝者如斯夫，不舍昼夜。'"这是孔子率徒看到山下奔流的泗水（今黄河）时的兴起感叹。这里的"逝者"并无确指，包括人事更替、天体运行、四时变化等，大抵都与时间有关。对于"逝者如斯夫，不舍昼夜"，传统的解释以朱熹《四书章句集注》为优，朱熹从理学家的立场出发，将这句话的意思概括为四个字"进学不已"，对后学有很好的启发意义。此句表达对逝去的美好时光的留念。

下句，言闲情驱马，一路看山，不放任何一处山景从马前漏过。这里的"闲山",可以理解为未被人为开发的"赋闲"之山,也可以指游览者闲情投射所看到的山。"不放"则带有悭吝之义,表达对山水的迷恋之情。古人亦有骑马看山的诗句,如明谈震《和吴太守登灵岩韵》:"骑马看山度水涯,枫林红叶醉霜华。"

"明、远"六唱
佚 名

取充一客来明月,看作诸郎列远峰。

【评注】

上句,言取一轮明月来充当来客。古人写月的诗句繁多,未见将月比作来客者。

郎,旧时对一般男子的尊称。下句,言远峰列阵,权看作是诸位男儿列队。

诗贵出新,创新的方法有多种,这里采用的是"意象翻新",即旧有的意象赋予新意。用拟人法,赋予月亮和远峰"来客"和"诸郎"的意象,使人与月、峰有了一层亲近感,这在古诗词中绝少见到,故有惊奇、新鲜之感。

"天、夜"六唱
林轩筠

能容客几江天棹,不识人谁月夜箫。

【评注】

江天,江面上的广阔空际。棹,读音 zhào,船桨,代指船,也指划船。上句设问:江面上广阔空际的那条船,能容纳几位客人?

下句,言不知谁在月夜里吹箫?或不知月夜里的箫声从谁那里传来？

此诗的特色是倒装，即将"几客""谁人"倒装成"客几""人谁"，其目的不在于文理通顺或平仄协律，而是为了挽救句法的平淡，使句意婉曲有味。若作"能容几客江天棹，不识谁人月夜箫"，便觉无味。两句皆引人入境，发人幽想。

"山、海"六唱
肖晓阳

偕众吾如趋海水，济时谁是出山云。

【评注】

偕，共同，在一起。上句意思是，与广大群众在一起，我就像水汇入大海。喻指个人是渺小的，只有融入大众，与人民站在一起，才具有伟大的力量和前程。

济时，济世、救时。下句，言谁能像出山的云普降甘霖、惠泽苍生那样济世救时。表达对济世贤才的渴望和崇敬。

折枝诗忌"字异义同"。下句用"是"而不用"似"，不是因为"如"对"似"犯合掌（虚字相对无所谓合掌），而是因为"如"与"似"犯"字异义同"之弊。

"进、思"六唱
陈涓音

岂是趑趄其进缓，似皆憧憬所思繁。

【评注】

趑趄，读音 zī jū，意思是脚步不稳，或指行走困难，踌躇不前的样子。上句，言怎么会因为暂时的脚步不稳，而断定其进度缓慢呢？暗指小的失误不会影响大局。

憧憬，读音 chōng jǐng，对某种事物的期待与向往。下句,言所思所想繁多,似乎对许多事物都充满着期待。

此诗句法圆熟。趑趄与憧憬皆连绵词,对仗工整。内容一正一反,似有关联。语气积极向上,充满乐观主义精神。

"进、思"六唱

陈　曦

砚水还期能进海,瓶花自谓也思春。

【评注】

上句,言砚台中的水虽然很少,还是期望最终能进入大海。

下句,言瓶中的插花,自言也很想念春色。似表达"瓶花"对采摘之前在山野自由绽放、娇艳明丽的怀念。

此诗的哲思是:卑微者或逆境中人,也须心怀憧憬。诗歌的解读有四个维度:作者、环境、文本、读者。站在读者角度,有时可以一诗多解,但必须顺理成章,不与原作相悖,文学评论称其为"正误"。"思春"在这里的意思当是思念春色,但"思春"一词本指情窦初开,谓少女思慕异性,泛指少男少女对异性产生思慕之情。古代常用花比喻美女、少女。瓶花已是被摘之花,因此"瓶花思春"若解读为少妇怀人,也未尝不可。

"国、风"六唱

张干卿

是非君莫随风转,休戚吾当与国同。

【评注】

上句,劝人要对是非曲直坚持原则,而不随世风的转变而转变。君,这里指代人。

休戚,喜乐和忧虑,幸福与祸患,亦泛指有利的和不利的遭遇。下句,言自己的喜乐和忧虑应当与国家相同,不能只顾小家不顾大家。吾,相当于"自己",不仅指作者自己,也指读者自己。

此诗作者是霞浦人(原长溪诗社社长张景骞之父)。写作时间大抵在清末民初,虽已逾百年,但其警世意义却如对症当下。

"一新"六唱
林其锐

冀能远举张新羽,愿岂卑居困一鳞。

【评注】

冀,希望。远举,高飞、远扬的意思。羽,这里代指鸟类。上句意思是,希望能像新生的鸟儿一样,展翅飞翔,去实现高远的目标。

愿,愿望。鳞,代指鱼类。下句意思是,宏大的愿望岂甘像一条鱼那样卑微地困居于一隅池沼。

两句皆托物寄怀,表达不甘平庸,志存高远的情怀,与"海阔凭鱼跃,天空任鸟飞"之意相似。宋人阮阅《诗话总龟前集》卷三十二引《古今诗话》谓:"大历末,禅僧玄览住荆州陟岵寺,道高风韵,人不可亲……乃题诗于竹曰:'大海从鱼跃,长空任鸟飞。'"此诗句表达禅僧自由自在的广阔胸襟和活泼泼的禅机。后人改作"海阔凭鱼跃,天空任鸟飞"。

"一、新"六唱
黄建忠

大海初形原一勺,乔松始茁仅新荄。

【评注】

上句，言大海最初的形状，犹如一勺之微，想象奇特，得未曾有。王夫之情境论强调写眼前真景，反对景中推理。本句所写的是作者心中之景，不仅不"真"，还带有"理"的成分，即体现意象的哲理性——浩瀚出于微渺，这种描写已超出王夫之的审美范畴。

乔，高。茁，旺盛；健壮。菱，草根。下句，言高大的松树，在开始茁壮生长之前，仅仅是渺小的新根。与上句一样，表达伟大源于渺小的哲思。

"厚、今"六唱
黄明清

落红绮陌飔今夜，积翠深林涨厚烟。

【评注】

落红，指落花。绮陌，指繁华的街道，宋人多用以指花街柳巷。上句意思是，今夜，繁华的街道上凉风飔飔，落英缤纷。飔，指风吹，亦指风声，用于描绘风吹花落，动感声感并出，生动而传神。

积翠，意思是翠色重叠，形容草木繁茂。下句，描绘翠色重叠的深林，雾气浓厚，浓雾由内而外弥漫开来。用一"涨"字来形容，极富神韵。

此联颜色鲜妍，生动传神，允为写景典范。

"笔、樽"六唱
佚　名

三峡涛声流笔底，六朝帆影落樽前。

【评注】

三峡，西起重庆市奉节县白帝城，东至湖北宜昌市南津关，全长193千米，沿途两岸奇峰陡立、峭壁对峙，自西向东依次为瞿塘峡、巫峡、西陵峡。三峡不仅风景如画，也是古代水上交通要道，因此写三峡的诗句颇多，如汉人《巴东三峡歌》"巴东三峡巫峡长，猿鸣三声泪沾裳"；杜甫《咏怀古迹五首》"三峡楼台淹日月，五溪衣服共云山"；白居易《入峡次巴东》"万里王程三峡外，百年生计一舟中"。三峡因波涛富有气势，因此，诗人写三峡，仿佛"涛声流笔底"一样。上句，既写三峡的气势，也喻诗人的才思，与宋人裘万顷《次敬叔韵二首》"笔端定自翻三峡"句最为相近。

六朝，指从三国至隋朝的南方六个朝代，即东吴、东晋、刘宋、南齐、萧梁、南陈。又因六朝皆以建康（今南京）为京师，所以后世许多文献皆以六朝或南朝来代指南京。建康虽为金粉繁华之地，但因六朝皆短暂，帝王更迭如走马灯，故易引发诗人怀古兴叹。如何表达这一层意思？"六朝帆影落樽前"，作者取象"帆影""樽前"来缀合达意。长江过境建康，"帆影"指六朝之事如过江帆影，目不暇接，过眼即逝。"樽前"指酒筵之上，意指六朝之事已成酒席上的谈资。"落"字十分形象，描述帆影（六朝之事）如在眼前。此句用隐射法，不可单从字面解释。

此诗虽佳，但与宋米芾《望海楼》颔联仅一字之差，显非自撰。清人敲钟，或不忌抄袭？附米芾原诗："云间铁瓮近青天，缥缈飞楼百尺连。三峡江声流笔底，六朝帆影落樽前。几番画角催红日，无事沧州起白烟。忽忆赏心何处是？春风秋月两茫然。"

"山、子"六唱

佚　名

读破六经诸子小，登来五岳众山卑。

【评注】

六经，指经过孔子整理而传授的六部先秦古籍。这六部经典著作的全名依次为《诗经》、《书经》（即《尚书》）、《仪礼》、《易经》、《乐经》、《春秋》，简称为《诗》《书》《礼》《易》《乐》《春秋》。六经是古代儒生必读的经典。东汉时期，董仲舒提出"罢黜百家，独尊儒术"的观点，被当朝者采纳，这一学术思想影响中国两千多年。上句，"读破"表示反复诵读导致书册破损，意在强调六经的重要性，须烂熟于胸。"诸子小"是对儒家之外诸子百家的鄙视。现代人倡导"百花齐放，百家争鸣"，董氏思想已不合时宜。

下句，旅行家徐霞客游黄山后，写下的七言古诗《漫游黄山仙境》"五岳归来不看山，黄山归来不看岳"，遂成名句。本句言游览五岳之后，再看众山就觉得平淡无奇，众山对比五岳显得卑下。实为"五岳归来不看山"的翻版。

"梦、莺"六唱

高　魁

满衣花露听莺返，一榻梨云拥梦来。

【评注】

上句写的是一个"事象"，但人物形象用笔绝少，仅"衣（湿衣）、返"二字而已，"花、露、莺"都是"象外"的吉光片羽。但这些意象组成"满衣花露听莺返"后，却给人生动鲜明的艺术形象，引起读者对"返"之前的"听莺"情景展开想象,意境油然而生。

榻,狭长的矮床,泛指床。梨云,指梨花,也指梨花如云。下句,梨花如云,拥榻而来,形象何其鲜明!"拥"字生动传神。虽是一角镜头,未见全景,但如此优美的诗境不免催发读者对镜头以外的"象外之象"以及诗中人的梦境产生诸多联想,品味意蕴之美。

诗词历来重境,意境靠意象的营造来呈现。意象是有张力的,一般来说,意象的张力越大,表达的意境越深。越是鲜明、生动、富于内涵的意象,其张力越大。本诗造句所选取的意象流丽、鲜明,诗句意境优美,过目不忘。

"路、墙"六唱
雨 帆

山鸟与云争路出,邻花拥月越墙来。

【评注】

上句,鸟和云被赋予积极向上,充满竞争激情的形象。陶渊明《归去来兮辞》:"云无心以出岫,鸟倦飞而知还。"这里的云和鸟是倦怠的,表达作者厌恶官场,归隐田园的心境。可见,同样的事物,在不同的心境下,色彩不同。

下句,言邻家的花树,拥抱着月光,越过墙头而来。本句意境优美,"越"字富于动感。文字之外有否隐意?邻花或暗指邻家女?读者不妨自行脑补。

"梦、衣"六唱
佚 名

欹枕橹声摇梦破,推蓬山色上衣青。

【评注】

欹，诗意qī，斜靠着。上句，言轻舟之上，斜靠着枕头进入梦乡，在摇橹声中醒来，仿佛美梦被橹声划破一般。橹声与梦关联最富诗意，故古人着笔尤多，如陆游《游山》"唤起故年清绝梦，数声柔橹下巴陵"；宋楼钥《慈溪道中》"双橹真成鹅鹳鸣，客愁厌苦梦魂惊"；宋徐集孙《送僧之毗陵》"禅心包影外，客梦橹声中"。

蓬，蓬草。这里指用蓬草编成的门，借指贫苦人家。青，在这里应作动词，即"青了"之义，这样才能对仗"破"字。下句，言推开蓬草编成的门，迎面而来的是青山，山色青翠欲滴，仿佛把衣服染上了青色。山之青色怎么会染上衣衫？这完全不符合事物之理。然而，正是这种奇妙的幻想，使诗句充满意趣，彰显出独特的艺术张力，这是运用化虚为实的表现手法。

此联诗味盎然，但"橹"对"山"，词类对仗尚觉欠工。前清之作，不可以当代标准苛求。

"家、道"六唱

佚　名

鸡声云际山家午，燕影波间海道春。

【评注】

上句，言家在高山云中，当传出鸡鸣之声时，已近中午。此句以神韵胜，取典型环境中的典型事物，营造独特的情景和意境。李白"空中闻天鸡"只是幻象，这里的"鸡声云际"非作者真切感受不可得之。"云际"言山家之高，又因山家周遭高山耸立，阻挡晨光，导致日出推迟，待鸡鸣之时，已到午时。或不免夸张，但恰当的夸张不违诗理，反而使艺术形象更加鲜活生动。

海道，海路，海上航道。燕，分为雨燕、楼燕、家燕、岩燕等。中国的燕子冬季会在海南、云南、东南亚、澳大利亚等热带地区越冬。二月份开始北上，三月初到达福建、浙江及长江下游，四月初黄河流域就可以看到燕子。燕子的迁徙路线是沿海岸和河流向北飞行，几乎遍布中国北部，远及西伯利亚东南部。此外，家燕北上时，先到台湾，再西经台湾海峡至福建，或东经琉球群岛至日本，甚至经朝鲜飞越东海至东北、内蒙古和西伯利亚。"燕影波间海道春"是燕子迁徙的真实写照，当是三月的福州海边所见。下句，借燕子从海道回迁的形象，言春天的到来。

"风、气"六唱

叶轩孙

满山叶动天风绿，夹岸花流水气香。

【评注】

上句，天风吹过山林，满山叶动，似乎天风也被林叶染绿了。

下句，两岸花林，落英缤纷，花落于水流，将香气溶于水中，使水气也带上了花香。

叶轩孙折枝诗，惯用通感，富于神韵。试想：天风怎么会是绿的？水气又岂真有香？这不是把主观意识强加给眼前景物吗？作者利用通感，艺术地（而非考证式地）道出眼前美景，由看到风吹满山绿叶动而联想天风也必然被染上绿色；由闻到两岸花香，看到花随流水而推测水气也必定有香。这样描写使诗意趣盎然。

"初、晚"六唱
林绮赓

自脱亦求看晚箨,欲开犹待爱初苞。

【评注】

箨,读音 tuò,笋皮。上句,顺读词序应为"看晚箨亦求自脱"。意思是:看老笋之皮,分明笋也求自我解脱。这里的"箨"喻指旧有的束缚。此句也可以理解为:看到老笋脱皮,也想像老笋一样脱去事务对老身的羁绊。以老笋脱箨比拟人脱去旧有的束缚,独此一家。

下句,顺读词序应为"爱初苞欲开犹待"。意思是:就爱初生的花苞,将要绽放却还需等待。意近于郑谷《海棠》:"秾丽最宜新著雨,娇饶全在欲开时。"此句的哲思是:期待中的事物才是最美好的。

"花、烛"六唱
李可蕃

池月冶银吹烛看,山春织锦踏花行。

【评注】

上句,言月光映照在池中水面上,犹如熔炉冶炼白银一般,如此动人的情景,真该吹灭烛光,细心观看。古人多有将月色比作银的诗句,如苏轼《行香子》"清夜无尘,月色如银",宋米芾《中秋登楼望月》"目穷淮海满如银,万道虹光育蚌珍",宋叶元素《渔家杂兴》"鸣榔声里过吴松,月似银盘贴水中"等,然神韵均不及李可蕃此句。

下句,言山中春花烂漫,犹如编织出的锦绣一样,吸引人们踏花而行,一路观赏。句中所描述的景象与花朝踏青颇为贴合。花朝节，也称花神节、女儿节，简称花朝。花朝节所在的月份，晋代为农历二月十五日，宋代以后渐改为农历二月十二日，全国盛行。花朝是最富诗意的传统节日，与八月十五的中秋并称，分别被称为"花朝"与"月夕"。花朝是游春的高潮，民众皆至郊外踏青。姑娘们剪五色彩纸粘在花枝上，称为"赏红"。文人雅士则邀约赏花，饮酒作乐，互相唱和，高吟竟日。

"春、夜"六唱

吴味雪

返照入江延夜色，行云绕树助春阴。

【评注】

返照，同反照，指落日反射。上句，言落日余晖返照在江面上，仿佛要延迟夜色的到来。

行云，流动的云。春阴，这里指春日花木的荫翳。下句，言流云围绕树顶，仿佛要帮助扩展树荫一样。

杜甫《返照》诗句云："返照入江翻石壁，归云拥树失山村。"此中也有"返照入江"并"归云拥树"，与此折枝颇为相似，料是作者受杜诗启发而作。可见多读古诗，于诗钟撰制大有裨益。

"春、雨"六唱

叶轩孙

梦餐花气无春有，坐读江声是雨非。

【评注】

上句，言梦中闻到花的香气，春的气息在似有似无之中。梦境本是缥缈虚幻的，故梦闻花香，言春在似有似无之中，十分熨帖。

下句，言坐着听江水流动的声音，仿佛在似雨非雨之中。流水声与雨声较为接近，因此江声疑为雨声是真切的感受。当江声叠加雨声时，往往难以辨别哪个是江声哪个是雨声。因此听到江声，感觉人在似雨非雨之中。诗人将人们习以为常却不能言的现象生动地描绘出来。

此诗炼字极佳，香不言闻，而言"餐"；声不言听，而言"读"。论者或不以为然。君不闻"秀色可餐"？色既可餐，何独香不可餐？而"读"声，更能体现细心体悟之情态。

"大、寒"六唱
陈翼才

巨翎始亦栖寒谷，微介终当出大川。

【评注】

翎，鸟翅和尾上的长羽毛，指代鸟类。上句，言遨游高天的大鸟，开始时也只是栖息在寒冷的山谷里。喻指能干出一番大事业的高才，初始时也是卑微寒碜的，汉朝韩信便是一例。

介，带甲壳的水生动物。下句，言微小的水生甲壳动物，终究要脱离出渊薮，进入大河。喻指卑微渺小者也能谋取广阔的发展空间。此句还可以解读为：微小的水生甲壳动物，终究要脱离大河，进入更广阔的空间。后者出于想象，于事实未必相符，但不悖诗理。齐白石作《蛙声十里出山泉》，描绘山涧激流中的蝌蚪，也与科学不符，但不影响作者表情达意。以微介喻弱小而存大志者，仅此一例。

"禁、烟"六唱
杨文继

苍极豁于无禁处，翠微抹在一烟中。

【评注】

苍极，意指苍天。上句，言高天中的眼界因不被遮蔽，豁然开朗，无限开阔。现实中只有在高山之巅或飞机之上才能有这种眼界。今人摄影的一大突破是使用无人机，高视点拍出来的场景，远比惯常的三远法（平远、深远、高远）来的震撼。只可惜作者已不能见到这种画面，他的设想已由晚辈帮他实现。此句的哲思与"不被浮云遮望眼，自缘身在最高层"相似。

翠微，青绿的山色，也泛指青山。烟，指云烟。下句的造句基础是"一抹青山"，形容青山如同用画笔一抹而成。句意是，青翠的山色如同用画笔抹在了一缕云烟之中。"一抹"在古诗词中较为常见，如宋赵师侠《鹧鸪天》"云归远岫千山暝，雾映疏林一抹横"；宋刘学箕《菩萨蛮·鄂渚岸下》"烟汀一抹蒹葭渚，风亭两下荷花浦"；清柴梅《大隗晴岚》"一抹青山入画屏，轩丘层岫插长空"。

"空、古"六唱
萨伯森

明多眼是长空月，淡极心如太古云。

【评注】

上句，言眼睛多是明亮的，浑如长空皓月。形容眼睛明亮的古诗句，如李白《登广武古战场怀古》"项王气盖世，紫电明双瞳"；李白《上云乐》"碧玉炅炅双目瞳，黄金拳拳两鬓红"；元稹《崔徽歌》"眼明正似琉璃瓶，心荡秋水横波清"，此句将眼明比月，匠心独具。

太古，最古的时代（指人类还没有开化的时代）。下句，言极淡之心犹如远古时期的云一样。心淡如云，为什么是太古的云?因为太古之时人类尚未开化,世界是简单干净的,料想映照世界的太古之云必然也是清淡的,故用以比喻淡泊之心。

"名、老"六唱

潘主兰

枯可分无颠老树,浑难甘自涸名泉。

【评注】

上句,意思是"树虽老,可以干枯,但绝不颠倒"。此句难解的原因有三个:其一,一般的诗句意较简单,此句却较复杂。主语"树"有两个谓语——枯、颠,因此包含"可枯""无颠(不倒)"两重意象,由此意象而引申出人格化的品质。其二,"枯可"的正常语序应该是"可枯",由于倒装,句子显得曲折晦涩。其三,"可枯"与"无颠(不倒)"之间省略"但、却"之类的转折词,有碍读者对句意的顺利解读,须咀嚼方能品其真味。

下句,意思是"甘与名泉同干涸也难使自己迁就于浑水(也比喻心源不浑)"。此句同样有"泉涸""水浑(或心浑)"两重意象,并借意象表明心志。"浑难"既是"难浑"的倒装,也运用了"错接"的修辞法,即从"难使心源浑浊"或"难以迁就而饮浑水"中抽出"难、浑"二字,合成"浑难",由此造成解读困难。从语义上分析,"浑难"本该在"涸名泉"之后,这也增加了解读的难度。从上述分析可知,"涩"之句,除了字少意丰以外,往往兼用倒装、错接的修辞法。

此作为潘主兰名句,在南平"名、老"六唱征诗中,十二门词宗竟然十一门评为元卷。

"马、江"六唱

林绮赓

苔巷长年无马迹,松厅彻夜有江声。

【评注】

上句,言长满青苔的小巷,长年以来都没有马蹄的痕迹。言外之意是,主人非富非贵,所以绝少来访者,居处也因此闲适恬静。借苔痕言事的折枝,还有林形余所作"羽、痕"四唱:"邻家燕羽相新故,同巷苔痕有浅深。"可参读。

下句,言居所临江,松树依傍的客厅,整夜都能听到江水的声音。本句的意象仅为松厅、江声,但象外的想象空间颇大。江声或伴着松风、鸟语低吟?江月或共渔灯交映?院外松林筛月,抑或院内孤松弄影?居所在悬崖之上,抑或在临江之皋上?不一而足。

"高、远"六唱

梁道钧

水亦难能终远海,云非得已再高天。

【评注】

上句大意是,水最终归入远海,这种不懈进取的精神是难能可贵的。本句从另一个角度诠释了"上善若水"。

下句意思是,云再上高天,是不得已而为之。暗喻具济世高才而退隐者,不得已再出山,勉力成就一番事业。晋人谢安屡辞朝廷辟命,隐居会稽郡山阴县东山,与名士游山玩水,并教育谢家子弟。后谢氏家族于朝中之人尽数逝去,他才东山再起,历任征西大将军(桓温)司马、吴兴太守。后入朝为官,匡扶社稷。在淝水之战中,谢安作为东晋一方的总指挥,以八万兵力打败了号称百万的前秦军队，使晋室得以存续。

"红、五"六唱
高禅茶

送春门巷霏红雨，迎曙楼台涌五云。

【评注】

门巷，指门庭里巷。霏，这里指花雨很盛的样子。上句，勾画出一幅小巷暮春的情景：门庭里巷，落红霏霏如雨。或问：所落何花？"送春"提示落花时间是暮春，"落红"可知花色为红或粉红，"如雨"可知花树较高，绝非牡丹、芍药之类低矮之花。因此推断，这里的花雨当是桃花、杏花或樱花。言花雨的古诗句，如唐戴叔伦《兰溪棹歌》"兰溪三日桃花雨，半夜鲤鱼来上滩"；宋志南《古木阴中系短篷》"沾衣欲湿杏花雨，吹面不寒杨柳风"。

五云，青、白、赤、黑、黄五种颜色的云。古人视云色占吉凶丰歉，五色云多是吉祥的征兆。下句，言迎接曙光的时刻，天际五色瑞云仿佛从楼台涌起。此景充满鲜丽祥瑞的气象。

"大、寒"六唱
郭云翔

所足与言唯大雅，较为可恃是寒交。

【评注】

足，充足；足够。大雅，《诗经》二雅之一，为先秦时代华夏族诗歌，共三十一篇。《大雅》的作品大部分作于西周前期，作者大都是贵族。大雅也指德高而有大才的人、泛指学识渊博的人、高尚雅正等。旧训雅为正，谓诗歌之正声。《诗大序》:"雅者,正也,言王政之所废兴也。政有小大,故有《小雅》焉,有《大雅》焉。"上句,言足可使我与之交流者,只有大雅之人。表达耻与哙伍的狷傲性情。

恃,依赖;倚仗。寒交,即贫贱之交,指贫困时结交的朋友。下句,言较为可依赖的是贫寒中结交的朋友。贫寒之交,没有名利羁绊,唯有真情维系,故遇有难事,或可托付,但也仅是"较为可恃"而已。朋友或因能力有限,或因地位有变,或因人事变故,恐难完全承托重任。

"马、江"六唱
高禅茶

当门桃讯双江合,出寺松涛万马奔。

【评注】

桃讯,桃花的消息。上句描绘的是,门前双江合流,江畔桃花盛开,流水带着桃花奔腾而来。张鹤廉"南、二"一唱名句:"二水流花同到寺,南风吹雨不过城。""二水"句所描绘的景象与"当门"句颇似,可为参读。

下句,山寺门前,一片松林,天风来时,松涛如吼,出得寺庙山门,如闻万马奔腾。这一情景让人想起阿炳创作二胡曲《听松》的故事。阿炳说:"宋朝时,金兀术被岳飞打得走投无路,狼狈逃到无锡惠泉山下,躺在听松石上,听到松风之声,心惊肉跳,以为是宋朝兵马的声音。乐曲便是描写这个故事,所以又名《听宋》。"

"空、古"六唱
林逢时

岩霏流月成空翠,潭水鸣秋洩古音。

【评注】

岩霏,岩壁上的雾雨。明郑善夫《黄山杂诗十首其三》:"岩霏散丛薄,谷风回春姿。"空翠,指绿色的草木、绿叶、青色的潮雾、碧空、苍天和清澈的泉水。王维《山中》:"山路元无雨,空翠湿人衣。"上句,言岩壁上的雾雨裹挟着月光流动,使天空充满青色而潮湿的雾气。

洩,同"泄",泄露。下句,言瀑流入潭,鸣响在秋天里,泄露出古老的乐音。"洩古音"尤妙,意指千古潭瀑,秘而不宣,偶遇知音,便泄露了古音。真乃妙尽幽微之言!

"地、坛"六唱
林祥珩

苏槁雨从耕地降,化顽春向讲坛生。

【评注】

槁,干枯;干瘪。苏槁,复苏干枯之苗。上句,言复苏干枯之苗的甘澍,从天向耕地降落。为什么甘澍只向耕地降?这是因为农民或悯农者心中只有耕地,耕地之外漠不关心。

化顽,"化及冥顽"的缩减(冥顽,指愚昧),意指教化普及到愚昧无知的人,形容教育普及,世风良好。下句大意是,讲坛上教师教化愚顽的学生,使他们有所开悟,有所进益,就像春苏草木一样。

"诗、月"六唱
何树远

棠轩墨渖春诗丽,竹院茶烟晓月微。

【评注】

棠,指甘棠、棠梨,通称杜树,落叶乔木。棠轩,依傍棠梨的带窗长廊或小屋。渖，汁。墨渖，即墨汁，也指墨迹、学问。上句，言棠梨盛开的轩阁，春意正浓，书写咏春之诗的墨汁未干，却因春诗之美也显得靡丽。《史记·燕召公世家》："周武王之灭纣，封召公于北燕，召公巡行乡邑，有棠树，决狱政事其下，自侯伯至庶人各得其所，无失职者。召公卒，而民人思召公之政，怀棠树不敢伐，哥咏之，作《甘棠》之诗。"后遂以"甘棠"称颂循吏的美政和遗爱。本句"棠轩"，或有隐射轩阁主人为良吏之意？

茶烟，烧茶水产生的雾气。下句描绘的是，黎明中的竹林小院，烧起茶炉，腾起茶烟，迷蒙之中的晓月，光线也显得微弱了。此等画面，独具韵味。

"花、月"六唱
郑乃中

爽籁入帘携月坐，香泥腻屐踏花归。

【评注】

爽籁，参差不齐的箫管声，一说清风激物之声；指箫管一类的乐器；指清风。唐王勃《滕王阁序》："爽籁发而清风生，纤歌凝而白云遏。"上句，言清风（或箫声）入帘之时，最宜携带月光入坐。

香泥，芳香的泥土。唐胡宿《城南》："昨夜轻阴结夕霏，城南十里有香泥。"下句，言踏青而归，木屐底因粘上和着香花的泥土而滑腻，借以表达踏青之兴致。

"言、志"六唱
郑景澄

气塞两间持志始，行完一己顾言终。

【评注】

两间,谓天地之间;指人间。唐韩愈《原人》:"形於上者谓之天,形於下者谓之地,命於其两间者谓之人。"金陈赓《宣宗挽词》:"俭德高千古,鸿勋际两间。"明邵璨《香囊记·潜回》:"那时节立朝纲当辩姦,我这里正气漫漫塞两间。"上句,言正气充盈,直到塞满天地之间时,才是秉持宏志的开始。若稍自气馁,则志必不刚,易于颓废。此句气魄宏大,立论完足,豪气干云,不可多得。

下句,言人生就像行者,当行将走完自己的人生道路时,才知反思自己的一生,吩咐身后之事。这里的"行"不仅是行路,还指行事、行修、行职等,比喻一生的作为。同此比喻的诗词,如宋苏轼《临江仙·送钱穆父》:"人生如逆旅,我亦是行人。"今人折枝诗谓"有生我亦争雄者,未死谁非负债人"("雄、债"六唱),将人生比作争雄者与还债人,亦值得一读。

"烟、骨"六唱

佚　名

诗与梅花争骨瘦,梦随孤棹入烟深。

【评注】

宋苏轼《祭柳子玉文》:"元轻白俗,郊寒岛瘦。"郊寒岛瘦本指孟郊、贾岛简啬孤峭的诗歌风格,后用以形容诗文类似的意境。前人言诗瘦,如宋张镃《念奴娇·宜雨亭咏千叶海棠》:"免教春去,断肠空叹诗瘦。"元王庭筠《绝句》:"竹影和诗瘦,梅花入梦香。可怜今夜月,不肯下西厢。"清刘可毅联:"秋风古道题诗瘦,落日平原纵马豪。"言梅瘦,如宋毛滂《上林春令·十一月三十日见雪》:"夜寒不近流苏,只怜他,后庭梅瘦。"宋赵蕃《瘦梅》:"清虚日集人当瘦,粪壤不资梅合癯。"清纳兰性德《浣溪沙·欲问江梅瘦几分》："欲问江梅瘦几分，只看愁损翠罗裙。"梅瘦本有形象可观，诗瘦则难以形容，言诗与梅争瘦，实是将诗比作瘦梅，化抽象为具象，易于理解。

棹，读音 zhào，划船的工具，代指船。孤棹，即孤舟。烟，古人不分烟与雾，雾也称烟。下句写景含蓄典雅，意境绝佳，但意象模糊，可作多解。例如，"梦"不一定真指梦，可以是思、情。梦者可以是舟中人，也可以是目送孤舟远去之人。"孤棹"似有伶俜之意。"深"可以理解为雾气浓，舟隐其中有深入感；也可以理解为舟行得远，在距离上有深远感；还可以是"梦"渐深。言"梦"随孤棹入烟，已有意趣，再着一"深"字，更见神韵。此句当推含蓄之典范，可入严羽"入神"之列。其作意难以言表，唯靠"妙悟"而已。

此诗清朝人所作，其时诗钟对仗格律尚不苛严，"孤棹"对"梅花"欠工整，唯取其佳意。

"闲、俗"六唱
沈叔恺

世网只能罗俗辈，车尘应不到闲门。

【评注】

世网，将尘世比作大网，喻社会上法律礼教、伦理道德乃至名利之心对人的束缚。宋苏舜钦《春睡》："嗒尔暂能离世网，陶然直欲见天机。"俗辈，平庸鄙俗的一类人。宋戴复古《诸葛仁叟县丞极贫能保风节有权贵招之不屑其行》诗："俗辈众多吾辈少，素交零落利交兴。"上句，意为世俗之大网只能网住庸俗之辈，超凡者自能避之。

车尘，指征车扬起的灰尘。征车是古代征召贤达使用的车子。清方文《送刘孔安北上》："大云起幽壑，征车来何迟！"清顾景星《〈楝亭诗钞〉序》："不佞征车来长安，晤子清如临风玉树。"下句，言我等无名之辈，应该没有征车来到清闲的门庭。

此诗表达不慕荣华，不偕俗辈，甘于自闭的心境。上句重，下句稍轻。因为下句"应不"语气还不够果断，似有所盼。若将"到"改为"玷"，更能表明高洁的心境，则两句铢两悉称矣。

"一、新"六唱
肖晓阳

露锥岩畔抽新笋，振甲峰巅屹一松。

【评注】

露锥，化用"脱颖"之典。《史记·平原君虞卿列传》："平原君曰：'夫贤士之处世也，譬若锥之处囊中，其末立见……'毛遂曰：'臣乃今日请处囊中耳。使遂蚤得处囊中，乃颖脱而出，非特其末见而已。'"后因以"脱颖"比喻人的才能显露出来。上句，言新笋于巉岩强压之下，仍能脱颖而出。

下句，松干鳞片犹如甲胄鳞片，于是采用拟人法，将松比拟皮甲的将军，以"振甲"言振作抖擞的威武神气。将一松置于峰巅之上，体现凛然屹立、风雷不屈的气概，与《沙家浜》唱句"要学那泰山顶上一青松"之意相同。

诗钟对仗讲究对称均衡，不可一句有典，一句无典，犯此忌者曰"独眼龙"。但用典能化者，也可视为白句（无典之句）。本诗上句用典能化，如盐化水中，有味而无渣，故可对白句。

"闲、俗"六唱

佚 名

孤筇绿野过闲日,一枕沧江隔俗尘。

【评注】

筇,读音 qióng,筇竹,实心,节高,宜于做手杖;手杖。上句,言独自扶杖逍遥于青山碧野之间,过着闲逸不拘的生活。参读诗句,如宋陆游《信步近村》:"端闲何以永今朝,拈得筇枝度野桥。"宋邵雍《春郊闲步》:"病起复惊春,携筇看野新。"

沧江,江流,江水,以江水呈苍色,故称。下句,"一枕沧江"言舟楫生涯,因在水上,与陆地隔离,故言"隔俗尘"。此句表达厌恶尘俗,安于沧江漂泊的心境。略似陆游词《鹊桥仙·一竿风月》:"一竿风月,一蓑烟雨,家在钓台西住。卖鱼生怕近城门,况肯到、红尘深处。潮生理棹,潮平系缆,潮落浩歌归去。时人错把比严光,我自是、无名渔父。"

"闲、俗"六唱

郑希卿

为谋筑室添闲趣,但恐辞山染俗尘。

【评注】

闲趣,指闲适的情趣。上句,言谋划构筑雅室,以增添闲适的情趣。可知所筑之室乃应闲雅之需。闲雅绝非倚仗金碧辉煌、雕梁画栋,而是寻觅清幽之地,或具儒雅之风。可以料想筑室之内,或琴韵绕梁,书画彰壁,炉腾香雾,壶袅茶烟;筑室之外,或窗含苍翠,门映溪山,竹林围院,古木盈庭。

下句,言遁世山居者,一旦辞山而入尘嚣之地,只怕会沾染上尘世的俗气。佛教徒以人世为俗世，故称脱离人世束缚为出世。本句表达出世与入世两难的心境。

"新、远"六唱

肖晓阳

自忍钉蹄怀远略　何期破茧焕新生

【评注】

钉蹄，即在马蹄上钉马蹄铁，目的是保护马蹄，避免马蹄在长途跋涉中因承受巨大压力和摩擦而受损，同时增强马的抓地力和稳定性。上句，以马喻人，因为自甘钉蹄，故能远行，从而实现远大的谋略。马钉蹄本不疼痛，之所以要"忍"痛，实为诗人的"错觉"。诗性思维，不可以事理论之。

茧，为昆虫成蛹后外面包裹的丝状物，常见者为蚕茧。茧中之虫不吃不动，其状如死。然而，一旦破茧化蝶，便彩翼飘飖，生气勃然。此等景象正合比喻事物发生形或质的华丽蜕变。作者期望自己也能像春蚕破茧一样，告别故我，焕然新生。

"时、事"六唱

佚　名

小隐常如无事鹤，横飞不羡得时龙。

【评注】

小隐，《昭明文选》卷二十二《诗乙·反招隐·反招隐诗》："小隐隐陵薮，大隐隐朝市。"后遂以"小隐"指隐居山林。上句，言隐居山林，常如闲云野鹤，无拘无束，逍遥自在。表达对"无事"的惬意。

横飞，这里指奋飞。唐薛能《早蝉》："暂落还因雨，横飞亦向林。"清蒲松龄《聊斋志异·八大王》:"今老将就木,潦倒不能横飞。"得时,意指获得时机。下句,言不羡慕获得时机而奋飞的龙,含蔑视投机者得时而飞黄腾达之意。

"望、荣"六唱

肖晓阳

羽借鹓鸿赢望誉　珠凭冠冕享荣尊

【评注】

鹓,读音 yuān,古代传说中一种像凤凰的鸟。鹓鸿,鹓雏、鸿雁飞行有序,象征秩序和权威,用以比喻朝官班行。高适《途中酬李少府赠别之作》:"鹓鸿列霄汉,燕雀何翩翩。"苏轼《次韵答邦直子由》之四:"闻道鹓鸿满台阁,网罗应不到沙鸥。"清朝官员的顶戴花翎,插的是孔雀毛。上句,有两层意思,其一,言孔雀的羽毛之所以赢得名望与声誉,是因为插在了朝官的顶戴之上。其二,由于鹓鸿受人崇敬,其身上的羽毛也因名望与声誉而荣耀。

冠冕,古代帝王或官员的帽子。下句,言珠子因为装饰在帝王或官员的冠冕之上,才显得更加珍贵和尊荣。

两句都揭示一个事理:才华固然拔萃,但也要借助一定的平台才能得以彰显。

"花、烛"六唱

林钟雄

生灭旨涵残烛下,盛衰理蕴落花中。

【评注】

佛教认为,大千世界从生成到毁灭,经历成、住、坏、空四个过程,共268亿年。人及世间万物从生到灭,同样遵循这四个过程。蜡烛燃烧的全过程，分明就是人与世界生灭过程的一个缩影。因此，上句认为，万物生灭的道理，包含在蜡烛从点燃到烧残，再到熄灭的过程中。这一过程唯有在蜡烛将近熄灭的败象中才能领悟到。

万物都在变化之中，朝代也罢，事业也罢，人生也罢，都逃不出由盛到衰的规律。下句意思是，花从孕蕾到绽放，到枯萎，再到凋谢的过程中，蕴含着自然万物由盛到衰的定理。及至落花，这一定理才被人感知。

诗人多是哲学家，对事物的观察尤其敏感，往往通过联想，将看似平常的事物赋予深刻的哲理。本诗可见一斑。

"春、海"六唱

杨文继

听泉涧曲流春屑，拾磴林梢露海痕。

【评注】

涧曲，山涧弯曲处。唐徐铉《送德明道人还东林》："涧曲泉声咽，松深露气香。"宋范端臣《冬日寓宝惠教寺》："山深古殿閟，涧曲回流喧。"上句，言在山涧弯曲处听到流水淙淙，又看到春花谢落的花屑顺着涧水流动。

拾，读音 shè，同"摄"。其动作是两步上一级台阶。磴，读音 dèng，山路的石级，泛指石阶。拾磴，意指逐级登上石阶。下句，言逐级登上石阶，直到视线超越山林，越过树梢，看到远方海的痕迹。

两句写景皆富层次，上句有声有色，颇具动感；下句由下而上，由近及远，豁然开朗。

"高、远"六唱

郑振麟

遁于形外斯高致,种在生前一远因。

【评注】

遁,躲避;隐居。形,指形状、形体、实体或表示显露、表现。高致,高尚或高雅的情致、格调。《三国演义》中周瑜言:"雅量高致,非言词所能动也。"上句大意是,将自己躲避在有形的世界之外,那是怎样高雅的情致呀!这里遁于形外的,非指肉身,而是精神,类于"跳出三界外,不在五行中"。

佛教认为万事万物都是由因缘和合而生的。事物发展的决定因素包括内因和外因。上句,言人之所以为人,倒推因果,其内因不止在双亲植种于胚胎之时,而是远在父母结合之前已经种下来了,唯此才是"远因"。父母结合,也是因缘和合的结果。

诗钟为斗巧之技,贵在新巧。此诗奇语盘空,出人意外,体现出诗人卓荦的思维品质,因此被十一门词宗取为元卷。

"远、明"六唱

佚 名

寒畯不阶犹远大,暖姝自局岂明通。

【评注】

畯,读音 jùn,周朝管农事的官。寒畯,指出身寒微而才能杰出的人,也指寒微。五代王定保《唐摭言·好放孤寒》:"李太尉德裕颇为寒畯开路,及谪官南去,或有诗曰:'八百孤寒齐下泪,一时南望李崖州。'"宋赵彦卫《云麓漫钞》卷七:"若本朝尚科举,显人魁士皆出寒畯。"不阶,不得晋升。上句,言寒畯之才俊,纵然不得晋升,仍然有远大的志向和前程。

姝,美好;美丽的女子。暖姝,指自得貌;自满貌。一说柔婉貌。《庄子·徐无鬼》:"有暖姝者……所谓暖姝者,学一先生之言,则暖暖姝姝而私自说也,自以为足矣。"成玄英疏:"暖姝,自许之貌也。"自局,思想上自我封闭。明通,这里指明达通畅。下句的意思是,人若自得自满,沾沾自喜,等于自我做局,如茧自圄,这样的思想怎能算是明达通畅呢?

"寒畯"对"暖姝",真乃绝配!不仅双字词工对,拆分成"寒"对"暖"、"畯"对"姝"亦属工对。"阶、局"二字皆由名词转作动词,尤为可贵。此联用字讲究,对仗苛严,足见闽派诗钟整饬之风。

"空、古"六唱

薛幼兰

低首平生唯古圣,澄心一顷亦空王。

【评注】

古圣,古时候的圣人。上句,言一生狷傲,唯有向古代圣人低头。古代圣人以孔子最为闻名,司马迁《史记·孔子世家》对孔子的评价是:"高山仰止,景行行止。"然而,古代能当圣人之名者,除了孔孟之外,还有兵圣孙武、工圣鲁班、医圣张仲景、复圣颜回、诗圣杜甫、画圣吴道子、茶圣陆羽、药圣李时珍、武圣关羽、史圣司马迁、词圣苏轼、文圣欧阳修、曲圣关汉卿、剑圣裴旻、书圣王羲之、乐圣李龟年、酒圣杜康、智圣诸葛亮、算圣刘洪、科圣张衡。

澄心,使心情清静。一顷,顷刻,片刻。空王,佛的别称,因佛空无一切邪执。李煜有诗:"空王应念我,穷子正迷家。"吴敬梓《儒林外史》："从今后，伴药炉经卷，自礼空王。"下句，言使心清净澄明的片刻，自己也是佛了。此句解释了"佛在人心"的妙谛。

"空、古"六唱

陈笃初

月犹难着观空眼，春或能移好古心。

【评注】

着，这里是附着之义。观空，佛教术语，观察诸法皆空之义。佛教认为事物皆依主观观想而变化，无独立的客体，故不真实。《大智度论》卷十二："复有观空，是毡随心，如坐禅人观毡，或作地，或作水，或作火，或作风，或青，或黄，或白，或赤，或都空。"意思是说，人们观察事物，同坐禅一样，是随心而变的。上句，言明月虽然皎洁，仍然难以附着于观空之眼。亦即视明月于无物，以此说明修佛已达到"空"的境界。

下句，言春天的明媚和温暖，或许能吸引好古者，使其转而投入春天的怀抱。好古者的世界充满古物，多陈旧破败，色彩暗淡。相比之下，春天色彩斑斓，充满新生气息，或能使好古者移情别恋于春天。

此诗不唯对仗工切，作意亦别致，慧心独具。

七唱折枝评注

"南、白"七唱

沈葆桢

一声天为晨鸡白，万里秋随朔雁南。

【评注】

上句，言天因为雄鸡的一声鸣叫而发白。与毛泽东《浣溪沙·和柳亚子先生》"一唱雄鸡天下白"之意略同。这里的晨鸡象征驱逐黑暗、争取光明的正义力量。在中国传统文化中，公鸡被视为一种勇敢和刚毅的象征，代表着无畏和坚定的精神。

朔雁，指北地南飞之雁。下句，言秋气随着北雁万里南飞，来到了南方。

此诗富于气势，与作者一品大员的身份和气度相符。

"远、行"七唱
叶会堂

云树苍茫双鹭远，海天寥阔一舟行。

【评注】

上句，犹如镜头记录的一段画面：平野远处云树苍茫，碧空中两只白鹭在人们的视线中渐飞渐远。

下句，又是一段视频：海天寥廓，一叶轻舟向前方远行而去。

此联的意象为云树、双鹭、海天、一舟，虽然意象密度较低，但却描绘出苍茫寥廓的画面，让双鹭、一舟在广阔的背景中逐渐远去，读者的心绪随着视线引向遥远虚无的天际，沉浸在清远虚静的氛围中。由此可见，即便七言单句，只要意象结构经营得好，也能产生意境。此联犹如风景画，惟有心向往之方能体会其空阔清远的意境。眼字"远、行"词性不同，为使对仗工整，须将"远"作动词。上句"双鹭远"之"远"应为"远去"之义。

"雨、潮"七唱

少　如

瓶笙息响生茶雨，灯穗摇红晕酒潮。

【评注】

瓶笙，古时以瓶煎茶，微沸时发音如吹笙，故称"瓶笙"。上句，言以瓶煎茶，微沸时的热气冲出瓶口就如吹笙一样，声如下雨。

灯穗，意思是灯花。油灯的火焰犹如稻麦的穗，故称"灯穗"。"灯穗"对"瓶笙"尤佳。酒潮，指饮酒后脸上泛起的红晕。下句，言灯芯的火苗如稻穗飘动，其红晕，就像酒醉后脸上泛起的红晕。

两句皆小景，比喻生动，意象融彻，绘声绘色，情趣盎然，是生动状物的典例。

"诗、月"七唱

王允晳

翠微磬罢无多月，红树船停几许诗。

【评注】

翠微，青绿的山色，也泛指青山。磬，寺庙中拜佛时敲打的铜制钵形响器。上句，禅寺隐于青山之中，磬声初罢，天空中只有微微的月色。与此诗境相近的诗句，如杜荀鹤《题德玄上人院》"罢定磬敲松罅月，解眠茶煮石根泉"；宋舒岳祥《十五日雨后微月遗安堂前有栀花一枝行之有效》"雨足清寒月色微，风将幽磬落柴扉"；清许廷鑅《晚过池上草堂示允武》"清磬隔溪来，微月照归步"。

红树，盛开红花之树，或指经霜叶红之树，如枫树等。下句,言船泊于红树岸畔,便萌生了几许诗意。诗句意象仅有"红树"和"船",解读空间无限,读者不妨从以下几首诗中获得提示。王维《桃源行》:"渔舟逐水爱山春,两岸桃花夹古津。坐看红树不知远,行尽青溪不见人。"陆游《舍北晚眺二首》:"红树青林带暮烟,并桥常有卖鱼船。樊川诗句营丘画,尽在先生拄杖边。"元杨维桢《题春江渔父图》:"一片青天白鹭前,桃花水泛住家船。呼儿去换城中酒,新得槎头缩项鳊。"

"人、夜"七唱

杨月英

芙月吹霏江不夜,萝烟凝霂径无人。

【评注】

霏,这里当指飘飞的云雾。上句,言风吹薄雾,拂过挂在芙蓉树上的一轮明月,月光映在江面上,如同白昼。这里的"不夜"还带有人不寐、江中船火与月共明、岸畔夜生活未阑之意。此句意境优美,诗意盎然,可作张若虚《春江花月夜》之想。

萝,指某些爬蔓的植物,如女萝、茑萝、藤萝、绿萝等。霂,霢霂,即细雨。下句,言缭绕在藤萝上的雾气,似是凝结成细雨,弥漫在无人的空径上。藤蔓的缠绕与雨雾的缭绕交织在一起,营造一种柔美、清雅、闲适、静谧的意境。由于"萝"代表多种藤蔓植物,无人径又没有周遭细节描绘,因此有多种画面可供切换,使读者体会不同的意境。不妨借古诗句以增感悟:唐曹唐《小游仙诗九十八首》"白石山中自有天,竹花藤叶隔溪烟";宋黄庭坚《次韵奉答廖袁州怀旧隐之诗》"诗题怨鹤与惊猿,一幅溪藤照麝烟";宋释圆悟《小立》"兰香和雾湿,竹老带藤枯";明于若瀛《藤》"藤古结为梁,蜒蚰凭云雾"。

"此、君"七唱
薛幼兰

煮字为欢聊遣此,闻琴有悟始交君。

【评注】

煮字,包含两层意思,其一,煮茶或煮酒;其二,咬文嚼字。意指在词句上斟酌推敲,形容过分地斟酌字句。遣,消遣,指用自己感觉愉快的事来度过空闲时间,消闲解闷。上句,言以煮茶(或酒)而饮和斟酌字句为欢愉之事,聊以消遣时光。"煮字"由煮茶、煮酒和斟酌字句错接而成,甚妙!有闻诗可敲,未闻字可煮。然煮字义入二层,故妙。

下句,言聆听抚琴之韵,从琴声中感悟乐曲表达的意趣,进而推及演奏者(君)的为人、品质,由此才与君结交。古代闻琴之典,当以俞伯牙和钟子期最为著名。《吕氏春秋·本味篇》记载:伯牙鼓琴,钟子期听之,方鼓琴而志在泰山,钟子期曰:"善哉乎鼓琴!巍巍乎若泰山。"少时而志在流水。钟子期曰:"善哉鼓琴,洋洋乎若流水。"钟子期死,伯牙摔琴绝弦,终身不复鼓琴,以为世无足复为鼓琴者。冯梦龙《警世通言》讲述了俞伯牙摔琴谢知音的故事,因感叹人心不古,作七绝两首云:"浪说曾分鲍叔金,谁人辨得伯牙琴?于今交道奸如鬼,湖海空悬一片心。""势利交怀势利心,斯文谁复念知音!伯牙不作钟期逝,千古令人说破琴。"

"陇、池"七唱
瑞 星

蟹稻弄黄云覆陇,鱼苗蘸碧水平池。

【评注】

蟹稻，此蟹为稻田蟹，即河蟹，也叫螃蟹或毛蟹。稻与蟹为共生关系，蟹能清除田中杂草，吃害虫，排泄物可肥田，促进水稻生长。水稻为河蟹的生长提供丰富的天然饵料和良好的栖息条件，形成良性的生态循环。陇通"垄"，田埂，泛指田地。上句意谓稻穗已熟，金黄的水稻连绵成片，犹如黄云覆盖在田野之上。比喻形象生动，"弄"字尤为出彩，将蟹稻拟人化，意趣横生。

下句"鱼苗"应理解为鱼与初生植物，属于联合结构，否则就不能对"蟹稻"了。"蘸碧"意象新颖——春池初涨，碧波荡漾，游鱼、水草及周遭新萌发植物叠影池中，一如蘸染了池水之绿。让人联想起辛弃疾《鹧鸪天·睡起即事》"水荇参差动绿波，一池蛇影喋群蛙"的意境。

二句皆清新可爱，"弄黄""蘸碧"尤佳，把平淡之景描写得生动活泼。

"似、非"七唱
黄抑秀

远于秋水人何似，闲及春山世更非。

【评注】

上句化用"秋水伊人"之典，言作者的意中人与《蒹葭》中的伊人（即意中人）何其相似！为此，对《蒹葭》的解读乃是关键。《诗经·秦风·蒹葭》："蒹葭苍苍，白露为霜。所谓伊人，在水一方。溯洄从之，道阻且长。溯游从之，宛在水中央……"这是一首爱情诗，"在水一方"为倾慕的象征，表达远隔秋水而难见意中人的彷徨、惆怅。此诗曾被认为是用来讥刺秦襄公不能用周礼来巩固他的国家，或惋惜招引隐居的贤士而不可得，但此说没有留下证据，不足以服人。现代学者大多把它看作是一首情诗，当是为追求思慕之人而不得所作。

下句大意是，春山是娴静的，春草自生自长，山花自开自落，云水自闲，鸟兽自欢，颇合"无为而治"之道。然而，人世如果像春山一样娴静无为，那世界就更糟了。世道人心绝非与春山等量齐观。社会必须要有规范约束，不容放纵，否则自由主义思潮会吞噬社会，造成无尽的混乱。此句形象而深刻，诗思甚巧。

"淡、和"七唱

江云松

世味深尝如水淡，吾心静养比春和。

【评注】

世味，人世滋味；社会人情；功名宦情。上句，言深入地品尝人世的滋味，最终发现味淡如水。非久历人间况味，无此作意。先秦《六韬引谚》云："天下攘攘。皆为利往。天下熙熙。皆为利来。"意指普天之下的芸芸众生，都为了各自的利益而奔波。而当阅历众多的名利之争所带来的烦恼时，有朝一日顿然翻悟，便觉一切如浮云，于是安于无为，"无丝竹之乱耳，无案牍之劳形"，则世味淡如清水矣！

下句，言静养我的心，使它比春天还要温和。春风温暖和穆，适合比拟人的心境、风仪，如三国魏曹植《登台赋》："仰春风之和穆，听百鸟之悲鸣。"宋孙应时《挽周南夫寺簿》："行藏真玉洁，容色自春温。"

"远、行"七唱
张少白

道维在迩求诸远，身纵时藏用则行。

【评注】

迩，读音ěr，近。道，相当于"真理"。上句，言真理就在身边，却须求之于远处。意指求取真理，不能只限于就近一隅，而要多方求索，远近兼收，才能获得"真经"。譬如当今的教育，并非只有国学，而是中西结合，取长补短。清人魏源在《海国图志》中，就提出"师夷长技以制夷"的著名主张。

行藏，指出处或行止。《论语·述而》："用之则行，舍之则藏。"意为被任用就出仕，不被任用就退隐。后遂用"行藏"指行迹、出处。下句，言行与藏的辩证关系，乃是化用《论语》"用之则行，舍之则藏"之典。

此诗用"维、诸、纵、则"四个虚字，体现折枝善用虚字的特点。

"夜、声"七唱
佚　名

迟眠风月如专夜，痼疾林泉失寄声。

【评注】

专夜，古时指妃妾独占宠爱，皇帝一直由一个妃妾侍寝。白居易《长恨歌》："承欢侍宴无闲暇，春从春游夜专夜。"上句，言迟睡之时，一天风月由我一人独占，就像妃妾独占宠爱一样。另，风月，指清风明月，泛指美好的景色、闲适之事，也指声色场所、男欢女爱之事。读者可据此作延伸之想。

痼疾，烟霞痼疾的缩减，烟霞痼疾，意指爱好山水成癖。

出自《新唐书·田游岩传》："臣所谓泉石膏肓，烟霞痼疾者。"本句将"烟霞痼疾"易为"痼疾林泉"，意思一样。寄声，意指托人传话。如《汉书·赵广汉传》："界上亭长寄声谢我，何以不为致问？"本句，言迷恋山水成癖，不与外界来往，因此没有寄声之事。

"夜、声"七唱

佚　名

凉月满庭虫语夜，香风一路马蹄声。

【评注】

上句，勾画出一幅乡村庭院的夜景：明月满庭，清辉送凉，草丛石罅中传来阵阵蟋蟀、蝈蝈的鸣声，周遭笼罩在幽寂闲适的气氛中。此情此景，让人不禁想起唐刘方平的《月夜》："更深月色半人家，北斗阑干南斗斜。今夜偏知春气暖，虫声新透绿窗纱。"

下句，言花径策马，一路香风伴随得得马蹄声，令骑行人精神抖擞，意气风发。与此相近的古诗句，如唐薛逢《醉春风》："洛阳风俗不禁街，骑马夜归香满怀。"宋董嗣杲《苏公堤》："青红一线界沙堤，日日香风逐马蹄。"明卢象升《失题四首》："风送名花落，香红衬马蹄。"

"夜、声"七唱

佚　名

松月筛庭天欲夜，竹烟笼院雨无声。

【评注】

上句，天色渐昏，晴空无云，一轮明月悬于松树之上。枝叶间充满零碎散漫空隙的松树，就像巨大的筛子。月光穿透松罅，照向庭中，就像被筛子筛过一样。"筛"尤见神韵，用比喻和拟人手法，赋予松与月垂怜庭院主人的情感。此中情景颇似苏东坡《记承天寺夜游》："庭下如积水空明，水中藻、荇交横，盖竹柏影也。何夜无月？何处无竹柏？但少闲人如吾两人者耳。"

下句，薄雾笼罩在庭院之中，竹林犹如蒙上柔曼的轻纱，细雨绵绵，无声地滋润着清幽的环境。此句描写雨雾细致入微，营造闲雅幽寂的意境，令人神往。

"夜、声"七唱

佚　名

野渡波心澄月夜，空山雨脚翳钟声。

【评注】

野渡，荒落之处或村野的渡口。波心，指水中央。上句，言夜晚荒野中的渡口，一轮明月浸在溪水中央，澄澈清明。这里的"心"，一语双关，既指中央，也指人心。言外之意是波中之月是澄明之心，无半点瑕疵，令人神往而思齐。

空山，空旷的山谷；幽深少人的山林。雨脚，随云飘行、长垂及地的雨丝。翳，遮蔽。下句，言空旷的山谷充满着绵密的雨丝，仿佛遮蔽了远寺的钟声，使钟声显得绵腻幽暗。"翳"字尤佳，以通感手法，用视觉来写听觉，形容雨中的钟声，似是而非，神韵盎然。

附录一 福建诗词学会《诗钟通则》解读

肖晓阳

为了帮助读者理解福建诗词学会《诗钟通则》，依章节顺序，摘要解读于下。

前　言

"诗钟源自福州，出现于清代嘉庆、道光年间。"

《诗钟史话》记载，诗钟出现最早的文字记载可追溯到清道光二十八年（1848年）莫友堂《屏麓草堂诗话》（屏麓山在福州长乐）。该书记载，当时福州吟秋诗社吟集有分咏、空咏、专咏三种诗体。如《"长、不"三唱，分咏"管仲、羿妻"》："射钩不死雠偏相，窃药长生盗亦仙。"《"今、入"一唱，专咏"怀孕"》："今年梅子酸尤甚，入月桃花信不来。"空咏例子最多，如《"马、劳"六唱》"春雨一犁秧马疾，松阴夹道伯劳鸣"、《"景、龙"七唱》"湖山月丽无双景，辇路春游有六龙"、《"上、凭"四唱》"死又难凭生亦梦，天如可上地无人"等。受王鹤龄先生嘱托，2000年前后，笔者亲往福建师大图书馆古籍部查阅，证实《诗钟史话》所述无误。

闽地素有"诗钟国"之誉，不惟诗钟源自福州，诗钟活动之盛、流传之久、作者之多、水平之高、研究之丰,外省难以企及。需要说明的是,诗钟研究历来属于冷门,所见专著很少。福建学者、诗钟史家黄乃江在其《台湾诗钟研究》一书中指出:"有关诗钟的论述,所见最早莫过于清道光二十八年(1848年)莫友堂(若愚)所著《屏麓草堂诗话》,然后是同治十一年(1872年)春李嘉乐所撰《诗社即事柬袁子久中翰(保龄)》一诗的序言,但都只是一些理论雏形。其后,对诗钟文体作过论述的,还有徐兆丰所著《风月谈余录》(1907年)、李岳瑞所著《春冰室野乘》(1911年)、易顺鼎所著《诗钟说梦》(1913年)、徐珂所著《清稗类钞》(1918年)等,但也只是零星的叙述。真正可以称之为诗钟理论的,只有宗威似写于民国十年(1921年)以后的《诗钟小识》。20世纪50年代以后,大陆才出现专门诗钟理论著述,先后有陈海瀛所著《希微室折枝诗话》(1958年)、萨伯森、郑丽生合著《诗钟史话》(1964年)、陈涓音《折枝诗入门》(1988年)、杨文继所著《七竹折枝诗摭谈》(1994年)、盛星辉所著《诗钟与无情对》(1997年)、肖晓阳所著《诗钟津梁》(1999年)、王鹤龄所著《风雅的诗钟》(2003年)等。"可见诗钟的理论研究多在新中国成立之后。1940年代福州诗钟的发展进入高峰期,体现在高手如云,佳作纷呈,钟作对仗工巧,构思精妙,对格律的运用越发精微,说明理论研究对诗钟创作起到积极的促进作用。

"体现斗巧、斗博、斗捷的竞技特色。"

追求作意新巧是诗钟的一大特色。所谓新巧,指迁思妙想,独辟蹊径,他人所不能及。如《"壁、头"六唱》:"世路何如攀壁虎,人情欲问叩头虫。"以"攀壁虎"喻"世路"艰难和晋升有道，以"叩头虫"喻唯唯诺诺者，折射人情世故，构思新奇，富于想象。又如《"南、二"一唱》："南朝树与僧同蜕，二月花如女及笄。""蜕"本指蛇、蝉等动物脱皮，引申为解脱、变化，用来比喻"僧人"之兴替，诗思超迈，新巧至极。

"诗钟是一种诗体，属于杂体诗范畴。"

诗钟的属性存在"游戏说"和"诗体说"两种。游戏说是基于诗钟的竞技特点。分咏格的谐趣亦略有游戏成分。文体而论，诗钟当归属于诗。从"诗钟""折枝诗""两句诗""十四字诗"的名称可知，福建人历来视诗钟为诗的一种。诗钟源于福州私塾课童之"改诗"，格律脱胎于七律的颔联和颈联。因此，王鹤龄《风雅的诗钟》一书将诗钟定义为诗，归于"杂体诗"范畴是合理的。

"福建最常用的称谓是'折枝诗'。"

"诗钟"与"折枝诗"概念不同，诗钟的外延大于折枝诗。折枝诗属于诗钟嵌字体范畴，眼字仅为两个，其"正格"（即一唱到七唱）属于折枝诗。严格来说，魁斗格、蝉联格等嵌二字诗钟不属于折枝诗。因此可称："风、正"二唱折枝诗，而"霞、塘"魁斗格之后不宜加"折枝诗"。

"以词类工对为审美追求。"

诗钟的一大特点是对仗苛严。要使对仗工整，必须掌握对仗八法，即析结构、识内涵、明变异、探虚实、察动静、划节奏、求匀整、避同音。这里着重谈"析结构"与"避同音"（其余将在"诗钟禁忌解读"中谈及）。

一、析结构

对仗的难点主要是结构相对，须熟练掌握以下八种结构形式：

1. 偏正式，其特点是前一个字修饰或规定后一个字，如"小河""铁人"。

2. 联合式，由两个意义相反、相同、相近、相关的词根并列而成，如"是非""制造""仁义""山海"等。联合词中的词根是并列的，没有主次关系。

3. 动宾式，由动词与宾语（动词的支配对象）组成，如"开门"。

4. 主谓式，由主语与谓语组成，其构成公式是"什么＋干什么"，如"地震"；或者"什么＋怎么样"，如"山高"。

5. 动补式，后一个词根说明、补充前一个词根，如"打倒""厘清""说明"。

6. 物量式，由名词（物）与量词组成，如"船只""花朵""布匹"。

7. 附加式，由表示具体词汇意义的词根和附加意义的词缀组成，如"桌子""石头"。有时词缀放在词根的前面，如"老虎""阿姨"等。

8. 重叠式，相同的两字并列，如"弯弯""常常"。

以上八种结构须同类相对，类不同不相对。例如"金瓯"不能对"玉帛"，因为"金瓯"是指用金子打造的瓯（一种盛茶水的容器），属于偏正结构；"玉帛"是指"玉器"与"丝织品"，属于联合结构。又如"抢走"不能对"回归"，前者是动补结构，后者是联合结构。又如"背井"不能对"归途"，前者是动宾词组，后者是偏正词。联合结构又分为反义联合、同义联合、相类联合等。如以"奔驰"对"往返"就不够工整，因为前者是同义联合，后者是反义联合，改对"跳跃"就工整了。

有些词要从原始意义上弄懂它的含义才能分析其结构类型，例如"文明"是哪种结构？《尚书·舜典》（孔颖达注疏）中对"睿哲文明"的解释是"经天纬地曰文，照临四方曰明"，按此"文明"具有观照人类整个劳作的含义，可见"文明"属于联合结构。又如"风骚"，原指《诗经》（以其中的《风》代替《诗经》）和《离骚》，所以也是联合结构。

二、避同音

为使音节清晰，声调协和，句中应尽量避免出现同音字或近音字。如"星"与"心""新""辛"，"成"与"城"等，都应相避。例如《"西、十"一唱》"西风枫叶红于血，十月梅花白已胎"，上句"风"与"枫"属于同音相犯。

"且不以俗（俚语、俗语）、涩、拗为忌。"

"俗"非指庸俗，而是允许引用俚语、俗语或相关词汇，以增谐趣。如林琴南《"港、琴"六唱》："傍午黄螺来港北，满天绿帽罩琴南。"此为作者自虐取悦之作，"绿帽"即俗词。又如杨文继《"福、公"六唱》："发垢染多妻福附，膝疤脱尽帝公翻。""发垢""膝疤"亦俗词。

"涩"指曲意通微，晦深奥涩，但文理顺通，颇耐咀嚼。如潘主兰《"名、老"六唱》："枯可分无颠老树，浑难甘自涸名泉。"上联意思是"树虽老，可以干枯，但绝不颠倒"。此句难解的原因有三个：其一，一般的诗句意较简单，此句却较复杂。主语"树"有两个谓语——枯、颠，因此包含"可枯""无颠（不倒）"两重意象，由此意象而引申出人格化的品质。其二，"枯可"的正常语序应该是"可枯"，由于倒装，句子显得曲折晦涩。其三，"可枯"与"无颠（不倒）"之间省略"但、却"之类的转折词，有碍读者对句意的顺利解读，须咀嚼方能品其真味。下联意思是"甘与名泉同干涸也难使自己迁就于浑水（也比喻心源不浑）"。此句同样有"泉涸""水浑（或心浑）"两重意象，并借意象表明心志。"浑难"既是"难浑"的倒装，也运用了"错接"的修辞法，即从"难使心源浑浊"或"难以迁就而饮浑水"中抽出"难、浑"二字，合成"浑难"，由此造成解读困难。从语义上分析，"浑难"本该在"涸名泉"之后，这也增加了解读的难度。从上述分析可知，"涩"之句，除了字少意丰以外，往往兼用倒装、错接的修辞法。

"拗"指非正常语序，读起来有"不顺"之感。如林仲影《"诗、月"六唱》："用但夜明非月志，遣能春艳即诗才。"将"但用"颠倒成"用但"，"能遣"颠倒成"遣能"。又如郑秀珠《"花、烛"六唱》："健在风前残烛未，傲于霜后好花才。"将"未残烛"倒装为"残烛未"，"才好花"倒装为"好花才"。虽然拗，却能使句子曲折有致，避免平铺直叙的凡庸。

诗钟拗、涩之句最能体现"反常合道"的"诗家语"特征。

"诗钟的单位是首、比或联。"

福建传统上用"比"作为诗钟的单位。诗钟既属于诗，当可以"首"为单位。诗钟格律脱胎于七律的颔联与颈联，亦可以"联"为单位。

第一章 诗钟的格律

"第二条 诗钟格式"

正格平起式：

正格仄起式：

⊙●○○●●○

⊙●○○○●●

⊙○⊙●●○○

拗体式：

⊙○○●●●○

⊙●⊙○○●○

福建诗钟主要流行于闽中（福州地区）和闽东（宁德地区），两地均遵循上述三种格式。从上述格式可以看出，诗钟的平仄安排十分讲究声律对仗的形式美，主要体现在第二、四、六字在本句中平仄交替，在对句中平仄相反。拗体式由"正格平起式"变化而来，相当于七言律联中"小拗救"格式，即上句（平起仄收）第五字平改为仄，下句（仄起平收句）第五字仄改为平，这样也同时避免下句第四字出现孤平的可能。拗体式仍然保持平仄对仗的对称美，因此被延用至今。需要说明的是，林则徐拗体式折枝诗《"夜、窗"一唱》"窗虚权借月栖榻，夜静猛闻风打门"，上联第三字用平、下联第三字用仄，这是因为此格第三字原本可平可仄，不以此折枝诗作为拗体式的格律标准。

清末台湾等地有沿用律诗"锦鲤翻波"格式，其格式为"⊙●○○●○●，⊙○⊙●●○○"，所作钟句如唐景崧《"先、顿"二唱》"首顿李陵答苏武，鞭先祖逖耻刘琨"，丘逢甲《"立、和"二唱》"册立景称父皇帝，议和甘作小朝廷"，易实甫《"舞、风流"分咏》"飞燕轻盈赵皇后，求凰放诞卓文君"。这种格式有违声律的对称与均衡美，体现在上句第四、六字皆平，没有音步交替；上下句第五、六字平仄相同，失之对仗。因此，福建诗钟早已将其淘汰。

"**第三条　句式节奏**"

"诗钟采用七言律句节奏，其半逗律以四三节奏或二五节奏为主。"

一句诗中间当有一个小停顿，称为"半逗律"。七言律句半逗律有两种，分别是四三节奏和二五节奏，如"葡萄美酒/夜光杯"是四三节奏，"欲饮/琵琶马上催"是二五节奏。

从音步看，七言律句主要有"二二二一"和"二二一二"两种节奏。其节奏遵循"二字为节，音步交替"的规律。以双音节为一个节奏单元，共四个节奏单元（其中一个节奏单元为单音节）。双音节中的第二个字是"音步"所在位置，其读音宜长，或有停顿，以突出"节奏重音"。相反，双音节的第一个字读音宜短。以《"富、强"一唱》为例，二二二一节奏如：

强君/行色/囊中/剑

富我/情怀/客里/诗

"君、色、中、剑、我、怀、里、诗"为音步位置，须读长音或有停顿。二二一二节奏如：

富策/囊中/生/玉帛

强锋/笔下/走/龙蛇

"策、中、生、帛、锋、下、走、蛇"为音步位置。

以上节奏是依"意"划分的，适用于朗诵。然而唱诗节奏却可以不同，不仅可以"依意"，也可以"依音"。依音则所有七言律句均可按二二二一节奏来唱（不考虑第六字粘上还是粘下），以突出"音步交替""二四六分明"。

除了上述两种节奏外，偶有"二二三"节奏，如《"芳、草"一唱》"草甸蛩鸣华尔兹，芳园蝶舞迪斯科"，"华尔兹""迪斯科"为舶来语，不可拆分节奏。

第二章　诗钟的体式

为了帮助读者理解诗钟各体式，依次列举诗例如下（通则中已有诗例者不再列举）。

"第一条　嵌字体"

一唱：寒宵坐似沧浪里，微曙看犹混沌初（黄芩洲）

二唱：已虫琴柱知音杳，久馆权门脱颖难（叶苔棠）

三唱：掷我形骸还造化，借人池馆过黄昏（林天遗）

四唱：富贵一炊曾未熟，文章五季又何衰（陈宝琛）

五唱：海到无涯天作岸，山登绝顶我为峰（甘少潭）

六唱：史略功勋先气节，诗原情性次风裁（林屏侯）

七唱：臣非祖母无今日，朕与先生本故人（陈笃初）

魁斗格：仙露铜盘怀汉武，秋风纨扇感班姬（易顺鼎）

蝉联格：陆沉今日嗟微管，瓦解谁人论过秦（易顺鼎）

三四辘轳格：人无菜色春台乐，神到毫端秋思清（恽炳孙）

五四卷帘格：偶携吟屐到琴峡，待脱征袍隐镜湖（恽炳孙）

注：作者非闽人，诗钟格律尚不严格，表现为上下句第五字平仄失对。

六五卷帘格：六朝金粉消雄气，万劫江山带怒容（苏镜潭）

《"知、虎"云泥格》："听莺载酒春知晚，射虎张灯夜欲阑。"（连横）

《"浪、痕"比翼格》（一唱至七唱随意为之）：

一唱：浪逐长江人去后，痕遗焦土客归时（佚名）

二唱：鼓浪鲸翻江底月，留痕鸿印雪中泥（佚名）

四唱：蜀鸟啼痕思望帝，江豚吹浪阻归人（佚名）

六唱：家国吞声流浪里，江山变色劫痕中（佚名）

七唱：桨宜细拨桃花浪，眉爱轻描柳叶痕（佚名）

一唱至七唱完整的一组上楼格，也称层咏格，如《"湖、岭"层咏格》：

湖月冶银滋鹿梦，岭梅着破动猿心（肖晓阳）

游湖舟滑琉璃水，登岭衣涢翡翠烟（肖晓阳）

品犹岭峻惟持正，心纵湖枯不许浑（肖晓阳）

醉卧二湖清梦远，回看五岭细澜多（肖晓阳）

渴酒痴将湖想瓮，麋诗狂拟岭题屏（肖晓阳）

大智轮前无岭壑，讦谟囊里有湖山（肖晓阳）

作茧翅难过嶂岭，出胎身已囿江湖（肖晓阳）

《"石榴红"汤网格》："红楼梦醒空眠石，金殿恩承喜荐榴。"（白福臻）

《"邓尉山"勾股格》："金斗难移尉迟节，铜山莫救邓通贫。"（由父）

《"贺新娘"鼎峙格》："暮雨吴娘桃叶水，新秋胡骑贺兰山。"（易顺鼎）

《"达尔文"鼎足格》："达观世事真徒尔，偶读奇文亦快哉。"（林季丞）

《"浣羯花"小鼎足》："晋君不浣征袍血，唐帝花催摩鼓心。"（吴纫兰）

附：鸿爪格、鼎峙格、鼎足格之辨析

"鸿爪格"，原本是统称，含鼎峙、鼎足、勾股、汤网四格，后来渐渐窄化为鼎足格的别称。学者黄乃江在《台湾诗钟研究》中指出："从鸿爪、鼎峙、鼎足及相关之勾股、汤网等格名出现的时间来看，'鸿爪'出现时间最早，见于清光绪十一年（1885年）至十二年（1886年）李嘉乐在苏州组织之修梅社；'鼎峙格'紧接鸿爪格出现，见于光绪十二年（1886年）易顺鼎在苏州组织之吴社；'勾股格'和'汤网格'在吴社诗钟创作中尚包含在鼎峙格之中，这种状态一直延续到光绪三十三年（1907年）的北京陶情社；'鼎足'之称，始见于民国十二年（1923年）林景仁在台北组织之东海钟声社。由此推断，'鸿爪'一格最初没有分目，其范围包括现在的鼎足、鼎峙、勾股、汤网四格。后来，'鼎峙'从'鸿爪'、'勾股'从'鼎峙'、'汤网'又从'勾股'中相继分离出去，发展为鸿爪、鼎峙、勾股、汤网四目。为了避免后来范围缩小的'鸿爪'一目与最初范围更大的'鸿爪'一格相混，遂以'鼎足'之名代替后来范围缩小的'鸿爪'，这有点类似汉字发展中的'假借'手法；并且，由于'鸿爪'原为一格，'鼎足'遂由'目'上升为'格'，'鼎峙''勾股''汤网'三目凭借其与'鼎足'并列地位，也一同相应上升为'格'。从鸿爪、鼎峙、勾股、汤网、鼎足诸格发展演变的历史过程看来，确切地说，'鸿爪'已经为'鼎足'所取代，成为了一种'古格'。今天，人们之所以还称'鼎足'为'鸿爪'者，一方面不知鸿爪、鼎峙、勾股、汤网、鼎足诸格的发展演变过程；另一方面，诗歌历来有'雪泥鸿爪'的代称，文人嗜雅，不忍相弃也……考察《诗梦钟声录》《吴社诗钟》《湘烟阁诗钟》《鲸华社诗钟》《陶情社诗钟》《东海钟声》等诗钟集，所载'鸿爪格'与'鼎峙格'作品嵌字范式一致，仅见《鲸华社诗钟》有'天足会'一题把'鸿爪格'混作'鼎峙格'。可见，人们对'鸿爪格'（后为'鼎足格'）与'鼎峙格'的区分是相当明确的，甚至可以说是泾渭分明；而且，在《诗梦钟声录》创作时期'鸿爪格'的范围就已经小化为今天之'鼎足格'，到了《东海钟声》创作时期'鸿爪格'之称则已经完全被'鼎足格'所替代了。"

至于鸿爪、鼎峙、鼎足、汤网、碎锦诸格认识之混乱，可能与白福臻编辑、香港联谜社 2003 年 8 月出版的《寒山社诗钟选丙集》有关。黄乃江指出该集"收录了《吴社诗钟》《诗梦钟声录》《湘烟阁诗钟》《鲸华社诗钟》等诗钟集，并把原集'鸿爪格'改为'鼎峙格'，把'鼎峙格'分别改为'鸿爪格''汤网格''碎锦格'等，而未加注说明，这可能会掩盖诗钟发展的本来风貌"。

《"三七渡厅"双钩格》："三篙水涨桃花渡，七宝栏围芍药厅。"（杨仲愈）

《"抱月弹琴"唾珠格》："夜深倚月弹筝急，年暮携琴抱醉归。"（佚名）

《"才高气清"秋千格》："才情比鹤惟高远，意气如梅自邃清。"（陈清源）

《"人淡如菊"碎锦格》："秋人对菊幽如梦，名士妻梅淡欲仙。"（连剑花）

《"山冷微有雪"碎锦格》："快雪看山晴有约，微波荡月冷无声。"（沈太侔）

《"杏花春雨江南"碎锦格》："雨后寻春桃叶渡，江南沽酒杏花村。"（佚名）

《"发无可白方为老"碎锦格》："无眠可到东方白，有发都为老境苍。"（佚名）

《"一二三四天地人和"碎锦格》："四围人影三弓地，一阵和风二月天。"（徐云汀）

《"寒鸦万点流水绕孤村"碎锦格》："水流孤塞千声雁，村绕寒林万点鸦。"（佚名）

"第二条　分咏体"

《分咏"山谷、蠹鱼"》："诗派纵横不羁马，书丛生死可

怜虫。"（朱祖谋）

"第三条　合咏体"

《合咏"曹操"，嵌"鹅"字》："创开司马东西晋，想吃天鹅大小乔。"（林绮赓）

《"今、人"一唱，合咏"怀孕"》："今年梅子酸尤甚，入月桃花信不来。"（佚名）

"第四条　笼纱体"

笼纱不同于分咏的本质特征是"暗嵌"，而非"咏"，也不能认为分别咏两个字就是笼纱格。例如笔者分咏"松、城"，作"森严齿有吞魔概，繁密针含刺虐心""张牙犹见金戈影，振甲如闻铁马风""心犹白帝舟如箭，梦在黄山笔有花"，显然以上是"咏"，不是暗嵌。什么是暗嵌？暗嵌是通过指代、借代、歇后、剪裁的方法，隐约显现题字，做到"此中有字，呼之欲出"。如《"春、手"笼纱格》"急潮带雨无人渡，流水听松为我挥"（佚名）。上联化用韦应物"春潮带雨晚来急"句，隐"春"字。下联化用李白"为我一挥手，如听万壑松"句，隐"手"字。又如《"水、火"笼纱格》"曾经沧海难为继，自是真金不怕烧"（佚名）。上联用元稹"曾经沧海难为水"句，隐"水"字。下联用熟语"真金不怕火炼"，隐"火"字。

"第五条　其他格式"

"集锦格"

《花名、鸟名集锦格》："合欢锦带红蝴蝶，比翼雪衣白鹭鸶。"（佚名）

《曲牌、戏名集锦格》："簇水暗香芳草渡，游园小宴浣花溪。"（佚名）

"集句格"

《"连鬓胡子、牡丹"分咏格》（张伯驹集句）："人面不知何处去（崔护），狂心更拟折来看（方干）。"

《"女、花"二唱》（佚名集句）：

"商女不知亡国恨（杜牧），落花犹似堕楼人。（杜牧）"

"青女素娥俱耐冷（李商隐），名花倾国两相欢。（李白）"

"神女生涯原是梦（李商隐），落花时节又逢君。（杜甫）"

"流水格"

《"山中春雪"流水格》："山绕中条云不断，春归上苑雪初融。"（魏清德）

第三章　诗钟的眼字与钟眼

"嵌字体诗钟中，用来嵌入的字为两个时，称为'眼字'。眼字组成的词或词组称为'钟眼'简称为'眼'。"

"眼字"是折枝诗的术语，与诗论所谓"诗眼"的概念不同（诗眼指诗句中最为精练传神的字）。有关"眼字"与"眼"概念的论述，史料极少。最早见于清人王贡南《诗钟话》，其注谓："盖题是'字'，附题之字是'眼'，合言之曰'眼字'。"1983年由霞浦县政协、霞浦县文史馆编印的《霞（浦）、（福）安、宁（德）三县联合诗会"大好"折枝诗选》附录郑名彦《诗评辑录》中指明："折枝诗是嵌字诗，要求将指定的眼字（譬如'大''好'）稳妥地嵌入规定的句中位置（按：作者认定嵌入的字是眼字）……'眼字'配成词，叫做'眼'。'眼字'是供做'眼'的'字'。"对于眼字概念的阐述，郑名彦与王贡南截然不同。究竟以谁为准？需要说明的是，霞浦属闽东地区，其诗钟传承源于福州。事实上福建诗钟界对眼字与眼的概念是：嵌入之字是"眼字"，眼字组词为"眼"，从前辈流传至今，未有异说。关于眼字与眼，不惟闽人认识一致，福建以外的地区也有相同的认知。如《燕山钟韵》总十七期刊载安徽宋贞汉《敲钟手记》一文："《燕山钟韵》第17期诗钟习作题有这样两道，第一道是《诗・酒》七唱……第一题的眼字是常用字，易于组句。"可见作者将嵌入之字视为眼字。又如《燕山钟韵》总十期刊载天津楚翁《我是怎样写〈汉・文〉一唱的》一文："我首先想到如何将'汉'、'文'两个眼字组好……"作者同样认定嵌入之字是眼字。又如《燕山钟韵》总十二期刊载赵永生《诗钟格目考述（续三）》："（1）魁斗格此格作法，拈平仄或平平两个眼字，若是平仄，必须仄字嵌于出句之首……"作者还是认定嵌入之字是眼字。

王贡南虽属闽籍，但王鹤龄《风雅的诗钟・诗钟话》引言中指出"（王贡南）在光绪年间是台湾巡抚唐景崧的僚属。日本侵占台湾后，他去了北京，民国初年曾居于济南"，其后不知所终。未见他在福建参与诗钟活动的记载，其钟作并非撰于福建（主要刊载于台湾斐亭诗社《诗畸》），福建诗钟集吟亦无王氏所谓眼字与眼的运用例证。根据"孤证难立"原则，王氏之论不可采纳。

"眼字（或题字）必须嵌牢。若所嵌的眼字在句意的表达中可有可无，或有歧义，说明眼字未嵌牢，此为大忌。"

眼字妥帖是诗钟的一大特点，也是衡量诗钟优劣的标准之一。怎样使眼字稳妥而不留痕迹呢？下列三种方法可供参考。

1. 将眼字置于专有名词中。如"齿、干"二唱，眼字颇难属对，组成人名"雍齿"和"比干"，则眼字稳固，作句如"雍齿不封终叛汉，比干未死亦从周。"又如《"中、后"六唱》："脂井下埋陈后主，脐灯旁泣蔡中郎。""陈后主"指陈叔宝，"蔡中郎"即蔡邕（董卓死后肚脐被点灯，蔡邕因此哭泣)。这里把眼字置于专有名词(称谓)中,由于专有名词是固定的,不能更改,所以眼字嵌得很牢。又如《"老、哥"七唱》:"鼠无大小皆称老,鹦不雌雄尽叫哥。"此联构思极巧,常被诗家视为嵌字稳妥的典范。从表面上看,"老、哥"二字并未组成专有名词,但仔细分析便知,作者将"老鼠"与"鹦哥"两个专有名词拆开后镶于两句中。再如"普、法"一唱,眼字意窄,构思尤难,有一联引外国之典入诗,甚为工巧,句云:"普兴犹忆卑斯麦,法盛当推拿破仑。"其中"普、法"分别指普鲁士王国和法兰西第一帝国,也属专有名词。

2. 将眼字与其密切相关的事物相联系,常常借典成联。如《"诗、瓮"一唱》:"诗苛曹植情何忍,瓮入周兴法自公。"其中"诗"与"瓮"为典实所确有,又是写此典所不能无的。

3. 通过字词间的相互照应使眼字嵌稳。如"双、百"一唱句例,分类析于下:

"双峰对峙一帆来""双树交柯垂荫庇""双栖相与葆贞心",以"对""交""相与"体现"双"。

"双峰月下捧珠同""双掌能鸣天下事","捧""能鸣"非双手不可。

"百鸟投林声错杂""双恋跟随花月侣",以"声错杂"衬托"百鸟";以"花月侣"衬托"双恋"。

"百胜何须惭一败""双栖不省孤飞苦",以"一败"反衬"百胜";"孤飞"反衬"双栖"。

"双再难求惊国色","国色无双"早有成语,所以句首非用"双"不可。

"双重碧漾水中天""双嶂列屏排左右",水天相映、左右峰列,都是通过描绘突出"双"的形象。

第四章　诗钟的禁忌与通融

诗钟禁忌旨在追求对仗形式的完美，是诗钟区别于对联、律诗的主要特点。禁忌促使诗钟达到"对仗的高峰"。

第一条　禁忌

"1. 虚实动静"

虚实相对者，如《"野、生"六唱》："仲谋不似何生子，颜蠋全真愿野流。""何"虚字，"愿"实字，匹对不协。"愿"改为"本"则虚实相称。

动静相对之弊，谓之"内外科"。如《"三、二"一唱》："三峡猿催孤棹影，二泉月映断肠声。""孤"静字，"断"动字，不对。可改作："三峡猿啼飞棹影，二泉月引断肠声。"

"2. 通用专用"

如《"大、好"一唱》："好雨苏春望漠野，大潮惊夜宿钱塘。""漠野"为泛指，地点不明确；"钱塘"为专有名词，地点明确。

"3. 总称个称"

包含关系相对者，如《"三、二"一唱》："三冬院落寒梅艳，二伏层峦柏树香。""梅"为个称，"树"为总称，树包含梅，故"梅"不对"树"。

"4. 词类不同"

包括词性不对、结构不对和词类不对。词性不对者如《"野、生"六唱》："作画常含田野韵，发言尤忌老生谈。""田野""老生"虽然都属于偏正结构，但"田"属名词，"老"属形容词，词性不对。诗钟对仗不仅双字词（或词组）须对工整,拆解后的单字也要对工整。

多词性的字相对时,须使词性一致才可相对。如《"怀、念"三唱》:"少饮怀开微醉后,深交念在别离时。"怀、念二字既可作动词,也可作名词。此联上联"怀"为名词,下联"念"为动词,不匹对。这种失误较为隐蔽,须细察方能发现。

结构不对者,如《"三、二"一唱》:"三春雨水滋天地,二月风花郁世间。""天地"联合结构,"世间"偏正结构,对仗不协。可改为:"三春雨润地茵厚,二月花飞天幕妍。"

《"秋、谷"六唱》:"寒蝉断续伤秋夜,烟雨萧疏播谷天。"同时存在词性不对、结构不对和词类不对的毛病:"寒蝉"偏正结构,"烟雨"联合结构,结构不相称;"寒"形容词,"烟"名词,词性不对;"蝉"昆虫类,"雨"天文类,名词类别差异大,匹对不工。

"5. 词类不匀"

上下句同类词布局不对称,谓"左右相撞",常见者为"三足蟾",如《"秋、谷"六唱》:"佳人蕙质深秋菊,君子仁心邃谷兰",蕙、菊、兰三字同类("仁"字不同类),四足差一,有畸形之嫌。

《"大、好"一唱》:"大雪肥梅添画意,好风入屋带荷香。""荷"与"梅"同属花类,两相错位,亦犯左右相撞。

"6. 不类失衡"

上下联内容不相类,或内容相去甚远,属对无情。如《"秋、谷"六唱》:"紫燕翩飞迎谷雨,红装招展媚秋波。"上联状物写景,下联描写人物,不相类。不类也表现在词或词组的对仗上,如"云长夜读春秋志,战马日巡峡谷坡"。"云长""战马"虽同属名词,但一个人字,一个动物,两不相类。

上下联内容一大一小，失之均衡，如《"露、涛"四唱》："万壑松涛舒画卷，一盘荷露动珠光。"上联景大，下联景小，失之均衡。又如《"风、影"五唱》："万壑之间风挟雨，一灯以外影随形。"两句兼有大小失衡、有人无人之病。

"7. 摘用成句"

如《"富、强"一唱》"强劲荷盘从雨洗，富柔柳线任风搓"，此联取《声律启蒙》中的"荷盘从雨洗，柳线任风搓"加"帽"而成，有抄袭之嫌。

又如《"梦、诗"五唱》："吟成豆蔻诗尤艳，睡足蔷薇梦也无。"曹雪芹《红楼梦》有楹联"吟成豆蔻才犹艳，睡足荼蘼梦亦香"，对比可知，"诗尤艳"句有抄袭之嫌，"梦也无"句则属于效仿。

"8. 字义不对"

因不析词义内涵，造成对仗不工的例子较常见。如《"国、家"一唱》："国货日追洋货上，家乡月比异乡圆。"其中的"日"相当于"每天"，非指"太阳"；"月"则指"月亮"，并非"年月"之"月"，二者含义不相类。不可对仗。又如《分咏"关公、包公"》："大将容能铭蟹甲，微臣胆敢打龙袍。"其中的"容"指"面容"，是实指；"胆"却不是指生理意义上的胆，而指"胆量"，属虚指。可见作者未洞明词义。

作者运用别解对仗，作意新巧者当可酌情通融。如《"牛、万"五唱》："青面不平牛二死，朱颜莫测万三难。"字面义"朱颜"可对"青面"，但别解义（本意）之"朱颜"乃指朱元璋之龙颜，"朱"为姓，本不可对"青"。但此联构思新巧，当可通融。

"9. 近义同义"

上下联两句（或两句中的部分内容）意思相同或大体相近，是为"合掌"，为诗钟大忌。如《"中、强"魁斗格》"强心偏向集群外，任性常离大众中"，上下联意思基本相同。又如《"未、堪"五唱》："牡丹怒放堪称美，茉莉盛开未显妍。""怒放"对"盛开"即属合掌。

本句或对句中出现两个或两个以上的同义字或近义字者，如《"秋、谷"六唱》两联：

鸥鹭翔飞嫌谷窄，雁鸿迁徙觉秋残
语燕将归寒谷暖，鸣蝉若噤晚秋凉

第一联"翔"与"飞"、"雁"与"鸿"同义，"迁"与"徙"近义，第二联上句"寒"与下句"凉"近义。

另，"如"不对"似"，原因是字异义同。至于"里"不对"中"，情况较复杂，不可一概而论。如"诗里"对"画中"，里、中均是"内"之义，对仗有微瑕。但"月里"对"秋中"却没有问题，这里的"里"是"内"之义，属空间概念；"中"指两端的中间（秋季的中间），属时间概念。又如"囊中"对"客里"，"中"是方位概念；"客里"是指"离乡在外期间"，这里的"里"也是时间概念。可见"里"并非绝对不能对"中"。

"10. 有姓无姓"

《"野、生"六唱》："姬奭亲民朝野喜，则徐报国死生轻。""姬奭"有姓有名，"则徐"有名无姓。可改为："召伯亲民朝野喜，林公报国死生轻。"

"11. 有典无典"

一句有典、一句无典，此弊谓"独眼龙"。如《"野、生"

六唱》"云锁苍梧终野立,冰寒易水不生还"。上联或指"苍梧之野",与舜葬地有关,但不属典故。下联言荆轲刺秦,故本联有"独眼龙"之嫌。可改作"薇采首山甘野隐,风寒易水不生还"。荆轲刺秦前歌"风萧萧兮易水寒",故"冰"宜改为"风"。

用典化开,几近于无者,可视为白句。如林则徐《"陈、人"一唱》:"陈迹浑如牛转磨,人情几见雀衔环。"下联借"结草衔环"典,侧重言"人情"。其用典能化,所谓"如水中着盐,有味而无渣"者即是。

"12. 有人无人"

如《"夜、声"七唱》"诗敲卧榻新春夜,风拂松林细雨声",上句有人,下句无人("卧"与"松"动静相对亦犯忌)。将上联改成无人,可使上下联协调,如作:"满天萤火辉星夜,一谷松风作雨声。"

"13. 节奏不一"

如《"秋、谷"六唱》:"洁效蝉身清谷饮,廉同烛焰照秋宵。"上下联三字尾除了语法、词性不同外,还存在节奏不相应之弊,"清谷/饮"属二一节奏,"照/秋宵"属一二节奏。

又如《"前、进"一唱》:"前鉴常思车有路,进修每觉学无涯。"上联是四三节奏(若作二五节奏为"前鉴/常思车有路"就说不通),下联是二五节奏,改为四三节奏就与上联相称了。如作:"前鉴常思车始稳,进修不辍笈常新。"

"14. 重字违规"

对仗的本质是对称美,重字须对重字。如《"心、眼"五唱》:"胆宜壮大心宜细,手患庸低眼患高。"上联的两个"宜"字对仗下联的两个"患"字。如果将下联"眼患高"改为"眼却高"，就属于不规则重字，失之对称了。

嵌字诗钟对眼字所在的位置各有规定，所以不能在句子中再度出现，否则便会造成混乱。如《"尊、老"一唱作》："老吾而及人之老，尊人方被世人尊。"这就说不清是一唱还是七唱，等于否定眼字的严肃性，此为大忌。

第二条　不忌范畴

"1. 吊眼。即眼字不与其他字组词，而是作单字用。"

吊眼是眼字匹对中的常用技法，能使句子圆活，尤其眼字不对仗时，用吊眼往往能解决问题。虽然眼字未组词成眼，但眼字同样要嵌牢，即眼字与句中内容当有内在联系，不能游离于句子之外，否则将等同于"冇眼"（冇指谷物不饱满，冇眼意指不牢靠的眼或眼字）。比如《"初、晴"一唱》："初观红叶经霜染，晴见白梅傍雪开。""初、晴"二字并不起作用，当属嵌而未牢。

"2. 一吾体。即'一'对'吾'。"

如《"家、道"六唱》："坐领沧江吾道大，归携明月一家圆。"又如《"横、钓"一唱》："钓雪一身寒自适，横秋吾气老犹豪。"又如《"集、居"六唱》："积善吾家欣集庆，养廉一士惯居贫。"又如《"诗、海"六唱》："位置一身沧海右，周旋吾意好诗前。""一"对"吾"的本质是借对，即借"吾"中之"五"对"一"。

"3. 三才（天地人）之间互对。如人对地、我对天。"

如《分咏"伞、笔"》："欲开欲合凭天意，能画能书顺我心。"又如《分咏"包公、关公"》："原非皇帝人称帝，不是青天众誉天。"又如《"愿、医"一唱》："愿将天上长生药，医尽人间薄命花。"又如《"中、后"六唱》："物可胜天霜后见，人无负我雨中知。"（魏道涵）又如《"行、立"六唱》："贪婪冀有人行货，穷困嗟无地立锥。"

"4. 姓、名、字、号、官衔、朝代、国号之间相对。"

如《"大、好"一唱》："好风不与周郎便，大雾空帮蜀相忙。""周"是姓，"蜀"是国名。又如《分咏"曹操、蝴蝶"》："瘦影疑为梁祝化，雄心欲把蜀吴吞。""梁、祝"皆姓，"蜀、吴"皆国。又如《"秋、雨"六唱》："汉宫掩泪看秋扇，蜀道伤心听雨声。""汉"是朝代，"蜀"是国名。

第三条　不提倡、亦不忌范畴

"1. 三四节奏句。"

福建钟手偶有三四节奏句，如《"诗、月"六唱》："无奈何难为月老，莫须有亦作诗囚。""苦乐情难瞒月下，穷通谶或伏诗中。"其特点是第三字粘上，第四字粘下，与正常的七言律句截然不同。这种句式在文意表达上没有问题，问题在于"拗读"。若按正常七言律句的节奏读（读成"无奈/何难/为/月老，莫须/有亦/作/诗囚"），虽能保证音步平仄交替，但语义不通。三四句的音步节奏是"三二二"（读成"无奈何/难为/月老"），其音步位置变成了三、五、七字（即"何、为、老"），这样就不能保证音步平仄交替，因为大多数情况下第三字是可平可仄的。"何、为、老"的音步是"平—平—仄"，前两个音步就没有交替。基于上述原因，诗钟不提倡三四句，但因前辈高手曾有三四节奏句佳作，故亦不禁。

"2. 成语入句。"

搬用成语谓之"排匾"（匾额多为四字），有人视为弊病，因为诗钟仅十四字，两用成语后只有六字可自主安排，难出新意,因此用成语常有"陈词"之感。但不排除成语运用较好之例,如《"诗、月"六唱》,陈莪作:"不约而同来月下,所思各异见诗中。"张国英作:"顾影自怜明月下,相形见绌好诗前。"虽不提倡搬用成语,偶尔为之且有佳构,亦无妨。

"3. 流水对。即上下句为承接关系,两句共同表达一个完整的主题,单句意思不完整。"

流水对取水流不断的意思,通常是一个主题用两句来叙述,上下句意是连贯的,单独一句意思不完整。如《"大、好"一唱》:"好风不与周郎便,大雾空帮蜀相忙。"《"头、眼"五唱》:"但得重圆头上月,何妨暂缺眼前花。"《"愿、医"一唱》:"愿将天上长生药,医尽人间薄命花。"流水对主题单一,具有实用性,语句也显得从容。但作为诗钟,上下句本具有分咏的功能,流水对改分咏为单咏,使诗钟的容量变小,所以只能作为一种特殊句型存在,偶尔为之。

另有一种对句介于"流水对"与"一般对"之间,如《"理、声"四唱》:"权大正声难采纳,位低歪理亦欺瞒。"《"大、好"一唱》:"大愤难忘沦陷日,好歌犹忆救亡时。"《"福、生"七唱》:"当溯何来叨厚福,莫迷所往葬今生。"两句相对独立,又贯穿一起,兼有"分咏"和"单咏"的作用,值得提倡。

"4. 重字句。包括顶针、编篱、重叠。"

这里所讲的重字句,指一句中有两个或两个以上相同字的句子,分为三种类型:

(1) 两个相同字相连组成"重叠字"的句子。如《"醒、中"三唱》:"明明醒眼诸无睹,仅仅中才百敢为。"

(2) 两个相同字虽相连但却不相粘,而是分属前后两个词或词组,称为"顶针句"。其相同字常出现在七言句中的第四、五字位。如《"发、扬"六唱》:"冬雪压梅梅发蕊,春风拂柳柳扬眉。"

(3)相同两个字分置于一句中,称为"编篱句"。如《"大、好"一唱》:"大山挡路终成路,好水推舟或覆舟。"

还有一句中用多个相同字的对句,但很少见。如《"满、圆"七唱》:"潮潮潮数今潮满,月月月当此月圆。"此外还有上下句交叉位置用相同字的特殊句,更是罕见。如《"看、论"三唱》:"偏心论事原难正,正面看人反变偏。""偏、正"二字交叉重复。

诗钟字少,很讲究每个字的效用,一般很少重复用字。有的叠字用了并不见得增加主题感染力,反而削弱诗的气势;有的"顶针"省去一字,并不影响诗意,甚或更简练,这些重字非但无效,反而徒增累赘,就不可取。当然,作为一种技巧,只要利于表现主题,也不妨采用。如《"事、情"二唱》的叠字就用得得当:"人情曲曲弯弯水,世事重重叠叠山。"

第五章　诗钟的出题与书写

第一条　出题形式

"拈题而来的眼字大多不对仗,眼字多不成文;出题之眼字往往对仗且成文。"

出题之眼字对仗者,如"山、海"为眼字,福建多地皆有此眼字的折枝诗作,一唱者如:"山焚我更难臣晋,海蹈人终不帝秦。"(陈曦)、"海岂趋炎扶日出,山惟守素迓云归。"(刘以仁);六唱者如:"偕众吾名趋海水,济时谁是出山云。"(肖晓阳);七唱者如:"精卫当先填会海,愚公更要掘文山。"(佚名)。

拈题得来的眼字往往不对仗，必先"配眼成对"，然后才能"由眼生意"。以下提供几种配眼成对的方法，可供参考。

1. 组成对仗的眼。如《"必、兴"五唱》："好句自来兴许有，大功深钻必然成。"其中"必"是虚字，"兴"是实字（动词或形容词），眼字本不对仗，但组成的"兴许"与"必然"，一为怀疑，一为肯定，对仗极工整。若"必""兴"二字不组成眼，只作单字用，则三字尾绝难对工。从虚实角度看，此联是将实字"兴"化作虚字，用以匹对虚字"必"。

又如《"雪、平"一唱》："雪天裘被偕朋辈，平地楼台望子孙。"（沈葆桢）。眼字"雪、平"词性不同，但组成的眼"雪天"和"平地"均为偏正结构，则可对仗。

2. 通过转品使眼字词性一致。比如《"正、风"二唱》："百风未足移吾志，一正终能压众邪。"这里的"正"字为形容词作名词用，以对"风"字。又如："不正予人多面目，可风于世一清廉。""风、正"二字都作动词用。又如笔者《"建、善"一唱》："善此舌锋能匹敌，建吾心府不存奸。""建"为动词，"善"本为形容词或名词，按此实难对仗工稳，故将"善"转作动词以求工。又如《"风、入"一唱》，将"风"转品作动词，示作如"风此虚衔师亦滥，入吾青眼士偏寒"；《"一、联"四唱》，眼字均作动词，示作如"六国曾联骄配印，九州虽一毁焚书"。

不可否认，有的眼字既难转品，亦难组成结构相同的眼，必使配眼之字对仗。如：《"无、民"一唱》："民心尚未忘炎汉，无道今犹骂暴秦。"

3. 眼字与反义字搭配，组成联合词相对（也可以组成近义词组）。如"寒、水"三唱，眼字组成"寒温""水火"，作："常省寒温慈母意，不辞水火好官声。"又如"初、晴"一唱，眼字组成"初终""晴雨"，作："晴雨难磨松老节，初终不改竹虚心。"

4. 作成"当句对"，即句中自对。当句对有两种，其一是相邻自对。如《"初、晴"一唱》："初柔后壮江河性，晴露阴藏日月容。"其中"晴露"与"阴藏"、"初柔"与"后壮"各相成对。其二是间隔自对。如《"一、新"六唱》："旧瓶尚可装新酒，异梦焉能共一床。""旧瓶"与"新酒"、"异梦"与"一床"属于对仗关系。

需要说明的是，诗钟的当句对与楹联的当句对截然不同。楹联当句对只管单边自对，上下联相应位置不考虑对仗；诗钟当句对既要句中自对，也要上下句相应位置对仗。

5. 间隔组词法。将眼字与其他字组成词或词组，但分隔开来置于句中。如《"破、喉"四唱》："扼且如喉关险绝，攻终不破垒刚坚。"其中眼字组成的词组是"扼喉""攻破"，但将"扼"与"喉"、"攻"与"破"分割开来。又如《"触、怀"四唱》："争先所触何非忌，媚上于怀未必惭。"将"触忌""惭怀"分成四字置于句中。

6. 用"吊眼"法救活句子，使对仗协调。如《"花、朝"一唱》："花如狼藉狂风后，朝若龙钟大雾前。""吊眼"法是将眼字作单字词用，并在眼字后附一字，起"承前启后"的作用。通过所附的字，将眼字与句子后部分贯通起来。上述例子中的"如、若"二字就起这种作用。

第二条　题目格式

"1. **出题题目书写**：两个眼字及分咏主题之间加'、'，眼字（含题字）、分咏主题前后加引号，其后写明体式，如'×、×'凤顶格、'××、××'分咏。"

诗钟题目初无标点，自标点符号普及以来，亦不统一。笔者所见者，如"风、正"二唱（1982年福安）、《门·路》六唱（1985年霞浦），此外尚有《新年》（一唱）、《文史》四唱、发扬（六唱）、"寿星"一唱等不同标点符号用法。王鹤龄倡导的诗钟题目标点符号用法如：《面·神》二唱，在诗钟界产生巨大影响。然而这种标点用法颇不严谨。首先，眼字并非题目，亦非作品名，用书名号是错误的。用引号是恰当的，目的是为了强调其为眼字。两个眼字及分咏的两个主题之间用圆点亦不准确。"·"表示前后两个概念不同层次，但紧密关联，如"保尔·柯察金"是姓与名关联；"沁园春·雪"是词牌与词题关联。"、"表示前后概念属于同一层次，且并列。眼字往往是抓阄来的，两个眼字及分咏格的两个主题之间并无关联，而是并列关系（并列的眼字或并列的题目），因此当用顿号。诗钟的题目当包含眼字（或题字、分咏之题）和体式，如："大、好"一唱、"松、城"分咏格。诗钟作品题目还需加书名号，如：《"大、好"一唱》《"松、城"分咏格》。

附录二　福建诗词学会《诗钟通则》

前　言

诗钟源自福州，出现于清代嘉庆、道光年间。诗钟集吟每为临场拈题，限时创作，体现斗巧、斗博、斗捷的竞技特色，颇能激发文人雅兴，故而风行全国，余响不衰。诗钟是高雅艺术，具有砥砺诗艺、淬炼文笔之功，对于提高文字能力、提升文化修养、发挥文学功能、陶冶高雅情操、促进社会文明大有裨益。诗钟是福建省非物质文化遗产，是我国优秀传统文化百花园中一支独具异彩的奇葩。在全面复兴中国优秀传统文化的当下，本通则对于传承和弘扬高雅的诗钟文化，促进诗钟活动规范化具有深远的意义。

诗钟是一种诗体，属于杂体诗范畴。因限一炷香功夫吟成一联或多联，香尽钟鸣，故称"诗钟"。福建最常用的称谓是"折枝诗"，实指诗钟嵌字体之正格，即一唱至七唱。诗钟格律脱胎于律诗的颔联和颈联，但比律诗严格，以词类工对为审美追求，且不以俗（俚语、俗语）、涩、拗为忌。诗钟的单位是首、比或联。一首诗钟由上下两句组成，每句七个字，共计十四个字。

第一章　诗钟的格律

第一条　诗钟声律依据

诗钟声律依平水韵。

第二条　诗钟格式

诗钟有两种正格，一种拗体式。以○表示平，●表示仄，⊙表示可平可仄，三种格式如下。

正格平起式：

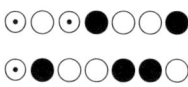

正格仄起式：

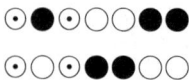

拗体式：

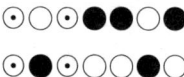

以上三种格律的规律是：

1. 上句仄收，下句平收。

2. 第一字平仄可以不论，第二、四、六字必论。平起式上下句第五字可互换平仄，成为拗体式，但不提倡，亦不禁止。

3. 忌孤平，仄起平收句第三字必平声。忌三仄尾和三平尾。

第三条　句式节奏

诗钟采用七言律句节奏，其半逗律以四三节奏或二五节奏为主。

第二章　诗钟的体式

诗钟体式主要有四大类：嵌字体、分咏体、合咏体、笼纱体。

第一条　嵌字体

嵌字体又称嵌珠，于诗钟创作最为常用。嵌字体钟格繁多，常见如下。

1. 嵌两字格

（1）一唱，又称冠顶格、鹤顶格、虎头格等。两字平仄不拘，分别嵌于上下句第一字。示例：

嵌○○○○○○
嵌○○○○○○

（2）二唱，又称燕颔格。取一平一仄两字，分别嵌于上下句第二字。示例：

○嵌○○○○○
○嵌○○○○○

（3）三唱，又称鸢肩格。多取一平一仄，也允许两字皆平或皆仄，分别嵌于上下句第三字。示例：

○○嵌○○○○
○○嵌○○○○

（4）四唱，又称蜂腰格。取一平一仄两字，分别嵌于上下句第四字。示例：

○○○嵌○○○
○○○嵌○○○

（5）五唱，又称鹤膝格。取一平一仄两字，分别嵌于上下句第五字。示例：

○○○○嵌○○

○○○○嵌○○

（6）六唱，又称凫胫格。取一平一仄两字，分别嵌于上下句第六字。示例：

○○○○○嵌○

○○○○○嵌○

（7）七唱，又称雁足格、鱼尾格、坐脚格。取一平一仄两字，仄声字嵌于上句末，平声字嵌于下句末。示例：

○○○○○○嵌

○○○○○○嵌

嵌字诗钟一至七唱亦可加某种限制和要求，如要求嵌入某字，曰得某字；若不允许嵌入某字，曰避某字等。如："振、增"一唱，得"海"字，避"兴"字。嵌入的字在平仄合律的前提下，上下位置任意。

（8）魁斗格，又称玉盒格。此格名来自北斗星座。北斗星中相距最远的两颗星为魁星与斗星。因此两眼字分嵌上句首字和下句末字。两眼字至少一字平声，依律平声字嵌于下句末。示例：

嵌○○○○○○

○○○○○○嵌

（9）蝉联格，又称蝉连格、连理格。格名取意来自"蝉声联绵，此起彼伏"。两眼字既相连，又分属上下两句，因此分别嵌于上句尾和下句首。两眼字至少一字仄声，依律仄声字嵌于上句末。示例：

○○○○○○嵌

嵌○○○○○○

（10）辘轳格。辘轳汲水，两只水桶一上一下，高低错落，水平方向不能相距太远。如上句嵌于第一字位，下句必嵌于第二字位。称之为"一二辘轳",以此类推为二三辘轳、三四辘轳、四五辘轳、五六辘轳、六七辘轳。其中"三四辘轳"最常见。若六组辘轳题遍,则合称"组合辘轳"。可根据下面的格式类推:

○○嵌○○○○
○○○嵌○○○

（11）卷帘格。卷帘格疑借于谜格,取"倒卷珠帘上玉钩"之意。两字分别嵌于上下句,且上句嵌字低于下句一位。此格与辘轳格呈相反形状。最常见的为"五四卷帘格"。示例:

（12）云泥格,又称鹭拳格,当钟联竖起时,首字为天,尾字为地。云泥格的两个眼字分别位于第二、六字位,天下为云,地上为泥,因以命名。又因鹭鸶站立时,双爪一立一蜷,一高一低,似打拳状,故名鹭拳。此格要求眼字一平一仄。示例:

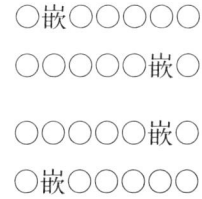

（13）比翼格,又称双飞格,两眼字一唱到七唱随意为之,因眼字始终相对,故称"双飞"。

（14）上楼格与下楼格,从一唱一直作至七唱,成为七联一组的诗钟。或以某两句诗中上下句对应的字为眼字,依次嵌入诗钟内,成为一组诗钟。又依嵌字所在位置的变换顺序,一至七唱称"上楼格"（也称"层咏格"）,七至一唱称"下楼格"。

2. 嵌三字格

(1) 汤网格。三个题字分嵌两句首尾，因嵌字占四角之三，仅留一角，形成网开一面的状态。因典涉商汤，故名汤网格。其四种格式如下：

嵌〇〇〇〇〇
嵌〇〇〇〇嵌

嵌〇〇〇〇嵌
嵌〇〇〇〇〇

〇〇〇〇〇嵌
嵌〇〇〇〇嵌

嵌〇〇〇〇嵌
〇〇〇〇〇嵌

(2) 勾股格。三个题字分嵌上下句，构成直角三角形。直角三角形两条直角边分别为勾、股，因此定名。三个题字中，两字相对，余字不连，任意可嵌。题字避免全平全仄。此格题字不能嵌于句首和句尾，以区别于汤网格。示例：

〇嵌〇〇〇嵌〇
〇嵌〇〇〇〇〇

〇嵌〇〇〇嵌〇
〇〇〇〇嵌〇

(3) 鼎峙格。三个题字分嵌上下两句，呈不规则三角形。福州人现今将其归入"碎锦格"。示例：

〇嵌〇〇〇嵌〇
〇〇嵌〇〇〇〇

(4) 鼎足格。此格分为大鼎足与小鼎足。大鼎足，三个题字，两字嵌上句首尾，一字嵌下句第四字；或两字嵌下句首尾，一字嵌上句第四字，形成最大的等腰三角形，亦称"鸿爪格""弯弓格"。题字避免全仄或全平。大鼎足示例：

○○○嵌○○○

嵌○○○○○嵌

嵌○○○○○嵌

○○○嵌○○○

小鼎足，亦称"三星格""三角格""拱照格"。三个题字构成等腰三角形，不可同时嵌入首尾，以区别大鼎足。小鼎足示例：

○嵌○○○嵌○

○○○嵌○○○

○○○嵌○○○

○嵌○○○嵌○

○○○嵌○○○

○○嵌○嵌○○

○○嵌○嵌○○

○○○嵌○○○

3. 嵌四字格

（1）双钩格。双钩即虎头钩，钩分双头，一头护手一头为钩，双钩即四面皆护住。又因"锦囊四角含香"，亦称香囊格。四个题字分别嵌上下句首尾，四字不可全平全仄。

嵌○○○○○嵌

嵌○○○○○嵌

（2）唾珠格。亦名睡珠格、睡蛛格。四个题字可重新组

合,两字相连,嵌于上句,两字相连,嵌于下句,位置相对。示例:

○○○嵌嵌○○
○○○嵌嵌○○

嵌嵌○○○○○
嵌嵌○○○○○

(3) 秋千格。四个题字,其中两个题字嵌于上句一、六位置,另两个题字嵌于下句二、七位置。示例:

嵌○○○○嵌○
○嵌○○○○嵌

(4) 居易格

将古今名人的名字或号(限两字)分嵌于上下句相对位置,位置不限。示例:

公瑾能谋吴下俊
子龙善武蜀中豪

4. 嵌六字格

竹节格:六个题字,分别嵌入上下句二、四、六位置。但六个字中,须三字平声、三字仄声。示例:

○嵌○嵌○嵌○
○嵌○嵌○嵌○

5. 碎锦格

将三个或三个以上题字分嵌于上下句中,题字四字以内不连、不对。

(1) 三字碎锦格,三个题字,一字嵌上句、两字嵌下句;或两字嵌上句,一字嵌下句。与鼎峙格同。

(2) 四字碎锦格,又称四皓格。四个题字分嵌上下两句,不连不对。示例：

○嵌○○嵌○○
○○嵌○○嵌○

（3）五字碎锦格，又称五杂俎格，简称"五俎"。五个题字分嵌上下两句，不连不对。示例：

○嵌○○嵌○嵌
○○○嵌○嵌○

（4）六字碎锦格，又称六逸格。六个题字随意分嵌，任意位置可连两个字，可对。示例：

嵌嵌○○嵌○嵌
○○嵌○○嵌○

（5）七字碎锦格，又称七贤格。七个题字随意分嵌，任意位置可连两个字，可对。示例：

嵌嵌○嵌○嵌○
○○嵌○嵌○嵌

（6）八字碎锦格，又称八龙格。八个题字随意分嵌，任意位置可连三个字，可对。示例：

嵌嵌嵌○嵌○嵌
○嵌○嵌○嵌○

（7）九字碎锦格，又称九老格。九个题字随意分嵌，任意位置可连四个字，可对。示例：

嵌嵌嵌嵌○○嵌
嵌○嵌嵌○嵌○

以上（4）至（7）现已基本不用。

第二条　分咏体

上下句分别各咏一个不相干的事物，主题上下不拘，两句对仗，不犯题字。不犯题字包括不犯别称、代称、雅称、同义字等。分咏诗钟可作某种限制，如不许嵌某字，或某位置须嵌某字等。

第三条　合咏体

两句对仗，合咏一个主题，不犯题字（规则同分咏）。合咏诗钟可作某种限制，如不允许嵌入某字，或须嵌某字等。

第四条　笼纱体

笼纱体有双暗嵌与明、暗分嵌两种，前者称"笼纱格"，后者称"晦明格"。

1. 笼纱格

"笼纱"一词原指古人将题于墙壁上的诗用碧纱笼护，以示珍贵。此格借"笼纱"二字，取其若隐若现之意。笼纱格的题字为两个，要求句中不出现题字，通过指代、借代、歇后、剪裁的方法，隐约显现题字，做到"此中有字，呼之欲出"，犹如谜面影射谜底一样。笼纱格并非"分咏"二字，其实质是题字"暗嵌"。如"飞、纶"云：

　　　　忠推南宋将军岳（岳飞）
　　　　诗爱中唐户部卢（卢纶）

2. 晦明格

又称"柳暗花明格"，两个题字，一句明嵌题字，一句暗嵌题字。任选一题字作明嵌，上下联均可，所嵌位置不限。如嵌"画、唇"云：

　　　　画水最难声并绘
　　　　交邻谁悟齿相依

第五条　其他格式

1. 集锦格。指两句分别集同类的名词而成。如一句集花名，一句集鸟名；一句集词牌名，一句集曲牌名等。

2. 集句格。在符合题目的前提下，上下句用七字成句，并要求在句子后注明作者。集句亦要求对仗工整。

3. 流水格。题字三个及以上,依题字顺序嵌入句中,顺序不可以颠倒,如水顺流而下,故称流水格。

4. 碎流格。亦称流水碎。题字三字及以上,可颠倒分散嵌入句中。常标明题字分嵌上下句的个数,如六个题字,标"二四碎流",则上句嵌入两字,下句嵌入四字。因受题字所限,此格不要求对仗,现已弃之不用。

5. 押尾格。将三题字直接嵌入下句句尾。因受题字所限,此格不要求对仗,现已弃之不用。

第三章 诗钟的眼字与钟眼

嵌字体诗钟中,用来嵌入的字为两个时,称为"眼字"。眼字组成的词或词组称为"钟眼",简称为"眼"。嵌入的字为三个或三个以上,称为"题字"。

眼字(或题字)必须嵌牢。若所嵌的眼字在句意的表达中可有可无,或有歧义,说明眼字未嵌牢,此为大忌。眼字的位置必须符合题目规定,且不可重复出现于其他位置。

第四章 诗钟的禁忌与通融

第一条 禁忌

1. 虚实动静

古代汉语之词有虚实之分,虚实不相对。"虚"词指介词、连词、助词、叹词、拟声词等,"实"词包括名词、动词、数词、量词、代词、形容词等。动词对动词,非动词与动词不相对,但转品作动词时可以相对。

2. 通用专用

通用名词与专有名词不可相对,如"塞北"为泛指,"江西"为专指。

3. 总称个称

总称与个称不可相对,如"花""鸟"为总称,"桃""莺"为个称。

4. 词类不同

词性不相当不可相对,通过转品后使词性一致才可相对;结构不相同的词或词组不可相对,如偏正结构不可对联合结构。两字并列,一正一反须对一正一反。上下句不仅词或词组相对仗,还要求逐字对仗。

5. 词类不匀

上下联同类词呈不对称布局,是为"左右相撞",如"×××××山×,×××河×××"。左右相撞常见者有"三足蟾",指同一类别的三个字,两个字对仗,另一个字与其他类别的字相对,如"×棹×××岸×,×山×××江×",此为犯忌。同理,"五足蟾"亦不许可,如"江海××水××,山原××花××"。交叉相对不在词类不匀之列,如"×花×××山×,×海×××草×",其中"花"对"草"、"海"对"山"。

6. 不类失衡

不类是指上下句主题类型不同,例如一句写景,一句议论。失衡是指上下句内涵大小相差太大,失去平衡。

7. 摘用成句

摘用古人或今人诗文中对仗的成句(八字或八字以上)为犯忌,但集句诗钟例外。

8. 字义不对

字对义不对,指字面对仗工整,但字义不对。

9. 近义同义

忌合掌,忌同义字、近义字相对,忌一首诗钟出现两个或两个以上同义词或近义词。

10. 有姓无姓

用姓名，不可一句有名有姓，一句有名无姓。

11. 有典无典

不可一句有典一句无典。

12. 有人无人

不可一句有人（表现人的口气、动作、思维等，能感觉有人的存在），另一句无人。

13. 节奏不一

忌上下句句式节奏不一致，如上句四三节奏，下句二五节奏。

14. 重字违规

禁止不规则重字。

第二条　不忌范畴

1. 吊眼。即眼字不与其他字组词，而是作单字用。
2. 一吾体。即"一"对"吾"。
3. 三才（天地人）之间互对。如人对地、我对天。
4. 姓、名、字、号、官衔、朝代、国号之间相对。

第三条　不提倡，亦不忌范畴

1. 三四节奏句。
2. 成语入句。
3. 流水对。即上下句为承接关系，两句共同表达一个完整的主题，单句意思不完整。
4. 重字句。包括顶针、编篱、重叠。

第五章　诗钟的出题与书写

第一条　出题形式

出题形式分为宿构与现拈两种。宿构指先期出题，在限期内提交作品。现拈指当场出题，限时完成。古人多以焚香计时，以寸香为限，线断鸣钟即截稿，作品提交后不可再改。今多以钟表限时。

命题分出题与拈题两种。出题指由出题人指定题目。拈题指临场随机拈字为题，可增加诗钟创作的难度，更具公平性和趣味性。拈题而来的眼字大多不对仗，眼字多不成文；出题之眼字往往对仗且成文。

第二条　题目格式

1. 出题题目书写：两个眼字及分咏主题之间加"、"，眼字（含题字）、分咏主题前后加引号，其后写明体式，如"×、×"凤顶格、"××、××"分咏。三字及以上题字及合咏体主题，不用顿号，如"×××"汤网格、"××"合咏。

2. 诗钟作品题目书写：在出题题目基础上加书名号，如潘主兰《"名、老"六唱》："枯可分无颠老树，浑难甘自涸名泉。"

第三条　钟句书写

可依具体要求，上下句或分两行并排，或单行书写。上句逗号结尾，下句句号结尾，句中不加任何标点符号。上下句两行并列时，可省略标点。原则上诗钟不加注。

第六章　诗钟的评取

第一条　评取方法

1. 剔犯禁

诗钟最基本的要求是合律，具体说就是平仄、对仗、节律三个方面没有毛病，若三者之一不合要求，或犯诗钟禁忌，即可将其排除在评取之列。

2. 查文理

审查诗句是否文理通顺。例如表意是否清晰准确，句子是否简洁顺畅，遣词有无生造别扭，观点是否正确合理，肌理是否严谨缜密，分咏合咏是否切题。

3. 审嵌字

嵌字体诗钟力求眼字（或题字）稳妥，不着痕迹。折枝诗中，由眼字组词而成的两个"眼"，力求对仗工整，不生造。

4. 取佳构

当筛去不合格律、文理不通和嵌字不牢的诗钟后，着重从作意优劣来评价诗钟，进一步筛去平庸之作，去粗取精，评定等次。

第二条　评取约束

1. 词宗不取己作，亦不可化名评取己作。词宗对作者诗稿有保密的义务。

2. 禁化名、冒名投稿。犯此禁一旦被查实，主办方有权取消化名之奖项，追讨奖金或奖品，并通报批评。

3. 凡抄袭他人佳作者，充许被侵权者向主办方申诉。主办方一经查实，有权取消侵权者奖项，并通报批评。

4. 诗钟投稿截止后，任何组织和个人不得对作品进行删改。

5. 允许申诉。凡涉上述 1、2、3、4 之事项，如有争议者，允许各方申诉，主办方根据申诉材料做出裁定。

第七章　诗钟的取例

第一条　聘请词宗

应聘请学问扎实、为人正派者。词宗人数不拘，一名至多名皆可。多门词宗更能兼顾各流派风格，以免遗珠之憾。正取之外，可设捐取、遗珠。

第二条　评取等第

第一种，一般情况下，元、殿、眼、花、胪各取一名，录、监、斗数量依次增加。

第二种，按照等级评选，如一等、二等、三等或甲等、乙等、丙等。

第三条　本通则作为诗钟创作、征赛、评审、鉴赏的依据。

第四条　本通则由福建诗词学会发布，并负责解释。

第五条　《诗钟通则》（试行）自公布之日起试行。

福建省诗词学会
2020 年 10 月 31 日

附：福建诗词学会《诗钟通则》研制小记

2020 年 7 月 27 日，肖晓阳在闽侯诗词微信群发起研制闽版《诗钟通则》倡议，并于 28 日创建"闽版钟则研制群"，入群者有肖晓阳、陈茅、黄乃江、林晓、崔栋森、赵茂官、周书荣、陈金明、李林洲、官大檩。研讨由肖晓阳主持并作文字整理，以陈茅初拟、肖晓阳增补修订稿为基础，自 7 月 29 日至 8 月 15 日，历经 19 次集体研讨和补充修改，使《诗钟通则》日臻完善。其间，福建诗词学会黄高宪会长给予大力支持，指示于 2020 年 10 月闽侯诗词学会承办全省诗词论坛期间，参与大会交流。随后，由黄高宪会长召集、福建诗词学会楹联诗钟研究院院长丁仕达主持，召开了"通则"修订会，就体例规范等方面作进一步完善。参会人员有丁仕达、肖晓阳、陈茅、周书荣、林晓、林华光、黄乃江、崔栋森、黄高宪。《诗钟通则》于 2020 年 11 月初完成修订，随后由福建诗词学会发文颁布，全省实施。

附录三　作者联墨

九野风生惊虎变
一枝梦筑慰鹭栖

晓阳草书

龍將行雨
虎已嘯風

喜迎廿大召開
曉陽并书